MARTON NEMETH

UNGARISCHER NEUREICHER

novum ◢ pro

Dieses Buch ist auch als
e-book
erhältlich.

w w w . n o v u m v e r l a g . c o m

Bibliografische Information
der Deutschen Nationalbibliothek:

Die Deutsche Nationalbibliothek
verzeichnet diese Publikation in
der Deutschen Nationalbibliografie.
Detaillierte bibliografische Daten
sind im Internet über
http://www.d-nb.de abrufbar.

© 2023 novum Verlag

ISBN 978-3-99131-942-9
Umschlagabbildung: Eperjessy László
Umschlaggestaltung, Layout & Satz:
novum Verlag

Das Buch wurde von Tamara Szűcs-Ivády
aus dem Ungarischen ins Deutsche
übersetzt.

www.novumverlag.com

Gedruckt in der Europäischen Union
auf umweltfreundlichem, chlor- und
säurefrei gebleichtem Papier.

Climate neutral
Print product
ClimatePartner.com/16547-2201-1002

1989

KOMITAT PEST

Walter lauschte verblüfft. Er beobachtete die Ereignisse aus Sichtweise eines Hubschraubers. Er verstand nicht, ob das, was er sah und hörte, der unabänderliche Lauf der Zeit oder einfach eine Dimension war, die er jederzeit neu gestalten konnte. Wenn es das Jahr 1949 gewesen wäre, hätte er gewiss Albert Einstein danach gefragt, ob das Zeitparadoxon ein real existierendes Phänomen ist oder nicht. Er grübelte auch darüber, ob sich der Homo Sapiens angesichts der Beschleunigung der Welt so schnell weiterentwickeln wird, wie es in anderen Bereichen des Lebens geschieht, die durch die Technologie auf die nächste Stufe gehoben werden.

Ein Klacken riss ihn aus seinen tiefgründigen Gedanken. Das Geräusch einer herunterfallenden Schraube. Es war ein metallisches Geräusch, eine Art Klingeln. Der Klang der Mumifizierung der industriellen Entwicklung in Ungarn. Ein Klang, der alles enthielt. 32 Jahre Sozialismus. 32 Jahre des Rückstands. Die zentralisierte Verwaltung des gesamten Marktes. Eine Zeit, in der ein paar Leute Dinge entschieden, von denen sie keine Ahnung hatten. Wie zum Beispiel, warum es in einer Produktionsanlage vorkommen kann, dass ein Hilfsarbeiter (der spätere Operator im 21. Jahrhundert) während der Arbeit Werkzeug und Schrauben stapelt und von einem zum anderen Montagetisch packt, anstatt die beiden Tische zusammenzuschieben, wodurch die Gefahr, dass eine Schraube zu Boden fällt, minimiert werden würde. Es war ein lächerliches Beispiel, das spürte auch Walter, aber irgendwie, aus der Myriade von unverständlichen Entscheidungen und Weltanschauungen, kam alles in dieser kleinen Sache zusammen. In dem Herunterfallen einer Schraube. Oder eher in der sinnlosen Folge dieses Ereignisses.

Biatorbágy war damals – im Vergleich zu heute – nur ein staubiges, kleines Nest, eine Umgebung mit enormem Potenzial, das nur von wenigen erkannt wurde und wenn überhaupt, dann nur dank Szilveszter Matuska, der am 13. September 1931 einen Teil der Gleise des Viadukts in die Luft gesprengt und dabei 22 Menschen getötet hatte, was als „Attentat von Biatorbágy" in die Geschichtsbücher einging. Ein Ort, an dem ein für einen Pfifferling wert erworbenes Feld in den nächsten zwanzig Jahren zu einer Millioneninvestition entlang der Landesstraße 1 und zu einem blühenden Geschäft werden würde.

Vielleicht kommt eine Investition mit einem solchen Zeitrahmen erst dem Kind oder Enkelkind des Mannes dort zugute, aber trotzdem! Walter hätte gern davon profitiert und wie. Denn er war Jahrgang 1986. Und im Jahre 1989 war er plötzlich 33. Er erlebte dieses Jahr doppelt. Einmal als Dreijähriger und einmal als Dreiunddreißigjähriger. Das war der Traum vieler. Er war zurück in die Zeit gereist. Er hatte es aber nicht getan, um Verletzungen aus der Kindheit zu heilen oder seinem jungen Ich auszureden, seine falschen Entscheidungen zu ändern. Er wollte weder sich selbst noch seine Eltern treffen. Er wollte weder Google gründen noch als Erster in Apple investieren und auch nicht mit Spekulationen über etwas, von dem er bereits wusste, dass es passierte, anfangen.

Er war aus einem anderen Grund hier: Er suchte Ungarns Antworten. Antworten auf die Frage, wie aus dem Saudi-Arabien der Anjou-Zeit das Ungarn geworden war, welches wir 2019 kennen. Dazu hätte man natürlich viel weiter in der Zeit zurückreisen müssen, aber gemäß dem Stand der Wissenschaft im Jahre 2019 war das noch nicht möglich: Jeder konnte nur so viele Jahre zurückreisen, wie er bereits lebte. Zeitreise ist eine komplizierte Angelegenheit und es gibt keinen Grund, überrascht zu sein, denn der Mensch hatte sich im Laufe seiner Evolution an Einschränkungen gewöhnt. Warum sich also genau darüber wundern?! Zeitreisen ja und zwar gemäß dem eigenen Alter. Es ist so simpel. Diese vollkommen absurde Realität beschäftigte Walter deshalb nicht. Er reiste einfach. So lang, wie er es für sinnvoll erhielt. 1989, um genau zu sein. Und warum nicht 1986? Ganz einfach: Dann hätte er 3 Jahre warten müssen, bis er im Jahre 1989 gelandet wäre. Es sollte aber 1989 sein und Biatorbágy, Punktum.

In der Spätfrühlingsbrise verliefen Walters erste Tage ruhig, er betrachtete das Viadukt von der Hügelkuppe aus und fragte sich, ob er eigentlich Glück hatte, Glück, zu wissen, wie dieser Ort in dreißig Jahren sähe. Dieser Ort mit seinem späteren Kreisverkehr unter dem Viadukt, dem Sportzentrum, den neuen Häusern, der Siedlung, das Aufblühen der Kolonie. Er beschloss, an den wichtigen Ereignissen des Landes als außenstehender Beobachter teilzunehmen, frei von jeglichen politischen oder religiösen Äußerungen. Er wollte sie erleben. Wie es wohl gewesen war. Als Massen von Menschen an ein gemeinsames Ziel glaubten, nur eben etwas unterschiedlich. Deshalb hatte er das Jahr 1989 gewählt. Wegen der Wende. Er wollte sehen, wie Ungarn den Sozialismus verlässt und sich der damals so hoffnungsvoll erwarteten Demokratie, dem Liberalismus und dem Kapitalismus zuwendet. Er liebte die Geschichte und hatte eine eigene Auffassung, aber er wollte versuchen, objektiv zu bleiben. Er kam mit einem namenlosen Ansässigen, der sein Fahrrad auf der staubigen Straße schob, ins Gespräch, das er höflich und distanziert begann.

„Einen schönen guten Tag, wie geht es Ihnen heute?", fragte Walter.

„Wie soll es einem denn gehen? Ich bin müde, junger Mann, müde bin ich. Frühmorgens habe ich im Garten gearbeitet, dann bin ich in den Laden gegangen, habe Brot gekauft und nehme es jetzt mit nach Hause, meine Frau wartet auf mich. Sie sind nicht von hier, stimmt's?", antwortete ihm der Alte.

Walter schmunzelte und erwiderte dann manierlich:

„Das stimmt, ich komme aus der Zukunft."

Der Alte musste jetzt auch schmunzeln und erwiderte:

„Wenn Sie wirklich aus der Zukunft kommen, könnten Sie mir dann sagen, wie das Wetter morgen wird?"

Walter war perplex, dass dies wirklich die einzige Frage war, die der alte Mann an einen Zeitreisenden hatte.

„Das weiß ich nicht, warum ist das so wichtig?"

„Es ist deshalb wichtig, denn wenn ich es wüsste, könnte ich entscheiden, ob ich heute das Dach repariere oder Unkraut jäte", antwortete der Alte. Walter mochte diese Einfachheit, diese Losgelöstheit von den Problemen der Welt, dieses Lebensgefühl, demnach sein Gegenüber an keiner der Schwierigkeiten aus dem 21. Jahrhundert zu leiden schien. Es gibt keine Telekommunikationskanäle, über die er minütlich mit massenweise Propaganda zugeschüttet wird. Die Politik neigt schließlich dazu, nicht den Menschen zu dienen, sondern die Menschen in Angst zu versetzen. Natürlich nicht vor sich selbst, wie ein paar Jahrzehnte zuvor, sondern vor anderen. Sie suchen nach den Dingen, vor denen sich die Mehrheit fürchtet, dann kochen sie es mit Bösem und verstärken das Ganze, um die Angst noch größer zu machen und dann überzeugen sie die Menschen, dass sie, die Politiker, es sein werden, die sie durch einfache heroische Handlungen schützen werden. Das ist das ganze Rezept. Manipulierte Hassinduktion, deren Lösung wir selbst sind.

Dieser Alte schien jedoch mit sich und der Welt im Reinen zu sein. Er lebte im Hier und Jetzt. Ohne Depressionen wegen Vergangenem und ohne Angst vor seiner Zukunft. Er lebte einfach seine eigene Geschichte, obwohl ihm der Zahn der Zeit schon einige Male reichlich zugesetzt zu haben schien. Er hatte sich arrangiert. Er hatte Dinge erreicht, von denen ein junger Kerl aus dem 21. Jahrhundert nur wenig weiß. Er empfand kein Bedauern, nie das Land verlassen zu haben. Der Garten seines Nachbarn löste in ihm kein Unbehagen aus, denn beide glichen einander und auch dem nächsten Garten und dem nächsten. Er verspürte weder ständige Leere noch einen sinnlosen materialistischen Drang, irgendwelchen Dingen hinterherzujagen und auch ein Smartphone besaß er nicht; das hätte ihn sowieso endgültig zu ewigem Trübsal verdammt. Er erfreute sich dem wenigen Guten, das ihm gegeben war und das er erreicht hatte; ihm gelang es, die wahren Momente des Lebens wahrzunehmen und morgens erhobenen Kopfes seinem Spiegelbild entgegenzutreten. Walter betrachtete ihn anerkennend, ihn beeindruckte der Anblick des Alten. Plötzlich vernahm er die Stimme seines Ichs aus dem 21. Jahrhundert: „Die Komfortzone ist nicht der Ort, an dem man gern ist, sondern der, an dem man die dortige Scheiße gut kennt." Er kämpfte mit sich. Sein Verstand mit seinem Herzen, sein bewusstes Ich mit dem unbewussten.

„Ich glaube, dass es auch morgen nicht regnen wird, aber wie sagt man so schön: Was du heute kannst besorgen, das verschiebe nicht auf morgen." Er war stolz, eine so passende Redewendung gefunden zu haben. Gewiss würden sie einander verstehen, was sind schon ein paar Jahre mehr oder weniger.

„Oh, junger Mann, heute werde ich nichts davon tun. Meine Frau wartet zu Hause mit leckerer Kapustník auf mich und dann sind da noch die Tiere. Ich habe viel zu tun, mehr, als in einen Tag passt."

Kapustník. So nennen die Slowaken ihre Krautpastete. Und da Sóskút die nächste Siedlung war, in der auch heute noch Nachfahren der einst dort angesiedelten Slowaken leben, stammte dieser Alte vermutlich aus Sóskút. Oder seine Frau. Schließlich ist sie es, die Kapustník macht. Die Frau aus Sóskút hatte einen Mann aus Biatorbágy geheiratet. Walter schmunzelte in sich hinein, erfreut darüber, zu diesem Schluss gekommen zu sein, obwohl das weiß Gott nichts Besonderes war. Die Bürger zweier benachbarter Gemeinden hatten geheiratet und lebten nun in Biatorbágy. Walter mochte Kapustník, er war sogar einmal auf einem Kapustník-Fest gewesen. Das war 2018, um genau zu sein.

„Junger Mann", unterbrach ihn der neugewonnene Bekannte, „darf ich fragen, was Sie von Beruf sind? Körperliche Arbeit wird es ja nicht sein, dazu sind Ihre Hände zu federnverwöhnt."

Federnverwöhnt. Was für ein Ausdruck! Walter hatte ihn nie zuvor gehört.

„Ja, das sehen Sie richtig, ich bin kein Mann der körperlichen Arbeit. Ich arbeite im Bankwesen, bin dort Portfolio-Manager und bereite die strategischen Beschlüsse der Division auf operativer Ebene vor", log er.

Der Alte lauschte stillschweigend für fünf Sekunden; er versuchte zu begreifen, in welcher Sprache man ihm das gerade gesagt hatte, bevor er die Auskunft, passend zu seiner eh etwas steifen Persönlichkeit, mit den Worten quittierte:

„Junger Mann, ich habe keine Ahnung, ob man das isst oder trinkt, aber wenn es eine sichere Anstellung ist, noch dazu mit einem so wohlklingenden Namen, dann sollten Sie sie behalten, denn nur das zählt. Dass man in dieser schnelllebigen Welt eine feste Anstellung hat."

Walter sprach absichtlich ein in der Zukunft so in Mode gekommenes „Hunglish", wenn also englische Wörter von Mitarbeitern multinationaler Unternehmen verungarischt werden. Er tat das nicht aus Snobismus heraus, sondern aus dem Grund, dass der Alte ihn nicht verstehen und das Ganze als weit entfernt empfinden würde. Er wollte nicht in Verlegenheit gebracht werden, indem er einen Arbeitsplatz in der Nähe erwähnte, an dem ein Bekannter des Alten arbeitete, was wiederum zu einem weiteren Gesprächsthema geführt hätte. Menschen fühlen sich unwohl, wenn sie etwas selbst nicht verstehen, andere aber schon. Er wollte sich dem Alten gegenüber nicht überlegen zeigen, sondern einfach auf Nummer sicher gehen. Und nichts Falsches sagen.

Zwei Dinge im letzten, knappen Satz des Alten ließen ihn jedoch aufhorchen. „Sichere Anstellung" und „schnelllebige Welt". Letzteres, weil er wusste, dass sich die Welt in ein paar Jahren viel schneller drehen würde und der erste, weil genau das zu hören in diesem Jahr seltsam war. An der Schwelle zur Wende. Ob der Alte ahnte, dass sich in den folgenden zehn Jahren entscheiden würde, welche Familien reich und welche arm sein werden? Aber woher sollte er das ahnen? Wenn doch, selbst dann würde es ihn wohl nicht sonderlich interessieren. Er hatte seine weltverändernden Jahre schon hinter sich. Sein Zeitalter des Ehrgeizes, des Mutes und der Selbstverwirklichung. Vermutlich hatte er eine solche Phase gehabt. Nur wurde sie schnell abgewürgt. Ihm wurde gesagt, er solle aufhören zu träumen und lieber schneller die Kartoffeln aus der Erde lesen. Von der Träumerei kann man schließlich nicht leben, von Kartoffeln aber schon. Er würde also Kartoffeln einsammeln. Tag für Tag, so lang, wie man ihm das sagte. Später wird er es sein, der den Auftrag zur Kartoffellese erteilte. Seltsam, wie langsam die menschliche Evolution im 20. Jahrhundert vonstatten ging. Ohne intensiveres Nachdenken wurden Überzeugungen und Gewohnheiten übernommen und weitergegeben, ohne dass jemand die Frage gestellt hätte: „Warum machen wir das so?" Wenn man sie doch gestellt hatte, wurde mit dem Fragesteller schnell ein Exempel statuiert, damit so etwas lieber nicht geschieht. Natürlich nur in den weniger kapitalistischen Ecken der Erde.

„Und was ist mit den Unternehmen?", fragte Walter. „Was wäre, wenn ich Ihnen sagen würde, dass ich ein Unternehmen gründen und besitzen werde, das mich im Alter ernähren wird?" Kaum hatte er das gesagt, spürte er, dass es etwas zu früh gewesen war. Das Land ist noch nicht soweit. Den Alten interessierte diese Frage aber nicht besonders.

„Ich würde sagen, machen Sie ruhig ein Unternehmen. Oder, wie heißt das, gründen Sie eins." Thema beendet, das spürten sie beide und auch, dass es keinen weiteren gemeinsamen Nenner geben würde. Sie verabschiedeten sich höflich voneinander. Nach dem kurzen Gespräch sah Walter zu, wie der Mann mit seinem Fahrrad unter dem Viadukt verschwand, als ihm wieder nachdenklich zumute wurde. Wie muss man mit einem Mann aus der Vergangenheit sprechen? 2019 würde dieser Mann höchstwahrscheinlich tot sein. Oder aber unglaublich alt. Hätte er Nachforschungen angestellt, hätte er ihm vermutlich sogar das Datum seines Todes mitteilen können, was sein restliches Leben sicherlich ruiniert hätte.

Insgeheim hält sich jeder für unsterblich. Der Alte hätte ihm ja sowieso nicht geglaubt. Und das wäre auch richtig gewesen so. Halt. Nicht an so etwas denken, da wird man verrückt. Er ließ die Theorie Theorie sein und lief ebenfalls in Richtung Viadukt. Er wusste nicht wirklich, wohin er gehen sollte, die Welt – und vor allem Biatorbágy – hatte sich in den vergangenen 30 Jahren ziemlich zurückentwickelt. Also ging er an den Steinsäulen des Viadukts vorbei und scherzte mit sich selbst darüber, wie witzig es wäre, ein grinsendes Selfie von der Umgebung zu machen und es auf Facebook zu posten. Seine Freunde würden meinen, dass es sich um ein geschicktes Photoshop-Bild handeln würde. Sie würden ihm bestimmt gratulieren, wie gut er sich selbst in dieses alte Bild setzte. Und diejenigen seiner Freunde, die besonders aufmerksam waren, würden anmerken, wie schön und seiner Zeit voraus die Auflösung des alten Bildes ist. Er würde ihnen einfach aus 1989 entgegen lächeln. Natürlich würde er grinsen. Wie alle, denn das war eine Art ungeschriebene Regel in der Welt der sozialen Medien. Auf diesen Plattformen, auf denen die Menschen versuchen, ihre wenigen glücklichen – oder zumindest danach aussehenden – Momente größter zu machen, als sie eigentlich sind. Und dann schauen sie sich die glücklich scheinenden Momente ihrer Freunde an und das macht sie traurig. Ihnen fällt gar nicht ein, dass sie auch mit ihren eigenen Bildern Traurigkeit verursachen. Weil sie nicht das Ganze sehen. Sie denken gar nicht daran, wie überflüssig es ist, das Leben von Leuten anzusehen, die man seit tausend Jahren nicht sah. Es ist sinnlos. Wie einsam jemand ist, kann man leicht daran erkennen, wie viel Zeit er oder sie in den sozialen Medien verbringt. Umso mehr Zeit man sich dort herumtreibt, desto einsamer ist man.

Walter wusste und spürte, dass auch er nur ein Wanderer war, wie alle anderen auch. Das Streben nach materiellen Gütern, Geld, Macht, Titeln und Rang ist sinnlos, denn der Preis für diese weltlichen Anerkennungen ist gewiss Zeit und Aufmerksamkeit. Zeit und Aufmerksamkeit, die man anderen schenkt oder schenken könnte. Ein Dienst, bei dem man auf der Hut sein muss, denn die angeborene Suche „nach dem leichteren Weg" ist unglaublich verführerisch. Und sie verführt durch ständige Wiederkehr, jeden Tag. Sie stellt einen auf die Probe. Auch Walter. Warum hatte er sich auf die Suche nach einem Tischlerbetrieb gemacht, wenn er sein eigenes Glück hätte schmieden können?

Als er am Dorfamt vorbeikam, sah er eine Metzgerei. Er schaute ins Fenster. Die Fleischtheke war makellos rein, die Ware war in Reih und Glied ausgelegt. Keine Spur von Mangelwirtschaft. Die

Umgebung war ordentlich und sauber, mit einem kleinen Schild, das die täglichen Öffnungszeiten und die aktuellen Sonderangebote auflistete. Rippchen, Keule und Lende. Innovation pur. In einer Zeit, in der jeder gleich bettelarm ist, bietet der Metzger Lendchen im Sonderangebot an. Was für eine Rarität. Walter reichte das, er entschloss sich hineinzugehen.

„Schönen guten Tag, was darf es sein?", hörte er eine von weitem bekannt klingende Stimme, die er irgendwo schon einmal gehört hatte, nur fiel ihm beim besten Willen nicht ein, wo und wann. Als der sich in seinen Dreißigern befindende, leicht stoppelige lächelnde Verkäufer sich hinter dem Tresen aufrichtete, erkannte Walter ihn schlagartig. Denn er kannte diesen Mann. Nicht persönlich, aber aus dem öffentlichen Leben im 21. Jahrhundert. Er sollte später Milliardär der ersten Generation werden. „Meine Güte!", dachte er bei sich. Damit hatte er nicht gerechnet. Noch nicht. Es stimmt zwar, dass er genau deshalb hier war, um solche Leute zu treffen, aber er hatte nicht ahnen können, dass ihn der künftige Schlachthofbesitzer und Agraroligarch János Felvidéki am staubigen Straßenrand eines Dorfes, das man kaum als Ballungsraum bezeichnen kann, anlächeln und zum Kauf von Schweinekeulen ermutigen würde.

„Ähm, ja, g-g-guten Tag", versuchte er seine Gedanken aus dem 21. Jahrhundert zu ordnen. „Ich möchte fragen, ob Sie auch Kaffee verkaufen?"

Etwas Besseres war ihm nicht eingefallen. Kaffeekauf beim Metzger aus Biatorbágy.

Super, eine tolle Idee …

„Kaffee haben wir nicht, aber wenn Sie mögen, ich habe heute früh frischen gekocht, davon kann ich Ihnen eine Tasse anbieten", erklang die freundliche Antwort.

Der Typ war total professionell. Kein Wunder, dass er es weit bringen würde. Neunundneunzig Prozent der Metzger hätten ihn mit seinem Wunsch nach Kaffee bestimmt aus dem Geschäft gejagt, nicht aber dieser. Er sah (auch) in ihm eine Chance. Er wusste, dass die Kunden ihn am Leben hielten und dass es sich lohnt, wenn man sich mit ihnen vorurteilslos gut stellt. Man konnte ja

13

nie wissen. Dieser junge Mann kaufte zwar im Moment nichts, aber er würde vielleicht einem Freund davon erzählen, der jedoch einen benachbarten Schweinezüchter einweiht, der ein paar zusätzliche Schweine zu einem günstigen Preis loswerden möchte. Wer weiß? Es könnte auch sein, dass dieser Mann der Sohn des Bürgermeisters der Nachbarstadt ist, oder er kennt einige Gastronomen, die einen Fleischlieferanten suchen, oder wer weiß, wer dieser junge Mann ist. Hauptsache ist, dass er ein Kunde ist, der hereingekommen ist und etwas kaufen wollte. Es ist schließlich nicht sein Fehler, dass es die gewünschte Ware nicht gibt, sondern die des Geschäftsführers. In diesem Fall seine, János Felvidékis Schuld. Und das war das Rezept für garantierten Erfolg. Er war kein Mann der Gewohnheiten, er suchte nach neuen Dingen, hörte auf die Bedürfnisse seiner Kunden und versuchte, sein Geschäft entsprechend anzupassen. Er wollte dienen. Seinen Kunden dienen. Viele sind der Auffassung, dass das Individuum einen Auftrag hat, nämlich der Gesellschaft zu dienen. Das ist die höchste Aufgabe. Dem Alltag der Gemeinschaft mit rohem Fleisch dienen. Ein kleines Glied in der Maschinerie zu sein, in der es die souveräne Pflicht eines jeden ist, durch seinen patriotischen Dienst dafür zu sorgen, dass alle Rädchen reibungslos ineinander greifen können.

„Das ist sehr nett von Ihnen, aber ich möchte keinen Aufwand verursachen. Wenn Sie keinen Kaffee verkaufen, kann ich das nicht annehmen", erwiderte Walter.

„Sie können das nicht annehmen? Warum denn nicht, um Gottes Willen? Hier, bitteschön, einen Schwarzen für den jungen Mann", und goss er ihm mit schnellen Bewegungen auf eine beinah verstörend schleimige Art einen Kaffee ein. „Milch habe ich nicht, denn ich trinke meinen immer schwarz, aber ich kann Ihnen Zucker anbieten."

„Danke, ein wenig Zucker bitte." Walter nahm die Tasse an.

Sie unterhielten sich höflich. Walter schlürfte betont die Flüssigkeit aus der dunkelgrünen Tasse; er wollte nicht wirklich darüber nachdenken, was der Metzger daraus trinkt oder was er sonst in der Tasse aufbewahrt, wenn er gerade nicht nach Kaffee lechzende Kunden abwickelte.

„Sind Sie von hier?", fragte Felvidéki. Dass er sein Gegenüber noch nie gesehen hatte, fügte er natürlich nicht hinzu, um Walter nicht zu beleidigen. Er war bereits in dieser Zeit ein schlauer Fuchs mit allen Wassern gewaschen, daran bestand kein Zweifel.

„Früher schon", erwiderte Walter geheimnisvoll.

„Früher? Jetzt nicht mehr?"

„Jetzt ist es so, dass ich wieder von hier bin." Er sprach in Rätseln. Sinnloserweise. Er hätte es mit einem „Nein, ich stamme nicht von hier", abtun können, hatte es aber nicht. Er wollte die Wahrheit sagen, aber so, dass der Metzger diese nicht versteht. Er hasste es zu lügen. Bevor das nächste Kreuzverhör kam, fragte er schnell zurück, um zu sehen, ob er sein Gegenüber ein wenig zum Reden bringen und das Gespräch in eine andere Richtung lenken konnte.

„Woher beziehen Sie dieses gute Fleisch?"

„Von meinem Cousin. Beziehungsweise von seinem Vater, meinem Onkel, der ein leitender Angestellter des Nationalen Instituts für Fleischverarbeitung ist", sagte Felvidéki.

Walter kippte bei diesem Satz die Kinnlade nach unten. Kann es sein, dass János Felvidéki in Wirklichkeit nicht mehr ist, als *ein elitärer Strohmann*? Das Bild formte sich. Zumindest die Ahnung eines Bildes. Eine mögliche Version der zukünftigen Wahrheit. Er hatte immer wieder gelesen, dass dieser Felvidéki ein halbgebildeter Emporkömmling sei, bei dem sich viele fragen, wie er es so weit gebracht hatte, wo er doch notorisch ungebildet ist, keine Sprachen spricht und seine Aussagen oft erfunden sind. So also. Man nehme den Onkel, einen gwieften Parteisekretär, der weiß, dass er nicht privatisieren kann, weil er sonst seinen Job los ist, der seinem Neffen ein riskantes, aber passendes Stück vom Kuchen des Landes anvertraut, ein Stück Industrie, zu dem nur Wenige Zugang haben werden. Sie spielen vor, dass der kleine János nicht nur ein anständiges Einkommen, sondern auch außergewöhnliche Fähigkeiten in der Fleischverarbeitung erwarb, die ihn sofort dazu qualifizieren, einen der größten Industriestandorte der Nationalen Fleischverarbeitungsgesellschaft zu übernehmen, den er auf dem Papier mit dem Gewinn aus dem Fleischereibetrieb in Biatorbágy kaufen wird. Unglaublich. Im 21. Jahrhundert kauften meist die großen Unternehmen die kleineren auf, doch hier wird der Metzger aus Biatorbágy *32 Prozent an der ungarischen Fleischerzeugung erwerben*. Kann sein, dass es im Hintergrund nicht einmal einen Taschenvertrag braucht, schließlich bleibt die Kohle in der Familie. Vermutlich wird später jedoch ein Optionskaufvertrag im Sommerhaus am Schwarzen Meer aufbewahrt werden. Das ist alles. János Felvidéki wird also nicht nur aufgrund seiner Liebe zur Arbeit Milliardär werden, sondern das Leben wird ihn in jungen Jahren dazu machen. Er wiederum wird die Gelegenheit nutzen und warten, bis sein Onkel sieben Jahre später vorzeitig an Lungenkrebs stirbt. Wer wird sich schon 2019 daran erinnern, was dieser in den wilden Neunzigern in Ungarn getrieben hatte? Niemand. Er wird sich als barmherzigen Samariter ausgeben, wie all die anderen und sagen, dass er das alles aus dem nichts schaffte und so weiter. Und das Forbes Magazin wird ihn interviewen und sagen: „Hier, bitte, hier ist ein Mann, der es schaffte, folgen Sie seinem Beispiel, er ist reich, also ist er sicherlich auch klug". Walter lächelte bei der sich blitzartig in seinem Kopf erscheinenden Szene in sich hinein. Er fragte sich, ob der alte Mann nicht nur wegen des Risikos nicht für seinen Sohn privatisiert hatte, oder weil selbst der Sekretär nicht so unverschämt sein konnte.

„Und was arbeitet Ihr Cousin? Ist er auch Metzger?", fragte Walter.

„Also, mein Cousin arbeitet nicht in der Fleischverarbeitung, aber er bringt mir meine Ware", lautete die Antwort.

„Verstehe." Alles war klar. Das erklärte ebenfalls so einiges. Der Cousin ist wahrscheinlich der dumme, arbeitsunfähige Sohn seines Vaters, den selbst der Sekretär nicht in die Firma holen wollte, so dass er es vorzieht, ihn „seinen eigenen Weg gehen zu lassen", auf gut Deutsch also das Geld des Vaters nach eigenem Gutdünken auszugeben. Aber es ist letztendlich ja auch schnurzegal. Der Punkt ist, dass Felvidéki – Systemliebe hin, Gastfreundschaft her – ein reicher Handlanger ist, der nur deshalb unabhängige Geschäftsentscheidungen treffen kann, weil sein Herr verendet ist. Natürlich war es nicht nur Felvidéki so ergangen. Zu dieser Zeit wimmelte es im Land von ähnlichen Konsorten. 2019 wird man dann sagen können, dass es sich bei Felvidéki um einen Gründer der ersten Generation handelt, der auf dem kleinen Schlachthof des Reichtums mit bloßen Händen Schweine schlachtete, aber auch in seinem Fall wird man nur abwinken können, wenn die Wahrheit ans Licht kommt. Denn auch bei ihm war es nicht „aus dem Nichts" geschafft. Fleißige Hände und eine überdurchschnittliche Ausdauer reichen nicht aus. Das allein macht noch niemanden reich. Zur Gleichung gehören definitiv auch *Möglichkeiten*. Und das *Erkennen der Möglichkeiten*. Hat man diese Gabe, kann man, wenn denn dann diese gewissen Chancen vor der Tür stehen, sagen, dass man Glück hatte. Und damit ist nicht dieses Glück nach Zufallsprinzip gemeint. Zufälliges Glück hat man, wenn man im Lotto gewinnt, aber man muss auch etwas dazu tun, damit daraus etwas wird. Ist man aber fähig, die in den Schoß gefallenen Geldscheine verantwortungsvoll zu verwalten, hatte man *Glück*. Und wenn nicht, ist man innerhalb von vier Jahren ärmer, als vor dem Lottogewinn. Walter hielt diesen Metzger vom Dorf *für glücklich* und schaute zu ihm empor. Diese berufliche Laufbahn hätten nicht viele Menschen so erfolgreich absolviert, wie er es in einigen Jahren tun würde. Er gestand Felvidéki zu, dass er vermutlich eine Rolle bei seinem Aufstieg spielen würde und dass es unfair wäre, alle Lorbeeren dem reichen Onkel zuzuschreiben. Es ist eine Frage der Standpunkte. Die beiden unterhielten sich noch etwas über die besondere Beziehung zwischen Rinderkeule und Gulasch sowie über die Rolle von Geschmacksverstärkern und Soßen, bevor sich Walter höflich von dem „ur-armen" Felvidéki verabschiedete.

2018

EIN BANKER-EVENT, BUDAPEST

Lauter Beifall. Der Preis für die Innovation des Jahres wurde gerade überreicht. Das Unternehmen ist zwar erst sechs Jahre alt, aber der Jahresumsatz betrug dieses Jahr schon viereinhalb Milliarden Forint. Gegründet wurde es von zwei jungen, unternehmerisch denkenden Kommilitonen aufgrund einer großen Idee, großem Ehrgeiz und etwas Geld. Sie hatten im Schatten der multinationalen Tech-Riesen eine Marktnische gefunden und waren damit allen KMUs zuvorgekommen. Es war eine Geschichte wie im Märchen, kein Wunder also, dass sie gehypt wurden. Der Gründer mit dem Spitznamen CleverBoy (geb. Péter Pallér, 1985 in Budapest), dachte sich, wie einfach es wäre, eine kostenlose App zu benutzen, um damit Fahrten zu organisieren. Die App wurde ein riesiger Erfolg und Jan und Jedermann nutzen sie, wobei es unglaublich ist, dass dieses Konzept bis dato keinem der großen Transportunternehmen eingefallen war. Es werden also keine Waren, sondern Menschen transportiert. Die beiden Ex-Studenten hatten also erkannt, dass die schiere Anzahl der Autos nicht nur die Umwelt verschmutzte, sondern auch den Verkehr lahmlegte, vor allem wenn man bedenkt, dass eine Person ihr Auto höchstens ein bis zwei Stunden pro Tag benutzt. In der verbleibenden Zeit steht das Auto auf einem Parkplatz oder in einer Straße. Die Idee, den Begriff des Autobesitzes neu zu überdenken, lag also auf der Hand, vor allem in einem städtischen Kontext.

Wozu hat man als Stadtbewohner überhaupt ein Auto? Es ist viel einfacher und kostengünstiger, wenn man nur für die täglichen Fahrten ein Auto nutzt und es in der übrigen Zeit denjenigen überlässt, die es brauchen. Die Idee kam nach Uber, die den Staub aufwirbelte, dessen Grundkonzept ein ähnliches ist. Nur transportieren hier nicht Menschen andere Menschen, sondern sie werden von elektrischen, selbstfahrenden Autos gefahren. Auf diese Weise kann ein Auto 20-30 Autos an einem Tag ersetzen und noch dazu auf umweltfreundliche, elektrische Weise. Mit einer Ladung kommt es den ganzen Tag aus und die Stadtbewohner zahlen gerne drei- bis viertausend Forint pro Monat für die Nutzung dieser Autos.

Zwei junge Studenten hatten sich zusammengetan und während nächtlichen Kneipentouren ein Programm geschrieben, das zu einem Bestseller wurde. Die klassische Start-up-Story. Zwei junge Kerle, eine gemeinsame Uni, Bier trinken in der Nacht und die plötzlichen Millionen. Eine Geschichte wie im Start-up-Märchen. Sie wurden für ihre beeindruckende Arbeit, ihre soziale Verantwortung und ihr vorbildliches Fundraising geehrt. Und das Publikum klatschte, wenn es klatschen sollte. Viele jedoch taten es nicht aus Überzeugung. Vor allem diejenigen nicht, die ihr Unternehmen schon seit mindestens fünfundzwanzig Jahren führten und es immer noch nicht geschafft hatten, einen Umsatz von viereinhalb Milliarden zu erzielen. Und diejenigen, die das bereits geschafft hatten, hatten das Gefühl, dass sie viel härter hatten arbeiten müssen, um einen solchen Umsatz zu erzielen. Es war nicht fair, dass diese beiden Taugenichtse herumlungerten und die Medien sich sofort auf sie stürzten. Welch Affront! Das dachte sich auch Kázmér Vámhegyi, der stets ehrgeizige Industriemagnat und stolze Besitzer eines Toilettenpapiergeschäfts. Er hatte das Gefühl, dass das Leben ihm einen Streich gespielt hatte, indem es ihn siebenundzwanzig Jahre lang Ärsche abwischen ließ, um ausreichend wohlhabend zu werden, und jetzt war hier dieser Pallér, sorry: CleverBoy, mit einem seiner Sauf-Kumpane, der das Geschäft des Jahres beim Trinken zusammengeschustert hatte. Zum Teufel mit ihnen. Das ist nicht fair, darin war er sich absolut sicher. Interessanterweise verglich auch er sich mit denen, die reicher waren als er selbst. Obwohl diese eindeutig in der Unterzahl waren. Es war für ihn selbstverständlich, dass er mehr hatte als neunzig Prozent des Landes, aber die restlichen zehn Prozent ärgerten ihn doch sehr. Gern zeigte er besserwisser mit dem Finger, wenn jemand einen staatlichen Zuschuss erhielt oder von einer anderen Organisation Geld bekam. Er sprach allerdings nicht gerne darüber, dass es eine EU-Ausschreibung gewesen war, in deren Rahmen er den bedeutenden Teil seines Toilettenpapierrollen- und Schneidemaschinenparks bekommen hatte, überwiesen aus Steuergeldern und zu 70 % als nicht rückzuerstattende Fördersumme. 2,5 Millionen Euro. Aber psssst. Das war selbstverständlich und wohlverdient. Wenn nur die anderen nichts bekämen! Seine egoistischen Gedanken wurden von der Dankesrede CleverBoys unterbrochen.

„Meine sehr geehrten Damen und Herren, vielen Dank für diese riesige Anerkennung. Als wir vor ein paar Jahren loslegten, hätten wir nie gedacht, dass der Weg, den wir beschreiten wollten, mit Steinen aus Erfolg gesäumt sein würde und so wichtig solche Anerkennungen auch erscheinen mögen, sie sind nicht, was wirklich zählt. Was wirklich zählt, ist der Alltag. Die Montage, Dienstage, Mittwoche, Donnerstage und Freitage, an denen wir morgens zur Arbeit gehen, etwas anfangen, es fortsetzen und schließlich beenden. Das wirklich Wichtige daran ist, dass wir das mit guter Laune und mit Herzensblut tun, Tag für Tag. Wenn wir müde sind, setzen wir uns in unsere Sitzsäcke, legen eine inspirierende Musik auf und scheißen im wahrsten Sinne des Wortes auf die Welt. Unser Start-up hat nie staatliche Beihilfen erhalten und wir sind nie begünstigende Kompromisse eingegangen. Diese ganzen Fördermittelanträge sind in unseren Augen Nonsens. Das ist so, als würde ein Schiedsrichter in einem Fußballspiel einer Mannschaft Tore geben, nur weil sie ihre Umkleidekabine sauberer hält oder weil sie im Sommer mehr trainiert hat. Unverdient sollte ein Unternehmen überhaupt kein Geld erhalten. Das ist unsere Meinung. Danke noch mal!"
Grabesstille. Sogar Kázmér Vámhegyi, einem der größten Miesmäuler, stockte der Atem. Und auch seine Gedanken für ein, zwei Sekunden. Er konnte sich nicht erklären, ob er das gerade wirk-

lich gehört hatte oder ob er langsam verrückt wird. Bereits der Sitzsack-Nihilismus auf Arbeit hatte ihm ein gewaltiges Loch in seinen Verstand gehauen, aber die folgenden Sätze ließen ihn atemlos und seinen Blutdruck in die Höhe schnellen. „Wie zum Henker denkt sich dieser aufgeblasene Niemand, dass er den Preis für das innovativste Unternehmen des Jahres bekommt und dann hierher kommt und anfängt, sie zu beschimpfen, die bereits staatliche Fördermittel erhalten hatten und deren Unternehmen noch immer keine viereinhalb Milliarden wert sind? Wie kann er es wagen, offen vor allen Leuten, einen Frevel begehend, das Großmaul zu geben? Denn es war ein Frevel, kein Zweifel. Selbst unter uns galt das als solcher, geschweige denn hier mitten auf der Bühne, vor Land und Welt. Morgen werden sich die Medien in die Inhaber der staatlich subventionierten, wohlhabenden Unternehmen verbissen und sagen, dass sie es nicht verdient haben und so weiter. Und das alles inmitten eines Raumes voller prominenter Mitglieder des politischen Kreises. Das ist, sagen wir mal, mutig." Das musste Vámhegyi auch vor sich selbst zugeben. Eier hatte der Typ zweifellos. Aber trotzdem! Und diese schwache Fußball-Analogie. Dass sie es nur deshalb weitergebracht hatten, weil sie Geld bekommen hatten?

In Wirklichkeit wusste Vámhegyi, dass CleverBoy recht hatte, dass das, was er sagte, ein Volltreffer war, aber sein Verstand konnte es nicht verarbeiten. Schon zu lange bereicherte er sich, als dass man ihm gegenüber ehrlich sein könnte. Zumindest waren die meisten Menschen in seiner Umgebung seit Jahren nicht mehr ehrlich. Auch er war ein halbgebildeter Emporkömmling, aber das wusste er auch von selbst. Dass die Leute nicht mehr ehrlich zu ihm sind. Er ist ein altmodischer „Boss Dinosaur" mit einem Hauch von Megalomanien, gespickt mit einer Dosis schizophrener Paranoia. Auch während der Veranstaltung schaute er dreimal unter dem Tisch auf die Live-Kamera der Toilettenpapierfabrik. Er überzeugte sich selbst, dass dies die natürlichste Sache der Welt sei und zur Untermauerung dachte er an die anderen Boss Dinosaur, die dasselbe taten. So halten sie es, immer und überall. Nach dem Aufwachen, beim Mittagessen, vor dem Schlafengehen, bei Veranstaltungen, im Urlaub. Aus irgendeinem Grund wirkte die berufliche Entwicklung des 21. Jahrhunderts auf sie in die entgegengesetzte Richtung. Sie machen sich selbst verrückt, weil sie sich in immer mehr Dinge einmischen wollen, sich in die Computer all ihrer Mitarbeiter hacken und sich dann wundern, warum sie in allem und jedem den Feind sehen und spüren. Ihr einzigartiger Slogan lautet: „Es wird so sein, weil ich es sage!" In den Sitzungen, die sie einberufen, versuchen sie, ihre Dominanz durch sakrale Verzögerungen und symbolisches Smartphone-Drücken zum Ausdruck zu bringen. Anstatt die Arbeit sinnvoll zu delegieren, spielen sie die „Ein-Mann-Show" und wundern sich dann, dass die Arbeitnehmer immer weniger nachdenken, keine Ideen haben, müde werden und dann irreparabel ausbrennen.

Auch Kázmér Vámhegyi hatte schon seit langer Zeit Kopfschmerzen, denn er neigte dazu zu glauben, dass nur er arbeitete und niemand sonst. Dieses Gefühl trat immer häufiger auf, obwohl er von einem sorgenfreien Ruhestand geträumt hatte. Doch merkt er, dass er immer mehr arbeitet und immer müder wird. Und er gibt sich alle Mühe, nicht zu glauben, dass er schuld daran ist. Er ist nicht in der Lage, sein eigenes Unternehmen im Sinne des modernen Zeitalters zu führen. Manchmal hätte er vor Schmerz aufschreien können. Und tat es auch. Er schrie mit anderen. Mit den Menschen, die ihm an diesem Tag zufällig im Weg standen. Auch die Katze trat er, wenn er mit dem linken Fuß zuerst aufgestanden war. Jeder wusste das über ihn, natürlich hinter seinem Rücken. Und wenn er schließlich zu einer solch prestigeträchtigen Veranstaltung kam, die er nicht als aufopfernde Arbeit seiner Angestellten, sondern als eine souveräne Auszeichnung für sein eigenes Lebenswerk betrachtete, kam ein Woodstock-Ausreißer mit einem kindischen Spitznamen und heimst ganz einfach die Lorbeeren ein. Er sagt ihnen, dass sie ohne das Geld aus den Fördermitteln aufgeschmissen wären. „Wenn seine verdammte App nur verboten würde!" In Gedanken wütete weiter. Er flüsterte sogar dem neben ihm sitzenden Oligarchen

János Felvidéki, seinem Kumpel, zu: „Was hältst du von dieser Scheißerei, mein Bester?"

„Was ich davon halte? Dass für diejenigen, deren Weg so steil nach oben führt, der Weg nach unten genauso steil sein wird." Felvidéki richtete sich stolz auf. Er dachte, er hätte weise gesprochen. Eine schwer fassbare Weisheit, wie von Sokrates oder Marcus Aurelius. Sie waren gereizt; lang ist es her, dass sie selbst junge Aufstrebende gewesen waren, sie hatten diese Zeit sogar beinah vergessen. Die Metzgerei in Biatorbágy fiel Felvidéki gar nicht ein, für ihn begann die Zeitrechnung erst nach der Privatisierung. Und es sollte niemanden interessieren, was davor passiert war. Er war immer schon wohlhabend gewesen und hatte seinen Erfolg sich selbst zu verdanken. Das dachte er zumindest. Genau wie Vámhegyi. Felvidéki war auch ein wenig verblüfft über die Anrede „mein Bester". Kennt Vámhegyi seinen Platz nicht? Schließlich hatte er wesentlich mehr Geld als Vámhegyi, also ließ er sich nicht gefallen, dass dieser kleinreiche Mann ihn „meinen Besten" nennt. Was bildet er sich ein? Nur weil sie an denselben Tisch gesetzt wurden, hieß das nicht, dass sie sich auf einer Ebene befinden. Seine *jährlichen* Gewinne sind höher als der *Umsatz* von Vámhegyi.

Es ist unglaublich, dass sie nicht einmal in der Lage sind, bei einer Veranstaltung wie dieser die sozialen Schichten symbolisch abzugrenzen. Es könnte einen Tisch für die Reichen, einen weiteren für die Reicheren und noch einen für die Reichsten geben. Letzteres natürlich am besten Platz im Raum. Und die Kleinreichen sollten sich freuen, überhaupt hier sein zu dürfen und würden einen Tisch zwischen Buffet und Flur bekommen. Felvidéki *nörgelte* ebenfalls, aber nicht mehr über die ergreifende, mutige und zutreffende Rede von CleverBoy, sondern über das Herabsehen durch Vámhegyi. Er konnte es nur schwer ertragen, wenn man auf ihn herabsah, vor allem von einem kleinreichen Mann, der sich selbst zu hoch einschätzte. Sogar vom *Premierminister* konnte er das schwer hinnehmen, geschweige denn von einem Typ wie Vámhegyi.

„Der Weg nach unten?! Ja, das hoffe ich auch! Zur Hölle mit seinem blöden Preis!", kommentierte der Klopapierkönig, dem es an Wortschatz mangelte, und fuhr dann fort: „Kleverboj, oder was, ein Klugscheißer! Er ist eher ein stupid dog, dummer Hund, oder?", schmunzelte er vor sich hin.

Er hielt sich vor seinem alten Freund für witzig und war stolz auf sich, weil er sein erbärmlich falsches Englisch zur Schau stellen konnte. Der Witz war so schlecht, dass Felvidéki nicht einmal so tat, den Witz zu verstehen. Er tat eher so, als hätte er nichts gehört und verachtete innerlich Kázmér Vámhegyi tief. Sein Blick untersuchte unterbewusst die Sitzordnung und er fragte sich, ob er am richtigen Tisch saß. Er fragte sich, wenn man das Gesamtvermögen der Personen an jedem Tisch zusammenzählte, welches der reichste Tisch wäre. Und ob er wohl an diesem sitzt? Denn wenn nicht, wurde er am falschen Tisch setzen lassen und würde sich beschweren. Er kümmerte sich auch nicht besonders um Intelligenz oder andere vernachlässigbare menschliche Eigenschaften, hier zählte nur die Größe des Geldbeutels, sonst nichts. Jeder, der etwas anderes behauptet, ist dumm oder arm.

Also begann er, die gehobene Gesellschaft zusammenzuzählen. Es gab fünfzig oder fünfundfünfzig Tische im Raum, die Bühne war gewölbt, die Tische waren in einer regelmäßigen Reihenfolge angeordnet, immer weiter von der Bühne entfernt, zehn Tische in einer Reihe, fünf volle Reihen, zehn oder zwölf Personen an jedem Tisch. Es war offensichtlich, dass die Gesellschaft verdünnt worden war und dass auch die Schleppe anwesend war. Die nicht arbeitenden Ehefrauen, die nur noch symbolisch in den Unternehmen tätig waren und dabei alle möglichen lächerlichen Scheinaktivitäten machten; die Angehörigen der Thronfolgerfamilie, bei denen schwer zu erkennen war, welchen Wert sie wirklich hatten, weil sich nach außen hin alle von ihrer besten Seite zeigten; ein paar familienfremde Führungskräfte, Manager und das war's. Jeder Eingeladene durfte maximal eine Hauptbegleitung oder einen Gast mitbringen, was auch strikt eingehalten wurde, da sie sonst nicht genug Platz hätten. Wenn jemand hier eine Bombe abwerfen würde, könnten die zweihundert größten inländischen Unternehmen, die das Magazin „Figyelő" auflistete, gleichzeitig und in kürzester Zeit den quälenden Prozess des Generationswechsels einleiten. Felvidéki konnte nicht den ganzen Raum einsehen, sondern nur die umliegenden Tische. Es gab diesmal keinen VIP Bereich und er dachte bei sich: „Es wäre schön, wenn es einen gäbe." Wie ungeheuerlich das wäre. Dies ist wahrscheinlich auch der Grund für die Vermischung der Kasten. Denn wenn er und seine Partner an einem klar abgegrenzten Tisch säßen, nähmen es die Kleinreichen wahrscheinlich übel. Hier wird in jeder Form versucht, alle glauben zu machen, dass alle, die hier waren, zu den Besten gehören, und mehr nicht. Nichts könnte weiter von der Wahrheit entfernt sein. Auch unter den Besten könnte man leicht eine Rangliste aufgrund des Reichtums erstellen. Er könnte in dem Fall am zweiten oder schlimmstenfalls am dritten Tisch sitzen. Leider könnte er selber nicht einmal an den ersten Tisch, denn er müsste die dort sitzenden imaginären Personen erst einmal umwerben. Damit sie ihn aufnähmen. Er kannte sie alle persönlich und mit vielen von ihnen hatte er bereits Geschäfte gemacht, aber es gibt gewisse Voraussetzungen. Der Wert eines Menschen in Geld berechnet. Einfache Mathematik, aber schwer zu realisieren. In ein paar Jahren, mit etwas Glück, ist es jedoch möglich. Und dann müsste er sich nicht mehr mit Subjekten wie Vámhegyi abfinden und schon gar nicht mit ihm an einem Tisch sitzen. Er würde mit den Top zwanzig an einem Tisch sitzen. Und er würde die Tatsache einfach ignorieren, dass die reichsten Menschen in Ungarn im Vergleich zu den reichsten Menschen der Welt weit zurückbleiben. Ab da würde ihn das nicht mehr kümmern. Er würde nicht einmal einen Fuß außerhalb des Landes setzen, um noch reichere Menschen zu sehen. Er hatte bereits seinen eigenen Privatjet, er ließ sich sogar Kleidung von Privatjets liefern, er machte Urlaub, wo immer er wollte und warum wäre er seine Seele mit russischen Oligarchen und Kapitalisten aus Monaco belasten. Ihm reichte das schon. Der reichste Mann Ungarns zu sein. Vámhegyi und der Rest des Proletariats können da hin gehen, wo der Pfeffer wächst. Er wird jemals wieder mit ihnen ums Verrecken nicht sprechen.

„Einen Augenblick, bitte!", sprach ihn während einer Pause der Veranstaltung Felvidéki CleverBoy an. „Sie kommen mir so bekannt vor, junger Mann, sind wir uns nicht schon einmal begegnet?"

„Ich muss zugeben, dass ich mir Gesichter nicht gut merken kann ... Ich weiß nicht, ob wir uns persönlich getroffen haben, aber ich weiß, wer Sie sind, Herr Felvidéki", antwortete CleverBoy.

„Ich gratuliere Ihnen zu der Auszeichnung", begann Felvidéki, „es gehört schon eine Menge Selbstvertrauen dazu, sich in so jungen Jahren vor die Geldsäcke zu stellen und ihnen Ihre ungeschminkte Meinung zu sagen, nicht wahr, junger Mann?" Bevor ihm sein Gegenüber antworten konnte, fuhr er fort: „Offene Provokation! Das ist absolute offene Provokation!", sprach er affektiert lachend.

„Ich halte es nicht für Provokation, wenn man seine ehrliche Meinung zu etwas sagt", antwortete CleverBoy. „Schließlich darf jeder eine Meinung frei haben, nicht wahr, Herr Felvidéki?"

„Meinung? Eine Meinung darf man haben, ja! Aber ... Sägen Sie sich nicht den Ast ab, auf dem Sie sitzen!" Mit diesen Worten bewegte sich Felvidéki aus der sozialen Distanz heraus und trat CleverBoy näher, während er sich unverständlich am Bauch kratzte. „Und lassen Sie mich Ihnen einen unaufgeforderten Rat geben, den ich einmal von einem alten Mann erhalten habe, der Gott weiß warum, Ihnen ähnlich sah: Habgier und Machtgier sind die beiden schlimmsten Abscheulichkeiten des Lebens, wie ich es kenne."

1989

SZIGLIGET

„Guten Morgen, Herr Schwarzenberger!" Mit diesen Worten begrüßte Herr Kovács seinen Mieter freundschaftlich nach einem
einzigartigen Sonnenaufgang in Szigliget. Die Sonne schien über
den ganzen Balaton. Es war die Art von Sonnenschein, die nur
diejenigen kannten, die ihr tägliches Leben in diesem kleinen
Dorf verbracht hatten oder die Gelegenheit gehabt hatten, hier
ein paar sorgenfreie Tage zu verbringen. Das beinah parallel zur
Terrasse verlaufende flache Licht betonte die Unebenheiten und
Unvollkommenheiten der Oberfläche. Es war bereits das zweite
Mal, dass Herr Schwarzenberger hier war. Letztes Jahr war er
zum ersten Mal hier gewesen, aber er hatte sich geschworen,
jedes Jahr zu kommen, denn dieser wunderbare Ort ist un-
vergleichlich. Die Ruhe, das Hintersichlassen der Probleme,
die malerische Landschaft, der ländliche Tourismus – all das
schaffte für ihn ein Umfeld, nach dem er sich im Alter sicher
sehnen würde. Er war erst um die vierzig, aber er hatte das Gefühl, dass er hier so eine Art jungen Ruhestand erleben könnte.
Es war, als ob die Zeit an diesem Ort rückwärts lief. Mit vierzig fühlte er sich hier wie ein Rentner – aber jung. Das war ein
interessantes Gefühl. Deshalb war er hier. Er träumte, wovon
jeder Rentner träumt. Wieder vierzig zu sein, mit der Weisheit
des Alters, aber in einem etwas jüngeren Körper. Herr Schwarzenberger hatte ostdeutsche Wurzeln: Seine Mutter war Lehrerin
aus Berlin, aber er war in Ungarn geboren und bezeichnete sich
als Ungar. Er sprach Deutsch so gut wie seine Muttersprache.
Fremden gegenüber gab er sich gern als „echter" Deutscher aus
und er ärgerte sich über die stereotype Haltung der Ungarn, die

ihn für einen reichen Ausländer hielten. Sein Familienname war auch nicht Schwarzenberger. Es war nur ein Name, den er erfunden hatte, um sich besser zu verkaufen. Er bereitete sich auf ein Doppelleben vor und hatte bewusst zwei Images aufgebaut. Als er an den Balaton kam, war er Herr Schwarzenberger, der wohlhabende deutsche oder österreichische Geschäftsmann, der in Mark und Schilling bezahlte. Schon damals war er ein echter Snob. Er äffte die Reichen nach und gierte nach einem hohen Lebensniveau, das er sich nicht leisten konnte. Genauer gesagt nicht das ganze Jahr über, aber hier am Balaton, einmal im Jahr für ein paar Tage. Und dann ließ er es sich gut gehen. Er war in relativer Armut aufgewachsen und hatte sich schon als Kind geschworen: Komm, was wolle, aber er wollte reich sterben. Und wenn das Leben und seine Berechnungen nicht aufgehen würden, würde er wenigstens genug gespart haben, um ein paar Tage im Jahr wohlhabend zu leben, weg von zu Hause, weg von der Armut, weg von der Verlangsamung des stetigen Abstiegs. Auch das Ferienhaus von Herrn Kovács hatte er zufällig gefunden, als er von der Hauptstraße abbiegend das ihn sanft anlockende Schild mit der Aufschrift *Zimmer Frei* erspähte. Er war fest entschlossen, das beste Ferienhaus auf dem Hügel auszuwählen, damit die Nachbargäste sahen, dass er am besten Ort wohnte. Auf diese Weise stärkte er sein Ego vor Fremden und natürlich vor Herrn Kovács. Ihm war wichtig, was andere über ihn dachten. Insgeheim war er wütend über den Gedanken, dass man sich leicht vorstellen kann, dass sogar Herr Kovács reicher ist als er. Schließlich hat er ein Ferienhaus wie dieses, das er nicht hat und auch nicht kaufen könnte. Es war eine ärgerliche Erkenntnis, aber wenigstens war er der Einzige, der es wusste.

„Guten Morgen, Herr Kovács! Wie schön sind heute die Blumen. Ich möchte, dass Sie wissen, dass ich heute Gäste empfange, sie kommen zum Mittagessen." Schwarzenberger begrüßte Herrn Kovács in einem leicht verspielten Stil auf Ungarisch, aber mit starkem deutschem Akzent.

„Verstehe, Herr Schwarzenberger, sie sind herzlich willkommen, es ist viel Platz, kann ich Ihnen helfen?", lautete die höfliche Antwort.

„Nein, danke, alles ist perfekt."

Sie haben so vereinbart. Herr Kovács hatte schon öfter seltsame Gäste gesehen, schließlich betrieb er seit zwanzig Jahren Unterkunft schwarz. Aber Herr Schwarzenberger war nicht im Geringsten seltsam. Er hielt das Ferienhaus sauber, hatte keine Hauspartys oder keine Trinkgelagen, buchte rechtzeitig und bezahlte pünktlich, benutzte sogar nur eines der Handtücher. Vom Standpunkt eines Wirtes aus gesehen ist der Kerl ein Haupttreffer und die Tatsache, dass er ein bisschen seine Nase hoch trägt, wen kümmert's; auch die anderen Germanen tragen sie hoch. Tragen sie es so, wie sie wollen. In einer solchen Woche verdient er praktisch passiv einen Monatslohn. Herr Kovács war ein echter, fleißiger Typ wie Ameise, der auf seinem Geld saß. Und er war tatsächlich reicher als Herr Schwarzenberger. Zumindest 1989. Interessanterweise hatten beide den Wunsch nach materiellem Wohlstand, aber mit einer völlig anderen Vorstellung. Während Herr Schwarzenberger sich nach Anerkennung und Reichtum sehnte, war Herrn Kovács diese fehlbaren Gefühle völlig gleichgültig. Er wollte nicht bekannt werden, er wollte keine Untergeordneten und er hielt seinen Reichtum gut verborgen. Es ist einfacher für die Leute, dich zu akzeptieren, wenn sie denken, dass du arm bist. Geld ist für jede Art von Kompensieren überflüssig, es sollte nur verwendet werden, um Existenzsicherheit und etwas freien Willen zu kaufen. Damit Herr Kovács in ein paar Jahren machen kann, was er nur will. Er braucht nicht, sich nicht an die Fesseln seines Geschäfts zu klammern und die ständige Angst, seinen Einfluss und seine Macht zu verlieren. Er will sich nicht in höheren Kreisen bewegen, er erwartet nicht, dass sich für ihn goldene Türen öffnen. Er war eine einfache, anständige Seele mit einem bürgerlichen Geist und bürgerlichen Freunden, mit wahren Freunden.

„Hallo, mein Freund! Schön, dich zu sehen, es ist tausend Jahre her. Als die Nachricht kam, dass du ein wunderschönes Ferienhaus am Balaton gekauft hattest, dachten wir nicht, dass es so schön sein würde. Der Panoramablick vom Rókárántó auf den ganzen See, man kann gleichzeitig Badacsony und das Káli-

Becken sehen. Herzlichen Glückwunsch, Alter", wurde Herr Schwarzenberger von seinem ersten Gast, Elek Nyikos, einem professionellen Ziegenzauber, begrüßt. Das war sein Spitzname. Ziegenzauber. Um das Ganze noch abwertender zu gestalten, wurde es durch das Wort *professionell* ergänzt. Elek Nyikos hatte eine Ziegenfarm und züchtete nebenbei Schweine. Im Restaurant Gundel, das damals noch verstaatlicht war, wurde auch sein Geld auf die gleiche Weise angenommen, aber man flüsterte hinter seinem Rücken, dass sein Geld stinke. Es stank nach Ziegenscheiße. Die Augen der gesellschaftlichen Elite waren äußerst gereizt, dass ein einfacher Mann wie dieser Elek Nyikos es wagte, seinen durch Ziegenscheiße beschmutzten Fuß in ihren Zirkel zu setzen und so zu tun, als sei er einer von ihnen. „Danke, mein lieber Freund, du weißt, dass ich großzügig bin, wenn es um Komfort geht", log Herr Schwarzenberger seinem Freund ins Gesicht. Oder besser gesagt, er hat nicht gelogen, sondern Nyikos in dem falschen Glauben gelassen, dass das Ferienhaus wirklich ihm gehört. Sollte sich herausstellen, dass es nicht ihm gehört, könnte er sagen, dass er nie behauptet hat, es zu besitzen. Das überraschte ihn selber übrigens, denn er hatte noch nie jemandem erzählt, dass er ein Ferienhaus gekauft hatte. Er hatte den Bekannten nur gesagt, dass er zum Ferienhaus fuhr, weil er Urlaub brauchte. Sie haben es also falsch verstanden. Die babbeln alle nur Unsinn. Klassischer Klatsch und Tratsch. Auf jeden Fall gefiel es ihm; er musste sich nicht bemühen, sich reicher auszugeben als er in der Tat war. Die netten Bekannten taten es für ihn.

„Wer wird noch zu der heutigen informellen Unterhaltung erwartet?" – Die Betonung lag auf informell. Es ging darum, ihrer Zusammenkunft einen professionellen Kontext zu geben. Ein wenig Formalität, ein wenig Heimlichtuerei. Als ob sie bereits so wichtige Leute wären, dass ein freundschaftliches Treffen nichts anderes als eine *informelle Unterhaltung* sein könnte.

„Hierher kommen, bitte, alle, die wichtig sind … und Du", lachte Herr Schwarzenberger laut. Er fügte dem vorhergehenden *informellen* Ausdruck noch etwas hinzu, indem er anfing, geheimnisvoll zu sein und auch indem er Nyikos auspreiste. Aber was soll's, dieser Nyikos wird sowieso sicherlich in den Senkel gestellt, er wird sich durch diesen Witz nicht beleidigt fühlen und Herr Schwarzenberger hatte sonst nicht die Absicht, ihn zu beleidigen. Es fiel ihm einfach ein, er konnte diesen Scherz nicht auslassen. Bevor er eine sinnvolle Antwort geben konnte, wurde ein lautes Hupen von einem Blick auf den religiösen Kunstschatz der Atmosphäre des Comecons, den roten Lada, begleitet. Der stolze Besitzer, Kázmér Vámhegyi, grinste hinter dem Lenkrad. Es ist nicht bekannt, ob es das Statussymbol seines neuen Autos war, das ihn zu einem übertriebenen Lächeln veranlasste, oder ob er einfach nur froh war, dass er damit einen fünfzehn Grad steilen Hügel hinauffahren konnte. Auf jeden Fall sah er glücklich aus, das steht außer Zweifel. Er näherte sich ihnen vorsichtig verlangsamt, begleitet von einem beeindruckenden Dröhnen der Motoren. Die Wahrheit war, dass seine Beine noch nicht an das Kupplungspedal gewöhnt waren und um die Schande des Abwürgens zu vermeiden, zog er es vor, das Gaspedal stärker zu betätigen. Vámhegyi und zwei seiner Kumpel stiegen aus dem feuerroten Torpedo aus und er begrüßte seinen Freund lautstark:

„Willkommen Freund!"

„Oh, Vámhegyi, du bist so dumm, du solltest Englisch lernen, das geht dir besser", dachte Schwarzenberger und versuchte dann, die freundliche Geste zu erwidern.

„Ich begrüße alle meine Freunde! Ich begrüße euch, meine Freunde!" Sie schüttelten sich die Hände und umarmten sich.

„Meine Herren! Ich freue mich über die Ehre Ihrer Gesellschaft, bitte kommen sie nach mir. Es ist mir eine große Freude, Sie in der Majestät dieses prächtigen Balatoner Hochgebirgshäuschen zu sehen. Bitte, fühlt euch wie zu Hause, alles was mein ist, ist auch euer", er versuchte gastfreundlich zu sein, beinah übertrieben, zumal ihm hier nichts gehörte. Er fand es witzig, eines der schönsten Ferienhäuser am Balaton als Kabäuschen zu bezeichnen.

„Kommen Sie, meine Herren, lassen Sie uns auf Ihre Ankunft anstoßen und dann trinken wir später auf etwas anderes", scherzte er weiter. Der vorbereitete Welschriesling wartete bereits auf die durstigen Gäste und natürlich wurde das Sprudelwasser dazu gereicht. Sie tranken kleine Schorlen. Sie haben weder concierge noch long step gemacht. Jeder hatte ein 200 ml Glas, in das man Wein und Sprudelwasser einschenken konnte. Angesichts der außergewöhnlichen Hitze war der heimische, hochwertige Riesling schnell verbraucht und zum Glück wusste Herr Schwarzenberger, dass der Vorrat im Keller schier unerschöpflich war. Also tranken sie eine Weinschorle nach der anderen. Nicht ein wenig, sondern sehr viel. Vámhegyi war hocherfreut, einen kleinen Vortrag über seinen neuesten Erwerb stolz halten zu dürfen und er beschrieb ausführlich, wie er die Atmosphäre des Comecons in den 1990er Jahren erlebt.

„Stellt euch vor, Genossen", er benutzte den Begriff Genossen zynisch und verurteilte damit zutiefst das Regime, das kurz vor dem Zusammenbruch stand, „am Montag erhielt ich die Nachricht, dass mein lang ersehntes Auto eingetroffen sei und ich es in der Védgát utca in Csepel, im Merkúr-telep, abholen könne." Es ist schon Fest und zwar aus den Feinsten. „Wisst ihr, wie sehr ich ein echtes Auto unter meinem Hintern haben wollte?! Ich habe es gehasst, einen Trabant zu fahren, er ist so Schmach. Wenn es mir dann zu langweilig wird, hoffe ich, mir einen Golf 2 leisten zu können. Ich habe neulich einen gesehen, meine Freunde, es ist ein prächtiges Geschöpf. Das nächste Mal vielleicht." Vámhegyi – wie alle Autobesitzer, der sich für etwas hielt – plante bereits, in die Zukunft des Automobils aufzubrechen, in die magische Welt der westlichen Autos, die damals fast unerreichbar war. „Meine Herren, trinken wir auf den Fortschritt, auf das Vaterland, auf den Kapitalismus!" „Tovarisi konyec!"

„Tovarisi konyec!", sagten sie alle und stießen an. Sie werden nie das einfache, aber geniale Plakat von István Orosz vergessen, welches den Kopf eines fetten Genossen von hinten zeigt, mit der Aufschrift: „Tovarisi konyec!" „Genossen, es ist vorbei!" Es ist zu einem geflügelten Wort geworden, das nur diejenigen wirklich verstehen können, die diese Zeit erlebten.

„Was sollen wir jetzt tun? Das System wird zusammenbrechen und wir werden ein Land ohne Regierung und ohne jegliche Kontrolle haben. Meint ihr, dass wir ein Land des leichten Geldes haben werden?", fragte Elek Nyikos, der Ziegenzauber.

„Was machen wir?! Ich werde euch sagen, was passieren wird. Genau wie überall sonst, wo der Kapitalismus sein gieriges Köpfchen erhob. Der einzige Unterschied ist, dass man am Anfang nicht befürchten muss, dass das Land von den Großkapitalisten überrannt wird. Wir werden eine Kolonie sein, aber frei. Eine Kolonie der Lohnarbeit. Billige Arbeitskräfte für die kapitalistischen Konzerne. Und ein Verbrauchermarkt mit zehn Millionen Menschen, die nur darauf warten, dass vor ihren Nasen der Honigfaden gezogen wird. Alles wird hier sein, glaubt mir. Um die Wirtschaft anzukurbeln, müssen die Menschen zum Konsumieren gebracht werden. Aber um sie zum Konsumieren zu bewegen, wird ein konsumierbares Produkt gebraucht, das irgendwo hergestellt werden muss. Und genau da kommen wir ins Spiel. Ganz am Anfang des Prozesses, der sich morgen zur Realität entwickeln wird. Die Produkte müssen erzeugt werden, damit das Vieh etwas fressen kann. Wir werden uns von einer alten Mangelwirtschaft zu einer modernen Konsumgesellschaft entwickeln. Ich sage euch, jeder, der etwas im Kopf hat, kann auf den Wellen zum Reichtum reiten! Auf den Konsum!", erhob sein Glas Schwarzenberger, der kapitalistische Konsumrevolutionär.

„Ich verstehe, dass dies eine große Knall wird, aber wo sollen wir anfangen, mein Freund? Ich habe Ziegen und Schweine, wir leben schon ganz gut davon. Glaubst du, dass es eine nächste Stufe gibt?", fragte Nyikos verständnislos.

„Natürlich gibt's! Wir stehen eigentlich am Anfang des Weges! In deinem Fall, mein lieber Freund, sind vielversprechende Agrarunternehmen am Horizont zu sehen. Wenn du ein paar Taschen voller Geld übrig hast, dann privatisiere, wo du kannst! Du kannst alles, was du willst, für einen Apfel und ein Ei kaufen. Es wird dir das teure öffentliche Eigentum für ein Zehntel des Preises überlassen, weil man denkt, damit Geld für das Land verdienen zu können. Aber das ist nichts anderes als der legale Diebstahl des

Vermögens. Mit einem Modewort ausgedrückt: Privatisierung. Das wird noch einige Jahre so bleiben, niemand hat einen Grund, Angst zu haben, es wird später von keinem gefragt werden, woher das Vermögen stammt. Was auch immer eure Hände erreichen, greift fest zu und lasst nicht los!" Herr Schwarzenberger war sehr an Offenbarungen interessiert und begann zu ihnen zu sprechen, als wäre er der einzige Erwachsene von den Anwesenden und die anderen die unwissenden kleinen Buben.

„Larifari!", sagte der bisher sprachloser Imre Görbe, einer der Begleiter von Vámhegyi, das älteste Mitglied des Zirkels, das schon weit in seinen Sechzigern war. „Es ist ein Blödsinn, dass man das Staatsvermögen ohne weiteres erwerben kann! Der Staat hatte schon immer die Kontrolle und das wird auch jetzt nicht anders sein. Ihr seid jung, ich habe jedoch viel erlebt. Krieg, Revolution, Frieden, Freude, Leid und es gibt eine Lehre, die man immer aus solchen Hurra-Optimismus-Revolutionen zog: Sie wurden alle besiegt! Auch diesmal wird es nicht anders sein. Sie geben sich die, hm, wie hast du gesagt, Privatisierung aus, aber ich glaube nicht, dass sie auf lange Sicht denjenigen zugute kommt, die tüchtig sind. Das ist nur ein Teil des großen Plans. Der Staat kann nämlich nicht mit sich selbst konkurrieren. Dazu muss man zunächst den Wohlstand an diejenigen weitergeben, die dazu in der Lage sind, damit sie die Chance ausnutzen. Sie müssen sich entwickeln, konkurrieren, wieder rentable Fabriken bauen, den Tourismus ankurbeln, den Agrarmarkt zum Blühen bringen und so weiter. Dann, wenn der Prozess endlich gelungen zu sein scheint, also die Fachleute sind ausgebildet und die stabilen, profitablen Imperien sind aufgebaut, kommt der Staat wieder und holt sich zurück, was ihm gehört. Und dieses Ereignis wird noch in eurem Leben passieren! Ihr mögt jetzt denken, dass ihr das Leben eurer bettelarmen Familien für immer verändert, aber ich muss euch warnen, meine lieben Freunde: Das werdet ihr nicht tun. Wenn ihr das Rentenalter erreicht, wird „Onkel Staat" höchstwahrscheinlich an eure Tür klopfen und friedlich, höflich alles zurückfordern, was er euch jetzt zum Schnäppchenpreis geben will. Vielleicht in zwanzig, vielleicht in dreißig Jahren.

Es ist nicht die Frage, ob es passieren wird. Die Frage ist, wann und mit welchen Mitteln ihr euch schützen könnt. Denn es wird nicht einfach sein, das sage ich euch jetzt!", erachtete Görbe.

„Willst du uns sagen, dass du der Meinung bist, wir würden unser ganzes Leben lang als Unternehmer schuften und am Ende stellt sich heraus, dass wir nichts mehr waren als Teil eines grandiosen Plans, verdummte Regierungsangestellte?", fragte der blasse Nyikos, der mit sich rang, welche Seite er ziehen sollte. Sogar die grundlegende menschliche Frage nach dem Sinn des Lebens fällt ihm ein. Er überlegte, ob er dazu bestimmt ist, Geschäftsimperien aufzubauen oder ein ausgehöhlter Soldat zu sein.

„Irregeführte, wohlhabende Staatsbedienstete, Elek. Die Betonung lag auf „wohlhabend"! Alle treten auf dem Schlamm, aber einer schaut nach den Sternen. Wenn du klug genug bist, musst du vielleicht nicht alles verlieren. Wenn du hartnäckig und steif bist, wirst du sicherlich in zwei Hälften gebrochen. Wie einen dünnen Baumzweig. Denkt also nicht nur an einen sorglosen Ruhestand, sondern auch daran, was passiert, wenn ihr zurückgeben müsst, was ihr jetzt habt", so Görbe.

Schwarzenberger gefiel diese Vision aus zwei Gründen nicht. Zum einen, weil er nicht darüber nachgedacht hatte und zum anderen, weil er insgeheim mit dem Gesagten einverstanden war, es aber nicht einmal vor sich selbst zugeben konnte. Wenn er das täte, würde er sich eingestehen, dass er nicht weiter als seine eigene Nase sehen kann. Und dieses Erkennen passte nicht zu seinem Ego. Keinem von ihnen. Denn mit Ausnahme von Imre Görbe verfügten sie noch nicht über die notwendige Weisheit und Erfahrung.

Herr Schwarzenberger teilweise ja, aber er war eher ein Schauspieler. Die Verwirrung der Jugend, der Nebel, die Sehnsucht, die falschen Ahnungen, die noch falscheren Vorstellungen, die Sehnsucht und die Angst, in dem großen Rennen zurückzubleiben, waren in ihnen lebendig. Sie wollten berühmt und reich sein, angetrieben vom Ehrgeiz. Sie wussten noch nicht, wie sehr die Erlangung weltlicher Güter eine Schlinge des menschlichen Neids sein konnte. Natürlich war ihre Haltung verständlich, man könnte sagen, dass dies die Norm war. Die Chancen erkennen und dafür etwas unternehmen. Es ist nicht gut, arm zu sein, waren sich alle einig. Und sie schworen, nicht arm zu werden. Und jetzt kommt dieser alte Knabe und macht sie an der Schwelle der bisher größten Chance, in Ungarn reich zu werden, nieder. Zur Hölle mit ihm. Wird der Staat alles zurücknehmen? Sie werden die Barone des Landes sein, die über dem Gesetz stehend den Minister und seine räudige Bande in die Knie zwingen werden. Und damit ist das Thema erledigt. Es gibt kein „Ich nehme es zurück"-Hokuspokus. Sobald eine Regierung versucht, etwas gegen sie zu unternehmen, werden sie sich zusammentun und sie in den Dreck treten. Es ist ein Irrtum zu glauben, dass sie in zwanzig oder dreißig Jahren nicht so todsichere Wurzeln in den herrlichen Boden unseres Landes schlagen werden, dass man sie wie eine mäßig reife Karotte ausreißen kann. Ja, das werden sie tun, feste Wurzeln schlagen und wie! Sie werden auch entscheiden und nicht das Volk, wer der Premierminister sein soll. Formal hat das Volk natürlich eine demokratische Stimme und freie Meinungsäußerung, aber die Herde wird genau den wählen, den sie zu wählen vorgeben. Mit einer gezielten Überzeugungsmaschine kann man nicht nur die Dummen, sondern auch die Klugen überzeugen. Die Dummen würden aber ausreichen, da sie die Mehrheit der Bevölkerung des Landes ausmachen. Zumindest in ihren Augen.

„Moment mal, Imre, wir dürfen doch nicht so voreilig sein!", Schwarzenberger hatte die nicht undenkbare Idee einer Gegenwehr im Kopf. „Willst du uns damit sagen, dass der Sozialismus absichtlich scheitert, um auf einer viel stärkeren Basis zurückzukehren? Glaubst du, dass sie es zulassen werden, dass Demokratie, Kapitalismus, freier Wettbewerb und all die anderen Überzeugungen, die moderne Volkswirtschaften kennzeichnen, für ein paar Jahre auftauchen, um sich dann wieder zum Sozialismus zu entwickeln?"

„Ganz genau! Es ist mithin klar, aus welcher Richtung der Wind der Wirtschaft weht. Von dem Rückstand. Wir sind im Rückstand und haben eine gigantische Staatsverschuldung.

Es ist klar, dass keine Regierung diese Krise aus eigener Kraft handelnd lösen kann. Die Beschäftigten in staatlichen Unternehmen sind nicht motiviert, ehrgeizig oder qualifiziert genug, um ihre Unternehmen wettbewerbsfähig mit denen im Westen zu machen. Langsames Aushungern. Es bleibt also nichts anderes übrig, als den angehäuften Reichtum unter denjenigen zu verteilen, die den Glauben, die Kraft und das Talent haben, die rückschrittlichen Beamten zu ersetzen, die Wirtschaft wiederzubeleben und das Land mit neuen Ideen und neuen Richtlinien auf einen neuen Weg zu bringen. In der Zwischenzeit wird der Staat nichts anderes zu tun haben, als den Druck zu erhöhen. Die Einlassung von Unternehmen aus anderen Ländern in der Hoffnung auf eine freie Marktschaffung, damit die ungarischen Unternehmer auch ein wenig vom westlichen Glanz genießen können. Das ist aus zwei Gründen gut: Erstens wird es als zwingende Kraft auf dem Markt wirken, um zu verhindern, dass die erste Generation von Kleinunternehmen einrostet und zweitens werden diese ausländischen Unternehmen eine Fülle von Wissen, Entwicklung und Informationen in die beruflichen Fähigkeiten des Landes einbringen. Stellt euch vor, wie cool es sein wird, wenn japanische Hightech und Prozessmanagement in Ungarn den ungarischen Arbeitnehmern beigebracht werden, die dafür sogar Geld bekommen werden. Und wenn genügend Arbeitsplätze geschaffen werden und die magische Spirale des Arbeitskräftemangels in Gang kommt, wird ausländisches Wissen langsam in die Mentalität der ungarischen Kleinunternehmen einsickern. Es wäre witzig, sich vorzustellen, dass ein ungarisches Unternehmen, das zehn oder zwölf Jahre alt ist, auf das japanische Prozessmanagement umstellt, das seit siebzig Jahren entwickelt wird. Auf einen Schlag könnten wir sechzig Jahre Rückstand aufholen. Und wenn ein solches ungarisches Unternehmen mit japanischer Mentalität seinen Lebenszyklus von zwanzig bis dreißig Jahren erreichte, ist es bestens geeignet, um wieder in die gerissenen Hände des Staates gelegt zu werden. Sie waren nicht diejenigen, die damit arbeiten und mit neuen Ideen und Innovationen aufwarten mussten, sondern ein Ereignis folgte dem anderen. Und der Kreis schließt sich. Man hat ein Unternehmen aufgebaut, zu dem ihm der Zugang bewusst angeboten wurde und dann, wenn der große Moment eintrifft, wird es von ihm zurückgenommen. Die vorübergehende Schein-Demokratie wird vorbei sein und dann wird sich in unserem Land eine neue Art von modernem Sozialismus durchsetzen, der zwar nicht so heißen wird, aber hauptsächlich derselbe sein wird. Staatlicher Einfluss auf die Medien, die Industrie, den Tourismus und in der Tat auf alle. Und es wird auf die übliche Art und Weise vorgespielt: Jeder hat ein Mitspracherecht bei allem, jeder hat das Recht auf alles, der Staat ist für das Volk usw. Und sieh Wunder: Der Sozialismus gewinnt wieder."

„Mein Gott, Imre, das sagst du doch auch nicht ernsthaft. Was denkst du, wo die neue Regierung in dreißig Jahren stehen wird? Oder bist du der Meinung, dass jede Regierung Rücksicht auf diejenigen nimmt, die in dreißig Jahren an der Regierung sein werden? Sie berücksichtigt sie natürlich nicht. Warum würde sie tun? Deine Argumentation ist absurd. Zu viel Unsicherheit steckt drin. Denn keine Regierung kann wissen, was passiert, wenn sie die Zügel für zwanzig oder dreißig Jahre aus der Hand gibt. Vor allem, die die Zügel aus der Hand geben, nirgendwo mehr zu finden sein werden. Ich kann dir sicher sagen, lieber Imre, dass die Tatkräftigen nicht zulassen werden, dass man ihnen wegnimmt, was ihnen gehört. Vielleicht lässt sich deine Theorie mit einem oder zwei engagierten Unternehmern treffen, aber sicher nicht mit allen. Und was ist, wenn sie sich zusammenschließen und sagen, wir sind die Regierung?! Du sprichst von einem Wirtschaftsmodell, das in diesem Jahr landesweit ein paar hundert Milliarden Forint kosten wird. Aber dass es in dreißig Jahren das Hundertfache sein wird, ist schon todsicher. Und sie werden diese Art von Reichtum nicht einfach, ohne Gegenwind zurückgeben. Selbst wenn sie versuchen, es mit Gewalt wegzunehmen. Also, mein Freund, deine Theorie ist nicht schlecht, aber ich halte sie für undurchführbar", grummelte Herr Schwarzenberger, der sich nicht wirklich damit abfinden wollte, eine Marionette in der Maschine zu sein, nichts weiter als ein Wertschöpfer, der bewusst sich selbst überlassen wird. Es ärgerte ihn, dass die Genialität von morgen nur eine Illusion war. Wie jeder Selbstbewusste, den ein unerwartetes Ereignis aus der Bahn wirft und die harte Realität trifft und dem ein Spiegel vorgehalten wird, dass er sich vielleicht für clever hält, aber die Person, die die Karten austeilt, ist noch cleverer als er. Er versuchte, rationale Argumente vorzubringen, aber insgeheim wusste er, dass Görbe recht haben könnte. Die Geschichte ist in der Tat oft ein gutes Zeugnis, der Charakter ändert sich trotz der Kultiviertheit nicht. Imre Görbe traf ergo den Nagel auf dem Kopf. Das Ganze könnte ein teuflisch geplanter, langfristiger Beschiss sein. Eine echte miserable Verschwörungstheorie.

„Höre zu, mein Freund, ich will ehrlich sein. Ich denke, es macht überhaupt keinen Unterschied, wer wem zur Macht verhilft und wer wie viel Geld hat. Macht kann jeden hinters Licht führen und wenn ein amtierender Regierungschef diesen absichtlich ausgelassenen Regierungsmechanismus sieht, wird er sofort handeln. Es wird ihm egal sein, wem er was schuldet, denn er kann darauf scheißen. Er wird die Kontrolle ergreifen und alle werden die Klappe halten. Die Frage ist nur, wann dieser Regierungschef kommt", sann Imre Görbe über ein Zukunftsbild nach.

16. JUNI 1989

BUDAPEST

Seit dem Morgen strömte ein ununterbrochener Menschenstrom in der Andrássy út hinunter in Richtung Hősök tere. Walter floss aufgeregt mit dem Drang und versuchte, die lebendige Geschichte zu erleben. Er fühlte sich ein wenig unkultiviert, weil er nicht genau wusste, warum sich so viele Menschen für eine Beerdigung interessieren. Er war sich im Großen und Ganzen bewusst, dass sich das Land, der Kommunismus und die Demokratie bei diesem äußerst wichtigen Ereignis in irgendeiner Form vereinen. Das Land ist ja eine Selbstverständlichkeit, der Kommunismus stirbt und die Demokratie wird geboren. Die Wiederbeerdigung von Imre Nagy, dem Premierminister der Revolution von 1956, und seinen Mitmärtyrern, die 31 Jahre zuvor am 16. Juni 1958 im Morgengrauen hingerichtet wurden, ist ein bedeutsames symbolisches Ereignis. Als Walter durch die Menge ging, überkam ihn ein seltsames Gefühl; er spürte die nationale Sensibilität in den Menschen, die neben ihm schlenderten, den legitimen Willen eines Volkes, das von der Diktatur in seinem Selbstwertgefühl in den Dreck getreten wurden, und den Wunsch, dies endlich äußern zu können. Dies war ein Ausmarsch solcher patriotischen Bürger, die seit langem Angst hatten und unterdrückt waren. Als Walter 2012 ein paar Bilder über die berühmte Wiederbeerdigung im Museum Haus des Terrors sah, hätte er nie geglaubt, dass er eines Tages live daran teilnehmen kann. Interessant ist, dass das später sehr berühmt gewordene Museum 2002 in der Andrássy út seine Pforten öffnen wird. In den Händen vieler Menschen befand sich das Symbol der Revolution, die in der Mitte ausgebrannte ungarische Fahne. Der Kleidung nach müssen es viele Leute vom Lande gekommen sein – es schien so, als ob jeder sein Bestes geben wollte, aber die Armut war spürbar. Trauriger, hoffnungsloser und doch irgendwie vertrauensvoller Ausmarsch der armen Menschen. Ankommend zum Hősök tere war es fast unmöglich, sich zu bewegen. Das Namensverzeichnis der Hinrichtungen nach 1956 konnte man gerade aus den Lautsprechern hören. *Eine Dreiviertelstunde* lang. Es waren ungefähr 30.000 Menschen auf dem Platz, begleitet von Hunderten von Fernsehsendern und Fotografen aus dem Ausland akkreditiert. Walter versuchte sich vorwärts zu bewegen, als seine Füße plötzlich im Boden wurzelten. Er hat jemanden erkannt. Seinen Großvater, wie er hungrig und durstig in der Menge steht, mit Tränen im Gesicht. Es gibt keinen Grund zur Sorge, dachte er, sein Großvater konnte ihn nicht erkennen, da er '89 erst drei Jahre alt war. Er hatte Lust, ihn anzusprechen, aber er wagte es vorerst nicht; er hatte Angst, sich in die Geschichte einzugreifen. Aber der Gedanke, als Erwachsener mit seinem Großvater zu sprechen, erschien ihm wie eine einmalige Gelegenheit, da er genau wusste, dass sein Großvater vier Jahre später sterben würde. Er trat dicht an ihn heran und versuchte, seine Gedanken auszuforschen. Woran könnte der Alte denken? Soweit er aus den Familiengeschichten hörte, hatte sein Großvater kein gutes Verhältnis zu den Kommunisten und seine Ansichten waren auch in den folgenden Generationen stark zu spüren. Vielleicht sogar in ihm. Er wartet erst einmal ab, vielleicht folgt er ihm später und wenn der Alte dann in einen Bus oder eine Straßenbahn steigt, setzt er sich neben ihn oder so. Es wird sich schon geben. Er hatte einfach keinen Mut. Er hielt es für respektlos gegenüber seinem Großvater, mit ihm zu sprechen, ohne dass er wusste, dass er sein Enkel war. Natürlich würde er die Geschichte nicht glauben, wenn sie erzählen würde, aber trotzdem.

Plötzlich ertönte eine bekannte Stimme aus dem Lautsprecher. Instinktiv suchte er nach der Quelle der vertrauten Stimme, bis er ihn schließlich auf einem der Podien erblickte. Es war der junge, ehrgeizige Viktor Orbán. Unglaublich! Wahrscheinlich wusste nur Walter in der Menge, dass dieser junge Mann 2019 bereits sein viertes Amt als Premierminister antreten würde. Wie jede berühmte Person, wird die Hälfte der Bevölkerung ihn hassen und die andere Hälfte wird ihn lieben. Anscheinend liebten ihn hier noch alle, denn er war hier noch nicht berühmt. Während der Rede dachte Walter daran, dass viele Leute das, was er gerade gesagt hatte, ihm vorwerfen werden, aber er war immer noch überzeugt, dass dieser Mann ein und derselbe ist wie derjenige, der 2018 zum vierten Mal wiedergewählt wird. Seine Rede klingt genau wie jeder seiner Jahresrückblicke. Die Wortwahl und die Formulierungen sind alle brillant. Selbst die einfachsten Leute verstehen es. Er verwendet keine überschwänglichen Ausdrücke, obwohl er sicherlich einige kennt. Er ist sich jedoch bewusst, dass er vom Volk gewählt werden wird, also muss er so sprechen, dass es ihn versteht. Einfach genial. Einfache Gedanken für einfache Menschen. In der Politik ist immer derjenige erfolgreich, der eine Tatsache formulieren kann, vor der sich die meisten Menschen fürchten oder die sie stört. Dann bestärkt er sie darin, dass sie recht haben und schließlich setzt er sich ein, um sie vor dem ausbeuterischen Bösen zu schützen.

Die Person, die dieses Theater viermal spielen kann, oder wer weiß, wie oft noch, verdient ein besonderes Lob. Wenn die Menschen das Gefühl haben, dass sie im Sumpf des Kommunismus verloren sind, kommt er dann und rettet sie. Dann wird es eine globale Wirtschaftskrise geben, gescheiterte Devisenkreditnehmer, Horden afrikanischer Einwanderer, die versuchen, uns zu töten, eine Pandemie, alles, was auch immer auf uns zukommt. Er vergrößert das Untier mit starkem Marketing, tötet es dann und er verherrlicht sich. Einfach fehlerfrei. Hut ab vor ihm, einer der größten Persönlichkeiten in der Geschichte Ungarns. Derjenige, der nicht dasselbe tun würde, werfe als Erster einen Stein auf ihn. Es ist besonders interessant, dass die von ihm verwendete *„fürstliche Strategie"* schon lange vor ihm, in den frühen 1500er Jahren, von Niccolo Machiavelli in seinem Buch „Der Fürst" geschrieben worden ist. Er beschreibt, dass man, um nachhaltige Regierungsführung zu betreiben, moralische Prinzipien vollständig der Zweckmäßigkeit unterordnen muss, den Aspekten die von und zur Erreichung des Ziels diktiert werden, wobei die Aufgabe des Fürsten darin besteht, mit den ihm zur Verfügung stehenden Menschen die besten Ergebnisse zu erreichen und sich weder um ihre Erziehung noch um ihre Erleuchtung zu kümmern. Im 20. und 21. Jahrhundert kann dies natürlich nicht mehr in der gleichen drastischen Weise erreicht werden wie im Mittelalter, aber die sich anbietenden Möglichkeiten dafür sind immer noch da. Im Zeitalter der sozialen Medien wird es für ihn furchtbar schwierig sein, an der Macht zu bleiben, weil die Menschen brauchen, dass er als mitfühlend, religiös, ehrlich und moralisch *gesehen wird*, was mit dem Amt des Premierministers als Beruf unvereinbar ist. Man ist entweder Premierminister oder barmherziger Samariter. Beides zusammen geht leider nicht. Es gibt Politiker, die das anders zeigen wollen, aber das ist nur reine Augenwischerei. Walter, der aus Sichtweise eines Hubschraubers die Anfänge des demokratischen Ungarn beobachten konnte, war völlig fasziniert von den grundlegenden Unterschieden zwischen klugen und dummen Menschen. Er selbst wusste nicht, zu welcher Gruppe zu gehören. Hier wäre er offensichtlich Mitglied des Kreises der sehr klugen Leute, weil er schon die Geschichte der nächsten dreißig Jahre grob kennt. Aber was würde er denken, wenn er Viktor Orbán nicht kennen würde? Wahrscheinlich das gleiche, was jeder um ihn herum. Raus aus dem Kommunismus, rein in die Demokratie, bedeute es, was es wolle, koste es, was es wolle, egal auf wessen Seite. Man muss kopfüber ins Unbekannte springen, besonders wenn sogar die Aussichten scheinen besser zu sein. Schließlich sind diese Leute jetzt alle klug. Und mutig. Sie sind patriotisch und heroisch. Wie sein Großvater, der zum Greifen nah neben ihm stand, aber jetzt, wo er sich umschaut, sieht er ihn nirgendwo. Vielleicht ist es besser so, dachte er. Die Rede von Viktor Orbán neigt sich langsam dem Ende zu. Man darf es nicht verpassen, also er versucht, an den künftigen Premierminister ranzukommen, damit er ein paar Worte mit ihm reden kann. Die Rede wird von einem riesigen Beifall begleitet und es dauert ein paar Minuten, bis Walter hinter dem Podium mit dem sportlich-eleganten jungen Revolutionär ohne Krawatte ins Gespräch kommt.

„Tolle Rede, junger Mann! Herzlichen Glückwunsch, Sie sind ein wahrer Patriot. Was würden Sie schließlich tun, wenn Sie demokratisch zum Premierminister gewählt würden?", fragte Walter, um gleich zur Sache zu kommen.

„Danke für die Anerkennung, aber hier geht es nicht um mich, sondern um das Land. Die Demokratie muss geboren werden und ich werde alles tun, um sicherzustellen, dass dies so schnell wie möglich geschieht. Um auf Ihre Frage zurückzukommen, das Amt des Premierministers ist keine Herrschaft, es ist ein Dienst. Er dient den Menschen und nicht umgekehrt. Das ist also, was ich tun würde: Ich würde dienen!", erklang die vollkommen diplomatische Antwort.

„Glauben Sie, dass Sie, wenn Sie an die Macht kämen, Ihr tägliches Leben der Unterstützung der Angelegenheiten der ungarischen Bürger widmen und die wirtschaftlichen Interessen von Ihnen und Ihren Freunden in den Hintergrund drängen würden?", warf Walter die Frage auf.

„Stimmt. Und jetzt entschuldigen Sie mich, aber ich möchte die letzte Ehre beweisen. Auf Wiedersehen, Mitbürger!", sagte der zukünftige Premierminister.

„Ich vertraue darauf, dass dieser Gedankengang aufrichtig war und dass er ihn während Ihrer gesamten Karriere begleiten wird. Alles Gute auch für Sie, Herr Orbán!" und reichten sie sich die Hände. Es war nicht einmal ein Händedruck, eher eine Art von High fives, wie es die Teenager in den Highschools machen. Obwohl Walter sein Gelöbnis gebrochen hatte, fühlte auch er sich nun jedoch wie ein Patriot, weil er versucht hatte, dem zukünftigen Premierminister zumindest so viele Informationen zu geben, damit er besser verstehen kann, wer wessen Diener ist. Vielleicht war das alles, was es für das ungarische Volk hier und jetzt brauchte. Im Interesse der zukünftigen Ungarn.

Die Gedenkfeier endete gegen halb zwei Uhr mit dem Abspielen der Nationalhymne. Walter suchte aus den Augenwinkeln in der Menge nach seinem Großvater oder sonst jemandem, den er kennen könnte. Es war eine unterbewusste Reaktion, sein bewusstes Ich aufbegehrte dagegen. Er wiederholte sich ständig, dass er nicht mit seinem Großvater sprechen durfte, weil es die Geschichte verändern konnte, also durfte er ihn nicht weitersuchen. Es ist sowieso alles Blödsinn, er weiß genau, wohin der alte Mann nach Hause gehen wird, da könnte er ihn sogar in ein paar Stunden dort besuchen. Seine ganze Familie. Er könnte sogar sich selbst besuchen, weiß Gott nichts auf der Welt kann ihn daran hindern. Es ist komisch, solange bis er einen Vorfahren nicht traf, schien es ihm nicht schwer zu fallen, sein Gelöbnis, sich von Bekannten fernzuhalten, zu halten. Jetzt jedoch überkamen ihn unerwartete Gefühle. Als ob ein emotionales Dynamit direkt neben ihm explodiert wäre. Erinnerungen aus seiner Kindheit; die Gelegenheit, solche Fragen einzuholen, die nie gestellt wurden; die Chance, die familiären Insider-Geheimnisse der ersten drei Jahre zu erfahren, an die sich niemand erinnert. Ein immer größer werdender innerer Kampf, fast schon eine Selbstgeißelung ersten Grades. Noch etwas fiel Walter auf, was äußerst ungewöhnlich war, wenn so viele Menschen gleichzeitig an einem Ort anwesend waren: Die Stille. Die Stille, die ihn umgab, war unheimlich.

Neben dem Motorengeräusch des mit Blumen vollgepackten Leichenwagens hätte man auch das Summen einer Fliege hören können. Die Menge stand ohne einen Einfluss der Ermahnung oder des disziplinarischen Zwanges würdevoll in dem lebendigen Spalier des Trauerzuges, den Marschierenden folgten noch mehr Marschierende und an dem Friedhof von Rákoskeresztúr wartete eine weitere Menge. Ebenfalls schweigend. Diese Leute konnten sich noch konzentrieren, grübelte Walter. Das Beste an der ganzen Sache war, dass keiner von ihnen ein dummes Smartphone in der Hand hatte, mit dem man ein solches hoheitsvolles Ereignis hätte verderben können. Hier wussten sie noch, wie man Respekt zeigt und sich benimmt. Imre Nagy hatte Glück, dass seine Wiederbeerdigung 1989 und nicht 2019 stattfindet. Dann würde sicher jede Partei eine eigene Demonstration organisieren, die Dummen würden mit den noch Dümmeren aneinandergeraten, die Pressen und sozialen Medien würden die öffentliche Stimmung weiter senken und jeder hätte ein Smartphone in der Hand. Aber niemand würde schweigen. Man würde quarren, quieken, toben. Menschen, die in verwirrten Wahnvorstellungen leben, würden diejenigen konfrontieren, die an falsche Wahrheiten glaubten. Eines hätte das Ganze gemeinsam, nämlich dass Viktor Orbán eine Rede halten würde. Höchstens mit der Änderung, dass die Kommunisten auch Migranten sein würden. Nur auf Nummer sicher gehen. Denn die Erde trug wohl noch nie ein hässlicheres Geschöpf auf ihrem Rücken als einen kommunistischen Migranten.

In gewisser Weise ist Imre Nagy also ein sehr glücklicher Mann. Wenigstens verlief seine Wiederbestattung gut. Es wäre sicher das am meisten Entwürdigend gewesen, wie die Dummköpfe Selfies an seinem Sarg gemacht hätten. Glücklicherweise ist dies nicht geschehen.

Es ist interessant, sich vorzustellen, was passiert wäre, wenn der Freiheitskampf gegen den stalinistischen Terror und die sowjetische Besatzung im Jahre 1956 erfolgreich gewesen wäre. Wären wir jetzt schon weiter? Sicherlich. Wende in Ungarn 1957. Das klingt gar nicht so schlecht, dachte Walter. Wären die anderen Länder Osteuropas unserem Beispiel gefolgt, wenn es „das ungarische Modell" gegeben hätte? Hätten sich das Mehrparteiensystem und die Demokratie entwickelt? Oder wäre nichts mehr passiert, nur die Privatisierung hätte mehr als dreißig Jahre früher begonnen? Und wo würden wir 2019 stehen? Würden die österreichischen Arbeitnehmer kommen, um gut bezahlte ungarische Arbeitsplätze zu haben? Müssen wir nicht befürchten, dass der sich zurückziehende, angeschlagene russische Bär wieder zu Kräften kommt und aus seiner Höhle auftaucht? Denn er wird eines Tages aufwachen, das ist sicher. Die Frage ist, wann und was die Folgen sein werden. Als man begann, die mehr als zweihundert Namen zu verlesen, hielt Walter es für das Beste, sich auf den Weg zu machen, denn es war schon spät. Er ging zurück zum Városliget, besuchte die Burg von Vajdahunyad, bestaunte den Zoo und das Széchenyi-Bad und versuchte dann, den Weg aus dem Menschendschungel zum Hungária körút zu finden. Auf dem formulierenden Boulevard angekommen, stieg er in den halbvollen Bus Nummer 55 ein, setzte sich neben eine junge Dame, auf die Fensterseite des Doppelsitzes. Seine Bewunderung verschmolz mit der retro Schönheit von Budapest. Er hatte das Gefühl, dass diese Stadt nicht nur nachts besonders schön war, sondern auch nach dreißig Jahren. Die Menschen, die Gebäude, die Autos, die unbebauten Flächen, die Langsamkeit des Lebens sind alle Mosaiksteine einer flüchtigen Schönheit. Er bemerkte nicht einmal, dass die junge Dame, die neben ihm saß, ist nicht mehr im Bus, als ihn eine seltsam vertraute Stimme ansprach.

„Entschuldigen Sie, junger Mann, ist dieser Platz frei?", Walter wandte den Blick vom Fenster in die Richtung der Stimme, spürte dann einen starken Herzschlag, als man hätte ihm eine Adrenalin-Spritze gegeben und glaubte, eine Sinnestäuschung zu haben. Sein Großvater stand mit müden, traurigen, eingesunkenen Augen neben ihm und hatte die Absicht einen Platz zu nehmen.

2018

BUDAPEST, ZUM INTERNATIONALEN FLUGHAFEN LISZT FERENC

„Mach die verdammte Tür zu! Ich verstehe nicht, wie du jedes Mal, wenn du abfährst, so viel wursteln kannst. Ich muss auf dich warten wie eine gottverdammte Braut", grummelte Kázmér Vámhegyi, der ewige Unzufriedene, mit Frau Vámhegyi, der Toilettenpapier-First Lady. Auf der Bühne des Glücks bemerkte die Oscar-Preisträgerfamilie nicht einmal mehr die Vielzahl ihrer ständig beleidigenden, abfälligen Bemerkungen, ihre unbewusste Unterwerfung unter die geistige Degradierung. Sie versuchten, immer kultivierter zu erscheinen, ihr wahres Ich kam natürlich jeden Tag zwischen vier Wänden zum Vorschein, oder, wie jetzt der Fall ist, im Auto vor einer Reise. Als sie jung waren, glaubten die Menschen naiverweise, dass die Kultiviertheit im Verhältnis zur Bereicherung zunimmt, aber leider war dies bei ihnen nicht der Fall. Oft ist das Gegenteil der Fall.

„Sprich mit mir nicht in diesem Ton, Kázmér. Zumindest nicht vor den Kindern. Bitte. Du erniedrigst mich. Aber ich habe dich schon mehrmals gebeten, das nicht zu tun. Es ist egal, wann wir losfahren, wir haben es nicht eilig", und Tränen flossen aus dem linken Auge von Frau Vámhegyi Edit. Nach den Vorbereitungen des ganzen Vormittags waren diese drei Sätze das Ende der Fahnenstange. Sie hatte seit etwa fünfzehn Jahren die Schnauze voll von ihrem Mann. Seitdem hält sie aus und dient. Sie ist unfähig, sich die Verantwortung für die Entscheidung zur Scheidung zu unterziehen. Selbst wenn sie weiß, dass ihr Mann sie ganz offensichtlich betrügt. Zumindest lassen ihr das die letzten dreieinhalb Jahre ohne Sex sagen. In ihrem Alter ist das natürlich nicht mehr so wichtig, sie weiß ja, wie es funktioniert. Und sowieso, sie wird es auf ihre eigene Weise lösen. Sie haben eine stillschweigende Übereinkunft getroffen. Wie alles andere erwartet sie auch, dass ihr Mann diese Entscheidung trifft. Sie lässt ihn das schmerzhafte Thema zur Sprache bringen, vielleicht wird sie dann vor Gericht besser dastehen. Schließlich ist sie nur ein Opfer, die in der Gesellschaft wirtschaftlich nicht mehr nützlich sein kann und deshalb für den Rest ihres Lebens unterhalten werden muss. Natürlich könnte sie ein nützliches Mitglied sein, aber sie würde als Kassiererin bei Tesco ungern arbeiten. Der Job stinkt. Es bleibt also eine verblasste Beziehung, die Toleranz, Trübsal und das wenige Freude, die sie noch erleben kann. Nachts beruhigt sie sich damit, dass ihre Freundinnen ähnliche Schuhe tragen und dass ein Plan B das übliche Gesprächsthema inmitten des ziellosen Geschwätzes ist.

„Schon gut, schon gut, es tut mir leid, aber du weißt ja, dass ich es nicht ausstehen kann, wenn du uns unnötig aufhältst. Du weißt, wie sehr ich das nicht ertragen kann, oder?! Macht nichts, wir fahren schließlich in den Urlaub, Hauptsache, wir haben Spaß, deshalb fahren wir ja, richtig?", erwiderte Vámhegyi. Er hatte auch ein Herz und er wusste, dass sein ständiges Wüten seit heute früh besonders retardiert war. Er schaffte das, wenn er wollte. Und jetzt wollte er es. Er hatte nicht die Absicht, sich durch die Feiertage zu streiten, auch wenn er seine Frau nicht ausstehen konnte. Er hätte sie rausgeschmissen und ihr etwas von seinem Geld gegeben, aber aus irgendeinem Grund hatte er das Gefühl, warten zu müssen, bis die Kinder aufwachsen und das Elternhaus verlassen. Er fühlte sich emotional wie gelähmt. Er kannte ihre Kinder. Alle drei seiner Söhne. Nachkömmlinge, auf die er nicht zählen konnte. Auf die ersten beiden nicht, weil sie einfach ungeeignet waren. Auf den dritten auch nicht (der geeignet gewesen wäre), weil er an dem Familienunternehmen kein Interesse hatte. Er hielt sich für den unglücklichsten Millionär der Welt. Er hatte drei Söhne und keiner von ihnen würde sein viertes Kind, sein Unternehmen, weiterführen. Er dachte früher, dass er sich bald überlegen muss, wie er die

Macht verteilt. Er merkt aber, dass er den Rest seines Lebens arbeiten muss, weil sie daran kein Interesse haben. Nun genau gesagt, sie sind nur am Vergnügen interessiert. Die Gewinne, die das Unternehmen erzielt, werden auszugeben. Cash. Teure Kleidungen, Designeruhren, lächerliche Statussymbole. Über Letzteres war er am meisten verärgert. Denn seine Kinder haben noch keinen Status, aber sie sammeln Tande dafür. Er wusste, dass sie eine Kompensierung für die memmenhaften Jugendlichen waren und in der Wahrheit sie nicht glücklich machten, er ließ jedoch ihnen freie Hand.

Er war müde davon, mit ihren biologisch erwachsenen Kindern darüber zu streiten, dass man morgens aufstehen und zur Arbeit gehen sollte. Oder dass das Vorbild nicht darin besteht, dass sie hundertdreißig von den zweihundertachtzig Arbeitstagen im Jahr auf Urlaub im Ausland verbringen. Aber so ist es nun mal, er hat sie so erzogen. Und das ist es, was ihm am meisten weh tat. Das Erkennen seiner eigenen Rolle dabei. Der Schutz vor jeglichen Schwierigkeiten, die vernachlässigbare Sanktionierung schlechter schulischer Leistungen, das unbegrenzte Einkaufen, die Nachgiebigkeit, und so weiter und so fort.

Er stellte fest, dass die pädagogische Selbstsicherheit mit dem Alter und der Anzahl der Kinder abnimmt. Auch wenn sie viele Eigenschaften haben, auf die sie stolz sein können, sind sie lebensuntüchtig und nicht in der Lage, für sich selbst, geschweige denn für ein Unternehmen, mit Integrität zu sorgen. Und genau da liegt das Problem. Was wird passieren, wenn sie nicht in der Lage sein werden, ein existenzsicherndes Einkommen zu erzielen? Sie können sich nämlich derzeit einen Lebensstandard leisten, der weit über ihrem Arbeitsmarktwert liegt. Erheblich weiter. Und er hat es vermasselt, er wusste es. So viel Selbsterkenntnis besaß er auch. Wie viel einfacher ist es, sich in finanzieller Hinsicht zu bilden, wenn man wenig Geld hat! Dann müssen wir uns keine Sorgen machen, dass wir unseren Kindern alle Steine aus dem Weg räumen.

Sein Gedankengang wurde durch das Winken seines Nachbarn unterbrochen, von dem man sich leider verabschieden musste. Macht nichts, sie fahren ja nur einmal los. Schnell absolvierte er die Protokollrunden, stieg wieder in den Lexus RX 450 und rollte auf die Pusztaszeri út. Die Geschichte ihrer Villa war allerdings abenteuerlich, offensichtlich als aristokratisches Erbe erworben. Und niemand muss wissen, dass dies vor ihnen nicht die Heimat von Aristokraten war, sondern von einem Haufen Genossen der kommunistischen Elite, die den Aristokraten gestohlen worden waren. Vor ihnen war es jedoch tatsächlich die Heimat von Aristokraten. Vielleicht war dieses kleine Missgeschick mit den Besitzern gut für den Anschaffungspreis. Die Renovierung der Villa war den Preis von zwei Einfamilienhäusern wert, so dass die Familie Vámhegyi eine aristokratische Behandlung verdiente. Auf der serpentinenreichen Pusztaszeri út bogen sie rechts ab, vorbei an ihrer Lieblingskonditorei, an der zu Recht berühmten Konditorei Daubner – wo soeben der dritte Generationswechsel stattfand –, und warteten dann im dichten Verkehr bis zum Kolosy tér. Während sie durch den Verkehr marschierten, fiel Frau Vámhegyi ein, dass sie ihrem Schwager, der sich bereit erklärte, ihr Haus – deutlich über dem Marktpreis – in Stand zu halten, kein Geld für Blumenerde auf den Küchentisch gelegt hatte.

„Kázmér! Ich habe vergessen, Geld für Sanyika auszulegen, damit er Blumenerde für die Zimmerpflanzen kaufen kann. Oh mein Gott, was wird jetzt mit den armen Blumen geschehen?! Glaubst du, dass Sanyi es schaffen kann, Blumenerde zu kaufen?", war Frau Vámhegyi besorgt.

„Mein Edit! Glaube mir, Sanyi kann sich vollauf Blumenerde leisten, auch wenn du ihm kein Geld ließ. Es gibt keinen Grund zur Sorge, die Blumen und Sanyi sind sicher, also mach dir keine Sorgen!", beruhigte Vámhegyi seine Frau.

„Ja, Kázmér, du hast recht, ich denke, Sanyi könnte viele Blumenerden kaufen, aber du weißt ja, wie Sanyi ist … er gibt das Geld schnell aus", Frau Vámhegyi begann eine subtile Spekulation, aber jetzt sah sie ein wenig zu ihrem Mann auf. Sie haben diesen Sanyi und all die anderen armen nahen und fernen Verwandten im Nacken, die sich ständig darüber beschweren, wie viel Apanage

Vámhegyi für wen bereitstellt. Natürlich war keiner von ihnen bereit, für die Apanage zu arbeiten, außer diesem Sanyi. Zumindest in dieser Hinsicht war er eine kleine Ausnahme. Nicht wirklich, aber ein bisschen. Und das wurde gewürdigt. Die anderen haben sich einfach dem Geld unterworfen – und ihn natürlich beneidet. Bei Vámhegyi war dies etwas, das sie sehr schätzte: Seine Fähigkeit, mit den Wünschen und Forderungen der armen Verwandten umzugehen, was außerordentliche Großzügigkeit erforderte. Natürlich gilt auch das Umgekehrte: Es ist furchtbar schwer, sich als armer Mensch bedingungslos über den Erfolg eines nahen Verwandten zu freuen. Noch schwieriger ist es, ihm das mitzuteilen.

Denn in jeder Familie gibt es eine Person, der es besser geht. Und diese Person wird von der Familie, dem Stamm gehasst und ausgeplündert. Auch sie plünderten Vámhegyi, wo immer sie konnten. Oder besser gesagt, wo immer er sie ließ. Es war seine Entscheidung: Er las schnell zwischen den Zeilen, wenn ein bettelarmer Mann versuchte, dem Elend eines anderen armen Mannes zu helfen, und so weiter. Er hatte einen geformten Standpunkt dazu, wie viel den Familienmitgliedern aufgrund der Abstammung zusteht, wie viel den armen Familienmitgliedern seiner Frau und wie viel seinen eigenen Verwandten. Er war ein kluger Mann und es war kein Zufall, dass er eine Villa auf dem Rosenhügel kaufen konnte.

„Wenn er es ausgibt, gibt er es aus. Es ist auch Teil der finanziellen Bildung. Zumindest wird er lernen, dass der Ersatz nicht selbstredend immer automatisch kommt", und er schaute in den Rückspiegel zu seinen Söhnen, die natürlich in ihre iPhones vertieft waren und sich nicht für Daddys anzügliche Bemerkung interessierten und noch weniger für den Kauf von Blumenerde. Das verursachte natürlich auch Vámhegyi das Gefühl, einen Kloß im Hals zu haben: Anstatt seine Söhne mit solchen Erfahrungen zu bereichern, zog er es vor, den weichlichen Ehemann der Schwester seiner Frau, Sanyi, finanziell zu erziehen. Es muss anerkannt werden, dass er in gewisser Weise stolz auf Sanyi war. Seiner Ansicht nach sollten die Menschen entsprechend den Möglichkeiten, die ihnen ihre Lebensumstände bieten, als finanziell erfolgreich oder erfolglos gelten. Es ist ganz natürlich, dass dieser Sanyi nicht zu weit brachte, weil er keine Chance hatte, weit zu bringen, aber es muss anerkannt werden, dass er sah, dass er seinen derzeitigen Scheißjob schließlich gegen einen viel besser bezahlten Hausmeisterjob eintauschen könnte, bei dem er freie Hand hätte, Sinn dazu hat, gelobt und geschätzt würde, Wohngeld bekäme und so weiter. Für ihn war es eindeutig eine gute Entscheidung, auch wenn er seiner Familie untergeordnet war. Und wenn es ihm gelingt, die Schulden, die er im Laufe seines Lebens anhäufte, zu tilgen, kann er auf lange Sicht sogar von einem Grundstück oder einer Wohnung träumen, die ihm gehören wird. Wer weiß? Er könnte am Ende der zweiterfolgreichste in der Familie sein. So gesehen verdienten die anderen ihr ganzes Leben lang keinen Pfennig, nicht einmal genug, um ihr Erbe aufrecht zu halten. Sanyi hat also die Chance, die Familien-Silbermedaille zu gewinnen.

Ihre unmittelbaren Familienangehörigen kann er auch nicht mitzählen, denn sie gehören ebenfalls zu den *Nichtverdienern*, aber aufgrund der extremen Nähe hat Gott sie in eine gute Lage gebracht. Seine Frau wäre wahrscheinlich Kassiererin in einem Supermarkt, würde in einer Wohnsiedlung leben oder einer kreativen Tätigkeit ausüben; von der angeblichen Rolle der Königin von Buda Lichtjahre entfernt, das ist todsicher. Er schaute immer mit lächerlichem Mitleid auf die ernährten Menschen, die versuchen, sich gegenseitig mit allen möglichen weltlichen Auszeichnungen und Belohnungen zu übertreffen. Losuivetten Tasche, Michelkros Rücksäckchen. Die beiden reich-proles-Marken wurden genau für solche Menschen erfunden. Sie versehen sie auch mit Logos und Schriftzügen, um sicherzustellen, dass die konkurrierenden Nichtverdiener unter gleichen Bedingungen konkurrieren können. Im Einkaufszentrum kann man schon aus 20 Metern Entfernung erkennen, wer eine solche flüchtige Trophäe der Freude hat. Aber es war die äußerst modische Obeg-Tasche, die Augenwischerei auf den Höhepunkt brachte. Die aus zweihundert Forint hergestellte, spritzgegossene Tasche kostet achtundzwanzig Tausend Forint und die dazu gehörenden Seilgriffe fünfzehn. Wer so etwas kauft, ist blamabel. Seine Frau hat praktisch Sammlungen von allen Marken und ist trotzdem unglücklich, was Vámhegyi nicht verstanden. Wie kann man mit wenig Interesse an etwas anderem als den täglichen Ausgaben leben? Wenn es sie zumindest glücklich machen würde. Während den Gedanken über Sozialwissen und Selbsterkenntnis überquerten sie die Donau auf der Árpád-Brücke und fuhren auf dem Boulevard in Richtung Üllői út, als der jüngere Sohn Denisz seinen Vater nach den Reisegewohnheiten der Familie fragte.

„Warum haben wir nicht ein Taxi gerufen, Dad?", blinzelte Denisz mit von Snapchat müden Augen hoch. Die Frage schien berechtigt zu sein, das wusste auch sein Vater. Der Junge erkannte genau den Kern der Sache, aber die Wahrheit schmerzte Vámhegyi zu sehr, so dass er stattdessen eine billige Selbstrechtfertigung suchte.

„Weil ich keine Taxis mag, mein Sohn, sie sind schmutzig und stinken und außerdem will ich das Auto jetzt nicht zu Hause lassen, ich habe Angst, dass Sanyi es in der Garage beim Aufräumen zerkratzt", erklang die Antwort. Denisz zuckte den Schultern, er fing heute auch nicht an, mit seinem Vater zu streiten. So ist er erzogen worden. Papa hat immer recht, auch wenn es so eine Ochserei ist. Und Vámhegyi war es gewohnt, immer recht zu haben, deshalb konnte er die Konfrontation nicht ertragen. Vor allem, wenn er mit Leuten konfrontiert wurde, die jünger als er waren. Bei ihm rastet es immer aus. Selbst Jahre später wollte er nicht zugeben, wenn jemand Jüngeres recht hatte. Sie waren so. Sie spielten die Rollen. Vámhegyi spielte die Rolle des Unfehlbaren und Denisz spielte die Rolle des „was auch immer passiert, es ist ihm sowieso Wurst".

„Ich bin schon so aufgeregt, in Dubai zu sein, es wird schön und warm sein. „Hey, Kázmér, ich glaube, wir haben sechs oder sieben Stunden zwischen den Transfers. Können wir ein bisschen Sightseeing in Dubai machen? Wir könnten uns das berühmte Einkaufszentrum, die Dubai Mall, ansehen!", fragte Frau Vámhegyi und plante den Leerlauf.

„Die Dubai Mall???? Vergiss es, du glaubst doch nicht, dass ich mir in meinem Urlaub Einkaufszentren ansehe … Auch wenn es zufällig das größte Aquarium der Welt hat, das wir letztes Jahr gesehen haben. Ich interessiere mich mehr für die Palme, das Burj Khalifa oder das Burj Al Arab … du weißt schon, Schatz ›das spurte, Arab‹ …“, scherzte Vámhegyi.

„Super, Dad, lass uns eine Runde fahren und ein paar coole Selfies für Instagram machen!“, nahm am Gespräch Denisz teil, der sich nicht für die Schönheit oder die Geschichte des Gebäudes interessierte, sondern dafür, ein paar gestellte Fotos von sich in den sozialen Netzwerken zu posten, um seine Popularität zu steigern. Auf gut Deutsch sammelte er Likes. Ein Maß für den Selbstwert des 21. Jahrhunderts. Je mehr Likes du bekommst, desto mehr bist du wert. Nicht mehr und nicht weniger. Und Denisz hatte in den letzten Wochen nur sehr wenige Likes, er ist also im Rückstand. Er bricht aus seinem eingefallenen Gesicht und der ziellosen Handynutzung aus, um ein paar Momentaufnahmen vom Hurra-Optimismus des Lebens zu machen. Selfies, die Lebensfreude ausdrücken, glückliche Selfies, Ich-bin-hier-und-jetzt-Selfies, Ich-bin-cool-Selfies, Ich- bin-witzig-Selfies. Und dann bitte ich jemanden, ein oder zwei Fotos sicherheitshalber zu machen, nur für den Fall, dass sie später für ein paar Likes gut sein könnten. Das hängt davon ab, wie viel Aktivität die vorherigen Selfies von Leuten bekommen, die sie kennen und die vielleicht neidisch zu Hause sitzen. Denn die jungen Leute von heute sind froh, wenn sie beneidet werden. Warum würden sie das sonst machen? Warum sollten sie versuchen, ihr Leben zehnmal besser aussehen zu lassen, als es ist? Es ist selten, dass sie Bilder von sich hochladen, die nicht lächelnd oder nicht positiv sind. Eine verdammte Neidspirale. Dann wundern sie sich, warum sie über ihr eigenes Leben traurig sind, das doch nicht besser oder schlechter ist als das der anderen.

„Und was hast du vor, Lázár?“, Vámhegyi wandte sich an seinen ältesten Sohn.

„Das ist mir egal, Papa, ich würde mich wahrscheinlich lieber die Stadt anschauen, als zum Flughafen oder in ein Einkaufszentrum umher zu schlendern. Ich würde auch gerne zum Strand gehen und meine Füße ins Meer tauchen. Ein Freund von mir wurde von einer Qualle gestochen, als er hier war. Ich möchte sehen, ob es Quallen im Wasser gibt", sagte Lázár.

„Okay, wir rufen ein Taxi und schauen uns in Dubai um, um zu sehen, was sich in dem vorigen Jahr verändert hat, während wir auf den Anschlussflug warten", fasste Vámhegyi das Programm zusammen, der stolz auf seinen Sohn Lázár war, der endlich versuchte, ein sinnvolles Programm, eine realistische Erfahrung zu bekommen.

Lázár war schlauer als er selbst, das wusste er von Geburt an. Und er war um Lichtjahre klüger als seine Frau und seine beiden anderen Söhne. Er hätte sich gewünscht, dass Lázár das Unternehmen annimmt, aber das einzige Problem war, dass Lázár kein Blatt vor den Mund nahm und ihn ablehnte. Thema durch. Vámhegyi hatte immer gehofft, dass Lázár mit der Zeit zur Vernunft kommen würde. Es schien aber so, dass es Vámhegyi sein würde, der am Ende zur Vernunft kommen muss. Denn Lázár war fest entschlossen, sich das Wesen seines Vaters nicht aufdrängen zu lassen. Er war weder an einem Generationswechsel interessiert, noch an dem Werk seines Vaters. Er widerstand allen Bitten und emotionalen Erpressungen. Am ärgerlichsten war, dass er sein Erbe nicht einmal antrat und seinen Eltern vorschlug, alles zu verkaufen, was sie hatten und den Reichtum aufzubrauchen. Er würde für sich selbst sorgen. Doch Vámhegyi konnte sich, wie die meisten stolzen Geschäftsinhaber, nicht mit dem unabhängigen Denken seines Sohnes identifizieren. Interessant ist, dass alle Eltern wollen, dass ihr Kind schlagfertig und zielstrebig ist, aber Vámhegyi teilt dieses Paradigma nicht mehr. Er wollte jawohl jemanden, der das Geschäft weiterführt. Er wollte sich zur Ruhe setzen, ohne externe Direktoren einstellen zu müssen, vor denen er auch mit siebzig Jahren noch Angst haben wird, dass sie sein *Lebenswerk* stehlen und zerstören. Er wollte, dass seine eigene Blutlinie an der Spitze des von ihm gegründeten Unternehmens steht. Sein Name, sein Unternehmen und seine Familie über viele Generationen hinweg, wie Rockefellers. Aus irgendeinem Grund wurde dies zu seiner heimlichen Besessenheit. Er wollte sich nicht eingestehen, aber seine Seele wurde von der Dynastiebildung gequält. Die Unsterblichkeit der posthumen Wichtigkeit. Dass er etwas geschaffen hatte, das nach ihm leben und blühen würde. Es wächst, vermehrt sich, treibt aus und bildet neue Knospen. Bis zum Ende der Zeit. Es kam ihm nie in den Sinn, dass es in der zweiten oder dritten Generation leicht passieren könnte, dass das gesamte Unternehmen in kürzester Zeit aufgebraucht oder verspielt wird, oder einfach in Konkurs geht und das ganze Geld plötzlich zu einem Haufen Schulden wird. Denn leider ist das wahrscheinlicher. Die Erfahrung zeigt, dass es äußerst selten vorkommt, dass eine Generation nach der anderen aufsteigt, so dass alle über den nötigen Verstand und die nötige Ausdauer verfügen, um Geschäfte zu machen. Denn normalerweise verfügen sie nicht. Typischerweise ist nach der ersten Generation die zweite Generation geschäftlich unbegabt und für etwas ganz anderes bestimmt. Lázár hatte seinen eigenen Kopf, aber er wollte nicht in die Fußstapfen seines Vaters treten, auch wenn viele Leute dachten, er sei die perfekte Wahl. Er war auch der älteste Sohn, wie in den Feenmärchen, der erste und legitime Thronfolger.

„Auf geht's in den Sommer!", rief Frau Vámhegyi plötzlich aus, als sie den Internationalen Flughafen Liszt Ferenc auf der linken Straßenseite sah. „Oh, ich freue mich schon auf die bequemen Sessel von Emirates und auf das, was danach kommt!", freute sie sich.

„In diesem Jahr werden die Sessel nicht so bequem sein, denn aufgrund der späten Terminwahl war nur noch an der Economy Class Platz", besänftigte sie Vámhegyi.

„Okay ... ich verstehe dann Dad, warum kein Emirates-Fahrer uns mitgenommen hat ... weil wir an der beschissenen Economy Class wie lahme Proleten fliegen", sagte Denisz.

„Mein Sohn! Nur weil es eine Economy Class ist, heißt das nicht, dass sie für Proleten ist. Siehst du, wir fliegen auch hier, aber wir sind auch keine Proleten", entschuldigte sich Vámhegyi bei seinem verwöhnten Sohn, der über die Weltanschauung seines jüngeren Sohnes zutiefst schockiert war. Wenn er wüsste, dass ein Ticket für vier Personen bei Emirates mehr als eine Million Forint kostet … wäre er sicher der gleichen Meinung, denn es ihm egal ist. Denisz ist finanziell nicht gebildet genug, um zu entscheiden, ob eine Million Forint viel Geld ist oder nicht. Für ihn war Luxus kein Privileg, sondern ein Grundbedürfnis. Das war die Grundsituation seines Lebens. Das war alles, was er von der Welt wusste. Seine eigene kleine Umgebung, in der er aufgewachsen ist. Er wurde nicht ein einziges Mal *zu etwas gezwungen,* das er nicht tun wollte und sie sagen ihm wirklich nie *nein.* Sie dachten, dass sie gute Eltern wären, wenn sie ihn vor allem beschützen würden, was sie in ihrer Kindheit verletzt hatte. Sie beschützten nun. Und beschützen sie nach wie vor. Sie wissen einfach nicht mehr, wovor. Vor der Unbarmherzigkeit des Lebens, vor den ehrlichen Menschen, Psychologen. Vor seinem eigenen geschwürigen Denken. Vor der totalen Täuschung, die er lebt und an der er glaubt. Er ist zum Beispiel davon überzeugt, dass Menschen ohne Geld anspruchslos und verachtenswert sind. Er verehrt praktisch einen Gott, mit dem er nichts zu tun hat. *Den Gott des Geldes.*

Vámhegyi hörte kürzlich ein japanisches Sprichwort, wonach *Geld eine Energie ist, die Angst hat, weil sie dorthin fließt, wo sie sich sicher fühlt.* Er wusste, dass sich das Geld bei Denisz nicht sicher fühlen würde. Es gäbe also keinen Fluss; der Flow würde nicht in Gang kommen und Denisz hätte ein furchtbar elendes Leben. Das ist der Albtraum aller Eltern. Vámhegyis Albtraum auch. Natürlich versucht Vámhegyi, sich gewisse Pläne B und C auszudenken, aber er kommt immer zu demselben Folgerung: Er ist nicht reich genug, um seine Kinder für den Rest ihres Lebens zu versorgen. Denn er müsste schon zehnmal so reich sein, um sich zurücklehnen und sagen zu können, dass er es *nicht vermasseln kann.* Im Moment ist es sinnlos, ohne ihn seriöse Manager einzustellen, weil man befürchtet, dass das ganze Unternehmen seiner Kinder gestohlen wird. Ein sorgfältig diversifiziertes Portfolio an den richtigen Orten ist jedoch stabil genug für den gewohnten Lebensstandard, wenn einige Orte verloren gehen.

Dafür ist sein Geld jedoch immer noch zu wenig. Wenn er in den Ruhestand geht, wird er auch froh sein, seinen Lebensabend finanziell unabhängig verbringen zu können. Dies ist nun die schuftige Wahrheit, mit der wir konfrontiert werden. Er dachte oft daran, seine Söhne könnten nur ein paar Monate lang in der Welt leben, in der er aufgewachsen war. Er wurde von dem schwerfallenden Geständnis verfolgt, dass er in den letzten zehn Jahren Fehler gemacht hatte. Schwerwiegende Fehler, die er nie wiedergutmachen kann. Trotz seiner Bemühungen, durch seine Arbeit mit gutem Beispiel voranzugehen, identifizierte sich Denisz eindeutig mit dem bequemeren mütterlichen Modell. Und dieses Verhaltensmuster wird sich nicht selbst tragen können, geschweige denn ein ganzes Unternehmen. Leider ist dies der Fall. Es ist der Traum eines jeden Unternehmers, eines Tages ein Unternehmen zu leiten, das von einem Laptop überall auf der Welt managt werden kann. Alles das war jedoch weit entfernt vom Vámhegyis *Ein-Mann-Show.*

Mit einer schweren seelischen Last schleppte Vámhegyi seinen Koffer ins Terminal 2B des Internationalen Flughafens Liszt Ferenc und suchte mit den Augen nach der Abkürzung „DXB" für Dubai, die sein ältester Sohn Lázár als erster entdeckt hatte.

„Da ist es, Papa, Budapest – Dubai, 14:50 Uhr. Wir werden mit einer Boeing 777-300ER fliegen. Wusstet ihr, dass dieser Flugzeugtyp von Rolls- Royce-Triebwerken angetrieben wird?", fragte Lázár poetisch.

„Es muss also sehr teuer sein ... wie viel würde ein solches Flugzeug kosten?", warf Denisz die Frage zurück und maß die Welt immer noch in Geld.

„250 Millionen US Dollar, mein Bruder, das sind über siebzig Milliarden Forint. Wenn du mehr bestellst, bekommst du freilich einen Preisnachlass", geistreichelte Lázár.

„Siebzig Milliarden???? Heilige Scheiße! Wann werden wir so viel Geld haben, Dad?", sah er Vámhegyi mit einem spöttischen Blick an, als wenn er seinen Vater theatralisch arm nennen will.

„Siebzig Milliarden Forint? Selbst wenn wir unser gesamtes Vermögen verkaufen, wird es nicht mehr als ein paar Milliarden betragen, so dass wir eine solche Maschine demnächst nicht kaufen werden. Aber mein lieber Junge, wenn du den Mut hättest, den Kopf aus dem Arsch zu ziehen, könnte ich mir vorstellen, dass das Geld noch zu deinen Lebzeiten zusammenkommt", erwiderte Vámhegyi, der von Denisz' Spott tief berührt war. Aber jetzt ärgerte ihn nicht die Dunkelheit von Denisz, sondern die *Ungerechtigkeit der Welt*. Denisz wies darauf hin, dass es Leute und Geschäftsinhaber, gab, die reich genug waren, um solche Maschinen zu kaufen. Mehrere Stück auf einmal. Er ging seine Gedankengänge durch und fühlte sich wie ein kleiner Fisch im Ozean der Welt. Vielleicht lebt er gerne in Ungarn, weil er ein großer Fisch im ungarischen Meer ist. Doch sobald er seine Flossen in die Weltmeere setzt, merkt er, dass er neben den Walen nur eine Brasse ist, die leicht gefangen, gefressen und verschluckt werden kann. Es war ein schmerzhaftes Geständnis.

„Und wisst ihr was? Emirates hat mehr als hundertdreißig solcher Flugzeuge", konterte Lázár erneut.

„Oh mein Gott!", Vámhegyi war noch mehr geschockt … er brauchte diese Information „unbedingt". Punktum. Schachmatt. Der Klopapierkönig ist am Boden. Das sind fast zehn Billionen Forint. Ein unfassbarer, unbeschreiblicher Betrag. Ein Viertel des ungarischen BIP 2017.

„Kann ich an der Dubai Mall aussteigen, während ihr herumfahrt? Ihr wisst doch, dass ich die Hitze um diese Jahreszeit nicht ertrage", warf Frau Vámhegyi ein, die immer noch auf den Mall Besuch drängte.

Vámhegyi starrte ihn mit niedergeschlagenen Augen an, als wolle er sie umbringen; er hatte das übliche Gefühl vor einem Urlaub, dass er keine Lust hatte, mit seiner Familie in den Urlaub zu fahren, denn nichts ist gut genug für sie. Es ist zu heiß, es ist zu kalt, das Essen ist scheiße, das Hotel ist schmutzig, die Kellner sind dumm, das WLAN ist langsam und all die anderen unvermeidlichen Unglücke, die sicher bald passieren werden. Um keinen dritten Streit anzufangen, lenkte er ein wenig ein und löste das Problem mit einem „Das werden wir schon mal sehen, mein Schatz". Er starrte seine Frau verblüfft an und konnte einfach nicht verstehen, warum sie, nachdem sie in den letzten drei Wochen unaufhörlich eingekauft hatte, diesen Wahnsinn in der ersten Stadt, in der sie gelandet waren, fortsetzen sollte. Er wusste schon immer, dass seine Frau eine Einkaufsfanatikerin ist und er kannte auch den Grund dafür. Wegen ihrer Kindheit. Sie wuchs in der Vojvodina auf, erlebte den Krieg und lebte in Armut. Selbst im tiefsten Elend, nach einem Bombenangriff, hatten sie kein Haus, lebten in den Ruinen zwischen Ratten. Sie waren jahrelang mittellos und nur dank ihrer Großmutter konnte sie nach Budapest umziehen, wo sich ihr Schicksal verbesserte. Sie glaubte immer, dass irgendjemand oder irgendetwas die Schuld dafür trug, wenn jemand arm ist oder nicht. Es muss anerkannt werden, dass sie nicht die Reichen, sondern die Armen beschuldigte. Diejenigen, die an allem schuldig sind. Als es ihr dank ihres Mannes gelang, aus ihrer Klasse finanziell auszubrechen – soziale Mobilität nach oben –, versuchte sie mit aller Kraft, die wirkende Ungleichheit auszugleichen. Sie kannte keine Grenzen; sie gab aus, was sie konnte und mehr. Sie versuchte, den Anschein zu erwecken, als seien dies ganz natürliche und notwendige Ausgaben, aber sie beiden wussten, dass die Anhäufung unnötiger Besitztümer nur einen Zweck diente: Die kurzfristige Beschwichtigung der Armut für Frau Vámhegyi.

Nachdem er den Tisch der Welt gedeckt hatte, wurde sie überdrüssig, weil sie mit beiden Händen nach allem griff und es unerbittlich fraß. Dann kamen die erbärmlichen, nichtsnutzigen Lifestyle-Diäten, Lebensberater, Quacksalber und Schamanen. Alternative Heilmethoden für Reichtum. Die Bereicherung tötete ihre Seele, sie konnte sich keinen Reim darauf machen, also klammerte sie sich an alles, in der Hoffnung, einen Sinn in ihrem Leben zu finden – aber vergeblich.

Vámhegyi beobachtete das Theater des Lebens aus der ersten Reihe. Die Champions League der Bereicherung, die alle gleichartigen Menschen in seinem Leben jedes Jahr gewinnen wollten. Der wahre Ruhm war ein Platz auf der Liste der Reichen des Magazins Forbes. Jeder, der dort platziert wird, ist schon jemand. Darunter befindet sich natürlich auch die Rangliste, aber das ist auch schon etwas. Wenn Vámhegyi im Urlaub war, fragte er sich immer, warum sie es früher vorzogen, in den Urlaub zu fahren, wenn sie das ganze Jahr arbeiteten, um irgendwie für eine Woche in ein Appartement in Kroatien zu kommen. Es spielte keine Rolle, wohin, denn sie genossen alles; sie kochten, backten, gingen mit Freude ans Meer.

Für heute veränderte sich das aus irgendeinem Grund. Sie machen Urlaub an viel exklusiveren Orten, sogar mehrmals im Jahr, jeder bekommt seinen Wunsch, aber es funktioniert nicht. Sie streiten sich immer mehr und vereinsamen während ihrer gemeinsamen Zeit, was selbst ihre Unterbringung im Herbst letzten Jahres im Burj Al Arab Hotel in Dubai (mit seinen Sieben-Sterne-Annehmlichkeiten, wie die Medien berichten) nicht länger als ein oder zwei Tage kompensieren konnte. Vámhegyi hoffte darauf, dass diese Urlaube eines Tages wieder zur Normalität zurückkehren würden. Vielleicht könnten sie sich im Schoß des Luxus „wie früher" vergnügen, ärmer, zu Beginn des Wohlstands. Er freute sich auf die gute alte Zeit. Wie alle Menschen, er wartete auf etwas. Dann war er beleidigt und verletzt. Er empfand das Leben als ungerecht. So wollte er Denisz nicht erziehen. Und doch tat er es. Es war nicht das Familienleben, das er wollte. Er wollte keine Familienfehden, keine Eifersucht. Was ist der Grund dafür, dass er und sein Schwager sich gegenseitig nur tolerieren können? Und hinter seinem Rücken kritisiert er ihn ständig, genau wie ihn sein Schwager. Erduldete, ausgebrannte Familienbeziehungen. Und nein, sie können sich nicht über die Erfolge des jeweils anderen freuen. Sie suchen gezielt nach dem Splitter im Auge des anderen und wenn es keinen gibt, bilden sie sich einfach ein.

„Hör zu, Papa, ich habe eine Frage an dich. Ich schätze, wenn du uns in den Urlaub an exotische Orte mitnimmst, aber ich habe die Erfahrung gemacht, dass mir diese Urlaube aus irgendeinem Grund überhaupt keinen Spaß mehr machen. Ich habe mir überlegt, dass ich nächstes Jahr gerne irgendwo hingehen würde, was ich mir selbst leisten kann. Ich weiß nicht, warum, aber ich habe das Gefühl, dass ich mich jetzt viel besser fühlen würde, wenn nicht du die Zeche bezahlen würdest, sondern ich. Nur meine eigene natürlich. Auch wenn du sagst, dass der Verdienst geteilt wird und dass er das Ergebnis einer gemeinsamen Anstrengung ist, fühle ich mich immer noch wie ein ernährtes Anhängsel. Und ich möchte kein ernährtes Anhängsel sein. Ich möchte mein eigener Herr sein, meine eigenen finanziellen Entscheidungen treffen, ein eigenes Bankkonto haben und in allen Bereichen unabhängig sein. Das ist für mich unangenehm und ich glaube, dass für dich auch. Oder macht es dir Spaß?", unterbrach so Vámhegyis älterer Sohn, Lázár seinen selbstironischen Gedankengang. Vámhegyi hob die Augenbrauen und verstand nicht wirklich, was gesagt wurde. Er fragte sich, ob Lázár ernsthaft sagte, was er sagte. Er wusste natürlich, dass Lázár pflegt nicht, in die Luft zu sprechen, aber es störte ihn, dass er sich wieder einmal selbst einen Spiegel vorhalten musste. Er mochte solche Situationen nicht und versuchte immer, sie zu vermeiden. Seine emotionale Intelligenz war gering. Vor allem, wenn er wusste, dass sein Sohn wieder recht hatte. Warum konnte er in seiner Familie nicht vernünftig mit Geld umgehen? Warum will er immer alles für sich selbst? Warum will er, dass die Menschen um ihn herum sich auf ihn und seine Entscheidungen verlassen? Warum will er überhaupt der letzte Entscheidungsträger sein? Lázár ist ihm auf eines der Hühneraugen getreten: Die heikle, dunkle Beziehung zwischen Geld und Familienmitgliedern. Andererseits war er wieder stolz auf Lázár, dass er einen lebenskräftigen Sohn mit einem gesunden Geist hatte, der so bald wie möglich auf eigenen Beinen stehen wollte. Wer nicht in seine Fußstapfen treten möchte. Es ist völlig verständlich, dass ein junger Mann seine Rechnungen selbst bezahlen will, nur Dilettanten wie Denisz haben nichts dagegen, vom Geld ihrer Eltern zu leben. Und was gut ist, war für Lázár störend. Ein gutes Zeichen dafür, was in der Schule nicht gelehrt wird. Ein Engagement für Eigenständigkeit und den Aufbau von finanziellem Wohlstand.

„Ach, Bruder ... red' keinen Unsinn, nutze die Gelegenheit, schau dir all die armen Leute an, die nicht auf die Malediven reisen können. Sieh dich um, das ist die Realität, die ungarische Realitäääää", warf Denisz mit selbstsüchtiger falscher Empathie ein.

„Denisz. Hör zu. Ich weiß, dass das Leben für dich nicht mehr bedeutet als leichte Unterhaltung, Reisen und unnötige Ausgaben, aber glaube mir, Hedonismus ist kein Lebensziel", antwortete Lázár.

„Hedo ... was zum Teufel? Hedo-Nihilismus, Bruder? Na, was ist los? Bist du schockiert?! Dachtest du, dass ich nicht intelligent genug sei, um diese Tratsche zu labern?", lachte Denisz, der wieder verloren hatte. Er erkannte aber sein Scheitern nicht.

„Hört schon auf! Warum müsst ihr beide euch ständig streiten? Auch im Urlaub?", verübelte Frau Vámhegyi die übliche Urlaubs-Choreographie, die sie aus irgendeinem Grund immer für besonders schmerzhaft hielt, wenn Denisz verletzt wurde oder versuchte, sich selbst zu konfrontieren. In solchen Fällen stieg ihr Mutterinstinkt wie ein Pit Bull auf und ließ sie ihre Frustration über ihre Erziehungsfehler wie eine Lawine über die Welt hereinbrechen.

„Jetzt reicht es aber! Bitte benehmt euch, wir sind nicht zu Hause", versuchte Vámhegyi, den Anschein einer glücklichen Familie zu wahren, die sich seltsamerweise weniger an den internen unbehandelten Spannungen ihrer Familie stört als an dem, was die asiatischen Touristen, die neben ihnen auf einem Flughafen stehen und kein Wort verstehen, von ihnen denken.

„Und überhaupt, Denisz. Warum bist du nicht an Selbstverwirklichung interessiert?", goss Lázár Öl ins Feuer.

„Kinder! Dies ist weder der richtige Zeitpunkt noch der richtige Ort, um dies zu diskutieren!", grummelte Vámhegyi, als ob sie ein nationales Sicherheitsgeheimnis hüteten, das nur sie kannten und nicht preisgegeben werden durfte.

„Papa. Ich verstehe *dich* auch nicht. Warum hast du Angst, mit Denisz aufrecht zu sprechen? Du kannst mir so leichthin entgegentreten, warum nicht ihm?", fragte Lázár in einem ruhigen, aber konfrontativen Ton. Das schlug Vámhegyi wieder auf den Magen, denn er hatte schon seit Jahren nicht mehr ehrlich mit seinem jüngeren Sohn reden können. Er selbst verstand nicht, warum das so war und wann es sich angefangen hatte, aber es entwickelte sich für heute, das ist eine Tatsache. Er war nicht in der Lage, ehrlich mit Denisz zu sprechen. Sein Unterbewusstes mischte sich immer ein, wenn er es versuchte. Und wenn es nicht sein Unterbewusstes war, dann war es seine Frau, Denisz' Schutzheilige. Ein hartes Leben für einen Vater. Vor allem, wenn es um seinen Sohn geht.

„Warum konfrontiert mich Dad nicht?!" „Das liegt daran, dass er sich nicht traut, Bruder! Du könntest von mir einiges darüber lernen, *wie* man Eltern erzieht", freute sich Denisz zwanghaft.

„Denisz. Mein geliebter, einziger Bruder. Du kannst dein Nasenloch nicht von dem Arschloch unterscheiden", ironisierte Lázár und griff die Situation auf.

„Jetzt reicht es aber! Das ist mehr als genug! Lázár! H-ö-r-a-u-f!", brach Frau Vámhegyi in Schreie aus. Sie konnte nicht zulassen, dass ihre beiden wertvollsten Schätze gleichzeitig in den Schmutz gezogen wurden: Die Außenwahrnehmung der Familie und Denisz, der Unberührbare.

„Mama. Bitte beruhige dich, es passierte nichts zum Aufregen. Du solltest lieber froh sein, dass endlich jemand sagt, was los ist", beruhigte Lázár seine Mutter.

„Wieso ist nichts passiert?! Doch! Ihr zerfleischt euch schon am Flughafen und wir sind noch nicht einmal abgereist … Ich verstehe nicht, warum wir dieses Festival immer wieder veranstalten müssen?", regte sich Frau Vámhegyi auf.

„Mutti. Ruheee … es ist nichts passiert, wir haben nur einen ›Meinungsaustausch‹ mit Lázár, wir ›kontaktieren‹. Reg dich nicht so auf, du weißt halt, dass Lázár nur einen Scherz macht", versuchte auch Denisz, den Zorn seiner Mutter zu besänftigen. Auf seine eigene Art und Weise.

Die Warteschlange war inzwischen zu Ende und sie waren die nächsten, um einzuchecken, womit der sich anbahnende Familienstreit beendet war. Lázár begnügte sich mit dem Üblichen, Vámhegyi war froh, dass es endlich vorbei war, Frau Vámhegyi war natürlich nicht ruhig, aber unterdrückte mindestens ihre Wut und Denisz war wie immer nicht besonders interessiert.

Wenige Minuten später durchstöberten sie den neu er-
richteten, *walk-through* Duty-Free-Shop, der kürzlich auf der
Nicht-Schengen-Abflugseite des Flughafens Budapest Liszt
Ferenc im Terminal 2B eröffnet wurde. Hochwertige Produkte,
nagelneues Design, erweitertes Sortiment und folkloristische
Deko-Relikte aus der Region Rábaköz. Der ultimative Luxus im
ungarischen Design. Es ist wichtig zu erwähnen, dass die Auswahl
der Waren auf einer sorgfältigen Recherche beruht, denn es ist
nicht einfach, die unterschiedlichen Bedürfnisse von Reisenden
nach Russland, Kanada, China, dem Vereinigten Königreich oder
dem Persischen Golf auf ein paar hundert Quadratmetern zu
befriedigen. Auch für die Ungarn ist es eine aufregende Welt,
wenig Großwelt in einem kleinen Land.

„Schau, Mutti … schau … lass uns eins für Sanyis Tochter besorgen, sie würde sich sicherlich freuen! Eine Monster High-Puppe!
Was meinst du, sollten wir Clawd Wolf oder Skelita kaufen?“,
fragte Denisz seine Mutter.

„Oh, Denisz. Diese Puppe ist halt ekelhaft. Für Sanyis Tochter
kaufen wir so was nicht“, sagte Frau Vámhegyi.

„Doch! Doch! Doch! Sie liebt sie, ich werde ihr sagen, dass sie
aus Dubai stammt. Glaube mir, ich weiß, wovon ich spreche“, betonte Denisz, „Ich schenke ihr immer etwas Souvenir.“

„Was kümmert mich das, mein Sohn, frag deinen Vater nach
Euro und dann suchen wir uns eine Toilette, bevor wir abfliegen“,
stimmte Frau Vámhegyi zu.

„Dad! Ich brauche fünfundzwanzig Euro u-m-g-e-h-e-n-d!“,
wandte sich Denisz an seinen Vater.

Vámhegyi seufzte schwer und holte seine Brieftasche heraus.

„Bitte, mein Sohn. Teile es gut ein“, reichte Vámhegyi Denisz
das Geld, während er sich nachdachte, dass er wieder einen
inneren Kampf mit dieser Situation hatte. Warum gab er seinem
Sohn in den zwanziger Jahren immer noch Taschengeld? Und
warum behandelt Denisz seine Brieftasche wie seine eigene?
Und warum ist Denisz so gleichgültig gegenüber der Tatsache,
dass jemand für diese fünfundzwanzig Euro arbeiten musste?
Und warum bezahlt er das Geschenk für die Tochter von Sanyi

und Denisz gibt es ihr in seinem eigenen Namen, in der ersten Person Singular? Die Behauptung, dass es in Dubai gekauft wurde, ist in Ordnung, jeder machte schon einmal. Und warum um alles in der Welt blamiert er sich immer noch an diesem Spruch „Teile es gut ein", wenn es eine Verschwendung von Worten ist; leere Worten aus dem Fenster hinaus. Natürlich ging er in einen Kompromiss ein. Er machte sich nicht die Mühe, seinen Sohn zu erziehen. Denn er war mindestens zehn Jahre zu spät dran. Vámhegyi stellte fest, dass ein Kind nicht mit achtzehn, aber auch nicht mit fünfzehn Jahren erzogen werden kann. Vielleicht bis zum dreizehnten oder vierzehnten Lebensjahr. Bis zur Pubertät. Danach ist es der Griff des verlorenen Axtes. Zumindest für ihn. Sein jüngster Sohn blieb intellektuell und emotional deutlich hinter seinen Altersgenossen zurück, obwohl Denisz versuchte, das dummstolze Kind zu spielen. Er sah dies nicht als Versagen seiner eigenen Erziehung an, sondern als eine Ungerechtigkeit des Lebens: Sein armer kleiner Sohn wird von diesem elenden 21. Jahrhundert ruiniert. Er versuchte mit seinem ganzen Bewusstsein zu erklären, dass Denisz' Tölpelhaftigkeit nicht das Ergebnis des verwöhnten Lebensstils war, sondern eher das Ergebnis einer modernen Infektion, Schwarzen Pocken, die junge Menschen ansteckt. Aber wie vielen versteckten Vorsprung Denisz gegenüber seinen Altersgenossen hatte ... die Liste ist fast unüberschaubar. Es ist schade, dass Denisz sie nicht kennt.

BUDAPEST

„Biiitteee seeehr … mmeinn Heeerrr …", deutete Walter auf den unbesetzten Platz neben ihm und seine Beine waren immer noch an den Sitz gepresst.

„Vielen Dank, junger Mann!", sein Großvater nahm Platz und setzte fort. „Wissen Sie, es lässt mein Herz immer höherschlagen, wenn ich sehe, dass es unter den Menschen der jüngeren Generation gibt, die Wert das nationale Selbstwertgefühl legen und die zu so wichtigen Veranstaltungen wie der heutige, kommen. Ich bin stolz auf Sie!", lautete das wohltuende Lob.

„Danke für Ihre Freundlichkeit, mein Herr, darin gibt es weiß Gott nichts Außergewöhnliches. Helden sind auch Helden für junge Menschen und ich denke hier jetzt nicht unbedingt an Imre Nagy und seine Mitmärtyrer. Viel mehr an jene anonymen Helden, dank denen das Land endlich seine Fesseln ablegen, seine verbliebenen Ketten, die die Entwicklung verhindern, sprengen und den Weg des Aufschwungs einschlagen kann. Die aktuelle Situation ist sehr schwierig und komplex. Was wird das Land tun, wenn wirklich ein neues System geboren wird?", fragte Walter vorsichtig.

„Was wird es tun? Ich glaube, es wird endlich gegen den schmutzigen Willen der Welt leben. Zu lange lebten wir das Leben, das andere für uns wählten. Ich lebte sozusagen mein ganzes Leben auf diese Weise. Ich hatte Angst vor dem Krieg, dann kämpfte ich darin, ich kam in ein Kriegsgefangenenlager. Ich sprach nie darüber, was sie mir dort angetan hatten, ich hatte es überlebt und dann waren die nächsten Schrecken gekommen. Und so ging es viele-viele Jahre", erzählte sein Großvater dem Walter.

„Die nächsten Schrecken? Erzählen Sie mir von ihnen, ich will die Wahrheit wissen", beharrte Walter, obwohl er spürte, dass er das Thema nicht ansprechen sollte.

„Als ich von der Front nach Hause zurückgekehrt hatte, verging nicht einmal eine Woche, begannen russische Soldaten mit Überfällen in der Nähe unseres Gehöfts, durchwühlten und zerstörten alles, was ihnen in den Weg kam. Nun, unser Haus war an einem Dienstagnachmittag gegen acht Uhr abends dran. Sechs betrunkene russische Soldaten kamen an, wir brachten ihnen Abendessen und noch mehr Wein. Nachdem sie zu Abend gegessen hatten, tranken sie weiter. Gegen zehn Uhr brachten sie meine Frau in unser Schlafzimmer und vergewaltigten alle sechs sie, einer nach dem anderen. Die arme Frau schluchzte nur vor Schmerz. Sie ließen mich hinter dem Haus knien und hielten mir die ganze Zeit einen Gewehrlauf an den Hinterkopf. Wenn ich mich bewegt hätte, wäre ich sicher wie ein Hund in den Kopf geschossen worden. Nachdem sie fertig waren, schlugen sie mich gegen Mitternacht nieder und am nächsten Tag kam ich wieder zur Besinnung. Genau wie meine Frau. Das Schrecklichste war, dass auch unsere Kinder sich das ganze Grauen anhören mussten", sagte er mit unerschütterlicher Miene. Es wurde von der Spitzhacke der Zeit nicht gebrochen, er wurde verhärtet. Er konnte sogar so eine Geschichte mit monotoner Stimme ohne Stottern einem völlig Fremden im Bus erzählen, der aus dem Fenster schaute. Walter brach bei dem, was er hörte, fast in Tränen aus. Er wusste nicht, ob er mehr nach dem Thema fragen oder aus dem Bus steigen und sich übergeben sollte. Schließlich nahm er all seine Kraft zusammen und fragte zurück.

„Und dann?"

„Dann? Die Dorfbewohner halfen uns, die Frauen halfen meiner Frau und die Männer halfen mir. Die Geschichte ist jedoch noch nicht zu Ende. Leider. Zwei weitere russische Soldaten und zwei Rumänen trafen zwei Tage später ein. Sie aßen alles, was wir übrig hatten, auf und sie waren so besoffen wie ein Warzenschwein. Einer der Russen hatte ein Auge auf meine Tochter geworfen, die erst vierzehn Jahre alt war. Meine Tochter kniete nieder und begann zu beten, damit sie nicht geschmerzt wird. Meine Frau sagte meiner Tochter, dass der Russe ihr nichts tun wird, auch wenn wir heute Nacht alle sterben. Er hätte seine eigene Tochter getötet, damit der Russe sie nicht schänden konnte. Aber zum Glück wurden die Gebete meiner Tochter erhört. Einer der rumänischen Soldaten fragte nach ihrem Namen. Sie sagte ihm, Lucia und der Soldat begann zu weinen. Es stellte sich heraus, dass seine ältere Schwester auch Lucia hieß, die er im Krieg verloren hatte. Und danach ließ er nicht, dass die Russen sie anfassen. Er nahm die Russen in dieser Nacht mit. Also sind wir damit durchgekommen. Endlich war das Glück ein wenig auf unserer Seite", antwortete er melancholisch.

Walter erlebte eine immer tiefere seelische Krise, er konnte die wenigen Minuten der Tatsachenfeststellungsrede der Familie nicht ertragen. Fassungslosigkeit, Traurigkeit, Hass, Hilflosigkeit, Mitgefühl trafen ihn alle gleichzeitig, Gedanken und Gefühle wirbelten in ihm herum. Er konnte sich nicht entscheiden, ob es sich lohnte, noch mehr Fragen zu stellen, oder ob das wirklich genug war. Das am meisten Schockierend an der ganzen Sache war, dass sein Großvater ihm davon so erzählte, als ob er ihm von einem Einkauf am Nachmittag erzählte, den er auf dem Heimweg beim Gemüsehändler an der Ecke erledigt hatte. Macht der Krieg die Menschen so empfindungslos? Haben sie so viel Schreckliches gesehen, gefühlt und erlebt, dass alle ihre Gefühle ausgebrannt sind? Ist im 21. Jahrhundert die Hälfte der Gesellschaft deswegen deprimiert, weil sie glaubt, dass das Schicksal mit ihr schlecht umgegangen sei? Was sollen diejenigen sagen, deren Schicksal durch solche Geschichten geführt wurde? Was konnten diese Menschen getan haben, dass sie so viel Schrecken erlitten haben? Und zwar täglich. Schließlich verließ ein aufrichtiger, aber naiver Gedanke über Walters Lippen.

„Warum erzählen Sie mir das alles so ehrlich?"

„Das menschliche Leben ist zu kurz, um nicht über das zu sprechen, was wichtig ist, und um nicht ehrlich zueinander zu sein. Sie haben die Frage gestellt und ich habe geantwortet. Ich habe das Gefühl, dass ich der Welt einen Gefallen tue, wenn ich alles aussage, was ich denke. Natürlich nur im Fall, wenn man mich fragt. Wenn ich nicht gefragt werde, beurteile ich die Sachen anderer nicht", antwortete er.

„Lieben Sie immer noch Ihre Frau?", zögerte Walter, auf den „Punkt" zu kommen.

„Ob ich sie liebe?", lachte der Großvater, „Na klar, ich liebe sie."

„War sie die Richtige für Sie?", versuchte Walter sein Glauben über die Familie zu erfahren.

„Die Richtige? Nun, junger Mann, ich weiß nicht, was ich dazu sagen soll. Sie sind noch zu jung, um die Wahrheit zu erfahren. Sind Sie verheiratet?", fragte er Walter.

„Nein, mein Herr, ich bin nicht verheiratet", antwortete er verblüffend.

„Dann verrate ich das Wichtigste der Liebe nicht. Heiraten Sie nun und Sie werden selbst drauf kommen", lachte der Alte wieder.

Walter war fast von der Neugier erschlagen, woran sein Großvater wohl denken konnte. Warum ist es eine so lustige Frage, ob seine Großmutter die Richtige war. Er hat es nicht verstanden. Er war zu jung und unerfahren, um das zu verstehen.

„Sagen Sie mir, mein Herr, warum haben Sie gerade gelacht?"

„Ich werde es Ihnen nicht sagen, junger Mann, weil ich damit Ihr Leben beeinflussen würde. Seien Sie außerdem froh, dass Sie aus Liebe heiraten können. Das war zu meiner Zeit anders! Vielerorts wählten Eltern einen Partner für ihre Kinder. Damals war die soziale Schichtung wesentlich wichtiger als die Liebe. Wir hatten in dieser Hinsicht Glück, wir konnten aus Liebe heiraten", der alte Mann beruhigte Walters Herz, in dem eine andere Welt zusammenzubrechen begann. Es wäre zu viel Information für ihn während einer Busfahrt gewesen, wenn sich auch noch herausgestellt hätte, dass seine Großeltern, abgesehen von allen Schwierigkeiten, nicht aus Liebe geheiratet hatten. Das wäre zu viel gewesen. Aber zum Glück schafften sie. Daran dachte er natürlich nicht, dass sie vielleicht die ersten in der Familie waren, die aus Liebe heirateten. Ihre Vorfahren mussten zwanghaft einander wählen. Aber wen kümmerte das, er kannte sie sowieso nicht. Er hatte keine emotionalen Bindungen zu ihnen.

Insofern hatten seine Großeltern ein glückliches historisches Timing.

Doch die Frage nach der Richtigen ließ ihm keine Ruhe.

„Verraten Sie mir also, warum Sie vorher gekichert haben oder nicht?" fuhr er fort.

„In Ordnung, junger Mann. Sie wollten es. Aber seien Sie mir nicht böse, wenn Sie enttäuscht sein werden. Ich habe nur darüber gelacht, dass Sie immer noch an die Richtige glauben. Das ist so naiv wie der Glaube an die Zahnfee. Denn es gibt keine ›Richtige‹. Sie gab es nie. Wir Menschen können ein Leben lang nach einer perfekten Person suchen, die für uns geschaffen wurde. Es gibt jedoch keine solche Person. Das anfängliche Aufflackern und die als perfekt gedachte Lüge des Anderen lassen uns im Laufe der Jahre erkennen, dass das, was passiert ist, keine überlegene, würdevolle Erfahrung war, sondern nur die pure Evolution. Ein starker Hormonangriff. Die Opferung der Vernunft auf dem Altar der Arterhaltung. Denn es gibt keine Ehe, in der die Frau nicht etwas an ihrem Mann ändern möchte oder umgekehrt. Ein bisschen mehr so, ein bisschen mehr das. Das Leben beginnt interessant zu werden, wenn man die Lügen der Menschen durchschaut, und dann beginnt man zu genießen und zu beobachten, wie sie immer etwas anderes sagen, als sie denken und was sie wirklich wollen. Genauso ist es in einer Ehe. Das Lügen in der Ehe wird von der Gesellschaft immer noch eher akzeptiert als die Scheidung. Und hinter dem Lügen stecken die Gewohnheit, das fehlende Eingeständnis, das bequeme Zurücklehnen. Wenn man sich nicht mehr ändern will, weil es einem gut tut so, wie es ist. Es spielt keine Rolle, dass das wilde Meer nur eine kalte Pfütze ist, Hauptsache, dass man sich daran gewöhnte und denkt so, dass es ihm dort guttut. Vielleicht sollte man einen nicht in seinem Glauben erschüttern, sondern einen glauben lassen", philosophierte der Alte.

Walter wurde wieder von einer tiefen Depression hingerissen, es tat weh, jedes Wort zu hören. Als er Kleinkind war, war die ganze Familienidylle so intim, so perfekt. Es schien, als hätte er die glücklichste Familie, in der jeder jeden liebte, in der Zwietracht und Intrigen nur in Dallas existierten, in der die Erwachsene einander respektierten und liebten. Als er die Kindheit verließ und immer mehr hinter die Kulissen seiner Familie blickte, begann Walter – wie normalerweise alle Kinder – mit der Realität, mit den kalten, harten Wahrheiten, den vorgetäuschten Beziehungen, den unausgesprochenen Worten zu konfrontieren. Der Gedanke, dass selbst die Menschen, die er kannte, nicht schuldlos waren, durchbohrte schmerzlich sein Herz und seinen Verstand.

„Aber davon unabhängig, denken Sie immer noch so, dass Ihre Frau fast die perfekte Partnerin war, die Sie treffen konnten?", fragte Walter mit gedämpfter Stimme.

„Natürlich!", lachte der Alte wieder, „Natürlich war sie diejenige, die der perfekten Partnerin in der Nähe stand! Schließlich will das jeder haben, der jemals die Wahrheit herausgefunden hat", dann lachte er wieder. „Wissen Sie, junger Mann, das bedeutet nicht, dass Sie die Liebe für immer vergessen sollten. Ich würde eher sagen, wenn der Unterschied zwischen Ihnen und Ihrer Geliebten sozial, religiös, ethnisch, im Alter usw. möglichst der geringste ist, können Sie die Anzahl der späteren Meinungsverschiedenheiten minimieren. Wenn sie sich auf gut Deutsch in vielen Aspekten des Lebens ähnlich sind oder gleich denken, dann haben sie die Chance, sich ein Leben lang zu tolerieren. Glauben Sie mir, mein Sohn, es ist sehr schwierig, eine harmonische Beziehung aufrechtzuerhalten, selbst wenn die grundlegenden Dinge übereinstimmend sind ... Ich kann mir gar nicht vorstellen, welchen Prüfungen eine Beziehung ausgesetzt sein kann, in der es grundlegende Unterschiede zwischen den beiden Parteien gibt", erklärte der lebenserfahrene Großvater.

„Na gut, alter Mann, das hat mich beruhigt, mein Leben hat wieder einen Sinn", scherzte jetzt Walter auch. In seinen Kindheitserinnerungen erinnerte er sich an seinen Großvater immer als einen aufrechten, aufrichtigen Mann. Als einen *authentischen* Menschen. Jemand, dessen Worte die Realität des Lebens vollständig widerspiegeln. So ein Mensch ist ein seltener Schatz, besonders wenn er die Rolle eines Mentors hat. Und ein Großvater oder ein Vater hat einer der größten Mentorenrollen in der verworrenen, manchmal unverständlichen Welt, die im allgemeinen als Leben bezeichnet wird.

„Der Sinn Ihres Lebens?", fragte er lächelnd zurück, „Was denken Sie, was ist der Sinn des Lebens??"

Walter war von der philosophischen Frage überrascht, plötzlich fiel ihm nichts mehr ein. Warum muss man die Frage nach dem Sinn des Lebens in einem Bus stellen? Darauf müsste man sich dennoch vorbereiten. Was könnte die richtige Antwort sein? Nach einem kurzen Nachdenken presste er endlich etwas aus sich heraus.

„Ich denke, wir sollten versuchen, so viel wie möglich zu erfahren und dann unser Wissen nutzen, um anderen zu helfen. Lasst uns eine Familie gründen, uns vermehren, uns um die Erde kümmern, damit es auch unseren Enkelkindern gut geht. Wie ein indianisches Sprichwort sagt: Wir haben die Erde nicht von unseren Vätern geerbt, sondern von unseren Enkeln geliehen", versuchte er den Sinn des Lebens als eine Art grandioses, weltveränderndes Alpha-Projekt zu skizzieren. Wie ein Plan, den jemand entworfen hat und es ist unsere Aufgabe, als gute Diener, ihn auszuführen. Das fiel Walter ein. Er wollte die Wahrheit herausfinden.

„Wissen Sie, junger Mann, in meinem Alter ist es nicht mehr üblich, solche Pläne zu machen, aber wenn Sie so meinen, dann machen Sie so! Sammeln Sie Erfahrungen, geben Sie Ihr Wissen weiter, vermehren Sie sich und kümmern Sie sich um die Erde", kicherte er leise. Walter hatte das Gefühl, eine eher oberflächliche Antwort zu geben, aber vielleicht war sie besser als „Es werde Weltfrieden". Er wollte noch mehr fragen, aber der Bus hielt plötzlich an und der Busfahrer verkündete das endgültige Urteil: „Népliget, Endstation". Alle begannen auszusteigen, Walter wartete höflich – obwohl er nicht anders konnte, da er drinnen neben dem Fenster saß – bis sein Großvater besonnen aufstand und jeden Schritt plante, wie es die alten Männer taten, ging er auf die Treppe zu, dann mit einem Seufzer ausstieg. Walter fragte ihn daraufhin, wohin er weitergehe, und der alte Mann sagte, er wolle mit der U-Bahn zum Bahnhof fahren, um einen Zug zu erwischen, aber Walter hatte das Gefühl, dass er nicht in dieselbe Richtung gehen solle, das Gespräch war beendet, so müsse es sein. Also verabschiedete er sich höflich und wartete darauf, dass sein Großvater in der Menge verschwand, sein Blick folgte seinem Weg, hm sogar eine Träne übers Gesicht lief; es könnte das letzte Mal gewesen sein, dass er ihn sah.

Ein schmerzhaftes, brennendes, leeres Gefühl überkam ihn, er verstand nicht, was sein Körper ihm sagen wollte, aber aus irgendeinem Grund erschien ihm sein Leben so sinnlos. Er wollte ihn wenigstens einmal mit einem stillen *Dankeschön* umarmen, aber er konnte nicht. Es war ein Gefühl wie der Tod eines geliebten Angehörigen. Traurigkeit, Leere, Lethargie. Er stand noch fünf oder zehn Minuten da, bevor er mit großer Mühe die Gehirnströme wieder in Gang setzte und begann, die Gedanken in seinem Kopf zu forcieren.

Komm schon, Walter, los, mach weiter, siehst du, deshalb hättest du nicht mit ihm reden sollen. Weil es dich aufregte – wirbelten die Gedanken in ihm. Als er sich aufraffen konnte, waren bereits zwei U-Bahnen vorbeigefahren, seine Stimmung war immer noch gedrückt, aber das störte ihn nicht. Er hatte das Gefühl, dass das Leben ihm ein Geschenk für einige Minute gegeben hatte, das, so schmerzhaft es auch sein mochten, wertvoll war. Der Gedanke ließ ihn sich sofort besser fühlen. Er überlegte, welche Art von Dialogen er mit anderen Familienmitgliedern und Bekannten veranlassen würde. Er ließ diese Gedanken sofort los, um nicht daran zu denken, da es eine Akt gegen die Evolution wäre. Das darf man nicht und Schluss. Er muss aufhören, er muss sich zurückhalten. Das ist kein Spiel. Und damit beendete er seinen Gedankengang.

BUDAPEST 2018

AQUINCUM HOTEL

„Hast du in den gestrigen Nachrichten gelesen, dass der Bitcoin, der König der Kryptowährungen, wieder fällt?", fragte Herr Schwarzenberger von Felvidéki im wohltuenden Whirlpool des Wellnessbereichs im Untergeschoss des Hotels Aquincum in Óbuda.

„Ich habe gelesen. Ich muss hinzufügen, dass ich glaube, dass es nur ein riesiger Humbug ist, ich würde keinen Pfennig darauf setzen", antwortete ein blinzelnder Felvidéki, dessen Augen vom Chlor etwas zu brennen begannen. Leider war der Whirlpool heute übermäßig chloriert.

„Nun, ich weiß es nicht. YouTube ist voll von jungen Leuten, die mit Lamborghinis posieren und von einem Tag auf den anderen mit Kryptogeld reich werden. Laut den Videos steckte in der letzten Zeit so viel Geld darin, dass man mit einem minimalen Startkapital Millionär werden kann", begann Schwarzenberger.

„Höre zu, Károly, du bist ein erfahrener alter Fuchs, der nicht auf den Unsinn der Welt hereinfällt. Ich hoffe, du willst damit nicht andeuten, dass du Investitionen in Kryptowährungen in deinem Portfolio in Betracht ziehst! Denn wenn ja, solltest du dringend aufhören, darüber nachzudenken. In einem diversifizierten Portfolio ist Platz für Immobilien, Unternehmen, Aktien, Gold, Wertpapiere, aber sicher kein Platz für Glücksspiele. Auch wenn nicht du glaubst, dass du etwas verpasst. Das ist es, worauf dieser ganze Scheiß aufgebaut ist. ›Das Gefühl, dass du etwas verpasst.‹ Und dann bläst jeder die Blase auf. Ich bestreite nicht, dass man damit Geld verdienen kann, wenn man an das perfekte Timing glaubt, aber man sollte sich nicht darauf verlassen. Vor allem nicht, nachdem der Preis von 20.000 Dollar um 85 % gesunken ist. Es wird immer Interessengruppen geben, die weismachen wollen, dass sich ihre Blase lohnt, aber das ist Blödsinn, Károly, glaube mir. Glücksspieler sind eine andere Sorte, sie verlieren auf lange Sicht immer. Genau wie Krypto-Millionäre werden. Alles was leicht kommt, geht auch wieder schnell. Du weißt sehr wohl, wie viel flüchtiger das Glück ist, was plötzlich kommt oder ohne Schweiß erreicht wird. Es fließt aus den Händen. Sie werden nicht in der Lage sein, etwas anderes zu tun. In ihrer Verzweiflung, das leichte Geld zu behalten, werden sie scheitern und jeden einzelnen Cent verlieren. Ich würde sogar noch weiter gehen: Sie werden ärmer sein als zuvor. Sei glücklich mit dem, was du hast, und höre auf, an das zu denken, was du nicht hast", sagte Felvidéki.

„Ich verstehe das, aber es ärgert mich trotzdem ein bisschen. Ärger! Wenn ich rechtzeitig reagiert hätte, hätte ich einmal in meinem Leben leichtes Geld verdienen können", bereute Schwarzenberger.

„Was erzählst du da? In deinem Alter denkst du über solche Dinge nach?! In Kryptowährung investieren?! Oder stört es dich, dass du einen historischen Moment verpasst hast? Warum siehst du mich so an? In Ordnung, ich erzähle es dir. Károly! Oder Carlos von Schwarzenberger! Fange nicht an zu jammern, dass du etwas verpasst hast, an dem du hätten teilhaben könntest! Im wilden Ungarn wurdest du im bestmöglichen Alter als Generation X geboren. Du hattest das ideale Alter und den idealen Hintergrund, um brutal zu ergattern. Denke darüber nach! Was wäre passiert, wenn du zwanzig Jahre früher oder später geboren worden wärest? Ich werde dir sagen, was dann passiert wäre. Du wärest entweder zu alt oder zu jung gewesen, um die Vorteile der Neunzigerjahre zu nutzen. Wir können also sagen, dass du in den 1.100 Jahren ungarischer Geschichte seit der Eroberung Ungarns in einem Zeitraum von 10 bis 15 Jahren geboren wurdest, in dem sich dir die größten Chancen boten. Das ist ein versteckter Vorteil dieses Zeitalters, den wir früher nicht hatten und wahrscheinlich auch noch lange nicht haben werden. Und für dich war das noch nicht einmal der Anfang. Du bist Jude, auch wenn du nicht gläubig bist, aber du hast es trotzdem ausgenutzt. Es gibt einige Branchen, in denen es ein Vorteil ist, Jude zu sein. Du kannst auch auf dem flachen Eis leben. Ich erzähle etwas dir. Weißt du, warum die Juden meiner Meinung nach so weit bringen? Ich sage weiter. Aufgrund zwei Dingen. Zum einen ist es der Überlebensinstinkt, der aufgrund der Verfolgung in ihren Genen steckt und zum anderen, dass sie keine Grundstücke besitzen konnten. Ja, du hast es richtig gehört. Dass sie lange kein Grundbesitzer sein konnten. Kein Grundbesitzer in einer Zeit, in der jeder seinen Reichtum an der Größe seines Grundstücks maß. Siehe dich die Nachkommen der armen Juden an, die nach Amerika ausgewandert sind. Es ist bezeichnend, dass sie unter dem Feudalismus ein Handwerk erlernten, das ihnen in der Blütezeit der Urbanisierung sehr nützlich war.

Dabei handelte es sich z. B. um Fachwissen über Kleidung oder Schmuck. Kaufen und verkaufen. Es spielt fast keine Rolle, was es ist, solange man damit Geld verdienen kann. Wenn man aus einer wohlhabenden jüdischen Familie in Amerika stammt, ist es fast schon sicher, dass einer der Urgroßeltern mit Kleidung oder Textilien begann, um den großen amerikanischen Traum zu verwirklichen. 16-18 Stunden am Tag. Faulheit war für sie unbekannt. Sie arbeiteten, das war ihr Leben und dann butterten sie das Ergebnis rein. Als ihr Lebensunterhalt nicht mehr auf dem Spiel stand, butterten sie noch immer rein. Sie blühten auf, sie vermehrten sich. Schon in Kürze wurde deutlich, dass sie sich bei weitem als erste an den städtischen Lebensstil und die städtischen Möglichkeiten angepasst haben. Siehe dich im Gegensatz dazu die mexikanischen Landarbeiter an. Sie gingen vom Elend eines mexikanischen Gutsherrn zum Elend eines amerikanischen Gutsherrn über. Sie kannten nichts anderes als die Landwirtschaft, also blieben sie in Amerika ganz Unten. Die Juden blieben jedoch nicht. Sie sahen eine Chance und entfalteten sich. Ich habe irgendwo von einem bekannten Studium gelesen, bei dem man Anfang des 19. Jahrhunderts tausend

Juden in Jamaika ansiedelte, ihnen ein kleines Stück Land gab und abwartete, was passieren würde. Nun, was ist passiert? Weißt du?! Ich sage dir.

Achtundvierzig der 100 reichsten Menschen in Jamaika sind Juden. Und es dauerte nicht länger als hundert Jahre. Das ist auch bei uns zu Hause der Fall. Also fang nicht an zu meckern, weil du Jude bist, leck mich, sei glücklich und stolz. Du hast außergewöhnliches Blut in den Adern und siehe dich an, du hast die Wellen der Wende wunderbar ausgebeutet", argumentierte Felvidéki.

„Ja, natürlich ist alles so, wie du sagst, aber insgeheim habe ich immer geglaubt, dass die Umstände mich zu dem gemacht haben, was ich bin. Der Systemwechsel, die zahllosen glücklichen Wendungen, musste eigentlich nicht mehr viel hinzugefügt werden, aber das Geld floss weiter, nur die ganz Dummen und die Armen konnten nichts damit anfangen. Denn seien wir mal ehrlich: Wenn man wirklich nichts hätte, dann hätte man auch nichts, um damit aufzubrechen. Alle andere sind Pipifax", sagte Herr Schwarzenberger.

„Ich habe noch nie eine Geschichte über ein ungarisches Unternehmen gehört, die sich nicht hinter der Lüge „Ich habe aus dem Nichts angefangen und bin erfolgreich geworden" versteckt hätte. Immer und alle haben eines gemeinsam: Aus einer anfänglichen Phase großer Armut, reiner Selbstständigkeit, Bescheidenheit und Fleiß stößt der Heldenunternehmer an seine Grenzen und baut innerhalb weniger Jahre aus dem Nichts ein florierendes Unternehmen auf. Ich muss gestehen, dass mir die jungen Menschen von heute leid tun, die gezwungen sind, sich diese Täuschungen anzuhören und zu dulden. Ich würde sagen, dass es mich ein wenig stört, dass es keine ehrliche Kommunikation mit ihnen gibt. Was erwarten wir halt von der nächsten Generation, wenn wir sie mit Lügen erziehen? Wenn wir auf uns nehmen, dass uns nur das unwiederholbare Glück das damalige Zufallsprinzip so plötzlich aufblühen lassen konnten, wird die Mühe und die bescheidene Arbeit, die wir geleistet haben, in keiner Weise schmälern. Aber Fakt ist Fakt, mein Freund: Wir hatten Schwein, keine Frage", erklärte Felvidéki.

„Ich glaube, die Leute hören gerne von Do-it-yourself- Erfolgsgeschichten, weil die Art und Weise, wie der einsame Held das Un-
mögliche überwindet, so glorreich ist", begann Herr Schwarzenberger und fuhr dann fort: „Ich möchte hinzufügen, dass das
Wort ›Glück‹ von der Arbeit, der Anstrengung und der kreativen
Kraft, die die Chancen erkannt und genutzt hat, ablenkt. Es ist
typisch, dass die Geschichten von Menschen, die es an die Spitze
geschafft haben, meist nur die glamouröse Seite der Geschichte
sind", so Schwarzenberger.

„Lass uns das Phänomen in zwei Teile aufteilen. Es gibt
Menschen, die aus eigener Kraft – mit viel Glück, aber dennoch
aus eigener Kraft – zu jemandem wurden, die ihr ganzes Leben
lang versuchen, sich zu beweisen. Und dann gibt es diejenigen,
die weiß Gott nichts vorzuweisen haben und von Anfang an
bewiesen sind. Wir kampieren im ersten Lager: Wir ringen,
kämpfen um Wohlstand, um einen Lebensstandard, schreien
geradezu nach öffentlicher Anerkennung, sehnen uns nach
einem Schulterklopfen, dass jemand sagt: ›Ja, du hast es geschafft, Glückwunsch‹. Und im zweiten Lager kampieren die
Erben. Das gilt auch für unsere Kinder und Enkelkinder. Siehe,
Karcsi, ich bin Milliardär, ich gehöre zu den reichsten Menschen
des Landes, wie einige prominente Zeitschriften berichten, und
in eine solche Familie hineingeboren zu werden, muss eine große
Belastung sein. Egal, was mein armes Kind zu tun versucht, es
wird ihm schwerfallen, über mich hinauszuwachsen. Ich versuche vergeblich zu erklären, dass die Wende ein einmaliges,
unwiederholbares Ereignis war, das sich für ihn nie wieder-
holen wird, aber er versteht es einfach nicht. Stattdessen nimmt
er Drogen und trinkt. Und dann, zur Entschleunigung sediert
er sich und hat Selbstmitleid. Ein richtiger Albtraum. Er kann
seinen Platz nicht finden, er lebt einfach in der Welt. Er hat die
Verselbstständigung nicht einmal geschafft, obwohl er seit zehn
Jahren eine eigene Wohnung hat", begann Felvidéki seine Klage.

Wie viele seiner Bekannten besaß er ein lächelndes und makel-
loses Bild über sein Kind, das er bei allen offiziellen und halb-
offiziellen Anlässen der Öffentlichkeit zu zeigen pflegte. Und

manchmal, wenn er das Gefühl hatte, ein seltenes tieferes Gespräch mit jemandem führen zu können, holte er die im Safe aufbewahrte Wahrheit hervor, das echte Bild seines Kindes, das er niemandem zeigen konnte. Dieses Bild ist natürlich alles andere als makellos, es ist ein Bild, das an den tiefsten Teufen menschlicher Schwäche leidet, mit einem ausgebrannten, jungen Gesicht, einer nachlässigen und unsicheren Haltung und einer Traurigkeit, die statt Lächeln schreit. Es gibt nichts Deprimierenderes als erzwungene Fröhlichkeit.

„Ich weiß genau, wovon du sprichst, János. Wie oft habe ich in den letzten Jahren Ähnliches gesehen! Aber ich würde es hier in zwei Teile nehmen. Es tut mir wirklich leid, wovon du sprichst. Es gibt nur wenige in unserer Altersgruppe, deren Kinder nicht entgleist sind. Man kann es beschönigen, aber es ist wirklich unsere Schuld. Um genau zu sein, war das ebenso unser Pech, wie die Wende unser Glück war. Die beiden Phänomene sind eng miteinander verbunden. Die Antwort liegt auch in den Umständen begründet. Ich sehe, wie du die Stirn runzelst und dich fragst, woran ich denke. Ich erzähle dir. Die Menschheit hat, seit die Welt existiert, in gewisser Hinsicht gemeinsame Kultur. Jeder Elternteil hat versucht, seinem Kind mehr zu geben, als er als Kind erhielt. Wir waren nicht anders, wir dachten darüber genauso wie alle Menschen vor uns, egal in welchem Zeitalter sie lebten. Und hier kommt der Umstand ins Spiel: das 20. Jahrhundert. Meiner Ansicht nach ist dies der Wendepunkt im Leben der Menschheit oder zumindest in den modernen Gesellschaften, an dem diese darwinistische Tradition nicht mehr der evolutionären Entwicklung dient, die zuerst in den wohlhabenderen Familien stattfindet. Und dann nach und nach die ärmeren Schichten, die ärmeren Länder. Am Ende des Prozesses, wenn es überall einen grundlegenden Lebensstandard gibt, werden alle Generationen diesen Meilenstein erreichen. Wenn das Paradigma mehr ist besser vorherrscht. Wir tun unseren Kindern in der heutigen Zeit gut, indem wir weniger geben, als wir geben können, denn wenn man in der heutigen Welt alles gibt, was man kann, werden die Seelen der Kinder vorzeitig verdammt. Es gibt einfach zu viel zu geben. Und diejenigen, die es sich leisten können, geben es leider auch. Dann kommt es zu den Kompensationen, die man mit Geld kaufen kann, zur lächerlichen Markenverehrung, zum Verlust von gemeinsam verbrachten Stunden, zu teuren Spielzeugen, zu noch teureren Hobbys usw. Billige Menschen wetteifern in teuren Dingen, um zu sehen, wer glücklicher ist. Und das Kind wird faul, ziellos und ausgebrannt. Warum sollte er sich die Mühe machen, etwas zu erreichen, wenn er es von Rechts wegen besitzt? Ich füge hinzu, dass der Prozess noch andere Aspekte hat. Interessant ist zum Beispiel, dass wir uns in einer Zeit befinden, in der erstmals mehr Menschen an Überernährung als an Hunger sterben, obwohl der Hunger bisher einer der größten Feinde der Menschheit war. Jetzt ist man auch auf die andere Seite des Pferdes gefallen. Könnten dies die dauerhaften Auswirkungen des Kapitalismus sein? Werden unsere Kinder faul, sterben sie aus und überfressen sich? Ich bin abgeschweift … Entschuldigung … also hier ist, was mir an deiner Äußerung aufgefallen ist. Aber es gibt noch eine weitere Schicht, die Gruppe der Neugeborenen, die sich bereits bei der Geburt bewiesen haben. Sie sind diejenigen, die bereits geliebt sind, wenn sie geboren wurden. Sie werden hinter ihrem Rücken gehasst, aber das spielt jetzt keine Rolle. Jemand, der ein Favorit der Welt ist, jemand, der geliebt wird, hat etwas Schlampenhaftes an sich. Es sind Menschen, die von allen geliebt werden, für die jeder ein verzeihendes und liebkosendes Lächeln übrig hat und in solchen Menschen steckt in der Tat etwas Auffälliges, etwas Schlampenhaftes", sinnierte Herr Schwarzenberger.

„›Passion to kill.‹ Verbrechen aus Leidenschaft. Im übertragenen Sinne, natürlich. Das ist es, was ihnen fehlt. Komfort und Luxus hielten die Jugendlichen von der Entwicklung eines unerschütterlichen Instinkts ab. Die großen Fische fressen die Kleinen, geben wir zu. Und jetzt züchten wir auch nur kleine Fische. Eine ist schwächer als die andere. Unser tägliches Leben sollte sich darum drehen, wie wir mit der aufstrebenden Generation zusammenstoßen, scheitern und den Neuen, die uns geschlagen haben, den Vortritt lassen. Doch überall, wo ich hinschaue, sehe ich, dass die neue Generation gestreichelt, geknuddelt, ermutigt und gelobt werden muss, wenn sie es schafft, um 6 Uhr morgens aufzustehen und fünf Tage hintereinander zur Arbeit zu gehen. Das ist alles nur ein Witz. Ich gehe noch weiter: Selbst wenn ich für meine Nachkommen eine Situation schaffen könnte, in der sie nicht mehr früh morgens zur Arbeit müssen, was würde dann passieren? Ich sage dir, was passieren würde. Sie würden verarscht werden. Sie würden ausgebeutet und völlig ausgeraubt werden. Hinter ihrem Rücken würde das Management ergattern und sie würden verarmen. Natürlich werden sie erst in letzter Minute davon erfahren. Wenn es zu spät ist. Und dann würden sie da stehen, mittleren Alters, oft ohne Berufserfahrung, kraftlos, ausgebrannt, mit einem Haufen Schulden im Nacken. Was denkst du, was dann mit ihnen geschehen würde, Karcsi? Sie werden wie ein Kartenhaus im Wind zusammenfallen. Und wir werden nicht da sein, um ihnen Schutz oder eine Rettungsleine zu bieten. Es ist ein direkter Weg zu ihrem Selbstmord", sagte Felvidéki.

„Das sind schwere Worte, mein Freund. Schwere, aber wahre Worte. Wir werden ihnen für den Rest ihres Lebens nicht helfen können. Es ist die Zeit, sich den Fehlern zu stellen, die wir vernachlässigt haben. Wir machten sie trottelig gemacht und setzten ihnen keine Ziele, die sie erreichen müssen. Oder die von uns gesetzten Ziele waren leicht zu erreichen. Aber sie wurden nicht schwach geboren, sondern sie wurden durch uns schwach erzogen. Als würde man einen Gepard füttern. Wenn man einem Gepard jeden Tag Fleisch vor die Füße wirft, wird er nie lernen zu jagen und er wird nicht in der Lage sein, 100 km/h zu rennen. Setzt man dagegen eine gesunde, kräftige Gazelle vor ihn hin, wird er lernen, Gott helfe! Das war das Problem. Die gleichmäßige und bequeme Dosierung von Fleisch. Sie mussten nie hungrig sein, sie mussten nie nach einem herzhaften Lauf auf den Baum gut essen, wo der meist zähe Knochen himmlische Nahrung bieten konnte. Wir suchen in ihnen das ›Verbrechen aus Leidenschaft‹, obwohl wir es waren, die ihn getötet haben", so Schwarzenberger.

„Nun weiß es nicht. Wenn ich so darüber nachdenke, ist es nicht sehr gesund, wenn wir in unseren Kindern den Ellbogenmensch suchen. Die Welt braucht Ellbogenmenschen, meine ich auch, aber ob es gut ist, wenn einer dieser Menschen unser Kind ist, ist umstritten. Tief im Inneren war ich auch ein Ellbogenmensch. Ich habe deswegen viele Fehler gemacht, die Leute übergangen und war opportunistisch gegenüber der Welt. Und wenn ich der Welt meine wahre Geschichte erzählen würde, wären meine Kinder vielleicht gar nicht mehr stolz auf mich. Und andere auch nicht. Ich möchte dir die Geschichte eines meiner Maschinenkäufe erzählen. Vor etwa fünfzehn Jahren gewann mein Unternehmen eine Ausschreibung für den Kauf von Verarbeitungsmaschinen im Wert von einhundertfünfzig Millionen Forint. Meine Leute hatten nach einer Lösung gesucht, bis wir uns schließlich für einen chinesischen Maschinenhersteller entschieden, der dafür bekannt war, billige, aber funktionierende Fälschungen herzustellen. Der Preis für die Maschine betrug sechzig Millionen Forint, aber es gelang uns, sie zu überreden, in der Rechnung einen höheren Preis anzugeben. Der Kaufpreis belief sich also auf dem Papier auf so viel chinesische Yuan, die umgerechnet einhundertfünfzig Millionen Forint entsprachen, die ich an sie auf ein Bankkonto überwies. Und zum Zeitpunkt der Übergabe war einer meiner Leute bereits in China und brachte achtzig Millionen Forint in Nylonsäckchen zurück. Die restlichen zehn Millionen gingen an den chinesischen Geschäftsführer. Und warum steht dieses Land hier? Weil Leute wie ich achtzig Millionen von hundertfünfzig Millionen Steuergeldern in die Tasche steckten und stecken. Das Salz in der Suppe ist, dass die Maschine zwei Jahre lang kaum etwas produzierte, woraufhin ich das Unternehmen in den Ruin trieb, weil ich keinen Bock mehr hatte, damit zu beschäftigen. Ich kann also sagen, dass ich das Geld der Öffentlichkeit veruntreut habe. Nicht nur zweckentfremdet, sondern gierig und ehrgeizig. Ich hatte ›passion to kill‹, lachte Felvidéki, nachdem er die traurige Geschichte erzählt hatte.

„Weißt du, János, bei dieser Geschichte zucke ich nicht einmal mit der Wimper, denn das ist genau, was die Unternehmer der

ersten Generation haufenweise erzählen können. Dem Ellbogenmenschen, ›dem sein Leben teurer wäre als des Vaterlandes
Ehre‹, zitierte Schwarzenberger stilecht das Nationallied und
fuhr dann fort: „Ich war selbst so ergangen. Weißt du noch, als
wir die neue Halle bauten? Und steht auf einem großen Schild
neben der Baustelle, dass sie aus ›653 Millionen Forint staatlicher Förderung‹ gebaut wurde? Nun, ich musste 125 Millionen
von diesen 653 Millionen zurückgeben, praktisch in bar an die
zuständigen Leute. Es reicht nicht aus, dass es mir gelungen ist,
die neue Halle durch brutale Korruption zu bauen, ich muss auch
noch dafür sorgen, dass die Regierung nicht gewechselt und nicht
zur Rechenschaft gezogen wird. Aber jetzt ernst. Was werde ich
tun, wenn die Wahl nicht nach meinen Vorstellungen ausgeht
und, nehmen wir an, eine neue Regierung antritt und diese die
Fäden entwirrt? Sie könnten leicht an mich herankommen, wenn
jemand singt. Und dann ist da noch die Frage, was da passiert.
Werden sie einfach das Geld verlangen oder werden sie noch
korrupter sein und mich verpflichten, mein gesamtes Unternehmen kostenlos aufzugeben? Ich gebe zu, dass ich nicht gut
schlafen kann, das ist eine große Belastung für mich. Zumal sich
die Indikatoren seit der Ausschreibung nicht wirklich so entwickelt haben, wie ich es mir gewünscht hätte. Kurz gesagt, ich
bin mir nicht sicher, ob ich auf meine Kinder stolz wäre, wenn
sie denselben Weg einschlagen würden", sagte Schwarzenberger
und versuchte, sein Gewissen zu erklären.

„Hör auf mit dem Blödsinn, Károly! Es gibt wirklich keinen
Grund, sich vor der Rechenschaftspflicht zu fürchten, diese
Regierung wird uns noch mehrere Amtszeiten lang dienen,
darauf kannst du wetten. Wir haben auch viel zu verlieren,
also werden sie dich in Ruhe lassen. Außerdem es geht in den
Medien heutzutage immer um etwas anderes. Kein Chefredakteur
einer Boulevardzeitung wird ruhen, bis er eine wirklich pikante
Geschichte für seine voreingenommenen Leser gefunden hat,
vor allem, wenn beide Seiten in Korruption schwimmen. In
deinem Fall ist es anders, denn die Welt wird dir in gewisser
Weise verzeihen, weil du darauf verweisen kannst, dass du

keine Wahl hattest. Entweder du nimmst die Fördergelder an oder du kannst zur Hölle fahren. Erledigt. Oder schaust du dich die Einführung der Online-Kassen an. Als die Ausschreibung angekündigt wurde, stand bereits fest, wer der Gewinner sein würde, denn fast eine Person wusste davon. Außerdem empfahl das Zollamt, ein Kassensystem desselben Herstellers zu kaufen, unabhängig davon, ob es sich um einen Tabakladen, ein Lebensmittelgeschäft oder einen Lebensmittelladen handelt. Dieses einziges wird akzeptiert und Spielende. Dann verkauften sie die Zwanzigtausend-Forint-Kassen für achtzigtausend Forint. Vierfache Gewinnspanne, mein Freund, vierfache! Ich füge nur leise hinzu, dass sie sogar die Frechheit besaßen, 500 Millionen Forint staatliche Förderungen aufzunehmen. Du brauchst also nicht zu zittern, Karcsi, niemand wurde jemals wegen einer so dummen Geschichte verhaftet. Warum sollten sie dann ausgerechnet dich erwischen? Wer kümmert sich um die Notlage des in die Enge getriebenen Kleinunternehmers, wenn vor unseren Augen um Millionen öffentlicher Gelder abgezockt wird? Sei nicht albern, mein Freund, was wir tun, ist absolut richtig", die stille private Rede der Selbstanklage wurde durch Felvidéki mit gespielter Gleichgültigkeit fortgesetzt. Es war eine Seltenheit, so offen über das Phänomen zu sprechen, welches das ganze Land seit dreißig Jahren plagt, über die harte Korruption, die jeder verurteilt, selbst diejenigen, die oft daran beteiligt waren. Diejenigen, die sich am lautesten äußerten, waren in der Regel diejenigen, die bereits in irgendeiner Form davon betroffen waren. Im 21. Jahrhundert haben immer mehr Intellektuelle erkannt, dass es sich auf Dauer nicht lohnt, Macht für Geld zu missbrauchen, vor allem dann nicht, wenn das zurückgegebene Geld für allerlei profane Unwürdigkeiten und Nutzlosigkeiten verschwendet wird. Felvidéki wusste das alles, aber es war zu spät für ihn, um sich mit der Idee zu identifizieren, die sich so leicht in seinem Kopf formulieren ließ. Da man ohne Geld keine Vergleiche anstellen konnte, war der Maßstab für den Erfolg eindeutig die Größe des Portmonees. Es war zu lange her, dass er mit den

Schwierigkeiten des kleinen Mannes konfrontiert worden war. Es ist schwer, in Maßen zu leben, wenn man reich ist.

„Aber lange Rede kurzer Sinn, lasst uns diese Kriegsbrüche vergessen, morgen fliegen wir nach Süden, ich freue mich darauf, hoffentlich wird es keine Probleme am Flughafen geben. Mit was für einem Flugzeug fliegen wir?", fragte Schwarzenberger.

„Mit der üblichen Challenger 300. Für mich ist das eines meiner Lieblingsflugzeuge. Er ist nicht so groß wie der Falcon 7X, aber er erfüllt alle meine Bedürfnisse. Ich würde es ihm aber für eineinhalb Millionen pro Stunde empfehlen", prahlte Felvidéki.

„Eineinhalb Millionen Forint pro Stunde? Das ist gar nicht so teuer. Ich habe neulich mehr als zwei Mills für Falco bezahlt. Pro Stunde, natürlich", konterte Schwarzenberger.

„Sieh mal, Karcsi … Ich denke, das ist die ideale Wahl für zwei Personen. Wir könnten auch ein kleineres Flugzeug nehmen, aber die können nicht so viel fliegen, also ist die Challenger die perfekte Wahl", vernünftelte Felvidéki.

„Ich stimme dir zu, Kumpel, es ist an der Zeit, sich endlich ein wenig zu entspannen. Für heute habe ich genug von Wellness, ich bin auch müde, also entschuldige mich, wir sehen uns morgen früh und dann geht's ab nach Dubai.

BUDAPEST, PETŐFI-SAAL

„Wobei kann ich behilflich sein?", fragte jemand mit einer mittelmäßig lebensmüden Stimme das junge Paar, das vor Walter an der Kasse der Petőfi Csarnok stand.

„Wir hätten gerne zwei Stehplätze für das TAD-Konzert am Abend", antworteten die deutlich fröhlicheren Jugendlichen.

„Stehplätze?! Junger Mann ... wenn es zweihundert Konzertgäste geben wird, oder noch weniger, Sie können dorthin stehen oder sitzen, wo Sie wollen", machte der Kassierer die Stimmung mehr düsterer. Die Verliebten kümmerten sich um die negativen Auswirkungen nicht, sie kamen, um eine gute Zeit zu haben, und sie taten es. Walter lächelte bei der Szene gut; die meisten Kassierer sind die gleichen, wie auch in dreißig Jahren. Dieser Beruf scheint, sich im Laufe der Zeit nur wenig entwickeln zu werden. Auch Walter kaufte sich ein Ticket, er war äußerst aufgeregt. Das wird Rockgeschichte vom Feinsten. Er kaufte sich vor dem Konzert einen Krug Bier vom Buffet, obwohl es schon kalt draußen war, aber es störte ihn nicht sonderlich. Er kam auch mit einigen wohlhabenden jungen Leuten ins Gespräch und war darauf neugierig, was das Thema vor einem Rockkonzert im Jahre 1989 sein könnte. Um genau zu sein vor einem „Grunge"-Konzert, denn natürlich war TAD eine „Grunge"-Band aus Seattle.

„Hallo, woher kennt ihr TAD?", versuchte Walter, sich mit den drei Typen zu unterhalten, die neben einem der Stehtische Bier tranken.

„Hallo, wir kennen diese Band nicht so sehr, wir mögen einfach neue Sachen, deshalb sind wir hier", antwortete einer von ihnen mit sympathischer Stimme.

„Ehrlich gesagt, Alter, geht dieses Land endlich ins Unbekannte los! Und wir machen genau das Gleiche! Wir sind zu einem unbekannten Konzert gekommen, um zu sehen, ob wir den Freddie Mercury der Zukunft entdecken können", sagte der andere, ein wenig betrunken, aber auch positiv.

„Vielleicht scheine ich komisch zu sein, aber ich bin mit dir völlig einverstanden", begann Walter und fuhr dann fort: „Denn genau deshalb bin ich heute Abend gekommen! Die Legende der Generation X zu entdecken", lachte er laut auf.

„Auf die Legende der Generation X!", riefen sie alle und stießen mit ihren Bierkrügen an. Dann tranken sie in großen Schlucken alle Bier auf, wie viel sie er gerade hatten.

„Komm, Kumpel, mach mit, du bist unser Gast in der nächsten Runde!", sagte der Erste wieder. „Und was glaubst du, wer wird die geheime Entdeckung sein?"

„Na ja … von meiner Seite habe ich keine Ahnung … vielleicht Kurt Cobain", lächelte Walter leise vor sich hin.

„Kört Kobbeeejn??? Wer ist er denn? Kläre uns bitte auf, denn keiner von uns hat je von diesem Typen gehört!", betete der dritte den Walter.

„Kurt Cobain, das spirituelle Zentrum, Frontmann, Texter und Gitarrist von Nirvana. Sie werden das Vorprogramm für das heutige TAD-Konzert sein. Die Nirvana", sagte Walter kurz die Namen, die zu diesem Zeitpunkt für das Publikum nichts bedeuteten. Als er aber den Namen der Band aussprach, war extrem aufgeregt, er schauderte fast. Es gibt ein Nirvana-Konzert in Budapest, für das sich niemand interessiert, weil sie noch ein Jahr vor dem Welterfolg von Smells Like Teen Spirit sind und niemand sie kennt. Auch ihr Stil ist der Welt unbekannt. Grunge und alternativer Rock.

„Nun, ich habe noch nie von diesem Nirvana gehört, ich weiß nicht einmal, ob es gegessen oder getrunken wird", sagte der junge Mann zu Walters Rechten, „Ich bin allerdings neugierig, wenn du sie so gut kennst. Ich gebe zu, dass die Beatles für mich das Alpha der Gitarrenmusik sind. Sie machten nicht nur brutal gute Musik, sie waren auch sehr gute Interpreten. Sie waren echte showmen in ihrer besten Zeit. Sie hatten den angeborenen Sinn, die Massen zu unterhalten."

„Ein angeborener Sinn?", hob Walter die Augenbrauen hoch.

„Dies halte ich jedoch für übertrieben. Vielmehr traf viel Übung auf Talent. Viele wissen es nicht, aber die Beatles haben am Anfang sehr viel in Hamburg gespielt. Es war mit dem Boot relativ nah an Liverpool, sie wurden auch bezahlt. Hinzu kommen noch reichlich Alkohol und Sex. Damals lernte John Lennon und die anderen, professionell aufzutreten. Damit das Publikum ausrastet. In einer Hamburger Schenke mussten sie oft mehr als acht Stunden ununterbrochen spielen. Und so ging es jahrelang. Sie hatten viele Auftritte, sie waren noch unbekannt und vor allem: Sie konnten üben. Nicht nur ihre Songs, sondern den ganzen Aufführungsstil. Die Bands von heute müssen ihre Auftritte und Proben hinter verschlossenen Türen üben, aber das ist nicht dasselbe. Das Leben des Publikums, die ständigen Feedbacks, das Auftreten ungeplanter Ereignisse sind alles solche Erfahrungen, die sie auf Weltbühnen nicht hätten erwerben können. Üben, üben, üben. Das war ihr Geheimnis. Und natürlich die Genialität von John Lennon und Paul McCartney."

„Hmm ... sagst du also, irgendeiner hätte die Beatles sein können?", fragte der zu seiner Rechten noch einmal.

„Ich sage das nicht, dass jeder hätte sein können, aber ich sage, wenn man ein grundlegendes Talent für Gitarre und Songwriting hat, das sich an eine enorme Menge von Ausdauer anschließen kann, sowie an die Möglichkeit, Tausende von Stunden live an einem Ort aufzutreten, der dafür bestens geeignet, dann ja, sage ich, kann man auch zu den Beatles werden", erklärte Walter.

„Erzähl mal, Kumpel, was machst du beruflich?", richteten sie die Frage an Walter.

„Ich bin momentan auf Reisen und versuche zu verstehen, wie die Welt funktioniert", wollte Walter diplomatisch sein.

„Du scheffelst also!", lachte einer. „Und worauf stehst du? Bringst du Jeans nach Kiew und Moskau mit und kehrst du mit Kaviar nach Hause zurück? Angeblich würden die Russen für ein Paar Trapper-Jeans töten ... Ich habe gehört, dass jemand die Hose, die er gerade trug, verkaufte, so viel Geld haben sie dafür bezahlt. Dann kaufte er von dem geschaffenen Geld so viel, wie er konnte, brachte alles nach Hause und verkaufte sie zu arschteuer. Eine Reise, ein paar Tage Arbeit und das Geld fließt in Strömen. Gib es zu, Alter, du mach's auch!", lächelten sie Walter an.

„Ich gebe zu. Genau das mache ich. Ich scheffle", log Walter. Er wollte sich allerlei Geschichten nicht ausdenken, sondern begnügte sich damit, dass die Jungs ihn für einen Nepper hielten. Auf diese Weise wurde zumindest sein umfassendes Weltbild bestätigt. Er mochte es nicht zu lügen, aber es kommt vor, dass ein Zeitreisender manchmal flunkern muss. Es ist interessant, dass diese Jungs im Vergleich zu seinem Geburtsdatum (1986) nur zwanzig Jahre älter waren, sie könnten irgendwann in den 1960er, 1970er Jahren geboren worden sein, aber er hatte das Gefühl, dass er mit Hunderten von Jahren der Entwicklung mehr bekommen hatte, dank der modernen, aufgeklärten Welt. Wird sich der Mensch als Homo Sapiens linear mit der beschleunigten Welt, mit beschleunigtem Tempo weiterentwickeln? Der Besitz von lexikalischem Wissen wird nur für wenige Jahre ein unersetzlicher Wert sein, bald kommt das Internet, gefolgt vom Smartphone, das alle süchtig nach dem Bildschirm macht, welches wir dummerweise benutzen werden. Interessant ist, dass das Internet eine wesentlich größere Erfindung ist als das Telefon, doch das letztere wird die Gesellschaft grundlegend in eine Smartphone-abhängige Gesellschaft verändern. Die unendliche Symbiose mit einem Gerät, das keinen Tag ohne Aufladen aushält und trotzdem von allen so geliebt wird. Dann merkt man es gar nicht mehr und wird total süchtig. Es wurde entwickelt, um das Leben einfacher zu machen und dann benutzt man es, weil es unaufhaltsam zu seinem Vorgesetzten wird. Es sagt dir, wohin du gehen sollst oder wann nicht, es stresst dich ständig mit Nachrichten darüber, er sagt dir, wovor du Angst haben und graulen sollst, es weist dich darauf, wann du aufstehen sollst, es klingelt und piepst ständig, und wenn du sie leiser stellst, versucht es, dich mit seinen rhapsodischen Schwingungen zu hindern, um dich lange Zeit auf was immer konzentrieren zu können. Es begleitet dich auf Schritt und Tritt und regelt dein Leben. Er setzt Grenzen und kümmert sich rücksichtslos nicht darum, wenn du müde bist oder einfach etwas anderes machen möchtest. Es lenkt dich vom Lesen und Musikhören ab, lässt keine vertiefte Gespräche zu, sorgt für Aufmerksamkeitsstörung. Wir dürfen doch nicht voreilig sein. Bis dahin gibt es noch ein paar unbeschwerte Jahre, das letzte Jahrzehnt der langsamen Welt, von der Walter bewusst ist, aber die Menschen um ihn herum nicht. Woher könnten sie es halt wissen? Sie können ja nicht in die Zukunft sehen.

„Und womit scheffelst du, wenn ich nicht indiskret bin?", wurde Walter gefragt.

„Mit allem, womit es möglich ist. Mit einem der Top-Produkte ist zum Beispiel die polnische Fischkonserve. Der Cracovia Expressz kommt über Miskolc nach Budapest, voll mit Polen, die ausnahmslos mit riesigen Taschen ankommen, als ob sie sich hier niederlassen wollten. Sie kommen natürlich nicht, um auszuwandern, sondern um zu verkaufen, und durch die nächtliche Zugfahrt sparen sie sogar die Übernachtungskosten. Auch dort herrscht eine Mangelwirtschaft und jeder ist froh, wenn er etwas zum Kaufen findet. Oder in der Tschechoslowakei gibt es die ausgezeichneten Favorit-Fahrräder und Sportgeräte … die gehen weg wie warme Semmeln. Der gesamte Comecon-Block hat angefangen zu tauschen, einige Leute verdienen sogar den Preis eines Autos während einer ihrer Reisen. Natürlich besteht auch hier ein Risiko … man muss die Menschen verstehen. Man muss zum Beispiel wissen, wie viel jeder Zollbeamte kostet. Wer ein Profi ist, kann er dies auch in Forint genau sagen, so dass solche Artikel auch ein leicht kalkulierbarer Teil der Rundreise sein können", antwortete Walter vorsichtig, der sogar von seinem eigenen Wissen zu diesem Thema überrascht war. „Und was machst du beruflich?", wandte Walter an den Mann mit Schläfenlocken, der neben ihm stand.

„Mein Vater ist Leiter einer kleinen Druckerei in der Nähe von Budapest und ich arbeite für ihn. Mal liefere ich aus, mal bediene ich Maschinen, mal helfe ich beim Papierkram. Ich mache, was die Maschine ausspuckt", lachte er. „Vielleicht hast du schon von uns gehört. Firmenname: TrombonCorp.

„Ich gebe zu, dass ich mich in der Druckindustrie nicht auskenne, es ist mir nicht bekannt. Es hat einen halb englischen, halb russischen Namen", dachte Walter.

„Ja, weißt du, das Unternehmen wurde von prowestlichen Genossen gegründet, die der Meinung waren, dass es ihnen nach dem Ende dieses sowjetischen Albtraums leichter sein würde, sich mit dem Westen sozusagen anzufreunden. Und wenn die Russen bleiben, dann wird das vielleicht kein Dorn in ihren Augen sein. Es ist nicht einfach, wenn man seine Wünsche einer erzwungenen Situation anpassen müssen. Wir sehnen uns nach dem Westen, aber wir werden zu dem Osten gezwungen. Wenn ich mich richtig erinnere, wurde das an der Uni als kognitive Dissonanz genannt. Wenn wir uns zwischen zwei Dingen entscheiden müssen, fühlen wir beides von innen heraus und die beiden sind einander entgegengesetzt. Das ist ein schreckliches Gefühl. Wo soll sich der arme Ungar verstecken? Soll er beim schmutzigen, nach Wodka riechenden Fell des großen russischen Bären bleiben? Oder soll er alles, was er hat, für einen Apfel und ein Ei der Kapitalisten zur Ausbeutung werfen? Sollen wir Diener oder eine Kolonie sein?", schlug der bis dahin fröhliche Drucker den Blick nieder, dem diese Fragen offensichtlich wirklich am Herzen lagen.

„Hör zu. Ich denke, dass die Antwort darauf einfach ist", natürlich ist es einfach, klug zu sein, wenn man weiß, was in der Zukunft passieren wird, „man muss aus dem schalen, nach Schnaps riechenden Schatten auf die Sonnenseite gehen, was auch immer dort einen wartet", philosophierte Walter. Er spielte mit dem Gedanken, auch über die heutigen politischen Ereignisse zu berichten, wonach Miklós Németh im Parlament ankündigte, Ungarns Brutto-Auslandsverschuldung könne bis Ende des Jahres 20 Milliarden Dollar erreichen, die Nettoverschuldung 14 Milliarden Dollar, sowie dass alle öffentlichen Finanzen ihre Schulden 1.100 Milliarden HUF betragen werden. Endlich stand jemand auf, um zuzugeben, dass die Regierung noch Mitte der 1980er Jahre falsche Daten zum Schuldenstand veröffentlicht hatte, aber man wollte die armen Leute nicht weiter mit diesen Nachrichten belästigen. „Auf jeden Fall würde ich gerne sehen, wo du arbeitest und womit ihr euch beschäftigen", reagierte er schließlich.

„Okay", schaute er Walter tief in die Augen, sein Mund verzog sich wieder zu einem Lächeln, als bekam er die beste Antwort auf die schwierigste Frage des Lebens. „Du bist bei uns willkommen, komm nächste Woche vorbei und schau dir an, ›worum es in einer Druckerei geht‹. Wenn du ankommst, suche nach mir. Mein Name ist Endre. Endre Békási."

2018

VEREINIGTE ARABISCHE EMIRATE, DUBAI

Der Wüstenwind blies Kázmér Vámhegyi trockene, furchtbar heiße und sandige Luft in die Augen, als er unmittelbar nach dem Aussteigen aus dem Flugzeug auf dem internationalen Flughafen Al Mak toum in Dubai ausstieg. Der Flughafen ist nach dem Herrscher benannt, der Dubai 32 Jahre lang regierte, Scheich Rashid bin Saeed Al Maktoum. Wie bei vielen anderen wirkte auch bei Vámhegyi ein unauslöschlicher Hass auf Araber, insbesondere auf reiche Araber. Er hasste es zu lesen und zu sehen, wie aus einem Nomadenvolk, das noch vor wenigen Jahrzehnten Ziegen gezüchtet hatte, plötzlich eine reiche Nation geworden war, die aufgrund des Bedarfs an schwarzem Gold der modernen Welt das Weltgeschehen beeinflussen wollte. Er fand es abstoßend, dass mitten in der Wüste, wo fast nichts Sinnvolles wächst, wie um alles in der Welt der Heilige Gral des 20. Jahrhunderts. Warum hatten ausgerechnet sie Erfolg? Das haben sie nicht wirklich verdient. Keine Kultur, keine Tradition, nur ihre dummen Religionen und Lehren. So dachte er. Es kam ihm nie in den Sinn, dass auch Ungarn nach der Wende ein großer Spielplatz war und er hatte seinen Anteil daran, aber so war Vámhegyi eben: voreingenommen und engstirnig. Und viele Leute buhen die Araber sowieso aus, also hat er auch das getan. Er buhte sie aus, wo immer er konnte. Am stärksten spürte er seine innere Wut immer dann, wenn er die Emirate besuchte und auf den Straßen Araber – die nichts auf den Tisch gelegt haben – sah, die in einem sagenhaften Reichtum lebten, was ihn nie erreichen würde. Es war ihr Geburtsrecht. Wie die Aristokraten von einst. Bastarde. Jeder Einzelne von ihnen. Die Schilder, die er beispielsweise am Flughafen von Abu Dhabi las, machten ihn ebenfalls wütend: „Ein Land ohne Vergangenheit kann keine Zukunft haben". Wie können sie das sagen, wenn das Land fast jünger ist als sie selbst? Er knurrte wieder vor sich hin.

Ungarische Menschen sind oft bösartig gegenüber Vertretern wohlhabenderer Nationen. Sie sind nicht grausam, aber leider sind die Trauben manchmal sauer. Sie sind ängstlich und im Herzen provinziell. So wie Vámhegyi es war. Als sie das Zentrum des Flughafens erreichten, stritten sie sich immer noch darüber, was sie mit der sieben Stunden Umsteigezeit anfangen sollten. Flughafen, Sightseeing oder sinnloses Einkaufen. Vámhegyi wollte nicht, dass die Familie getrennt wurde und versuchte, der Ichsucht aller zu befriedigen, aber er konnte sehen, dass er dazu immer weniger Chancen hatte, sobald sie den Flughafen verlassen. Wenn sie hier bleiben, würden sie sich sowieso trennen, aber wenigstens an einem sicheren Ort, innerhalb des Flughafens. Das taten sie. Am Ende entschied sich Frau Vámhegyi für ein Boutique-Einkaufszentrum am Flughafen von Dubai, Denisz verschwendete das Geld der Firma seines Vaters für nutzlose Dinge, und Lázár und Vámhegyi setzten sich zum Trinken Whisky in einem Restaurant.

„Prost!", hielt er seinem Sohn den unbestrittenen Stolz Schottlands vor, eine winzige 4-cl-Flasche Chivas Regal.

„Danke, dir auch", erwiderte Lázár respektvoll und sie sahen sich beim Anstoßen in die Augen, als seien sie beide im Besitz der Wahrheit. Vámhegyis Kehle war eher an starken Alkohol gewöhnt, er schluckte den hellbraunen Schnaps ohne zu blinzeln. Lázár holte nach dem Schlucken tief Luft, dann, als er spürte, dass er das Ende dessen erreicht hatte, was er erreichen musste, begann er, die in seinem Mund verbliebene Harmonie zu schmecken, zu der er nur noch eine Zigarre gebraucht hätte. Aber dafür war es noch zu früh, tagsüber wurden keine Zigarren geraucht. Vámhegyi starrte mit stechenden Augen auf das freundliche Tor der arabischen Welt zum Westen, als plötzlich jemand neben ihn trat und ihn eigenartig begrüßte.

„Wieso du nicht im Erdboden versinkst, Kázmér? Wie wagst du, lang vermisste Freunde mit leeren Whisky-Flaschen zu begrüßen?", streckte seine rechte Hand dem lange nicht gesehenen Schwarzenberger mit einem Grinsen im Gesicht aus, um einen Handschlag zu erzwingen. Neben ihm stand der kürzlich gesehene Felvidéki.

„Wahnsinn, lässt man alle Schurken hier rein? „Es ist kein Zufall, dass ich dieses Land noch nie mochte", konterte spaßig Vámhegyi und bot ihnen Platz an ihrem Tisch an. Der Zufall des Treffens war eine unerwartete Entwicklung: Aus irgendeinem Grund reagieren Menschen immer über, wenn sie sich in einem abgelegenen Teil der Welt treffen. Er verspürte eine echte Freude und ahnte, dass er die Wartezeit auf das nächste Flugzeug vielleicht sogar sinnvoll nutzen konnte. Das war es, was ihn an den Wartezeiten auf den Flughäfen störte: Der Mangel an nützlicher Zeit. Er kann bald im Flugzeug genug lesen und wollte nicht arbeiten. Aber jetzt, als er auf zwei seiner alten Kumpel gestoßen war, konnte das auch gut sein, vor allem mit Lázár an der Seite. Er konnte ihn endlich ein wenig vorstellen und vielleicht würde er eher nachgeben, wenn er sah und spürte, wie aufregend es ist, mit den großen Fischen zu schmusen. Bei den hochrangigen Gesprächen in der Gemeinschaft hatte Vámhegyi immer das Gefühl, dass dies sein wahres Zeugnis war. Mit solchen Leuten zu reden. Oder vielmehr, dass solche Leute mit ihm vor der Öffentlichkeit sprachen. Natürlich wusste er, dass sie am Flughafen von Dubai wahrscheinlich keine großen Fische waren und dass da doch kein Hahn nachkräht, aber trotzdem. Das war gut für ihn.

Nachdem sie sich hingesetzt hatten, bat Vámhegyi um eine weitere Runde Whisky und fragte, was die Herren hier zu suchen hätten.

„Und was führt Sie, meine Herren, hierher?"

„Kennst du mich als jemanden, der das Land umsonst verließt?", sagte Felvidéki schnoddrig, welcher schwache, überschwengliche Stil von ihm schon gewöhnt war. „Business, mein Freund, Business selbstverständlich. Ich würde gerne wenig Geld in einige lokale Unternehmen investieren, um vermehren zu lassen, denn es ist nicht Europa, man kann hier noch einiges unternehmen. Die Wahrheit ist, dass Ungarn nicht mehr dasselbe Land mit reichlicher Vetternwirtschaft ist, in dem wir aufgewachsen sind."

Wenig Geld. Verpiss dich, dachte Vámhegyi. Er wusste genau, was Felvidéki vorhatte und wusste auch genau, aus wie viel Geld. Steueroptimierung vom Feinsten, auf ungarische Art. Der Betrag beläuft sich auf etwa fünfzig Mio. Euro bzw. mehr als fünfzehn Mrd. Forint. Natürlich war ihm auch klar, dass die Offshore-Standorte nicht hier liegen würden. Die Geschäfte würden im Burj al Arab oder einem anderen ebenso noblen Gebäude abgewickelt werden. Er konnte sich nicht entscheiden, ob „wenig Geld" nur das Ego von Felvidéki füttert oder ihn verarmen lassen sollte. Er hatte nämlich nur einen Bruchteil dieses „wenig Geldes". Beide Varianten schienen möglich, aber höchstwahrscheinlich waren sie kombiniert. Felvidéki war ein Mann, der Menschen, die kleiner waren als er, gern demütigt. Und er genoss es ganz besonders, eine Person zu demütigen, die sich selbst hoch schätzte und der es nur wenig besser ging als der Arbeiterklasse.

„Nich' lang schnacken, Kopp in Nacken", kam der Ausruf von Herrn Schwarzenberger. Sie tranken den über zehn Jahre alten Chivas, der ihre Kehlen erwärmte und fast aufriss. Natürlich schlürften sie ihre Stamperl mit unerschütterlicher Miene, jeder in seinem eigenen kleinen Ritual, mit einem gemeinsamen Moment. Mit einem schmerzlosen, innerlich errötenden, aber nicht blinzelnden Ausdruck. Der strenge, männliche Blick, die Art, wie nur Männer trinken können. Mit Würde. Alle Menschen sind sich des Trinkens bewusst. Das ist nicht zu verwechseln mit Trunkenheit und das werden Frauen nie verstehen. Männer, die gemeinsam einen Whisky, ein Bier oder eine Weinschorle trinken, sind sich des unsichtbaren, aber innigen Bandes bewusst, das sie verbindet, erklärt und akzeptiert. So erging es auch bei ihnen. Das Band, die Toleranz wurde durch eine alte Tradition verstärkt. Natürlich wussten sie, dass sie einen schwerwiegenden Fehler im medizinischen oder sportlichen Sinne des Wortes begangen hatten, aber warum sollte sie das kümmern, wenn sie alle wussten, dass es um die Seele ging. Es ging darum, die Seele zu beruhigen und ein gemeinsames geistiges Gleichgewicht zu erreichen. Nach außen hin haben sie nur etwas getrunken, aber das war nicht der Fall. Sie tranken *dasselbe* Getränk, stoßen an, sahen sich in die Augen, nippten, schluckten, täuschten Schmerzlosigkeit vor, sahen sich dann wieder in die Augen, stellten das leere Glas ab, sehnten sich nach etwas weniger Starkem, warteten aber. Sie warteten darauf, dass der Schwächste den ersten Schluck des kalten Bieres nahm. Lázár trank das Bier zuerst ab, fast unmittelbar nach dem Stamperl.

Dies beruhigte Vámhegyi, Felvidéki und Schwarzenberger: Sie hatten das Gefühl, dass der schmerzhafte Moment des Generationswechsels heute noch nicht gekommen war. Heute „gewannen" sie, die Jugend versagte und so hatten sie noch einige Jahre vor sich. Sie liebten diese Art der Selbstrechtfertigung. Sie suchten und vermissten es schmerzlich, wenn sie es nicht bekamen. Das passte jetzt in seinem Kram. Lázár ist schwach, Lázár hat im Kampf gegen die „Seniorität" versagt. Damit war für sie auch der Mythos der totalen Anti-Evolution, der Unsterblichkeit, der Unersetzlichkeit bewiesen. Wenn dieser kleine Kerl nicht einmal einen Whiskey trinken kann wie sie, dann gibt es noch große Rückstände. Sie werden ihn erst akzeptieren, wenn er richtig Whiskey trinken kann.

Lázár spürte die verächtlichen Blicke der stillen Rivalität auf seiner Haut, die für ihn uninteressant war. Er belächelte die Alten. Den lächerlichen Hochmut und das Schwanzmessen. Er blieb objektiv. Er wusste, dass es weiß Gott scheißegal war, wer nach dem Stamperl den ersten Drink nahm. Die Rivalität zwischen den Männern ist lächerlich, es ist nur eine Maske aus der Kindheit, die sie aus unerklärlichen Gründen aufsetzen und dann wieder abnehmen. Wer hat ein neueres Handy, Auto, Segelboot, Flugzeug? Wer traut sich, mehr Scharfes in die Brühe zu tun? Wer ist besser in einem oder anderem? Es macht keinen Sinn, aber sie tun es trotzdem. Für Lázár bedeuteten diese Dinge nichts. Er hat es ihnen überlassen. Wenn sie konkurrieren wollen, können sie das tun. Konkurrieren sie nur.

„Sag mir, Kázmér, wohin geht die Reise? Hast du ja auch die Familie hier?", fragte Schwarzenberger.

„Wir reisen auf die Malediven, für zehn Tage, du weißt schon, ein kleiner Familienurlaub", kam die Antwort.

„Oooh, das ist doch nicht schlecht, obwohl ich nicht wirklich weiß, was man dort zehn Tage lang machen kann. Vor allem mit der Familie. Ihr werdet euch gegenseitig in den Wahnsinn treiben", sagte Felvidéki.

„Das geht mehr schon auf den Wecker", versuchte Vámhegyi zu scherzen, obwohl sie alle wussten, dass er nicht weit von der Wahrheit war, sondern ganz im Gegenteil. Es war sehr ernst und absolut wahr. Wenn er einen Familienurlaub definieren müsste, würde er sagen: Ein zehntägiger Familienzwist an dem anderen Ende der Welt für einen Haufen Geld. Vámhegyi fragte sich sogar, ob die ungeöffnete Getränkedose, die seine Frau in der Nacht des dritten Tages nach ihm werfen würde, zerbrechen oder ihn treffen würde. Wird die fünftausend Forint Cola ausfließen oder wird sie nur durchgeschüttelt werden? Wenn man Glück hat, wird sie nur durchgeschüttelt und dann kann man sie vielleicht wieder in die Minibar stellen (um sie ihm in zwei Tagen wieder werfen zu können).

„Lass es, Kázmér, sieh es positiv: Die Familie ist zusammen, ihr habt Zeit zum Reden, du und deine Frau habt etwas Zeit für euch, ihr esst und trinkt gut", versicherte ihm Schwarzenberger halbzynisch, wohl wissend, dass nichts von alledem zu Vámhegyis Leben im *wahrsten* Sinne des Wortes dazugehören würde. Die Familie wird wirklich zusammen sein, sie werden über die oberflächlichsten Dinge reden, und er und seine Frau werden, wenn sie allein sind, darüber streiten, wer schuld daran ist, dass Denisz ein Tölpel wurde. Seine Chancen auf gutes Essen und Trinken bestehen zwar, aber die Erkenntnis, dass ihm ein Fitnessstudio und eine sechsmonatige Diät eigentlich wohltun würden, lässt ihn bitter werden, weil – wie bei allen anderen – es auch bei der Familie Vámhegyi im Urlaub nicht um Mäßigung und Askese geht. Letztes Jahr beschlossen sie, sich gesund zu ernähren, was damit endete, dass er die Trüffel nach dem übermäßigen Verzehr von französischem Champagner und wenig SubliMotion auf Ibiza wie ein Reiher kotzte. Obwohl das Menü zweitausend Dollar pro Kopf kostete, war das Ergebnis zum Kotzen. Ob zwanzig Gerichte oder eine aufwendige Lichtshow auf dem Tisch, das Endergebnis dieses besonderen Essens glich eher dem beschämenden Ende eines Junggesellenabschieds als einer aristokratischen Dinner-Degustation in Ibizas meist altehrwürdigem Restaurant. Natürlich hatten sie keine Lust, dorthin zu gehen, sondern wollten nur sagen, dass sie (auch) dort gegessen haben.

Vámhegyis wurden im guten Sinne des Wortes auf dem Land geboren und blieben es. Der Lebensstil, den sie für aristokratisch hielten, wurde eindeutig aus Snobismus geführt, und keiner von ihnen lebte ihn tatsächlich. Sie taten so, als würden sie sich amüsieren, als ihnen in einem *„exklusiven Restaurant"* von Kellnern in Weißhandschuh eine Vorspeise im Wert von zwölftausend Forint auf einem viel größeren Teller serviert wurde, der mit zwei Blättern Rucola in der Mitte bestreut und mit einem Esslöffel Balsamico-Essig gekrönt war. Das war der Teil des Aderlasses. Und die Tatsache, dass Vámhegyis versuchten so zu tun, als könnten sie Französisch, war der Teil des Verfalls. Aber sie waren so. Sie wollten dazugehören. Materiell gesehen so hoch wie möglich. Sie dachten, es wäre die Belohnung ihres Lebens, von den Reichen akzeptiert zu werden.

„Weißt du, warum du so viel Glück hast, Kázmér?", warf Schwarzenberger ein, „denn egal, wie man es betrachtet, man fährt vielleicht in einen langweiligen, völlig unnötigen Familienurlaub, aber man hat wenigstens eine Familie. Und du hast eine Familie, mit der du in den Urlaub fahren können. Das musst du auch zu schätzen, mein Freund. Siehe mich zum Beispiel an. Als ich 70 war, war ich ein verrückter Mann, der dem Geld nachjagte. Und glaube mir, es lohnte sich nicht. Für viele scheine ich erfolgreich zu sein und in mancher Hinsicht genieße ich es auch, aber tief im Inneren bin ich ausgebrannt und einsam", sagte Schwarzenberger die Wahrheit nach dem Chivas.

Sie nickten alle und stoßen dann mit den Gläsern an. Wenn man sich so verplappt, gibt es einen Blick hinter die Kulissen und das Szenebild, wovon wir schöpfen können. Es fiel auch

Lázár auf – es war seltsam, dass ein Satz von echter Tiefe und Aufrichtigkeit die Mund dieses Burschen, der normalerweise auf dem Olymp sitzt, verlassen hatte. Lázár mochte die Freunde seines Vaters nicht. Wenn sie bei ihm waren, schämte er sich immer, mit solchen Menschen befreundet zu sein. Sie glaubten, dass sie, wenn sie in einem Lebensbereich etwas erreicht und profitabel gemacht hatten, das Recht hatten, den Stab über andere Lebensbereiche zu brechen. Lázár hat nie verstanden, warum unsichtbare Begabungen als intellektueller Schutzschild an Menschen vergeben werden, die glückliche Opfer der bloßen Umstände sind. Warum wird sein Vater z. B. nach Freundschaft, Liebe und Beziehungen gefragt, wenn es eindeutig ist, dass er bei diesen Themen gefühlsmäßig unsensibel ist? Die Leute erkennen trotzdem seine Meinung an, weil er ein Geschäftsinhaber ist. Kann Lázár sie so leicht durchschauen, weil er sein ganzes Leben unter ihnen gelebt hat? Wer weiß? Auf jeden Fall hat er sie wie ein offenes Buch gelesen. Er sah ihren Kummer, ihre Angst, ihre Langeweile und Verzweiflung. Er wusste, dass er die Firma seines Vaters nicht weiterführen konnte; sonst würde er wie sie sein und das würde ihn umbringen. Er musste Mensch bleiben. Er kann sich nicht opfern, um einer von ihnen zu sein. Lieber soll das Unternehmen verlorengehen. Aber nicht er.

„Übrigens, wisst ihr, woher das Wort Restaurant kommt?", lenkte Felvidéki das Thema ab. „Nun, ein französischer Gastronom benutzte das Wort zum ersten Mal, um sein Restaurant zu beschreiben. Die Hauptattraktion des Restaurants war die Brühe, die er den müden Arbeitern servierte und die er als Kraftsuppe bezeichnete, da sie selbst kranken Menschen Auftrieb gebe. Restaurant ist das französische Wort für Stärkungsmittel, so dass der englische Begriff Restaurant eigentlich auf die Stärkung des Arbeiters mit Suppe zurückgeht", erinnerte er sich an die Geschichte, die ihm schon vor langer Zeit in den Sinn gekommen war, als er noch ein Dorfmetzger war.

Vámhegyis Aufmerksamkeit war abgelenkt, durch die Besserwisserei nicht wirklich beschäftigt; seine Augen blieben an der Schlagzeile einer Zeitschrift auf dem Tisch hängen, die auf

Englisch geschrieben war: *Terroristen bedrohen die Notre Dame.*
Unglaublich – dachte er und ließ seinen Blick über die Artikel
schweifen –, die gleichen Schauermärchen wie in Ungarn. Terrorismus, Gewalt, Korruption, Skandale. Das ist es, was die Menschen
wollen. Furcht, Zittern und Bestürzung. Die Menschen können
nicht so viele negative Informationen auf einmal verkraften.
Man hört nichts anderes. Aber der Welt, die angeblich immer
wieder zusammenbricht, geht es doch ganz gut. In den Zeitungen
steht, dass sie morgen, wenn nicht morgen, spätestens über-
morgen einstürzen wird. Entweder werden sie Terroristen zu
Fall bringen, oder die Einwanderer, oder die Immobilienblase,
oder die Plastikmüllinseln im Meer, oder sie wird zusammenbrechen und sich selbst zerstören, aber eines ist sicher: Sie wird
zusammenbrechen und endgültig zerstört werden. Wir müssen
die Menschen in diesem Glauben lassen, weil wir sie in Angst
und ständiger Unsicherheit halten müssen. Bis vor hundert
Jahren lebte die Menschheit anders. Wenn man jemanden auf
der Straße gefragt hätte, was in zehn Jahren passieren würde,
hätte er mit einem verständnislosen Blick geantwortet: „Dasselbe
wie heute?" Diejenigen, die wir jetzt fragen, wissen wahrscheinlich nicht einmal, was sie morgen tun werden, wie sie nächstes
Jahr leben werden. Und dieser Glaube muss gestärkt werden,
die Ungewissheit muss aufrecht erhalten werden, denn sonst
fühlt man sich sicher und kauft nicht auf Aufforderung, schließt
keine unnötigen Versicherungen ab, glaubt nicht den ganzen
Unsinn der Leute, die über Geldanlagen reden, nimmt kein un-
gerechtfertigtes Darlehen auf ihr eigenes Haus auf, kauft kein
neues Auto mit null Prozent Eigenkapital usw. Und WENN das
passiert, sind wir wieder am Anfang der Gedanken: Die Welt
wird zusammenbrechen.

Es ist eine zu schwere Last für sieben Milliarden Menschen,
die sie tragen müssen, es ist ein schrecklicher Schmerz, jemand
muss etwas tun. Hinzu kommen die Hilflosigkeit und die Lügen
der Staatsführung, die mehr als deutlich sind: „Was gestern
vereinbart wurde, wird heute verletzt, aber was heute Morgen
verloren schien, kann heute Abend noch gerettet werden." Was

für eine Ungerechtigkeit. Jetzt reicht es aber! Das ist alles und nicht mehr! Eine weitere Nachricht wie diese auf der Webseite Index oder Origo Schlagzeilen morgen früh kann nicht mehr toleriert werden. Es ist zu viel für einen vernünftigen Menschen, er kann es nicht mehr ertragen. Es sollte klar sein, dass man die Menschen in Ruhe lassen sollte, damit sie *ihr Leben leben* können. Sie müssen nicht kontrolliert werden und niemand wird etwas Wichtiges verpassen. Notre Dame kann ferner von jeder beliebigen Person verteidigt werden. Wenn Gott will, dass sie abbrennt, wird sie ums Verrecken abbrennen.

„Hey ... verdammt! Onkel Karcsi, Onkel János! Was macht ihr hier? Seid ihr auch auf die Malediven gekommen?", kam Denisz an und fiel mit der Tür ins Haus.

„Denniiiisszzz ...", die Betonung lag auf dem letzten „sz". „Wir sind zufällig mit deinem Vater zusammengestoßen, unser Flugzeug war gerade gelandet, wir waren geschäftlich hier", streckte Schwarzenberger seine Hand aus und klopfte Denisz freundlich auf die Schulter.

„Stellt ihr euch vor! Ich habe eine Postkarte für Oma und Opa gekauft, wenn du sie unterschreibst, schicke ich sie ihnen, damit sie sehen, wie schön es bei uns ist", wandte sich Denisz an seinen Vater und fuhr dann fort. „Ich werde schreiben: ›Wir denken an euch auch aus Dubai!‹"

Natürlich schreiben sie, wie alle Touristen, Klischees an ihre Familie und Freunde. Egal wo sie sind, sie würden etwas Ähnliches auch über den Mond schreiben. Außerdem ist die Postkarte in diesem Fall ein Instrument des Wohlwollens und der Grosstuerei. Es ist gut für den, der es erhält, auch wenn er arm ist. Aber sie finden es auch schade, dass sie nicht einmal Bilder von den Orten sehen können, die Vámhegyis live besuchen. Darum ist es eine Grosstuerei.

„Was für ein aufmerksamer Junge du bist, Denisz, der an seine alten Großeltern denkt. Ich bin mir sicher, dass sie die Geste schätzen werden", sagte Felvidéki höflich, oder, um es gutgemeint auszudrücken, versuchte er, die Sache positiv zu sehen. „Meiner Meinung nach ist das genau das Plus, das den jungen Menschen von heute fehlt. Respekt und Demut. Es ist wichtig, sich auf seine Wurzeln zu denken, auch wenn man weit von ihnen entfernt ist", fügte er lobend hinzu.

Vámhegyi überlegte, ob Felvidéki versuchte, sich bei *ihm* einzuschmeicheln, indem er Denisz lobte, oder ob er wirklich so dumm oder vielleicht heuchlerisch war, dass er den nichtswürdigen Denisz respektvoll und bescheiden aussehen lässt. Die erste Möglichkeit verwarf er schnell, weil er wusste, dass Felvidéki ihm nie den Hof machen würde. Die zweite verwunderte ihn aber, weil er ihn für einen besseren Menschenkenner hielt. Natürlich könnte es sein, dass das Theater um Denisz so beherrscht wurde, dass alle diesen Unsinn wirklich glauben. Außerdem versteht er nicht, warum es für Felvidéki so wichtig ist, eine eigene Meinung zu haben und diese überall zu äußern. Als ob es jeden interessiert, was und wie er denkt. Er war übermäßig stolz auf seine private Meinung, die er nicht für sich behalten konnte.

Auch Lázár wunderte sich über das Ereignis, aber er war mehr über die Wahnvorstellungen seines Bruders von der Oberwelt schockiert. Wie konnte er so sehr im Nichts leben? Überflüssigerweise. Als wollte er einfach nur existieren, in der Welt leben, ohne Sinn und Aufgabe. Das ist ein typischer Generationsfehler unserer Zeit, typisch für die gegen zweitausend Geborenen.

„Was geht ab?" „›Die Natur wird in Tschernobyl wieder lebendig.‹ Diese Schlagzeile hat meine Aufmerksamkeit erregt", warf Schwarzenberger ein und blätterte in der vorherigen Zeitschrift, „ich habe den Artikel gelesen und bin zu einem interessanten Schluss gekommen. Leute! Es kommt mir vor wie gestern ... wisst ihr noch? Ich werde das Datum nie vergessen, solange ich lebe. 26. April 1986: Explosion des vierten Reaktors im Kernkraftwerk Tschernobyl und der anschließende Dominoeffekt. Die schrecklichen Ereignisse. Die Strahlung soll 400-mal stärker gewesen sein als die, die Japan beim Abwurf der Hiroshima-Bombe traf. Die unvorstellbare Verwüstung ... es war entsetzlich ...350 Tausend Menschen wurden aus Pripjat evakuiert, wohin die ehemaligen Bewohner nicht mehr zurückkehren konnten. Es ist noch immer nicht bekannt, wie viele Menschen durch die Katastrophe in ihrem

Leben beeinträchtigt oder dauerhaft verändert wurden. In diesem Artikel geht es darum, wie schnell und effizient die Natur zurückgewonnen hat, was sonst ihr gehört. Die Gebiete, die in der Vergangenheit von Menschen bewohnt und genutzt wurden. Alle sagten vor, dass das Gebiet um Tschernobyl, das einen Radius von mindestens dreißig Kilometern hat, für Hunderte von Jahren eine ausgestorbene Atomwüste bleiben würde, und dann ... Zweiunddreißig Jahre später hat die Natur all das widerlegt, sich erneuert und blüht nun auf. Sie hat sich an die Radioaktivität angepasst. So wurden im Blut der in Gefangenschaft lebenden Vögel höhere Werte des Antioxidans Glutathion gemessen, das den schädlichen Auswirkungen der Strahlung entgegenwirken kann, indem es hochreaktive Moleküle deaktiviert. Und auch die großen Wälder sind lebendig und gesund. Büffel, Bären, Wölfe. In der Regel Tiere, die durch die zunehmende Nähe des Menschen immer weiter an den Rand des Aussterbens gedrängt werden ... Und was ist die Lehre, die wir daraus ziehen? Die Anwesenheit der Menschen fügt der lebenden Welt mehr Schaden zu als eine nukleare Katastrophe!"

„Interessante Idee und da bin ich mir sicher", sagte Vámhegyi und blickte mit großen Augen in die Mitte des Tisches. „Wisst ihr, das stört mich schon seit vielen Jahren. Unsere Verantwortung gegenüber unserer Umwelt. Ein altes indianisches Sprichwort besagt, dass wir die Erde nicht von unseren Vätern geerbt, sondern von unseren Enkeln geliehen haben. Und es ist verdammt wahr, Leute! Ich wäre sehr traurig, wenn ich sehen würde, wie unsere Enkelkinder uns und unsere Arbeit mit Zorn statt mit Stolz betrachten. Denn wenn man mal darüber nachdenkt ... wir bauen und betreiben Fabriken mit Prozessen und Endprodukten, die nicht unbedingt gesund für die Umwelt sind. Die vielen Zusatzstoffe, Verpackungen und Farbmaterialien, mit denen wir arbeiten, sind alle ein winzig kleiner Nagel im Sarg unseres Planeten. Ich gebe zu, dass ich jahrelang glaubte, meine Arbeit könne nur mit einem Glitzerlicht hervorgehoben werden, aber in den letzten Jahren hat sich etwas geändert. Ich habe mehr und mehr das Gefühl, dass unsere Enkel und Urenkel trotz des finanziellen Wohlstands unserer Familie mit Verachtung auf das zurückblicken werden, was wir heute als beneidenswerte Errungenschaften betrachten. Das Gleiche geschieht jetzt in Tschernobyl. Erst haben wir alles zerstört, dann, als die Menschheit nichts mehr hatte, erhob sich die Natur aus der Asche", hob Vámhegyi seinen Blick zur Mitte des Tisches, als sollte er die letzte Frage des Lebens beantworten.

„Ich würde es so ausdrücken: Es ist schwieriger zu überleben als zu erwerben und zu erobern, genau wie ein Unternehmen. Die Wachstumsbranche ist ein vielmehr größerer Baum als Stagnation und Stillstand. So ist es auch mit der Menschheit. Es ist einfacher, neue Gebiete zu erobern und auszubeuten, als das bestehende zu behalten und sich damit zufrieden zu geben. Unser Instinkt, unsere angeborene Genetik, erlaubt es dem aufgeklärten Menschen nicht, auf einer Stelle zu bleiben. Oder sind wir vielleicht gar nicht aufgeklärt? Unsere Seelen sind friedlos und nicht in der Lage, das Paradigma des ›Bleibe an einem Ort und Stelle und behalte, was du hast‹ zu definieren. Und wenn man darüber bedenkt, hat es sehr, sehr lange gedauert, bis wir das so verinnerlicht haben. Bis in die 2000er Jahre diente es dem Überleben der Menschheit, wenn jedes Elternteil seinem Kind mehr gab, als es von seinen eigenen Eltern erhielt. Aber jetzt", blickte er sichtbar Denisz, „wird mir klar, dass dieser Prozess der menschlichen Besserung auf ewig vorbei ist. Wenn du jetzt deinem Kind mehr gibst, als du von deinen Eltern bekommen hast, bist du ein richtiger Dummkopf, ein Idiot, und du trägst sicher auch dazu bei, dass dein Familienstammbaum bald ausstirbst. Denn hier wäre das Überleben das ›Weniger ist mehr‹. Die Mäßigung wäre im besten Interesse des Planeten und der Menschheit, die ihn bewohnt. Es wäre sinnlos, wenn wir uns der Illusion hingeben würden, dass ein ständiger Anstieg, mehr von allem, der langfristigen Strategie unserer Zeitgenossen dienen würde", so Felvidéki, der einen ehrlichen Einblick in das Weltgeschehen im Allgemeinen geben wollte. Seine Meinung ließ sie alle auf den Tisch starren; sie spürten die Wahrheit, die Tatsache, dass es eine andere Sichtweise gibt. Hinter dem Begriff „soziale Verantwortung", der heutzutage so oft in den

Mund genommen wird, sollte wohl etwas von diesem Lebensgefühl stecken. Neben der schmerzhaften Wahrheit war auch zu spüren, dass die Äußerung einer Meinung nicht nur Wissen, sondern auch Charakter erfordert, der in Felvidéki nun ernsthaft zur Verfügung gestellt wurde. Heutzutage gibt das bloße Wissen einem nicht das Recht, irgendetwas zu tun, weil jeder alles in einer Minute mitbekommen kann, im Gegensatz zu vor hundertfünfzig Jahren, als Wissen und ein starker Charakter durch harte Selbsterziehung und ernsthafte Anstrengungen erworben werden konnten. Die Folge davon ist die allgemeine oberflächliche Pseudo-Literarität des 21. Jahrhunderts.

„Interessante Ansichten, seht ihr, das ist genau das, was ich bei der Generation X in Ungarn vermisse", warf Lázár ein und fuhr dann fort: „Das Eingeständnis, dass der unstillbare Wunsch nach ständigem Reichtum nicht unbedingt der richtige Weg ist", schmunzelte er anzüglich.

„Kannst das näher erläutern, wenn du schon dabei bist?", fragte Schwarzenberger mit wieder geweiteten Augen, während die misstrauischen, halb verdächtigen Blicke der anderen gleichzeitig auf Lázár gerichtet waren. Die freundliche Atmosphäre erinnerte plötzlich an einen Gerichtssaal, in dem Lázár auf der Richterbank des Angeklagten saß und sein Vater und seine Freunde die Geschworenen vertraten.

„Mit Freude", antwortete Lázár auf die provozierte Frage. „Ich beobachte euch alle seit Jahren und weiß, worum es geht: Um das Geld. Es geht um nichts anderes. Solange früher der Dienst war, der einem die Motivation und die Befriedigung nach einem Arbeitstag verschaffte, kann man dieses Gefühl heute nicht mehr erreichen. Ihr glaubt, dass das maßlose Streben nach Geld eure Krankheiten heilen wird, nur um dann feststellen zu müssen, dass ihr nie das bekommen werdet, wonach ihr euch sehnt. Denn wenn ihr euer Augenmerk auf das Geldverdienen richtet, seid ihr zwecklos geworden und lebt in einer Wolke, aus der ihr nicht mehr herausschaut. Überall, wo man hinschaut, gibt es Nebel. Der graue Star eines nach innen gekehrten Menschen, durch den die Welt nicht mehr bunt ist. Und genau diese Sehnsucht nach

Leere – denn Geld ist in seinem bloßen Zustand weder gut noch schlecht, aber in eurem Fall ist es eine Leere – ist die Ursache für Unglücklichsein. Die Hauptursache für Glück, wenn ich es in einem Wort ausdrücken müsste, wäre ›Mangel an Leidenschaft‹. Materielle Güter, gesellschaftliche Akzeptanz oder auch der Wunsch nach exotischen Reisen treiben die Menschheit voran und zerstören schließlich unaufhaltsam den Wirtskörper. Und diese Wirtskörper sind wir Menschen. Wenn Darwin recht hat, ist unser Leben dazu bestimmt, das Spitzenraubtier zu sein. Und wenn wir unsere Aufgabe erfüllt haben, sind wir am nützlichsten, wenn wir so schnell wie möglich sterben und unseren Platz den Jüngeren überlassen.

Auf diese Weise versucht das Leben die Arterhaltung zu erreichen. Wir sind motiviert, wenn wir jung sind, wenn alles so einfach erscheint, wenn wir der Menschheit dienen können. Dies ist der Dienst – ob Produkt oder Dienstleistung –, aus dem wir unsere Zufriedenheit im Mindestmaß ableiten können. Und ich habe den Eindruck, dass es euch schon lange nicht mehr um das Produkt oder die Dienstleistungen geht, sondern nur noch um den Profit. Der verdammte Gewinn nach Steuern. Ihr mögt ein neues Produkt oder eine neue Dienstleistung, wenn ihr seht, dass etwas Geld dahinter steckt. Damit will ich natürlich nicht sagen, dass ihr barmherzige Samariter sein und auf dem Széll Kálmán tér Suppe verteilen solltet, sondern dass ihr das Glauben und Engagement ausgebrannt haben. Einer der Beweise für eure Enttäuschung ist die Fülle an Trödel, der einst für gutes Geld gekauft wurde und nun aufgegeben und entwertet wird und der unweigerlich in einem eurer unvermieteten Lagerräume landet. Warum habt ihr sie gekauft? Warum wechselt ihr die Möbel alle ein bis zwei Jahre? Das ergibt keinen Sinn.

„Sieh mal, Lázár … beurteile uns und brich den Stab über uns, wenn du es anders machst", war die erste Reaktion von Felvidéki. „Wir wurden in die Armut hineingeboren und jahrelang entbehrt. Jetzt ist die Lage anders: Wir können es uns leisten, auf größerem Fuß zu leben als die Durchschnittsbürger. Und verurteile uns nicht dafür, dass wir es tun. Weißt du, mein Sohn, die Sicherheit der Existenz, die zu deinem Grundgefühl geworden ist, war nie die unsere. Ich erzähle dir etwas. Es gab eine Zeit in meinem Leben – drei Mal, wenn ich richtig gezählt habe – als ich praktisch bankrott war. Jede Situation war anders, aber in einem Punkt war sie gleich: Ich hatte Angst davor, was passieren würde, wenn ich in Konkurs ginge. Du kannst dir nicht vorstellen, wie man sich fühlt, wenn man es weit gebracht hat, und dann ändern sich die Zeiten, und in ein oder zwei Jahren steht man plötzlich direkt vor dem Bankrott. Obwohl von außen nichts zu sehen war, waren meine inneren Sachen eine Katastrophe. Ich war bei jedem meiner Unternehmen mit Hunderten von Millionen Forint verschuldet. Der unbestrittene Kredit meines Lebensstandards. Ich habe mir in den glücklichen ›guten Zeiten‹ – in denen der Markt für mich günstig war – angewöhnt, in den Ferien zu fahren, wohin ich wollte und zu kaufen, was mein Auge begehrte. Der hohe Lebensstandard wurde zu meiner Komfortzone. Dann fiel ich furchtbar auf Schnauze. Die Zahlen begannen sich zu verschlechtern und ich weigerte mich, rechtzeitig damit fertig zu werden; ich hatte nicht die Kraft, meinen endlosen Appetit zu stillen und nahm immer noch eine Menge Geld aus meinen Unternehmen. Überraschungsweise konfrontierte ich mit der Situation, dass ein großer Teil meines Vermögens wieder verschuldet ist. Aber selbst dann war ich nicht in der Lage, in den Spiegel zu schauen und zu erkennen, dass dies an mir und meinen fehlerhaften strategischen Entscheidungen lag. Es war einfacher, anderen die Schuld zu geben. Meinen Führungskräften, meinen Mitarbeitern, der Regierung und allen Menschen um mich herum. Nur mir selber nicht." Felvidéki schaute Lázár tief in die Augen und fuhr dann mit gesenktem Blick fort: „Ich wurde mich bewusst, dass das größte Hindernis für den Betrieb meiner Unternehmensgruppe ich selbst bin. Ich begann nachzudenken und stellte fest, dass das, was in den neunziger Jahren funktionierte und erfolgreich war, heute nicht mehr angewendet werden sollte, weil es nicht funktioniert. Und ich war zu alt, um innovativ zu sein. Die multinationale Mentalität ging immer auf meine Nerven – weil ich sie nicht verstand und es mir weh tat, es zuzugeben – also neigte ich dazu, sie abzulehnen. Ich lebte in einer Traumwelt, in der ich zwanzig oder dreißig Jahre Erfahrung hätte haben müssen, aber leider war das nicht der Fall. Mit der Öffnung der Welt kam der Wandel, der dem Land die Möglichkeit gab, von den Großen zu lernen, und diejenigen, die sich rechtzeitig eingeschaltet hatten, lernten. Maisanbauer, Trockenfruchthersteller und landwirtschaftliche Unternehmen begannen mit der Einführung des LEAN Konzepts, in ausländischen Unternehmen ausgebildete Manager wurden für ernsthafte Führungspositionen eingestellt und alle hörten mit der One-Man-Show auf. Außer mir. Ich war nicht in der Lage, Verantwortung und Entscheidungsbefugnisse zu delegieren. Ich war ein Naseweis bei allem, was ich sah. Ich traf Entscheidungen auf der Grundlage von Halbinformationen. Ich war auf der Suche nach dem Dorn im Auge der Leute und habe all die kleinen Dummheiten, die zum Leben eines Unternehmens gehören, theatralisch aufs Korn genommen. Ich lebte in einer egozentrischen Welt, in der ich dachte, dass ich der Einzige bin, der gute Arbeit leistet, und dass alle anderen einen schlechten Job machen. Ich begann, den Fehler ausgerechnet bei den Menschen zu sehen, die den Mut hatten, mich gelegentlich mit der Falschheit einer Entscheidung zu konfrontieren.

Ich habe sie dafür gehasst, weil ich daran gewöhnt war, dass immer so ist, wie ich es sage. Ich war ein autokratischer Führer, leider von der schlimmsten Sorte. Weißt du, was autokratisch bedeutet, Lázár? Das bedeutet, dass ich die alltäglichen Probleme der Führung durch den Einsatz von Macht, Autorität, offenen Drohungen und der Verhängung von Strafen zu lösen versuchte. Ich verließ mich überhaupt nicht auf die Meinungen, Erfahrungen und Vorschläge meiner Untergeordneten. Und weißt du, was das Ergebnis war? Ich half den Menschen nicht, kreativ zu arbeiten und sich zu entwickeln. Ich war davon überzeugt, dass wir mit der Organisation von ein oder zwei Schulungen bereits ein großer Lehrer geworden waren. Aber ich führte mich nur irre. Die beste Methode nämlich, die Mitarbeiter zu behandeln, besteht darin, zu versuchen, ihren Alltag besser, konstruktiver und abwechslungsreicher zu gestalten. Die Bildung ist höchstens Salz in der Suppe, nichts weiteres. Mit dieser Haltung beraubte ich mich selbst des Mehrwertes, mit dem meine Kollegen und die Führungskräfte zur Verbesserung der Qualität der Dienstleistung hätten beitragen können.

Was mir nach einer Weile, vielleicht nach Jahren, auffiel, war, dass das passive Verhalten der Mitarbeiter immer die Schuld des Vorgesetzten ist. In diesem Fall war es meine Schuld. Nachdem ich dies erkannt hatte, dachte ich, ich hätte meine Dämonen besiegt. Ich schaffte das natürlich nicht. Ich war ein ängstlicher, selbstherrlicher Führer geworden. Ich habe versucht, mir selbst zu entkommen, indem ich meine Mitarbeiter einbezogen hatte und versuchte, demokratischer zu werden. Dann, auch Jahre später, als die Prozesse furchtbar schiefliefen, stellte ich wieder fest, dass alles nur Theater war und dass ich bei meinen Entscheidungen die Meinungen und Wahrnehmungen meiner Kollegen im Grunde ignorierte und ebenso sehr meinem eigenen Verstand folgte. Die einzige Änderung bestand darin, dass wir so taten, als ob uns die Meinung der anderen interessiert.

Aber tief im Innern war es mir egal und ich hasste die Meinung anderer besonders, wenn die andere Person viel jünger war als ich und ich tief im Innern das Gefühl hatte, dass sie vielleicht recht hatte. Selbst heute wäre ich nicht in der Lage, vor jemanden zu stehen, der zwanzig Jahre jünger ist als ich und zuzugeben, dass er recht hatte. Ich würde mir zuerst die Zunge herausschneiden. Und das ist falsch. Tierisch falsch! Ich musste begreifen, dass es für meine Unternehmen von größtem Nutzen wäre, wenn ich selbst zurücktreten und die Führung an einen Außenstehenden übergeben würde, der unabhängig von allen anderen, wesentlich jünger und erfahrener ist. Es war die schwerste Entscheidung, die ich je in meinem Berufsleben treffen musste, aber ich musste sie treffen. Ich fragte mich, was ein ausländischer Eigentümer mit mir gemacht hätte, wenn ich nur der Geschäftsführer einer seiner Tochtergesellschaften in Ungarn gewesen wäre. Er hätte mich sicherlich schon Jahre früher gefeuert. Und nicht meine Arbeitnehmer, sondern mich. Fristlos. Und dann wären mir wahrscheinlich jene unantastbaren heiligen Kühe gefolgt, zu denen wir im Laufe der Jahre eine gegenseitige Anziehung entwickelt hatten. Genauer gesagt, die Hälfte des engstirnigen Vorstands, der, wie ich, unfähig zur Erneuerung war und Veränderungen hasste. Mit einer Mentalität des 20. Jahrhunderts können wir jedoch im 21. Jahrhundert nicht erfolgreich sein", fuhr er fort und reichte seine Hand an Lázár, um mit Bier anzustoßen. „Es ist ein seltsam beschissenes Gefühl, wenn man mit so vielen Jahren auf dem Buckel wirtschaftlich nutzlos ist. Das traurige Gefühl des Lebens wird noch schlimmer, wenn diese Nutzlosigkeit in der eigenen Firma auftritt. Dies wird als Midlife-Crisis bezeichnet. Wenn man erkennt, dass man mit dem Wissen, den Fähigkeiten und Entscheidungen nicht mehr weiterkommen kann und die Obergrenze der Verdienstmöglichkeiten erreicht hat. Das, was man vertritt, wird nicht mehr vom Markt bezahlt werden. Eine Zeit lang wird es man gut gehen, aber danach beginnt ein unaufhaltsamer Niedergang. Erst dein Niedergang, dann deines Unternehmens. Dein Unternehmen wird, genau wie du, den Höhepunkt seiner Lebenskurve überschreiten. Mir war klar, dass sich die Dinge erst dann zum Positiven wenden würden, wenn ich nicht mehr CEO werde. Ich habe beobachtet, wie viele meiner Mitmenschen das gleiche Unglück durchmachten. Ausnahmslos ging es in ein großes Gejammer über. Die meisten waren klug und haben sich zurückgehalten, einige hielten durch und gingen in Konkurs und es gab ein oder zwei, die vorbildlich klug waren und Platz für das Neue, für den Wandel machten. Mit der Verwaltung des Vermögens wurden junge Führungskräfte betraut, die offen für alle Ideen und Konzepte waren und – vor allem, was ich immer vermisste – glaubten sie nicht an die Wiederauferstehung alter Technologien. Was nicht funktioniert, muss beseitigt werden, die wunden, entzündeten Zähne der Unternehmen müssen gezogen werden und wir müssen einen Neuanfang machen und neue Wege einschlagen. Rückblickend war einer meiner größten Fehler, dass ich immer an die Wiederauferstehung des Alten glaubte. Das hätte ich nicht tun dürfen. Nur weil sich eine Technologie auf einem Mindestniveau hält, heißt das nicht, dass sie lebensfähig ist. Ich würde eher sagen, dass es ein langsamer Tod ist. Wir hängen so sehr an der damaligen Spitzentechnologie, die wir uns vor dreißig Jahren ausdachten, dass wir eine totale Blindheit entwickeln und diese verengte Sichtweise so schwer auf unseren Schultern lastet, dass wir nicht mehr klarsehen können. Ich kann nicht in Worte fassen, wie schwierig diese biologisch-geistige Umstellung ist und ich ermutige dich, in diesem Alter klüger zu sein als ich. Es war interessant zu erleben, dass von dem Tag an, an dem ich als CEO abtrat, begannen die finanziellen Indikatoren exponentiell zu steigen. Ich konnte meinen Augen nicht trauen; ehrlich … ich dachte wirklich, ich mache mir in die Hose und siehe da: Es funktionierte. Es funktionierte sehr. Reinigung des Raums, angefangen bei mir selbst. Erfrischt, lebendig, sauber. Seitdem haben sich die Produktionskapazitäten meiner beiden großen Fleischverarbeiter verdreifacht und ihr Jahresumsatz, der nie zehn Milliarden erreichte, übersteigt jetzt jeweils zehn Milliarden. Und ich gehe rein, wenn ich vorbeikomme. Okay, ich übertreibe ein wenig, alle drei Monate habe ich ein halbtägiges persönliches Treffen mit den Direktoren, bei dem ich versuche, mich über die Unternehmen auf dem Laufenden zu halten und über Markttrends und mögliche Richtungen zu informieren, aber mehr nicht. Ich mische mich in die Führung der Unternehmen überhaupt nicht ein, ich sage nicht die Wahrheit, ich gebe keine unerwünschten Ratschläge. In einigen Ländern, z. B. in Japan, gibt es eine ausgeprägte Kultur, sich auf die Meinung älterer Menschen zu verlassen – man nennt das „senior advice" –, aber hier in Europa ist das nicht wirklich verbreitet und ich selbst glaube nicht daran. Neue Schriften sollten nicht von alten Knackern gezeigt werden, sondern von der aufstrebenden Jugend. Und die Senioren sollten sich um die Enkelkinder kümmern oder verreisen, Karten spielen, angeln gehen oder worauf auch immer sie Lust haben. Aber sie dürften nicht darüber nachdenken, wie sie ein Stück Fleisch für ein Grillfest auf Instagram verkaufen können", lachte János Felvidéki am Ende.

„Es ist erstaunlich und ich bin froh, dass du so denkst. Aber was sollte dann der ganze Tratsch über Geld zum Investieren bedeuten, wenn du sagst, nicht mehr zu arbeiten?", fragte Lázár zurück.

„Das ist kein Job", lachte der Felvidéki wieder, „ich suche nach Investitionsmöglichkeiten für das Geld, das meine Unternehmen verdienen. Ich habe nicht die Absicht, in mein derzeitiges Portfolio einzugreifen, es macht jedoch keinen Sinn, Geld auf meinem Bankkonto nur anzuhäufen. Man könnte sagen, dass ich so mein Taschengeld ausgebe. Wenn das Leben mir etwas Interessantes bringt, versuche ich, dem auf den Grund zu gehen. Ein Unternehmer, der ein Leben lang im Geschäft ist, hat diese Art von Herangehensweise im Blut – deshalb bin ich Unternehmer geworden. Für mich ist es also ein Hobby, eine Reise, eine Art der Verbindung und Erhaltung. Denn der aktiven Zeitvertrieb konserviert. Aristoteles sagte einmal, dass nichts den Körper mehr zerstört als anhaltende Untätigkeit. Und ich denke, er hat recht. Jeder muss zu Beginn seines Lebensabends etwas Sinnvolles tun. Das Alter ist nicht zu fürchten, das Alter ist weder gut noch schlecht. Das ist ein Zustand, den man bekommt, wenn man lange genug lebt. Das ist die Ordnung der Natur. Das Wichtigste ist, nicht dagegen anzukämpfen, nicht zu versuchen zu glauben, dass man erst dreißig ist. Es ist leichter für den Geist und die Seele.", hob er sein Glas auf Lázár und stieß erneut mit ihm an. „Hoch die Flasche!"

Es fand eine gewisse Annäherung der Standpunkte statt, wenn auch nicht in Richtung eines bewussten Verständnisses, sondern eher in Richtung der Durchsetzungsfähigkeit. Lázár versuchte stets, sein Selbstvertrauen auch in emotional schwierigen Situationen zu bewahren. Sein Ziel war immer, Konfliktsituationen zu lösen, ohne nachzugeben (passiv zu werden) oder ohne die andere Partei zu dominieren (aggressiv zu werden).

„Siehst du, Onkel János, das ist genau der Grund, warum ich nicht in der Firma meines Vaters arbeiten will", schaute Lázár Vámhegyi an (dessen Augen sich jetzt wirklich weiteten), dann wieder an Felvidéki und fuhr fort: „Ich will nicht in einen klassischen Vater-Sohn-Konflikt geraten. Papa kommt immer wieder mit dieser lächerlichen Lüge, dass er dieses Unternehmen für uns aufbaut und dass er es nur ein paar Jahre lang machen will und dann aufhört. Aber soweit ich das beurteilen kann, wird er es verlassen, weil er es nicht kann. Das Unternehmen leidet unter veralteten Managementprinzipien und -techniken, einer Organisation voller fester Schwächen, in der der Chef, ja, du, Papa", schaute er seinem Vater tief in die Augen, „sich oft unberechenbar und unerklärlich verhält. Unbegründete Wutausbrüche, nonverbale Beschimpfungen des Personals, ständige Urteile und viele sinnlose, theatralische Entscheidungen. Manchmal habe ich das Gefühl, dass du mitten in einer Bühnenaufführung steckst. Es gibt Tage, an denen du brauchst, dass irgendein völliger Schwachsinn mit absoluter Überzeugung als Tatsache in den Äther zu werfen, die sich jeder schweigend anhören muss. Das Traurige ist, dass sie nicht denken: ›Ja, er ist ein echter geborener Chef‹, sondern: ›Wann geht dieser alte Narr, der sein Nasenloch nicht von seinem Arschloch unterscheiden kann, in Rente?‹ Außerdem ist dieses Unternehmen deine ganze Männlichkeit, deine Lebensberechtigung, die du natürlich niemals aufgeben wirst. Du begriffst einfach nicht, dass ich meinen eigenen Beweis haben möchte, auf das ich stolz sein kann. Es nützt nichts, dass ich besser bin als du; es nützt überhaupt nichts, weil du das nie einsehen wirst. Du hast einen engen Horizont, der jeden Tag enger wird. Ich habe das Gefühl, dass du weißt, in einer völlig imaginären Traumwelt zu leben. Du hältst dich für unersetzlich und du bist der Einzige, der arbeitet. Du bist jedoch selbst das größte Hindernis für die Entwicklung deines Unternehmens. Wie auch Onkel János soeben die Wahrheit gestand. Du bist jetzt an der Reihe", hob Lázár die Augenbrauen, der nicht viel zögerte, um seinem Vater die Wahrheit ins Gesicht zu sagen.

„Dass ich der größte Feind meiner Firma bin???", rief Vámhegyi. „Ich habe noch nie in meinem Leben so einen Unsinn gehört, mein Sohn. Du lebst in einer Fantasiewelt. Ich gründete dieses Unternehmen, führte zum Erfolg und du wirst nie einen besseren Manager sein als ich!", knurrte er. Seine Empörung war wieder einmal unkontrollierbar, er war an Ehrlichkeit nicht gewöhnt. Er warf ein paar amerikanische Dollar auf den Tisch, stand dann auf und stürmte ohne ein Wort davon. Felvidéki, Schwarzenberger und Lázár beobachteten die kindische Reaktion mit Entsetzen und Bedauern, Denisz war nicht besonders interessiert. Es war Lázár, der das Schweigen brach.

„Seht ihr? Das ist genau das, wovon ich gesprochen habe. Jetzt wütet er vor sich hin und ist überzeugt, dass er recht hat, und er beginnt zu erklären, warum seine Wut gerechtfertigt war ... unglaublich. Ich nehme an, ihr fragt euch nicht, warum ich nicht mehr mit ihm arbeiten will!", stellte er die poetische Frage an Felvidéki und Schwarzenberg, bedankte sich dann höflich (mit seinem selbstbewussten Auftreten von vorhin) für das Gespräch und verabschiedete sich mit einem festen Händedruck. Den Rest der Zeit, während sie auf den Anschluss warteten, verbrachten Lázár und Denisz mit Biertrinken, Frau Vámhegyi mit Einkaufen und Kázmér Vámhegyi mit spektakulärer Nörgelei, wie es in einer glücklichen Familie üblich ist. Lázár überlegte, ob es sich lohnen würde, dieses Gespräch eines Abends bei einem Cocktail mit seinem Vater zu führen. Er hatte keine Lust, die müde und deprimierte Reaktion seines alten Herrn zum x-ten Mal zu beobachten, aber tief in seinem Inneren spürte er, dass er seinem Vater helfen musste, diese neue Welt zu verstehen, mit der er immer weniger vertraut war und vor der er Panik hatte. Die unausgesprochenen Worte machen die gemeinsam verbrachte Zeit so lang und schwierig und das ist es, womit Vámhegyis jetzt konfrontiert sind.

26. NOVEMBER 1989

HERCEGHALOM

In einer Siedlung, die auf landwirtschaftlicher Tätigkeit beruhte, herrschte für Walter eine besondere Aufregung, eine Abweichung von der üblichen Sonntagstradition, in die Kirche oder in den Pub zu gehen. Heute kam eine sehr seltsame Stimmung über die Leute, sie schienen nicht zu wissen, was sie mit diesen Tag anfangen sollten. Sie konnten nicht entscheiden, was heute das angemessene Verhalten ist, welche Kleidung sie tragen sollten und wie offen sie über die Ereignisse sprechen dürften. Heute ist nämlich das „Vier-Ja-Referendum" statt. Walter hatte nicht einmal gehört, dass es so etwas gab, aber es gab es. Es war ein wichtiger Schritt im Übergang Ungarns zur Republik, in dem die Wähler über vier Fragen entscheiden konnten: Die Wahl des Präsidenten der Republik, die Abschaffung der Arbeiter-garde, die Auflösung der Ungarischen Sozialistischen Arbeiter-partei (MSZMP) und die Abschaffung der betrieblichen Partei-organisationen. Aber warum hätte Walter sich darum sonderlich kümmern sollen, wenn er sowieso nicht wählen konnte? Er fragte sich natürlich, ob die Menschen recht hatten, wenn sie sich für die Demokratie entschieden. Neun von zehn Menschen sind sich sicher, dass das Leben in einer Demokratie besser ist als in einer Diktatur, also wahrscheinlich haben sie recht. Also alle sollen wählen und lassen sie die lang ersehnte Demokratie kommen. Eine Stimme widerhallte in Walter mit den Worten von Sir Winston Churchill, der die ewige Wahrheit zu diesem Thema sagte: „Demokratie ist die denkbar schlechteste Regierungsform, nur eine bessere wurde noch nicht erfunden. Das beste Argu-ment gegen die Demokratie ist ein fünfminütiges Gespräch mit einem durchschnittlichen Wähler." Es ist schwer gegen diesen Gedanken zu argumentieren, hob Walter beim Spaziergang mehrmals seine Augenbraue. Es fiel ihm schwer, die Umgebung zu erkennen, obwohl er sich darauf genau erinnert, wie diese Siedlung in dreißig Jahren aussehen wird. Die schöne Baumgrenze, die renovierte Schule, die imposanten Gebäude der Post und der Apotheke, das neu erbaute Gemeindehaus, ein Wellnesshotel, der schöne neue Fußballplatz und eines der besten Sportzentren des Landes, das mit seiner vormodernen Raffinesse und Liebe zum Detail im Zsámbék-Becken sehr beliebt war. Davon ist jetzt noch praktisch nichts zu sehen. Es ist jedoch das sozialistische Schild einer der ersten Firmengründungen, die TrombonCorp, zu sehen, die damals monumental erschien und stolz verkündete, dass hier die Wiege der ungarischen Druckindustrie gebaut wird, ein Unternehmen, das in den nächsten zwanzig Jahren zu den dominierenden Teilnehmern auf dem Markt gehören würde. Auffallend ist, dass die Fabrikhalle und die umliegenden Gebäude das Standard der späten 1980er Jahre nicht überschreiten, der schmutzige, unordentliche Hof ist umgeben von zusammengeflickten Gebäuden, die aus Ställen umgebaut wurden. Der enorme Rückstand im Vergleich zum Westen kam einem früher in den Sinn als die Tatsache, dass man an einer Grundlage der ungarischen Druckgeschichte angekommen war. Walter suchte nach der Türklingel, konnte sie aber nicht finden, und da er nicht einfach durch das geöffnet vergessene Eingangstor gehen wollte, rief er einem der Arbeiter in öligen Hosen, der wie ein Heimwerker aussah, etwas zu. Er sagte ihm, zu wem er kam, und der Mann wie ein Mechaniker, bat ihn freundlich, hier zu warten und er sage dem Verantwortlichen Bescheid. Endre Békási, den er vor nicht allzu langer Zeit bei einem Konzert kennengelernt hatte, traf nach kurz darauf ein. Als sie sich am Tor die Hände schüttelten, war es ein seltsames Gefühl zu spüren, als wäre es nicht das erste Mal, dass sie es machten und was noch auffälliger war, auch nicht das letzte Mal. Die gegenseitige Freundschaft und den gutmütigen Respekt, die zwei Männer aneinander fühlen, spürten sie auch. Neben der grundsätzlichen Sympathie war in der Beziehung zwischen den beiden eine Art Vertrauensfaden eingebaut, für den es weiß Gott gar keine rationale Erklärung gab, der aber fast greifbar war. Er behandelte Walter wie einen Freund von Békási, obwohl er nichts über ihn wusste, außer dass er eine äußerst sachkundige und attraktive Persönlichkeit war. Er führte ihn mit vor Kraft schwellendem Stolz über das Gelände, erklärte ihm, welche Maschine wofür da sei, erzählte ein paar nette Geschichte, versuchte alles nicht zu professionell darzustellen, damit Walter es verstehen kann.

„Guck mal, Walter, hier sind die Druckmaschinen, dort drüben die Schneidemaschinen, mit denen wir schneiden, was wir gedruckt haben", zeigte Békási auf die interessanten Maschinen und setzte dann fort. „Es ist wichtig, dass diese Maschinen rund um die Uhr produzieren, denn nur so können wir das perfekte Produktivitätsmenge erreichen." Was für ein Unsinn, dachte Walter, die japanische Autoindustrie hat schon in den siebziger Jahren bewiesen, dass es nicht so ist, aber sie werden es noch herausfinden. In etwa vierzig Jahren. Der kürzeste Weg zwischen zwei Punkten führt über die Erfahrungen anderer. Békási sollte für zwei-drei Jahre ins Ausland reisen, um bei einer Druckerei mit Jahrzehnten langen Erfahrungen zu sammeln, und dann zurückkehren, um das Wissen an die Menschen hier weiterzugeben. Sie hätten damit mehrere Jahrzehnte Erfahrung gesammelt – in deutlich kürzerer Zeit. Natürlich wird Békási nirgendwohin fahren, weil sie zu den ersten im Land gehören, daher können sie auf dem freien Markt der Nachfrage wachsen. Und sie werden das unverdiente Wachstum irgendwo als ihren eigenen Erfolg interpretieren – denn das liegt in der Natur des Menschen –, während sie das wahre Gewicht glücklicher Umstände einfach ignorieren. Die unerbittliche rechte oder linke Hand des Lebens wird nicht nur dem Békási die Bedeutung dieses kleinen Selbstwertgefühls in Form einer riesigen Ohrfeige beibringen, sondern auch den meisten frischgebackenen Unternehmern. Denjenigen, die für einen Moment glauben, dass sie klüger sind als der Rest, nur weil sie einen höheren Glücksfaktor an der Schwelle der größten Chance des Landes hatten als die anderen. Die eingebildete Welt hat bereits das falsche Selbstwertgefühl vieler Menschen geprägt, die genauso gut zu einem Niemanden geworden wären, wenn sie zwanzig Jahre früher oder später geboren worden wären. Mit Békási wäre es genauso gewesen – wer weiß, vielleicht wäre er sogar besser weggekommen. Nachdem sie Walter die wichtigsten Teile seines ganzen Stolzes gezeigt hatten, endete ihre Reise im Büro von Békási. Endre konnte mit Stolz verkünden, dass sie vor nicht allzu langer Zeit eine Auszeichnung für eine spezielle Verpackungslösung den Eurostar Award gewonnen hatten, der damals als die prestigeträchtigste Auszeichnung der European Packaging Association galt. In Anerkennung dessen hob er mit tiefem Gefühl und fast weinenden Augen die Hand in Richtung der gerahmten Medaille, die fast geometrisch in der Mitte der Empfangswand angebracht war. Die Natur der Menschen verlangt die objektiven Gewissheiten, wenn sie etwas Außergewöhnliches wie diese Medaille vollziehen. Eine an der Wand hängende Plakette, die für jemanden den Höhepunkt der beruflichen Anerkennung einer Person bedeutet. In diesem Fall Endre Békási.

„Siehst du, Walter, diese Medaille ist für mich der Beweis, dass es sich lohnt, weiterzuführen, was mein Vater begonnen hat", begann Békási und setzte dann fort. „Seit meiner Kindheit habe ich das Gefühl, dass ich vielleicht für andere, vielleicht größere Dinge bestimmt bin." Als ob das alle anderen Menschen, die auf diesem Planeten geboren wurden, nicht so spüren würden, besonders im 21. Jahrhundert, in der Start-up-Kultur des „Du musst nur daran glauben und es wird klappen", dachte Walter, aber er unterbrach ihn nicht und konnte auch sein Lachen zurückhalten. Aber wie wir wissen – frei nach Schopenhauer – durchläuft jede Wahrheit drei Stadien: Erstens wird sie belächelt, zweitens vehement bekämpft und schließlich wird sie als selbstverständlich akzeptiert. Wer weiß, vielleicht hat Békási recht und er ist wirklich eine wesentliche, unvermeidliche Figur eines nicht greifbaren, unerreichbaren, grandiosen Plans, den das menschliche Auge nicht durchschauen und der Verstand nicht begreifen kann, und doch existiert er. Natürlich kann es noch wahrscheinlicher sein, dass dies nicht der Fall sein wird und dass Endre Békási nur jemand ist, der an einem glücklichen Ort und zu einer glücklichen Zeit geboren wurde, jemand, der für ein paar kurze Jahre von den Wellen der Wende auf ein höheres Niveau getrieben wurde, was er natürlich seinem eigenen Genie zuschreiben wird. Es ist wichtig, die Frage zu stellen, was dieses höhere Niveau bedeutet. Ist sie wirklich höher? Denn Békási führt derzeit ein extrem einfaches Leben, in einem transparenten Zeitalter, lange bevor die Welt an dem Wahnsinn der ständigen Eile leidet. Walter dachte über die möglichen Lebensbahnen nach.

Zu wem wird dieser fröhliche, junge, ansprechende, ehrgeizige junge Mann, wenn das Leben für ihn wirklich „klappt"? Wie oft hat die Welt diesen Prozess schon erlebt ... Mit aller Gewalt eines Berufseinsteigers macht er sich auf, die Welt zu verändern, er schwört, dass er in den nächsten Jahren alles tun wird, um im Alter von 35 in Rente gehen zu können, genug passives Einkommen zu haben, um endlich das tun zu können, was er sein ganzes Leben lang wollte. Dann kommt das schreckliche Erkennen, dass er keine Chance hat, mit 35 es aufzuhören, weil ein riesiger Hypothekenkredit, die Bildung der Kinder, das Einfamilienhaus, ein privater Zahnarzt, Urlauben im Ausland, teure Restaurants, bequeme Autos und teure Klamotten zum Leben auf einem höheren Niveau gehören. Das Streben nach einem leichteren Leben wird die jungen Menschen in eine Notlage bringen, sodass sie, anstatt langsamer zu werden, für den Rest ihres Lebens daran arbeiten, das Hamsterrad weiter zu beschleunigen. Und die Luxusfalle schließt sich. Kommen die Menschen vielleicht darauf, dass in der modernen Welt der Schwerpunkt auf der Reduzierung von Belastungen liegen sollte, anstatt auf Begierde nach sinnloser Nutzlosigkeit und Ungerechtigkeit? Der Kauf eines Segelbootes zum Beispiel ist nicht nur ein angenehmer Zeitvertreib, sondern bedeutet für den Besitzer auch eine Menge zusätzliche Arbeit, unnötigen Stress und Kosten. Die ganzjährigen Hafenkosten, die kontinuierliche Wartung, der Kontakt mit den Verantwortlichen, die das Segelboot verwalten, die Schwierigkeiten beim Transport, die Angst vor dem, was passieren wird, wenn der Besitzer nicht am Bord ist, und andere, unerwartete Situationen höherer Gewalt. Stress, Zeit, Energie, Geld. Für die erwartet das Segelboot eine Gegenleistung vom Besitzer, der sein Leben in dem Wahn lebt, dass er dieses Segelboot wirklich braucht, weil es „so viel Spaß" für Familie und Freunde bietet und damit seine Existenz rechtfertigt. Das Gleiche gilt für Autos, Immobilien und Unternehmen. Das ist alles unnötige Stress, Zeit, Energie, Kosten. Auch Békási, so Walter, werde eines Tages von Sehnsucht, dem Gefühl der Übertreibung und der Ansteckung mit berauschender Macht in die Knie gezwungen werden.

„Eine schöne Gedenkmedaille, ich muss sagen, herzlichen Glückwunsch dazu. Aber lass mich etwas fragen. Magst du das wirklich, oder tust du es nur aus Respekt vor deinem Vater?", stellte Walter die einfache Frage.

„Natürlich mag ich es, damit verdienen wir unseren Lebensunterhalt, das ist es, was ich kann, was könnte ich sonst machen?!", war Békási über die Frage empört.

„Verstehe.", Walter wollte das Thema nicht weitertreiben, er senkte ein wenig den Blick und nickte zustimmend. Gleichzeitig wurde ihm ganz klar, dass dieser Endre nicht die geringste Ahnung davon hatte, was er vom Leben wollte, und dass er sich wahrscheinlich in der Hoffnung auf einen besseren Lebensstandard – mangels einer besseren Idee – auf die Seite seines Vaters stellte. Dies ist ein weit verbreitetes Phänomen, das sich normalerweise hinter dem Gedanken von *familiären Bindungen* verbirgt. Die Wahrheit ist natürlich, dass der Nachwuchs nicht den richtigen Verstand hat und die Familie versucht der Welt so zu erklären, dass die langfristig erfolgreiche Strategie ist, wenn ihr Kind nichts von alleine versucht. Wenn das Kind in einen Lebensweg gezwungen wird, den es nicht selbst wählt. Aber wenigstens verdient er seinen Lebensunterhalt. Und wie anders kann jedoch die Welt gesehen werden, als unsere Augen darauf eingestellt sind!

„Dann frage ich anders. Wenn du das Gefühl hast, dass du zu mehr grandiosen Angelegenheiten berufen bist als die anderen, ist das in jedem Fall mit diesem Unternehmen verbunden?", versuchte Walter ihn aus seiner Beleidigung zu rütteln.

„Immerhin, wenn man es so betrachtet, nein. Ich sehe meine Zukunft nicht unbedingt in diesem Unternehmen. Vielleicht starte ich eines Tages meine eigene Firma, die sich mit etwas ganz anderem beschäftigen wird. Wer weiß, vielleicht werde ich eines Tages ein Ölmagnat wie J.R. Ewing in Dallas!", lachte Békási.

J.R. Ewing aus Dallas ... das gefiel auch Walter, der mit Dallas aufgewachsen war, obwohl er als Kind die legendäre Serie wegen der schönen Autos, des Poolhauses und des unerreichbaren Luxus mochte, sich aber kaum für die menschlichen Spiele oder die Tücken des Familienunternehmens interessierte. Wie viel hätte man daraus lernen können! Die Intrigen in einer wohlhabenden Familie, die Herausforderungen des Generationswechsels, die Weltanschauung über das Geld usw. Obwohl Walters Favorit Bobby war, erkannte er J.R. immer. Ohne ihn wäre die Serie kaum so erfolgreich gewesen.

„Ein Ölmagnat ... keine schlechte Idee, da wird bestimmt noch Jahrzehnte Geld drin sein", quittierte Walter halb scherzhaft mit einem leicht gezwungenen Lächeln im Gesicht. „Und sag mal mir, Endre, wirst du das alleine weiterführen, wenn dein Vater in Rente geht?"

„Die Wahrheit ist, dass wir einen Geschäftspartner haben, eine Art stillen Gesellschafter, wir führen den Laden zusammen", begann Békási zu erzählen. „Ich war diesen Sommer mit einigen Freunden am Balaton, von denen sich einer für eine kleine Investition interessierte. Da wir kein Geld für die nächste Entwicklung hatten, habe ich die Idee vorgebracht, um zu sehen, ob einer der Kumpels sie greifen würde ... und es scheint so, ich klopfe auf Holz", hat er dreimal auf dem Schreibtisch neben ihm geklopft, „dass die Interessen zusammenlaufen."

„Was verstehst du unter ›die Interessen sich treffen‹?", fragte Walter verständnislos.

„Das bedeutet", fuhr Békási fort, „dass es sich lohnt, in unser Geschäft zu investieren, mein Freund. Diese Branche hat eine große Zukunft! Viele Leute schauen mich komisch an, wenn ich von Verpackungsmaterialien spreche, aber wenn man genau hinschaut: A-l-l-e-s i-s-t verpackt!", sagte Békási die Wörter gestreckt und betont. „Wo auch immer du hingehst, wo Produkte vertrieben oder hergestellt werden, eines ist sicher, und zwar, sie w-e-r-d-e-n in irgendetwas verpackt werden. Was braucht die Branche also? Verpackungsmaterial. Schöne Farben, manche transparent, manche mehrschichtig, manche aus Folie, manche aus Papier. Das Wichtigste ist, dass ich, wenn die wachsende Nachfrage auf dem Markt erscheint, der Erste sein will, der mit dem besten Verpackungsmaterial da ist und sagt: ›Bitte sehr, wir werden es für Sie verpacken‹."

„Ja, es scheint ein realisierbarer Plan zu sein, die Anzahl und Art der Produkte werden vermutlich wirklich zunehmen, und ich stimme auch zu, dass es die Branchen wie die Verpackungsindustrie tatsächlich mitschleppen wird. Das wird das Schöne am Kapitalismus sein", erwähnte Walter die nächste Volksreligion zu früh und unüberlegt, an der jeder beteiligt wird, unabhängig davon, ob er will oder nicht. Man könnte es Ideologie nennen, aber seien wir ehrlich: Kapitalismus oder Sozialismus sind Religionen, Aberglauben und Phantasiewelten wie die anderen auch, die wir nur deshalb als Realität erleben, weil viele Menschen gleichzeitig an sie glauben. Sie sind Gedanken, die in den Köpfen der Menschen geboren werden. Tiere zum Beispiel wissen nicht, wozu hat der Sozialismus gedient, also haben sie daran nicht geglaubt, also hat er für sie nicht existiert. Dies sind Konzepte und Lebensweisen, die nur in den Köpfen der Menschen existieren, Verhaltensweisen, an die wir unser Leben anpassen müssen – aufgrund unseres eigenen akzeptierten Glaubens. „Und wo wart ihr am Balaton?", lenkte Walter das Gespräch schnell ab.

„In Szigliget, bitte, in Szigliget. In Perle von Balaton. Ein Kumpel von mir hat dort ein Sommerhaus. Kennst du den Karcsi Schwarzenberger?", fragte Békási zurück.

„Nein, ich kenne ihn nicht", log Walter, denn er konnte ihn damals noch nicht kennen, sie werden sich ja erst in den 2010er Jahren kennenlernen, als einige empörenden Geschichten über

Schwarzenberger, den berühmten Spekulanten der neunziger Jahre, verbreiteten, wie er sich nach der Wende zusammenriss. Unter anderem versuchte man ihn auch mit dem Energol-Skandal in Verbindung zu bringen, der für Spekulation mit Öl bekannt war, scheiterte aber mangels ausreichender Beweise. „Wer ist denn Karcsi Schwarzenberger?"

„Schwarzenberger Karcsi, oder wie er sich vor anderen gerne nennt, Herr Schwarzenberger, ist ein alter Freund von mir, dem wir viel zu verdanken haben", sagte Békási geheimnisvoll und stellte seinen Freund als jemanden hin, der Einfluss auf so genannte wichtige Angelegenheiten hat. „Aber aus deiner Sicht ist es egal, es spielt keine Rolle, ich dachte nur, ich frage einfach, ob du ihn kennst ...".

„Nein, ich kenne ihn nicht", wiederholte Walter. In Gedanken war er froh, dass er sie nicht kennen musste, denn es fiel ihm schwer, die Gesellschaft unbedeutender weltlichen Menschen zu ertragen. „Ich nehme an, dieser Freund von dir, dieser Schwarzinegger – oder wie zum Teufel man ihn nennt – und dein stiller Gesellschafter sind ein und dieselbe Person", stellte Walter die logische Frage direkt.

„Gut geraten!", sagte Békási mit einem naiven Lächeln der Freude und setzte dann fort. „Um in einem sich verändernden System etwas zu erreichen, Walter, braucht man mehr als Entschlossenheit und Willen. Man braucht auch die glücklichen Umstände, die für mich in gewisser Weise Karcsi sind."

„Ich verstehe. Ich will nicht indiskret sein ...", oh doch, natürlich wollte Walter indiskret sein. Jeder will derjenige sein, der so einen Satz beginnt. „Lass mich dir eine Frage stellen: Wo siehst du dich, dein Unternehmen, sagen wir 2000, 2010 und 2020?"

„Naja ... interessante Frage ... ich denke im Jahre 2000 werden wir schon viele neue, moderne Druckmaschinen haben, 2010 werden die meisten Dinge wahrscheinlich von Robotern gesteuert werden, und 2020 könnten Roboter die Herrschaft über die Menschheit ausüben", lachte Békási zum Schluss gescherzt. Es ist interessant, dass in dieser Zeit, wenn jemand nach der Zukunft gefragt wurde, klar der Aufstieg der Robotik vorhergesagt wurde, aber aus irgendeinem Grund kamen so „einfache" Dinge wie die Verbreitung des Internets niemandem in den Sinn. Das kann aber die Grundlage für die Machtübernahme der Maschinen sein. Oder übernehmen vielleicht nicht die Maschinen, sondern die mechanisierten Übermenschen? Arten von Homo sapiens, deren intellektuelle oder körperliche Grenzen künstlich erweitert werden? Vielleicht wird die Medizin in der Lage sein, so in das Gehirn einzugreifen, dass man alle Sprachen oder mathematischen Beziehungen der Welt in ein menschliches Gehirn programmieren kann? Kann sein, dass die reichsten Fußballvereine die Ausdauer ihrer Spieler steigern können? Die Zukunft wird diese Fragen anstatt der junge Békási sicherlich beantworten, es ist nicht einmal seine Aufgabe, woher könnte er das wissen.

„Ja, die Roboter haben wirklich gute Chancen, um den Status des nächsten Spitzenprädatoren auf der Erde zu bekommen, aber hoffen wir, dass die Menschheit bis dahin noch ein paar glückliche Jahre hat", schloss sich Walter zum Witz an.

„Und – um den Gedankengang fortzusetzen, lieber Walter – was passiert mit unserem Unternehmen, wenn die Roboter regieren?", fragte Békási.

„Wieso was wird es sein, was würde es ja sein? Die Roboter werden für uns das Geld verdienen, sie werden nicht um Urlaub bitten, sie werden nicht krank, ohne tägliche Stimmungsschwankungen, mit geringem Wartungsbedarf. Alles wird wie am Schnürchen laufen!", fasste Walter die Ordnung der kommenden Welt zusammen.

„Dies wird jedoch nur gut für uns, die Eigentümer des Unternehmens, sein. Die Arbeitsplätze oder Berufe vieler Menschen werden verschwinden und das Wissen der Arbeiterklasse wird entwertet. Und was dann? Bürgerkrieg oder Gott weiß was sonst?", machte sich Békási Sorgen.

„Keine Sorge, Endre, die menschliche Erfindungsgabe ist grenzenlos, dann werden sie das Rad neu erfinden, wie sie es schon so oft zuvor taten. Sieh die Modernisierung der Landwirtschaft oder sogar die Verbreitung von Autos statt Pferdekutschen! Ich vermute, dass die neue Welt eine ganze Reihe neuer Berufe mit sich bringen wird, von denen wir noch nicht einmal wissen, dass sie existieren werden. Und die Dritte Welt wird noch rückständiger sein als vorher, also wird es auch hier nichts Neues geben", sagte Walter.

„Ich verstehe das und Gott ist mein Zeuge, dass ich damit einverstanden bin. Glaubst du aber, dass Gesellschaften mit beschränkter Haftung von diesem Prozess profitieren werden?", fragte Békási nach.

„Die Gesellschaften mit beschränkter Haftung???", lachte Walter laut auf. „Hör zu, Endre, es ist ganz egal, ob es zu ihren Gunsten ist oder nicht, sie werden sowieso den Lauf der Dinge zu ihren Gunsten anpassen. Sofern die Interessen der an dieser Entscheidung beteiligten Personen dies erfordern. Eine der lustigsten Erfindungen der Menschheit ist meiner Meinung nach die GmbH", lachte er wieder.

„Könntest du das bitte näher erläutern?", hob Békási die Augenbrauen.

„Ich meine nur, dass das Geschöpf der Fantasie der imaginären Welten die „Gesellschaft mit beschränkter Haftung" ist. Ernst gesagt … Juristen haben sich sie, soviel ich weiß, in Dänemark ausgedacht (vorgestellt), dass es ein kommerzielles oder wirtschaftliches Rechtsinstitut geben sollte, das, wenn man sie auf ein Stück Papier schreibt, existiert, wenn man ihr Werte und Namen hinzufügt, hat sie einen Wert und einen Eigentümer, und sogar eine Klassifizierung ›juristische Person‹ hinzugefügt. Die Erfindung der Welt! Ein nicht existierendes Ding wurde dazu gebracht, zu glauben, dass es existiert, und das einzige, was seine Existenz sichert, dass heutzutage alle daran glauben. Wahnsinn!", staunte Walter erneut über den unendlichen Erfindungsreichtum des menschlichen Geistes.

„Hmm … interessanter Ansatz … sagst du also, dass eine GmbH nicht zu sehen ist, einem nicht auf der Straße begegnet, nicht wahrgenommen werden kann, existiert nur auf dem Papier … und ihre Existenz kann einzig und allein funktionieren, weil die imaginäre Welt der Menschen sich kollektiv dasselbe einbildet …, dass es wirklich existiert?", fragte sich Békási laut.

„Genau!", schmunzelte Walter und freute sich, dass es ihm gelungen war, einen winzigen Gedanken in den Kopf von Békási zu pflanzen, der inzwischen versuchte, das Lächeln der Scham zu verbergen, das infolge seiner Gefühle aufkam. Békási fand Walters Zugang zur Welt seltsam. Er konnte nicht verstehen, woher dieser Kauz kam, der das Leben im Hubschraubermodus betrachtet, als ob für ihn nichts wichtig wäre, weil eines Tages sowieso alles enden wird. Aber das ist sehr wichtig für ihn! Die GmbH, das Geschäft, die nicht zurückkehrende und flüchtige Möglichkeit des Ausbruchs, um Geld zu verdienen, von denen er das immer nahende, aber nie realisierte Gefühl des Glücks auf sich selbst spüren konnte. Natürlich wusste Walter, dass die Rolle der Person ganz egal ist, sei es Békási, Schwarzenberger oder sogar Felvidéki, sie alle dasselbe denken, in dieselbe Richtung gehen, ein Leben lang dasselbe verfolgen, was sie am Ende nie erreichen werden. Die Hälfte der Menschheit ist diesem Glauben verfallen. Sie glauben, dass sie glücklich sein werden, wenn sie etwas Großartiges machen oder einen gewissen materiellen Wohlstand erreichen, aber am Ende werden sie es aus irgendeinem Grund nicht sein.

„Du bist ein seltsamer Mensch, Walter. Lass mich dich etwas anderes fragen: Was sollte ich deiner Meinung nach tun?", sah Békási Walter tief in die Augen.

„Sei auf das Leben vorbereitet, Endre. Erwarte nichts von ihm und zwinge es nicht. Sei darauf vorbereitet, dass, wenn Gott, das Schicksal oder was auch immer beschließt, dich in irgendeinem Bereich des Lebens zur Probe zu stellen, sei es in der Ehe, im Beruf oder was auch immer, sei bereit die vor dir stehende Gelegenheit zu ergreifen. Aber keine S-e-h-n-s-u-c-h-t! Vergiss die Sehnsucht! Begehre nicht, reich zu sein oder etwas zu besitzen. Die Wurzel des menschlichen Leidens ist meist das Streben nach den subjektiven Gefühlen, was auch immer sie sein mögen, weshalb sich die meisten von uns in einem ständigen Zustand der Anspannung, Verwirrung und Unzufriedenheit befinden", blickte Walter Békási tief in die Augen, der inzwischen seine Brille abgenommen hatte, um sich die Augen zu wischen. Das

Abnehmen der Brille von Békási riss Walter für einen Moment aus seiner philosophischen Rolle, weil sich plötzlich alle Gesichter mit Brille verändert, wenn man die Brille abnimmt, und derjenige erlebt eine Art des unerklärlichen Unterschiedes, wer diesen Zustandswechsel beobachtet.

„Walter! Ich schätze sehr deine Ehrlichkeit und die Tatsache, dass du versuchst, mir nach so kurzer Bekanntschaft so tiefe Gedanken zu vermitteln, aber lass mich eins klar stellen: In der heutigen Welt hat alles seinen Preis und man kann es mit Geld kaufen! Macht, Respekt, Wertschätzung, Häuser, Autos, Frauen, wirklich alles. Und wer genug Geld hat, kann sich alles kaufen", kehrte Békási zur „ungarischen Realität" zurück, wer in sich selbst bestätigte, dass Walter wahrscheinlich sehr sauer ist und aus purem Neid spricht. Viele gleichgesinnte Unternehmer wiegen sich in dem törichten aber überzeugten Glauben, dass, wenn ihnen jemand die Wahrheit über die Bedeutung der Geldjagd sagt, es aus Neid und Heuchelei geschieht. Er bestätigte in sich selbst, dass er auf dem richtigen Weg ist, wenn die Leute ihn beneiden. Das ist ja gut und je mehr Leute ihn beneiden, desto mehr erfolgreich ist er. So dachte er.

„Du hast das Recht, das so zu denken, Endre", rollte der schwere Stein des Zweifels von Walters Herz ab. „Wer weiß, vielleicht wirst du eines Tages verstehen, was ich sagen wollte. Du wirst wahrscheinlich ein paar Jahre Pseudo-Erfolge haben, bevor dir das Leben eine Lektion erteilt. Du darfst das aber nicht bereuen, denn ich denke, du wirst es brauchen, um ein Mensch zu bleiben.

2018

MALEDIVEN

„Dieser Junge braucht einen Telefonpsychologen, er ist immer in sein Handy verliebt", begann Kázmér Vámhegyi die Nörgelei mit seiner Frau, wobei er ihr einen durchdringenden Blick zuwarf, als sei sie für Denisz' Sucht nach Handy verantwortlich.

„Mein Schatz. Könntest du mir sagen, was für ein Beruf ein ›Telefonpsychologe‹ ist?", fragte Frau Vámhegyi neugierig zurück.

„Ein Beruf, der bald erfunden sein wird! Die Kinder von heute betasten Tag und Nacht ihre Handys, es wird immer schwieriger, ein sinnvolles Gespräch mit ihnen zu führen! Das ist so ärgerlich ... bald werden wir sie nicht einmal mehr zu einem Psychologen bringen, sondern zu einem Telefonpsychologen. Und nicht sie, sondern ihre Handys. Natürlich heimlich, damit sie nichts davon wissen. Dann schaltet der Telefonpsychologe das Gerät ein und erstellt anhand des Inhalts und des Browserverlaufs eine Diagnose des Patienten! Das wird bald der Fall sein, glaube mir. Und weißt du warum?", fragte er, bevor seine Frau antwortete: „Weil die jungen Leute von heute mehr Zeit im Cyberspace als in der realen Welt verbringen. Sie müssen also im Cyberspace untersucht werden. Die alte Medizin wird die biologischen Probleme lösen und die Telefon- und Internet-Psychologen werden die psychologischen Probleme lösen", sinnierte Vámhegyi über die mögliche Zukunft, während er eine langsame, abweisende Geste in Richtung seines jüngeren Sohnes machte, der davon nichts mitbekam. Es war ein seltsames Abwinken, während er selbst die meiste Zeit damit beschäftigt war, an seinem Telefon herumzufummeln. Es kommt häufig vor, dass Eltern fälschlicherweise zuerst nach den Fehlern ihres Kindes suchen und nicht nach ihren eigenen. Es ist zweifellos einfacher und weniger schmerzhaft, anderen oder der Welt die Schuld zu geben.

„Heutzutage sind alle Kinder so. Sie werden einfach mit einem Handy in der Hand geboren", versuchte sich Frau Vámhegyi zu ihrem Mann zu gesellen, die durch Denisz' Verhalten ebenfalls zutiefst verletzt war, was sie aber, wie eine moderne Mutter, mit aller Macht ablehnte. Da sie nicht in der Lage war, sich ihrer eigenen Verantwortung für die Erziehung eines lebensuntüchtigen Kindes zu stellen, entschied sie sich dafür, sich zu verstellen und sich zu versichern, dass „andere Kinder auch so sind".

„Was ist so verdammt wichtig, dass du sogar hier, am paradiesischen Ende der Welt, ein Auge auf es werfen musst, Denisz?", fragte Vámhegyi seinen Sohn, der sich natürlich nicht wirklich für die Antwort auf diese Frage interessierte, sondern versuchte, ihn von seiner Telefonwut abzulenken.

„Warte mal, D-a-d! Das ist jetzt wichtig ... w-a-r-t-e ... M-o-m-e-e-e' ... oh Sch-e-i-ß-e! Oh, verdammt!", reagierte Denisz.

Vámhegyi verstand nicht, was Denisz wollte oder nicht wollte, er verstand nur, dass wahrscheinlich etwas Wichtiges fehlgeschlagen war und dass Denisz nun verärgert ist. Aber was oder mit wem oder wo, das wusste er nicht, obwohl er versuchte, dem Gedankengang zu folgen.

„Stimmt etwas nicht?", fragte er erneut.

Denisz' Gesicht war beunruhigt; es war klar, dass er sich nicht auf ein Gespräch mit seinem Vater einlassen wollte und es stand ihm ins Gesicht geschrieben, dass er davon unbeabsichtigt abgelenkt worden war. Vámhegyi konnte sich nicht an eine solche Reaktion gewöhnen, obwohl dies bei Jugendlichen oft vorkommt. Aber Denisz ist kein Teenager mehr. Er ist fast fünfundzwanzig Jahre alt. Für ihn dauern die Teenagerjahre seit mehr als zehn Jahre und wer weiß, wie lange noch. Einer der größten Nachteile der Erziehung mit Geld ist die Stagnation der Persönlichkeitsentwicklung. Ein Mensch, der in der Kindheit alles bekommt, worauf er seine Augen wirft, oder sogar mehr, hat eine verkümmerte Persönlichkeit und kann sich nicht entwickeln. Ihm werden nicht die Hindernisse in den

Weg gelegt, die er überwinden muss, um weiterzukommen und stärker zu werden.

„D-a-d! D-u h-ö-r-s-t j-a! W-a-r-t-e m-a-l!", prallte Vámhegyi an seinem Sohn wieder ab.

Frau Vámhegyi hörte ebenfalls zu, um den möglichen Vater-Sohn-Konflikt zu beschwichtigen, bevor es zu spät wird. Aber bevor sie sie ansprechen konnte, klingelte das Telefon im Bungalow. Sie wurden von der Hotelrezeption angerufen, um ihnen mitzuteilen, dass das Abendessen fertig sei und dass sie dorthin gehen könnten, wenn sie wollten. Da sich auch Luxusreisende auf den Malediven an die Regeln des Hotels halten mussten und es war Wasser auf ihre Mühle. Anstatt zu streiten, gingen sie in ein wunderschönes Restaurant unter dem Sternenhimmel, fünfzig Meter von ihrem Bungalow entfernt, beleuchtet von Laternen. Alle waren in angenehmer, legerer, aber sportlich-eleganter Kleidung gekleidet, wie es sich für ein Restaurant am Meer gehört. Hausschuhe (in der Hand), weiße oder geblümte Leinenhemden für die Herren, Sommercocktailkleider für die Damen. Die teuren, aber völlig überflüssigen Armbanduhren wurden ebenfalls im Hotel gelassen, da es niemanden gab, dem man dieses unbedeutende Status-Accessoire zeigen konnte. Freundliche einheimische Kellner; die einfache indische Küche spiegelte sich in fast jedem Gericht wider, das sie zuvor gebracht hatten: Der Geruch von Curry, Reis und gedünstetem Gemüse stieg ihnen in die Nase, noch bevor sie das Restaurant betraten. Im Gegensatz zu ihren früheren Urlauben war dies kein Ort, an dem sie einkaufen und „ausgehen" konnten; sie befanden sich im Restaurant des einzigen Hotels der winzigen Insel, von wo aus sie in weniger als einer Stunde die Insel umrunden und dem Strand folgen konnten. Alles in allem ein romantischer Fünf-Sterne-Ort, gehoben für Flitterwöchner und Paare; für Familien nach ein paar Tagen vielleicht zu passiv. Aber man ist schließlich auf den Malediven und kann sagen: „Wir waren schon mal hier". Es ist auf jeder Cocktailparty eine gute Sache. Vámhegyi wählte sein Hemd mit Blumenmuster, schließlich ist es die erste Nacht im Urlaub, auf die sich jeder Mann während der ganzen aufreibenden Reise freut. Getränke und Trinksprüche auf den Sommer. Sein graues Brusthaar zeichnete sich über seinem Hemd ab, sein Schnurrbart war jetzt kürzer als sonst und sein kahler Kopf war in der schwülen Sommerhitze von Schweiß getränkt.

Nachdem sie Platz genommen hatten, erkundigte er sich als Erstes nach der Getränkeauswahl, nach den lokalen oder speziellen Getränken. Der Kellner bot höflich die Spezialitäten auf der Getränkekarte in einem leicht gebrochenen, aber perfekt verständlichen Englisch an, und dann, als er die verräterischen Anzeichen des gleichgültigem Grübeln an Vámhegyi sah, beugte er sich ein wenig näher heran und flüsterte ganz leise, als ob es sich um eine Angelegenheit der nationalen Sicherheit handelte, dass gestern eine äußerst seltene Spezialität eingetroffen sei, die nur angeboten werde, wenn die wirklich wichtigen Leute bewirtet würden. Eine Abfüllung des Delama-in Vintage Cognac aus dem Jahre 1988, von der nur ein paar hundert Flaschen hergestellt wurden und eine davon steht jetzt hier, fast zum Greifen nah. Vámhegyi hat nicht einmal nach dem Kaufpreis gefragt. Dieses Getränk wurde für ihn erfunden, es ist sowieso ihre erste Nacht, also wen kümmert's. Es geht nicht um den Preis, es geht um das Lebensgefühl. Es tut ihm ein wenig leid, dass kein wichtiger Mensch sieht, was für ein privilegiertes Getränk er trinkt. Aber so ist es nun einmal. Er macht zumindest ein Foto für später davon.

„Was wollt ihr trinken?", wandte er sich an Lázár und Denisz.

„Ich kriege einen Sex on the Beach-Cocktail!", antwortete Denisz zuerst, dann fuhr Lázár fort: „Und ich bekomme ein kaltes Bier oder einen Mojito. Ich weiß es noch nicht."

„Und du, mein Schatz? Womit vergiftest du dich?", fragte er Frau Vámhegyi und lächelte unter seinem Schnurrbart.

„Hmm … ich weiß es nicht … vielleicht ein Champagner. Obwohl ich befürchte, dass mir das bei dieser Hitze schnell zu Kopf steigen wird", antwortete Frau Vámhegyi, während sie die Getränkekarte las. Es ist aber Fakt, dass keiner der Touristen den Großteil der Getränkekarte kannte, auch Frau Vámhegyi nicht. Sie wählte also ein Getränk, das sie kannte: Champagner, also

Sekt. Sie kannte die Begriffe Doux und Dry und wusste, was sie bedeuteten. Sie war also zuversichtlich, dass der süße, der mit dem Etikett Doux, für sie bestimmt war. Aber natürlich sprach sie das Wort an sich nicht „Dö" aus, wie es im Französischen heißen sollte, sondern „douks", wie sie es im Ungarischen las. Die meisten Menschen empfinden es als peinlich, einen Kellner um Ratschläge zu Luxusgetränken zu bitten. Wie kann nämlich ein Kellner schon mehr über Luxusgetränke als die Menschen wissen, denen er sie anbietet? Die andere Hälfte, der es an Sprachkenntnissen mangelt, ist gezwungen, die vertrauten, gut gewohnten alkoholischen Getränke zu wählen, die sie von zu Hause gewohnt sind, mit Ausnahme einiger weniger.

„Was darf ich Ihnen zu trinken bringen?", fragte der Kellner auf Englisch mit indischem Akzent.

„Ich krieg' einen Sex on the Beach-Cocktail!", begann Denisz mit der Bestellung.

„Ich nehme einen Mojito", fuhr Lázár fort.

„Ich nehme einen süßen Champagner", sagte Frau Vámhegyi.

„Und ich nehme diesen Cognac und Champagner dazu", beendete Vámhegyi die Bestellung.

„Alles klar, danke", verbeugte sich der Kellner höflich.

„Kinder! Ich sage euch, die Malediven sind ein fabelhafter Ort! Es ist wirklich wie das Paradies auf Erden. Das schöne Meer, der weiße Sand, die Palmen. Das ist wie eine Bounty-Werbung", lachte Vámhegyi. Der Kellner war in Sekundenschnelle zurück und servierte die Getränke mit überraschender Schnelligkeit – seine Bewegungen, seine verzeihliche Unbeholfenheit zeigten, dass er nie die Fachschule für Gaststätten absolviert hatte. Aber dieses Manko wird durch die im Laufe der Jahre aufgebaute Humorroutine nahezu perfekt kompensiert. Er hielt sich nicht an das Protokoll der Bedienung von rechts, das heißt, die Reihenfolge der Gläser auf dem Tablett bestimmte, wer zuerst das Getränk bekommt und wer als Nächstes dran war, streng gestapelt an der Seite des Tisches zwischen Herrn und Frau Vámhegyi. Als das Tablett leer und der Tisch voll war, verbeugte er sich dezent, um anzuzeigen, dass die erste Runde für ihn beendet war. Als er sich verbeugte, hatte er ein scheeles Lächeln auf dem Gesicht, wenn man weiß, dass jemand etwas weiß, was der andre nicht weiß. Zunächst verstand Vámhegyi nicht, warum dieser unbekannte Kellner irgendeinen Grund haben sollte, mit ihm in irgendeiner Form zusammenzuarbeiten, bis er wieder zum Tisch blickte. Auf dem Tisch stand noch ein weiteres Getränk; neben dem Cognac stand ein Whisky auf dem Tisch.

„Warum hast du das hier gebracht, mein Freund?", fragte Vámhegyi erstaunt. „Trinkt man hier Cognac mit Whisky?"

„Bitte sehr, mein Herr", reichte der Kellner Vámhegyi einen kleinen Zettel, auf dem die Empfangsdamen ihre unwichtigsten Notizen zu schreiben pflegten. Es war ein gelbes Origami-Papier mit einer handgeschriebenen ungarischen Aufschrift aus zwei Wörtern:

„Für den Sklaven des Kapitalismus".

Vámhegyi hob erst die linke Augenbraue, dann die rechte, während er in Gedanken versunken war. Er war sich sicher, dass der Kellner oder das Hotelpersonal nichts mit dem Zettel zu tun hatte, aber er hatte keine Ahnung, wer es sein könnte. Für den Sklaven des Kapitalismus. Der Ausdruck kam ihm bekannt vor und er nahm ihn persönlich, da es offensichtlich von ihm handelte, aber wer könnte ihn geschrieben haben? Nach kurzem Nachdenken lächelte er verlegen, denn er hatte das Gefühl, dass die Person, die das geschrieben hatte, ihn ansah und sich wohl über ihn lustig machte. Also sammelte er bisschen Würde, die er in dieser Situation hatte, und begann sich langsam umzusehen. Er versuchte so zu tun, als wäre es ihm egal, aber das war vergeblich, denn es war ihm wirklich nicht egal. Wen würde sie auf der anderen Seite der Welt, auf einer der kleinsten Inseln der Erde, treffen, der auf Ungarisch spricht und sie kennt? Als er sich umdrehte, fragte er sich nach den Chancen, den Wahrscheinlichkeiten für diese Dinge. War die Chance ein Prozent, ein Zehntel oder deutlich weniger? Fast nichts, da war er sich sicher. Als er mit seiner Lesebrille (die er nach dem Lesen der Getränkekarte vergaß) die umliegenden Tische abtastete, war Denisz der erste, der die geheimnisvollen fremden Bekannten entdeckte.

„Schaut mal! Da ist die Familie Elek!", rief Denisz und zeigte mit einem überraschten Gesichtsausdruck auf die Familie Nyikos.

„Haaah ...", erkannte Vámhegyi, „das ist wirklich die Familie Elek. Ich sehe, sie haben die ganze Sippschaft hier. Sie haben sogar Tante Margit mitgebracht", stellte er schließlich fest und blickte auf die Schwiegermutter von Elek Nyikos, die sich in einer Blumengirlande versteckte. Er dachte, dass das alte Mädchen vielleicht dachte, auf Hawaii zu sein.

Sie waren gut aufgelegt, was darauf hindeutete, dass sie sie wahrscheinlich schon längst entdeckt worden waren; vielleicht standen sie im Mittelpunkt der Aufmerksamkeit, seit sie ahnungslos das Restaurant betreten hatten. Schließlich reist man an einen solchen abgelegenen Ort, um dem Schmerz der Welt zu entfliehen und keine Menschen zu treffen. Insbesondere nicht mit Geschäftspartnern. Aber das ist eben das „Showbusiness". Vámhegyi lächelte natürlich, denn es war wirklich ein Zufall. Er sagte zumal niemandem, wohin er fliegt, aber sein Lächeln war nicht fröhlich. Er wollte sie erst sehen, wenn er die Mitte seines Rückens sehen kann. Den einzigen Familienurlaub – auch wenn es normalerweise durch Streitigkeiten gefolgt ist, aber trotzdem – muss er nun mit einem Geschäftspartner und dessen wenig sympathischer Familie teilen. Er wusste natürlich, dass es in einer solchen Situation eine unausgesprochene Vereinbarung gab, nicht über die Arbeit zu sprechen, aber für solche Gespräche brauchte er nicht auf die Malediven zu fliegen, er konnte einfach zur nächsten protzigen Veranstaltung gehen. Das Restaurant und die Insel ließen es ums Verrecken nicht zu, dass sie ohne ein Wort aneinander vorbeigingen. Er stand also auf, ging höflich hinüber und begann mit einem mäßig schlechten Witz, den er schon früher gemacht hatte.

„Es ist furchtbar, dass hier alle Schurken reingelassen werden", begann er grinsend.

„Ich frage mich auch, was du hier machst", kam die oberflächliche Antwort.

„Komm an unseren Tisch, Elek, ich werde einen der netten einheimischen Sklaven bitten, einen weiteren Tisch zu bringen", setzte Vámhegyi sein bereits peinlich begonnenes Gespräch fort. Er bedauerte sofort, den Begriff „Sklave" verwendet zu haben: Er wusste, dass nur eine sehr kleine Gruppe von Menschen heutzutage solche rassistischen Witze belohnt, die er selber verurteilte, aber die unverschämte osteuropäische Verunglimpfung – manchmal in dieser Form – tauchte immer noch auf. Wenn er in exotischen Gegenden auf Einheimische traf, deren Weltbild sich nur auf die Nachbarinseln erstreckte, fand er es amüsant, einen überlegenen Tritt hinter ihren Rücken zu machen. Die klügere Hälfte wusste natürlich, dass es sich hier um sein Armutszeugnis handelte, um eine Primitivität, der man nichts vorwerfen konnte. Zumal er sich auch darüber im Klaren war, dass die „Glücksindikatoren" solcher Ureinwohner – wenn sie denn messbar wären – weitaus höher sein würden als die der aufgeklärten Westler. Denn er – der wohlhabende Tourist – ist kein Osteuropäer mit Schweißgeruch, sondern ein aufgeklärter Westler. Für sie macht es keinen Unterschied, aus welchem Land des alten Kontinents ein Tourist kommt, er ist ein Europäer. Es sei darauf hingewiesen, dass der Begriff „alter Kontinent" geologisch bedeutungslos ist, da Europa genau das gleiche Alter hat wie der Rest des Kontinents.

„Danke, Kázmér, aber das Abendessen wird uns bereits gebracht, und wir wollen euch sowieso nicht stören", versuchte Nyikos, nicht mehr so manierlich zu sein und fuhr dann fort: „Und wir würden auch gerne mit unserer nahen Familie zu Abend essen. Ich schlage vor, dass wir nach dem Essen, wenn ihr alle fertig seid, noch etwas zusammen trinken", bestätigte Nyikos seine Absicht, familienfreundlich zu sein.

„So soll es sein, Elek, so soll es sein", stimmte Vámhegyi zu, „dann wünsche ich euch guten Appetit für ein köstliches Abendessen. Ich hoffe, ihr habt nicht alle Leckereien vor uns aufgegessen", scherzte er weiter und ging zurück zu ihrem Tisch.

„Du, Dad! Wo ist die Lujza? Ich kann sie nicht sehen. Aliz und Péter sind hier, aber Lujza nicht. Ist sie vielleicht in dem Bungalow geblieben?", fragte Denisz, warum er nur zwei der drei Kinder am Tisch der Familie Nyikos sah.

„Ich weiß nicht, wo Lujza ist, soweit ich weiß, bringen sie sie nicht mehr mit, wenn Aliz da ist", antwortete Frau Vámhegyi.

„Bringen sie sie normalerweise nicht mit? Warum nicht?", fragte Denisz weiter.

„Ich hatte gehört – aber das ist ein Geheimnis, sie sagen ungern die Wahrheit aus –, dass die beiden Mädchen sich ständig stritten und sich gegenseitig zerfleischten, so dass Gertrúd – die Frau von Elek Nyikos – beschloss, dass sie immer nur eines der Mädchen mitnehmen würden, wenn sie in den Urlaub fahren. Bei ihnen zu Hause ist das ein heikles Thema, sie plaudern es nicht gerne aus dem Nähkästchen und sagen lieber, dass Lujza oder Aliz krank geworden ist oder etwas anderes sehr Wichtiges zu tun hat. Normalerweise bezahlen sie dafür, dass das andere Mädchen mit ihrem aktuellen Freund in den Urlaub fährt oder erfinden sie etwas", erklärte Frau Vámhegyi.

„Nun, das ist schön. Eine glückliche Familie pur", fügte Lázár verblüfft hinzu.

„Ich verstehe nicht wirklich, wie sie so tief sinken können?!", begann Denisz zu lästern.

„Oh, mein Junge, ihr könnt auch Theater machen, wenn ihr wollt", erwiderte Vámhegyi.

„Bullshit, Dad! Ihr habt uns nie zu Hause gelassen, wenn wir in den Urlaub gefahren sind", antwortete Denisz erneut.

„Aber manchmal bist du nicht weit davon entfernt, nicht wahr, mein Schatz?", wandte sich Vámhegyi mit einem spöttischen Lächeln an seine Frau.

„Was wahr ist, ist wahr! Ihr bringt mich oft mit euren Plünderungen auf die Palme", sagte Frau Vámhegyi zu ihrem Mann.

„Ich verstehe wirklich nicht, warum das gemacht werden muss. Als wir in eurem Alter waren, waren wir froh, einmal im Jahr ans Balaton fahren zu können. Wir konnten nur Letscho aus der Dose oder in einem günstigen Fall Lángos essen und darüber waren wir auch sehr froh", begann Vámhegyi grummelig. Er wusste natürlich, dass der Grund dafür in erster Linie bei ihm selbst zu suchen war, aber er war nicht in der Lage, die

Verantwortung dafür zu übernehmen. „Ich weiß nicht, was ihr ohne uns machen würdet, aber ihr würdet nie an solche Orte kommen, das ist schon sicher."

„Okay, Dad, hör zu. Ihr könntet auch nicht hinkommen, weil ihr ohne unsere Hilfe nicht einmal ein Flugticket einchecken könnt", erwiderte Denisz etwas gereizt und erklärte die völlig legitimen Generationsunterschiede.

„Was soll das heißen, dass wir nicht einmal einchecken könnten? Natürlich könnten wir das! Was ist das für ein Unsinn?!", sagte der zunehmend verärgerte Vámhegyi.

„Ich sag's dir, Dad. Du hältst dich für technisch kompetent, aber du kannst bis heute nicht einmal die Gesichtserkennung zum Entsperren des Bildschirms einstellen", wieherte Denisz.

„Oh, Denisz, natürlich kann ich sie einstellen. Ich will sie aber nicht! Dafür gibt es sicherheitstechnische Gründe, mein lieber Junge", sagte Vámhegyi.

„Sicherheitstechnische Gründe? Lass den Quatsch! Es ist besser als der Fingerabdruckscanner und auch einfacher", sagte Denisz.

„Ich sage doch! Es gibt sicherheitstechnische Gründe dafür! Niemand kennt nämlich meinen PIN-Code, aber jeder kann die Gesichtserkennung leicht entsperren, indem er das Handy vor mein Gesicht hält, während ich schlafe", erklärte Vámhegyi weiter.

Bei diesem Satz begannen Denisz und Lázár gleichzeitig über den Verfolgungswahn ihres Vaters krummzulachen.

„Wie bist du darauf gekommen, Dad? Hast du wirklich Angst, Dad, dass jemand dein Handy entsperrt, während du schläfst?!", traute Denisz traute seinen Ohren, fuhr dann aber fort. Hör zu. Dies ist eine grobe Paranoia. Du liest ständig Firmen-E-Mails, natürlich nicht deine eigenen, sondern die deiner Mitarbeiter, die arbeiten, wenn du im Urlaub bist. Darüber hinaus werden beim Sonntagsessen die Kameras des Unternehmens auf den QLED-Fernseher projiziert, den du so positioniert hast, dass du Big Brother vom Kopf des Tisches aus sehen kannst. Was ist das, wenn nicht eine volle Paranoia? Ich denke, du würdest sicherheitshalber auch das Privatleben deiner Angestellten filmen", sagte Denisz eine bis zur Bedeutungslosigkeit übertriebene

Diagnose, bei der der Vater der Patient war. „Nur so, sicherheits-halber", bürgerte Denisz Luftanführungszeichen ein.

Lázár hat diese seltsamen Dinge, die sein Vater tat, nie ver-standen, und Vámhegyi verstand nicht, warum seine Söhne nicht einmal diesen Sinn für Verantwortung hatten. Denn er fühlte sich für die Sache verantwortlich. Im modernen Zeit-alter hielt er es für völlig normal, dass ein Manager alles sieht und alles hört. Es liegt im besten Geschäftsinteresse des Unter-nehmens. Er dachte mindestens so. Womit er nicht einverstanden sein konnte, dass es sich um eine wahnsinnig unnötige Illusion handelte, die nicht nur keinen Nutzen brachte, sondern auch sein eigenes Leben – und das seiner Familie – ruinierte. Er hat auch nicht bedacht, wie sehr ein Unternehmensleiter durch sein Verhalten den Vertrauensindex seines Unternehmens unter-gräbt. Das Vertrauen in die Mitarbeiter ist die erste Säule eines innovativen Umfelds und wenn es nicht aufgebaut wird, wird das gesamte Management autokratisch, wobei die Mitarbeiter versuchen, Probleme vor den Kameras zu verdrängen, anstatt Ideen und Kreativität zu entwickeln. Aus diesem Grund sind alle autokratischen Regime in der Geschichte gescheitert. Infolge des Fehlens von Feedback und gegenseitiger Kommunikation. Wenn Misstrauen herrscht, haben die Menschen Angst, es gibt kein Feedback und die Ideen gehen verloren. Die Führungskraft hat die Aufgabe, alle kleinen Probleme zu lösen, auch solche, bei denen die Mitarbeiter mit größerer Wahrscheinlichkeit wesent-lich cleverere Lösungen finden würden als die zersplitterte Führungskraft. Das größte Krebsgeschwür des KMU-Sektors ist die so genannte „One-Man-Show". So stört sich Vámhegyi vor allem an den modernen Begriffen „Durchsetzungsvermögen" und „Agilität". Einerseits verstand er diese Begriffe nicht wirk-lich und er konnte sie nicht als seine eigene Realität empfinden. Aber es gibt zahlreiche Realitäten, die bei jedem von uns anders sind. Manche glauben an dies, manche an das. Und das ist gut so. Die Aufgabe der Führungskraft besteht darin, die richtigen Leute zu finden und zu befähigen (Humanressourcen). Sie sollten das Vertrauen und die Verantwortung spüren, ein Konzept der

Eigenverantwortung entwickeln, neue Methoden ausprobieren, lernen und wachsen. Sie sollten daran glauben, woran ich nicht glaube. Sie sollten die Welt anders sehen und die Ziele setzen, die ich ihnen setze, auf die Art und Weise um, die sie sich ausdenken. Dann musste niemand mehr jeden Tag der Woche mit dem Kopf gegen seine eigene Komplexitätsdecke stoßen.

Die Komplexitätsgrenze ist eine sehr heimtückische Sache, man merkt gar nicht, wie sehr sie an der eigenen Persönlichkeit nagt. Sie fördert falsche Illusionen: „Ich bin derjenige, der alles macht", „Ich bin der Einzige, der es kann", „Ohne mich geht nichts" usw. Vertraute Phrasen, nicht wahr? Und das Ergebnis ist ein elender, wahnhafter Wicht, der sich nicht mehr traut, seiner eigenen Mutter zu vertrauen. Vámhegyi befindet sich schon seit vielen Jahren in der gleichen Situation. Er hatte sich zu sehr an den Gedanken gewöhnt, dass er „in allem der Beste" ist, als die Informationsautobahn noch nicht eröffnet war. Natürlich wusste er es damals auch nicht besser, aber er glaubte es. Es ist gefährlich, wenn ein Manager sich für den größten Experten für das Produkt des Unternehmens hält, denn es kann ein falsches Gefühl der Unfehlbarkeit entstehen. Deshalb kann ein Autonomer seine tägliche Arbeit nie verlassen und sich nicht zu den nötigen Höhen aufschwingen. Da er die höchste Autorität ist, macht er alles und kann die notwendigen Aufgaben nicht delegieren, so dass er sich nur um das Management kümmert. In solchen Fällen ist zu beobachten, dass ein Unternehmen geschlossen wird, weil der Manager müde wird und nicht mehr aushalten kann. Dann fängt er neu an, wo er wieder der „Klügste" ist, und nach ein paar Jahren wiederholt sich die Geschichte. Es gibt keinen Vollzeit-Manager, sondern einen aufdringlichen alten Mann, der versucht, seinen armen Angestellten das Leben schwer zu machen, indem er sie mit Hilfe von Kameras „kontrolliert". Auch Vámhegyi kämpfte sich damit. Er konnte es nicht ertragen, dass die Fachleute – die er beschäftigte – vielleicht besser mit Technik umgehen können als er. Sein Unterbewusstsein konnte es nicht ertragen, dass es in seiner eigenen Firma Dinge gab, bei denen er, wenn er sich einmischte, das Schlimmste anrichten würde. Jede Generation hat ihre Kreuze zu tragen, und seine war eines.

Der Kellner brachte derweil die köstliche, selbsterklärende maledivische Gastronomie mit einer heiteren Leichtigkeit, als würde er auf Luft schweben. Er brachte Calamari frittti für Frau Vámhegyi, eine exotische Fischsuppe – garudhiya – für Vámhegyi, eine miso-ähnliche Brühe mit geräucherten Thunfischstückchen, Knoblauch, Zwiebeln und Chili (die Einheimischen essen sie fast immer, egal zu welcher Tageszeit), die Vámhegyi natürlich – in guter ungarischer Tradition – mit Brot statt Reis bestellte. Lázár entschied sich für den gebratenen Fisch mit karibischen Gewürzen, während Denisz ein Gericht mit einem ihm unbekannten Namen probierte, was er sofort bereute, als er feststellen musste, dass man ihm Kokosmilch mit Pudding gebracht hatte. Es war mutig von Denisz, sich für eine lokale Spezialität zu entscheiden, aber leider hat er in dieser Runde den Kürzeren gezogen. Also probierte er schnell das Abendessen seiner Familie und bestellte sich das Evergreen der Küstengastronomie, eine Calamari frittti, die seine Mutter ausgewählt hatte.

„Wow, Mom, diese Calamari sind die besten, die ich je gegessen habe", lobte Denisz schließlich den Ersatz.

„Ja, Denisz, ich stimme dir zu, es ist wirklich sehr lecker!", stimmte Frau Vámhegyi zu und fuhr fort. „Und wie schmeckt dir, mein Schatz, die Fischsuppe?"

Vámhegyi zögerte einen Moment, dann sagte er: „Sie ist sehr lecker, wir sollten sie irgendwie zu Hause machen", schaltete sich Vámhegyi wieder in das Gespräch ein. Er dachte nicht an die kulinarischen Genüsse des Tages, sondern an die Tatsache, dass Nyikos seine Schwiegermutter mitgebracht hatte. Warum hat er ausgerechnet seine Schwiegermutter mitgebracht? Warum nicht seine eigenen Eltern? Vielleicht, weil sie nicht mehr am Leben waren? Am Ende der Überlegungen hatte ihn eine Traurigkeit überkommen. Er erlebte, was Nyikos wahrscheinlich auch erlebt hatte. Wenn er seinen Vater mitbringen konnte (der Vater eines Jungen ist ein Gott), um zu zeigen, wie weit er gebracht hatte, um seine Familie an so schöne Orte zu fliegen, war es zu spät, denn sein Vater war schon vor Jahren gestorben. Er sehnte sich nach der Gewissheit, dass sein Vater stolz auf ihn sein würde – jeder Sohn sehnt sich nach diesem Gefühl. Aber leider konnte er das nicht erleben. Vielleicht entwickelte er deshalb ein mangelndes Selbstbewusstsein. Hinzu kommt das Gefühl, nicht die Möglichkeit zu haben, mit unseren jungen Eltern im richtigen Alter und in der richtigen Reife zu sprechen – eine Möglichkeit, die nicht alle Eltern und Kinder machen können. Wie schön wäre es, vierzig zu sein und mit unseren vierzigjährigen Eltern zu sprechen! Aber leider können wir das nicht. Wenn wir reif und weise genug sind, um dies zu erkennen, sind unsere Eltern bereits zu alt oder verschieden.

Vámhegyi war darüber insgeheim immer betrübt, vor allem weil er wusste, dass sein Vater im Gegensatz zu seinen verwöhnten Söhnen, die nie etwas im Leben wirklich genießen konnten, sich über seine Bemühungen gefreut und sie gewürdigt hätte. Eine traurige Ungerechtigkeit des Lebens, deren Sinn niemand je zu verstehen oder zu beantworten vermochte. Vielleicht haben diejenigen recht, die wirklich von einem Tag auf den anderen leben, für den Augenblick, und sich nicht um die Vergangenheit oder die Zukunft kümmern. Wie ein altes Sprichwort sagt, gibt es zwei Tage, die nie kommen: Gestern und morgen. Vámhegyi ist im Frieden mit dem Gestern, er jagt jedoch immer dem Morgen hinterher, das nie eintrifft. Sein Geist war unruhig. Er erkannte nicht, dass er zwischen seinen klaren Zielen und seinen Wünschen hin und her gerissen war. Die Ziele, die er sich in seiner Jugend gesetzt hatte, hatte er schon Jahre zuvor erreicht, der unerbittliche Kampf mit seinen Wünschen ließ ihn jedoch immer wieder spüren, dass er nicht genug erreicht hatte und mehr wollte, was sein Leben und das seiner Umgebung unglücklich machte. Er gab sich der Illusion hin, dass er sich „nur" neue Ziele setzen würde. Aber es waren keine Ziele, es waren – betone ich – *Wünsche*. Und es ist die Sehnsucht, die die menschliche Seele am meisten tötet. Sie vergiftete auch die von Vámhegyi.

„Nun, ich tue es sicher nicht für dich, Dad! Wo bekomme ich tote Fische?", grinste Denisz.

„Fisch ist das Geringste davon ... wer weiß, welche Gewürze dafür nötig sind", sagte Lázár. „Außerdem muss die Zubereitung sehr zeitaufwändig sein.

Wenn wir den Geruch nicht erwähnen." „Die ganze Wohnung würde in diesem stinkenden Fischgeruch schwimmen", fügte Frau Vámhegyi hinzu.

„So viel dazu", quittierte Vámhegyi, „wir versuchen nicht, es zu bereiten, weil wir nicht wissen, welche Zutaten wir dazu brauchen, ob sie zu Hause erhältlich sind, es sehr lange dauern würde und es überall nach Fisch riechen würde. Großartig", sagte er und fand sich damit ab, dass er sich nicht darauf verlassen konnte, dass seine Familie Fischsuppe von Malediven kochen würde. Aber was soll's, es ist schon Schlimmeres passiert, es wäre schade, sich jetzt damit zu befassen, er würde es sowieso ungern haben. Die Fischsuppe wird also verschoben und sie werden auf die Malediven reisen und dort essen. Nach der Hälfte des Abendessens schaute er in Richtung der Familie Nyikos (natürlich nur aus dem Augenwinkel, denn er hatte sie ständig im Blick und fragte sich, was sie taten, wie ihre Stimmung war und ob sie sich bereits stritten), als er sah, dass Familie Nyikos ihre exotischen Gerichte beendet hatte und die Kellner ihren Tisch abräumten. Er verstand selber nicht, warum, begann er schneller zu essen, einem unterbewussten Befehl gehorchend, der ihm sagte, dass die Familie Nyikos wahrscheinlich darauf wartete, dass sie fertig wurden, und er wollte sie nicht warten lassen; er war als Kind dazu erzogen worden, dass es unhöflich ist, Leute warten zu lassen. Bald hatten alle ihre Portionen aufgegessen, so dass Vámhegyi – wie versprochen – aufstand und wieder zu Nyikos' Tisch ging. Der kurze Spaziergang nach einer deftigen, dick mit Brot gefüllten Suppe tat ihm gut, zumal er davon auch aufgebläht war. Er versuchte, mit den Augen einen Fluchtweg zu finden, falls es in dem Freiluftrestaurant einen Ort gab, an dem der kultivierte Mann seinen aufgeblähten Magen erleichtern konnte, aber da der nächstgelegene Ort die Straße zum Schild für die Toiletten war, hielt er zunächst – sein ganzes Unbehagen zurück und ging auf Familie Nyikos zu.

„Liebe Familie Nyikos!", begann Vámhegyi seine Rede, als ob er den ersten Satz einer Weihnachtskarte vorlesen würde. „Wir laden Sie herzlich zu einem kleinen Gedankenaustausch ein." Gedankenaustausch. Ihm fiel nichts Besseres ein; er konnte sie weder zum Trinken noch zum Plaudern einladen, also lud er sie zu einem Gedankenaustausch ein.

„Vielen Dank, Kázmér, wir sind gleich da." Elek Nyikos wusste auch, dass es keinen Ausweg gab, was sein wird, wird sein, sie werden zu den Vámhegyis gehen und Gedanken austauschen.

Vámhegyis Körpersprache deutete darauf hin, dass er, bevor er zu ihrem Tisch ging, auf die 17 gehen würde, und sobald er fertig ist, würde er zurückkommen. Gedanken austauschen.

Als Vámhegyi zurückkehrte, zeigte sich auf seinem Gesicht ein gedämpfter Ausdruck der Freude, ein Zeichen seiner Zufriedenheit darüber, dass drei Kellner gleichzeitig damit beschäftigt waren, ihre Tische zu vergrößern. Aber die Wahrheit war, dass er nicht mehr die Blähungen hatte, die er noch vor ein paar Minuten hatte, bzw. die anderen an dem Tisch nach dem Essen noch immer hatten.

„Hallo!", grüßte die Familie Nyikos die Familie Vámhegyi kollektiv. Sie waren Bekannten, sozusagen.

„Wo habt ihr Lujza gelassen?", kam Denisz zur Sache.

„Lujza konnte nicht mitkommen, sie ist leider krank. Aber jetzt geht es ihr besser, nur ihr Magen … sie hat sich nicht getraut, eine so exotische Reise zu unternehmen", nahm Gertrúd schnell wie eine Löwin Lujza in Schutz, um nicht aus Versehen die Heimlichkeit der Familie zu verraten. Die rosa Illusion einer Familienidylle war Gertrúds Phobie: Sie konnte die Wahrheit nicht ertragen, dass ihre beiden Töchter sich hassten. So war sie schnell dabei, kleine Lügen zu erfinden, die für andere bedeutungslos waren, und sie zwang sie ihren Familienmitgliedern auf. Aber Gertrúd hatte eine bei Frauen seltene Eigenschaft: Sie kannte die Verantwortung ihres inneren, menschlichen Ranges.

„Macht nichts! Die Hauptsache ist, dass du, Aliz, hier bist", lächelte Denisz Aliz an, die ohne Übertreibung eines der schönsten Mädchen ihres Alters war. Wunderschöne Ausstrahlung, ein sanftes, aber geheimnisvolles Lächeln, jeder Teil ihres Körpers fest an seinem Platz, ein gepflegtes, raffiniertes, prominentes Luxusaussehen. Aliz' Schönheit war übertrieben; eine so schöne Erscheinung war eine zu große Last für ein junges Mädchen und die Unreife ihrer Kleidungen war bedauerlich. Zusätzlich zu ihrem traumhaften Aussehen hatte Aliz ein Prostituierte-Outfit, anstatt sportlich-elegante Kleidungen zu wählen, die nur so viel wie nötig von ihr zeigten. Wahrscheinlich hatte sie, wie alle Mädchen in ihrem Alter, Probleme mit ihrem Selbstwertgefühl und glaubte fälschlicherweise, dass sie ihre körperlichen Gegebenheiten durch aufreizende Kleidungen hervorheben müsse, oder besser gesagt, dass sie gar keine Kleidungen tragen sollte.

„Danke, Denisz, das ist sehr nett von dir", sagte Aliz errötet.

„Und wo hast du deinen Freund gelassen?", fuhr Denisz fort, auf den Punkt zu kommen, und versuchte herauszufinden, ob Aliz Single ist.

„Ich habe keinen Freund, ich bin Single", sagte Aliz.

„Hast du keinen Freund? Wie kann es sein?", bewunderte Denisz.

„Weißt du, ich war in letzter Zeit sehr beschäftigt und habe gerade erst eine ernsthafte Beziehung hinter mir … Ich bin noch nicht bereit dafür", erklärte Aliz.

„Wie lange wart ihr zusammen?", fragte Denisz erneut.

„Etwas mehr als drei Monate", antwortete Aliz. Drei Monate und sie denkt, sie hätte eine ernsthafte Beziehung. Alle Eltern, Vámhegyi, Nyikos und sogar Lázár und die Schwiegermutter von Nyikos fragten sich, ob Aliz es wirklich ernst meinte, dass eine dreimonatige Beziehung „ernst" sei. Sie unterdrückten einen Lachanfall. Die Generation Z hat eine interessante Art, die Welt zu betrachten, das ist einmal sicher.

„Drei Monate sind keine lange Zeit, meinst du nicht, Aliz?", wandte sich Frau Nyikos an ihre Tochter.

„Oh, Mama! Das würdest du nicht verstehen!", änderte Aliz ihren Tonfall; es war klar, dass dieses Gespräch wahrscheinlich schon einmal stattgefunden hatte. Wahrscheinlicher ist, dass es mehr als ein Mal war, wenn nicht sogar mehr. „Verstehst du, dass Milan die große Liebe meines Lebens war, der mich nach zwei Monaten betrogen hat, und ich werde wohl nie darüber hinwegkommen", zog sie ihren Mund zu weinen, dann fuhr sie fort: „Und obwohl ich weiß, dass in der heutigen Welt der Seitensprung keine große Sache ist, tut es mir trotzdem weh."

Nun fragten sich alle, ob Seitensprung an jungen Menschen in der heutigen Welt wirklich keine große Sache mehr ist? Natürlich stimmten sie alle mit Aliz überein, dass das, was sie fühlte, gerechtfertigt war, denn jemanden zu betrügen, war früher nicht schön und ist es auch heute nicht. Natürlich war der Fehltritt von Milan den Anwesenden nicht nur unwohl, weil sie ihn noch nie gesehen hatten, sondern weil sie alle in irgendeiner Form an einem Fehltritt beteiligt waren. Der Seitensprung von Frau Nyikos vor einigen Jahren war seinerzeit ein pikantes Thema und auch heute noch trifft sie sich manchmal mit einem jungen Liebhaber, den niemand kennt und schön zu sagen für die Außenwelt unsichtbar ist. Vámhegyi fragte sich, ob eine Thai-Massage mit Happy End einmal im Monat Seitensprung sei. Und die Schwiegermutter von Nyikos hat trotz ihres Konservatismus drei Ehemänner gehabt. Oder verbraucht, wenn es besser klingt. Also niemand sah Aliz wirklich in die Augen. Die Augen blieben niedergeschlagen, denn jeder hatte die Situation in einer Form erlebt. Manche als Opfer, manche als Schuldige, manche als Zeugen, manche als Komplizen.

„Sieh mal, Aliz … Man kann das Leben nur rückwärts verstehen, aber leben muss man es vorwärts", versuchte Vámhegyi zu philosophieren, was nicht seine Art war, besonders wenn es um Beziehungsfragen ging. „Glaub mir, du wirst sicherlich jemanden finden", maß er sie mit seinen hungrigen Augen, dann fügte er mit einem Lächeln unehrlicher Gedanken hinzu. Aliz spürte den Blick eines alten Kujons – sie hatte ihn schon oft gespürt, wenn sie mit älteren Männern zu tun hatte. Es schmeichelte ihrer Eitelkeit, obwohl sie das Gefühl nicht mehr ertragen konnte. Sie konnte nicht verstehen, warum sie jemand auf den ersten Blick ficken wollte. Aliz' Kreuz war ihre Schönheit, weshalb sie noch keine bedeutungsvolle Beziehung gefunden hatte. Es schien ihr, die wahre Liebe nur mit einem blinden Mann erfüllt werden zu können. Vor allem hasste sie es, dass alle sie grundlos als „Charmante" bezeichneten. Sie hat nichts auf den Tisch gelegt, aber sie bekam besondere Aufmerksamkeit, wo immer sie hinging, was immer sie tat. Die Männer meinten, sie habe ein „charmantes Lächeln", „charmant in dem, was sie tut" und „charmant in der Art, wie sie spricht". Die Frauen sagten, sie solle verdammt sein, weil sie mit so viel Schönheit gesegnet sei, sie könnten es kaum erwarten, dass sie älter und hässlicher werde. Sie freuten sich darauf, auch wenn sie wussten, dass sie mit Aliz' Alterung auch selbst altern werden. Aber das war schon egal, denn immerhin würde sie dann endlich so welk sein wie die Rosine vom letzten Jahr. Das dachten über sie Männer und Frauen.

„Siehst du, Kázmér, du hast völlig recht. Aliz wird einen Mann finden, der zu ihr passt, da bin ich mir sicher", stimmte Elek Nyikos zu. „Wenn ich ihn einmal erwische ...!", scherzte Nyikos am Ende und spielte die Rolle des beschützenden Vaters. „Und erzählt mal, wie ihr auf die Malediven gekommen seid?", lenkte er das Gespräch von seiner Tochter ab.

„Für die Kinder und für uns selbst, Elek. Ich hätte nicht einmal gedacht, dass mich ein ganzer Tag Faulenzen auf einer kleinen Insel für eine ganze Woche zufrieden stellen würde, aber ich muss zugeben, ich fand Geschmack an den Malediven! Die Stille, die Ruhe und die Schönheit, die es hier gibt, sind unübertroffen. Das Meer ist erstaunlich, ich meine ernst, ich habe noch nie eine so reiche Unterwasserwelt gesehen. Ich konnte das Gefühl wahrscheinlich nur mit dem Roten Meer vergleichen. „Ich bin überzeugt, dass diejenigen, die meinen, die schönsten Orte der Welt befinden sich unter freiem Himmel, sich irren, denn sie befinden sich unter der Wasseroberfläche", antwortete Vámhegyi und fragte dann erneut. „Und warum habt ihr gerade diesen Ort gewählt?"

„Ich dachte zum einen, ich könnte mich hier von meinem Geschäftsleben erholen ... und jetzt bin ich hier ... und stoße auf dich", lachte Nyikos, denn er wusste, dass Vámhegyi im selben Boot saß ... „Zum anderen hatte Gertrúd in Paris eine Freundin getroffen, die ihr ausführlich erzählt hatte, wie sehr sie ihren Urlaub auf dieser Insel im letzten Jahr genossen hatten. Wir haben auf sie gehört, wir sind auch hier gekommen", erklärte Nyikos, dessen Frau, Gertrúd, ihm nur von ihrer Reise nach Paris erzählt hatte, weil sie ihn „nicht mit den Details langweilen wollte". Nyikos war sich auch bewusst, dass die meisten Zeit der fünf Tage mit sinnlosen Einkäufen verbracht worden waren, aber er hatte keine Informationen darüber, wer sonst noch dort gewesen sein könnte oder wen Gertrúd getroffen haben könnte. Er versuchte, den Gedanken zu verdrängen, dass sie ihren Liebhaber mitgebracht hatte – und zwar aus seinem eigenen Geld – aber es gab mehrere verdächtige Umstände, die das bestätigten – der Einkauf war wahrscheinlich nur ein bequemer Vorwand für die Geschichte. Die Tatsache, dass seine Frau die gemeinsame Karte, die für Nyikos einsehbar war, nur für Transaktionen „für die Familie" nutzte und den Rest ihrer Ausgaben bar bezahlte, war auch für Nyikos eine auffällige Tatsache bei der heimlichen Prüfung des Kontoumsatzes. Das wäre an sich plausibel, aber leider hatte Gertrúd das Pech, dass ihr geheimes Konto in genau der Filiale geführt wurde, in der der Filialleiter die rechte Hand eines – ebenfalls geheimen – Interesses von Nyikos war. So hatte Nyikos vollen Einblick in das geheime Konto seiner Frau, das eine Reihe von schwer zu erklärenden nächtlichen Zahlungen in Paris sowie eine Reihe von Transaktionen in teuren, ausschließlich auf Herrenbekleidung spezialisierten Geschäften umfasste. Natürlich brachte sie keine Souvenirs für Nyikos oder ihren Sohn, Péter aus den besagten Geschäften mit. Der Verdacht blieb also bestehen, wurde immer stärker und es kostete immer mehr Energie, ihn zu unterdrücken.

Die Unterhaltung dauerte weitere zwei Stunden. Während der Unterhaltung erzählten sie einander von ihren früheren Reisen, sprachen über die aktuelle Mode, berührten alte Bräuche und unterhielten sich über das Essen und Trinken. Gegen Mitternacht waren sie merklich müde und begannen, die unbedeutend kleinen und erfundenen Themen, die die Mitglieder dieser Gesellschaft zusammenhielten, zu vergessen. Vor dem Schlafengehen fiel jeder Familie ein, ein wenig über die andere zu reden: Die Familie Vámhegyi sprach über die Unnachgiebigkeit der Mädchen Nyikos und insbesondere darüber, dass die Eltern daran schuld seien, weil schlechte Erziehung offensichtlich die Ursache sein könne. Auf diese Weise versuchten sie, sich als bessere Eltern darzustellen als die Nyikos. Und die Nyikos betonten untereinander die Vulgarität und die schlechten Manieren von Denisz' Äußerungen, wobei sie auch ausdrücklich erwähnten, dass alles die Schuld der Eltern sei und versuchten, sich für bessere Eltern zu halten. Es dauerte also nicht lange, bis das Karma an diesem Abend erneut zuschlug, mit der unaufgeforderten Botschaft, dass jede Handlung, die wir unternehmen, eine Konsequenz hat.

In den Bungalows ohne Dach, in denen sie untergebracht waren, hatten sie die Möglichkeit, die Sterne zu betrachten und über den Sinn des Lebens nachzudenken. Frau Vámhegyi dachte an ihre Familie, an ihre Kindheit, dass sie als kleines Mädchen nicht einmal wusste, dass es ein solches Paradies auf Erden namens Malediven gab. Und jetzt hier zu sein, übertraf alles, was sie sich je vorgestellt hatte. Sie fragte sich, warum sie keine starken Glücksgefühle verspürte. Das lag daran, dass sie im Hamsterrad gefangen war und ihr Leben nicht rückwärts, sondern vorwärts verfolgte. Es ist ein weit verbreiteter Fehler, in einer so genannten „Spalte" zu leben. Wenn wir uns am Anfang ein Ziel setzen und es erreichen, müssen wir rückwärts messen, um dorthin zu gelangen, was uns Glück bringen kann. Wenn wir hingegen das Ziel immer weiter in die Zukunft verschieben, während wir es erreichen, erreichen wir unser Ziel nie und es entsteht eine Spalte zwischen dem ursprünglichen und dem neuen Ziel. Diejenigen, die hier landen, befinden sich im Unglücklichsein verdammt. Neue Ziele sind notwendig, aber man darf nie die alten Ziele vergessen. Frau Vámhegyi geriet in diese Spalte. Sie erinnerte sich, dass sie sich vor Jahren die Malediven als Ziel gesetzt hatte, aber bevor sie es erreichte, hatte sie es auf einer Weltreise verdrängt. Jetzt war sie nicht mehr glücklich, denn sie hatte eine Weltreise vor den Augen. Es ist eine Frage der Perspektive. Wenn Frau Vámhegyi im Hamsterrad stehen geblieben wäre und die Malediven als Ziel gesehen hätte, hätte sie Glück, Zufriedenheit und Freude empfunden. Viele Menschen begehen diesen Fehler.

Vámhegyi schlief am schnellsten ein. Er erlaubte sich ein paar Gedankenfetzen, typischerweise über seine Geschäfte mit Nyikos, über seine Gefühle, die ihm durch den Kopf gingen. Lázár grübelte über Aliz; er konnte spüren, dass sie sich für ihn interessierte, was er mit der für heranwachsende Jungen typischen Gleichgültigkeit gegenüber weiblichem Interesse quittierte. Äußerlich mochte er sie, aber er war sich nicht sicher, ob sie ihm nicht intellektuell unterlegen war.

Denisz grübelte am wenigsten, er dachte – wie Lázár – auch über Aliz nach, aber nicht über ihren Intellekt. In seiner Phantasie stellte er sich ihren nackten Körper vor und die Situationen, die Art und Weise, wie er sie sexuell zu eigen machen würde. Am Ende der kurzen, aber umso bedeutungsvolleren Gedanken ergoss er sich und schlief sofort ein.

Nach dem Aufwachen am nächsten Morgen fehlte es jede Spur von der Familie Nyikos: Sie gingen schnorcheln, wie sie es am Abend zuvor versprochen hatten: Péter wollte unbedingt das Schnorcheln im fantastischen Indischen Ozean ausprobieren. Es war kein Zufall, dass sie ihre Unterkunft ausgerechnet auf dieser Insel buchten; eines der Hauptargumente war, dass man dort am ehesten auf einen Manta, den Riesenmanta, treffen würde. Sie interessierten sich nicht wissenschaftlich für das Meeresleben oder seine Entwicklungsgeschichte, aber wenn man auf den Malediven ist, hat man die Pflicht, es zu sehen, auch wenn man sich nicht dafür interessiert. Bei der Familie Nyikos war es genauso: Sobald sie dort waren, gingen sie jeden Tag ins Meer und sahen sich alles an, was sie sahen können.

BIATORBÁGY

„Grüß Gott, mein Herr!, begrüßte der junge János Felvidéki Walter und dachte, dass dieser nette junge Mann, von dem er schon wusste, dass er Walter heiß, weil sie sich während der wöchentlichen Treffen immer miteinander unterhielten, wahrscheinlich gekommen war, um wieder Bockwürste und Topfwürste, eventuell Wiener Schnitzel zu essen. Walter mochte auch Leber- und Blutwürste, aber er konnte sie oft nicht essen. Diese Art von Nahrung kann nicht oft gegessen werden, einmal in zwei oder drei Wochen ist mehr als genug. Am liebsten schmeckte es ihm natürlich mit Brot und etwas Puszta-Salat, aber sein Favorit war sauer eingelegte Apfelpaprika. Er hielt den Schnitzel für „Fluchtweg", an den sich schon im 19. Jahrhundert gewöhnte, als ein einfacher, gewöhnlicher Schnitzel nicht mehr die Spitze der Gastronomie darstellte, sondern auf einen einfachen „Fluchtweg" reduziert wurde, der für Mittagsbuffets reserviert war, damit jemand, der so wählerisch war, dass keines der Gerichte seinem Geschmack entsprach, trotzdem etwas essen konnte. Schnitzel oder gebratener Käse. Die Kombination aus Fleischsuppe und Braten war bei Walters gleichbedeutend mit dem Feiertag des Sonntags – glücklicherweise gaben seine Eltern diese unschätzbare Erfahrung an ihn weiter und er schwor sich, sie an seine Kinder weiterzugeben, als er selbst Elternteil wurde.

„Schönen guten Tag, János! Wie frisch die Produkte hier immer sind!!", grüßte Walter höflich. Er mochte diesen schneidigen Metzger, respektierte ihn, weil ihm der Handel so sehr im Blut lag. Er überlegte, ob ihm die Liebe zum Produkt wichtig war, ob er sich dem Fleisch oder seinem Handel verbunden fühlte, oder ob es ihm egal war, was er verkaufte, er würde gerne alles verkaufen, wie Kaufmänner auf den arabischen Märkten. „Es wird langsam Mittag, ich habe Hunger, ich möchte eine Topfwurst essen. Aber keine Blutwurst!"

„Keine Blutdurst?", machte Felvidéki den klischeehaften Szekler-Witz, der sie beide zum Lachen brachte. Wenn Walter um eine Topfwurst bat, fragte er immer mit diesem Akzent, damit Felvidéki die Chance des Witzes ergreifen konnte. Es war ihr „üblicher" Scherz mit der Topfwurst, den nur sie beide kannten und verstanden. Es war für sie eine Art Symbol, eine unsichtbare, aber greifbare Verbindung, die zwischen Käufer und Verkäufer entsteht, wenn sie sich beginnen gegenseitig zu mögen und durch solchen Witz zu Komplizen werden. In diesem Fall in Topfwurst-Komplizen.

„Erzähl mal, János, wo kaufst du dieses Brot, das in all seinem Geschmack und seiner Beschaffenheit erhaben ist?", fragte Walter. „Ich sag's immer, dass die perfekte Beilage zum Hauptgericht dem Essen seine wahre Qualität verleiht. Wie ein Gürtel oder Schuhe zu einem eleganten Kleid. Wenn du dich für einen beschissenen entscheidest, kannst du den elegantesten Anzug tragen, aber die werden nicht zusammenpassen. Genau wie bei der Topfwurst. Die perfekte Topfwurst mit dem perfekten Puszta-Salat und dem perfekten Brot. Etwas Himmlisches!

„Sieh mal, Walter ... beim Gastgewerbe gewinnt derjenige, der fähig ist, die Zutaten von den besten Herstellern zu beschaffen. Nehmen wir den Fall des Brotes. Hier in Bia' gibt es ein paar Bäckereien und alle kaufen bei ihnen. Es gibt diejenigen, deren Gebäck köstlich ist, aber für lokale Verbraucher sind sie bereits gewohnt und langweilig. Sie sind daran gewöhnt. Deshalb kaufe ich nicht bei ihnen", erklärte Felvidéki.

„Wo denn?", fragte Walter.

„Es gibt eine Bäckerei, eine echte kleine Familienmanufaktur. Warst du schon einmal in der Török Bäckerei in Halásztelek?", fragte Felvidéki zurück.

„Török Bäckerei in Halásztelek? Nein, ich kenne sie nicht", schüttelte Walter den Kopf und dämmerte ihm plötzlich etwas.

„Aber warte mal. Ich erinnere mich an etwas." Es fiel ihm ein, dass er den Geschäftsführer und Erben der zweiten Generation, Andor Török, aus seinem Geschäftsleben im Jahre 2018 kenne, mit dem er bereits an einer Werksbesichtigung teilgenommen hatte. Da er Felvidéki diese Geschichte nicht erzählen durfte, versuchte er es diplomatisch auszudrücken, aber er wollte auch nicht den Narren spielen. „Alles, was ich über sie weiß, ist, dass sie von einem privaten Maschinenbauingenieur gegründet wurde, der sich ursprünglich mit Strickmaschinen beschäftigte", besann sich Walter auf den Inhalt eines Zeitungsartikels, an den er sich erinnerte, auf der Website des Nationalen Verbandes von Familienunternehmen darüber gelesen zu haben.

„Hmmm ... dann weißt du mehr als ich!", lachte Felvidéki. „Wir verstehen uns gut mit Török, aber ich wusste nicht, dass er Maschinenbauingenieur ist ... Und ja, er hat sich mit Strickmaschinen beschäftigt. Aber weißt du auch, wie er zum Bäcker wurde?", fragte Felvidéki.

„Nein, das weiß ich nicht", antwortete Walter.

„Es war so, dass Emil Török und seine Frau ursprünglich mit dem Betrieb von Strickmaschinen beschäftigt waren, als sie von einem Freund aus Maglód gefragt wurden, wie viel sie mit diesen Strickmaschinen verdienten. Emil antwortete stolz, dass es zwanzigtausend Forint im Monat seien, was damals für einen gewöhnlichen Sterblichen als ein riesiges Gehalt galt. Der Bäcker lächelte darüber. Emil fragte, was dieses geheimnisvolle, schiefe Lächeln sei, und der Typ erzählte ihm, dass er tatsächlich hundertzwanzigtausend Forint im Monat verdiene. Emil dachte, er hätte ein ungenutztes Marktpotenzial entdeckt, also begann er, sein Gebäck zu verkaufen. Bis sich am Balaton einmal ein unangenehmer Vorfall ereignete. Emil konnte einen der Gastronomen nicht bedienen, weil er nicht genug Nachschub bekam, worauf er sehr sauer wurde. Warum sollte er das Geld auf dem Markt liegen lassen, anstatt noch mehr Brot zu verkaufen? Er hat sich in den Kopf gesetzt eine eigene Bäckerei zu gründen. Die sozialistischen Brotfabriken produzieren ständig Großbäckerei-Produkte, aber die hausgemachten Backwaren mit romantischer Atmosphäre", zeigte Felvidéki mit den Händen ein Luftanführungszeichen, „als Marktsegment konnten oder wollten sie nicht servieren. Damit war das Maß von Emil Török im Brotgeschäft fast voll. Wenig später, als er mit seiner Familie in Österreich Urlaub machte, bemerkte er, dass im Dorfhotel, in dem sie Unterkunft hatten, jeden Morgen frische, warme Backwaren an der Frühstückstheke standen. Da es ihm bewusst war, dass die Nachtschicht auch bei den Schwägern damals nicht in Mode war – man durfte ganz genau nachts keine Mitarbeiter beschäftigen –, stellte sich die Frage: Woher bekam das Hotel frische, warme Backwaren für den Sonntagmorgen? Er fragte die Kellner aus und dann bat den Hotelmanager, ihn in dieses Geheimnis einzuweihen, der ihm mitteilte, dass die Backwaren, die sie morgens servieren, von ihnen selbst gebacken werden. Török war überrascht, weil er es nicht für sinnvoll hielt, eine Bäckerei in einem Hotel zu haben, aber ihm wurde bald erzählt, dass diese Köstlichkeiten morgens im Hotel nur gebacken und dort nicht hergestellt werden, weil sie sie als tiefgekühlte Produkte bekommen. Tiefgekühlt? Török war überrascht, weil er in Ungarn solche Backwaren noch nirgendwo gesehen hat. Er setzte sich sofort mit der österreichischen Bäckerei in Verbindung, die sehr hilfsbereit war und Emil zu einer Werksbesichtigung einlud. Und er beobachtete mit Staunen, dass die österreichische Bäckerei über leistungsstarke Kühlhäuser und Gärräume verfügt, in denen die Produkte nach der Zubereitung nicht in den Ofen kommen, sondern in die Eiskammern, wo sie nach dem Einpacken auf ein besseres Schicksal warten, wie zum Beispiel die Lieferung an Hotels. Die Erkenntnis kam sofort: Die Marktnische von Emil Török in Ungarn liegt im Vertrieb von tiefgekühlten Backwaren. Stell dir vor, Walter, sie bedienen zum Beispiel das gesamte Netz der Esso-Tankstellen in Ungarn. Wenn du an einer Esso-Tankstelle tankst und dort um eine Käsestange bittest, muss sie die Tiefkühltruhe bei Török Bäckerei in Halásztelek gesehen haben. Das bedeutete für sie tausend bis fünfhundert Backwaren pro Tag zu verkaufen", erklärte Felvidéki.

„Hmm ... Alter Schwede!", seufzte Walter anerkennend. Er glaubte nicht, dass er auch solche Details von Felvidéki erfahren würde, es war ihm anzusehen, dass er wirklich auf die Details achtet. Selten ist die Person, die einem wirklich ihre ungeteilte Aufmerksamkeit schenkt, obwohl es in der Welt vor der Massenkommunikation viel natürlicher und viel einfacher war. Weniger Reize erhielten die Menschen in einem Monat als an einem Werktag in den 2010er und 2020er Jahren.

„Willst du damit sagen, dass hinten ein Ofen steht und du die eingefrorenen Brote darin backst?

„Nein, natürlich nicht!", lachte Felvidéki. „Glücklicherweise bin ich in ihrer Nähe, sodass ich mit der Lieferung am Morgen frische Backwaren ins Haus bestellen kann."

„Ja, natürlich ...", winkte Walter mit einem Komplizen lächeln ab. „Sie kommen über die Rákóczi-Brücke und sind schon da."

„Über was für eine Brücke? Rákóczi-Brücke???", fragte Felvidéki mit einem verwirrten Gesicht.

„Ich wollte Petőfi-Brücke sagen, Petőfi-Brücke!", versuchte Walter zu korrigieren, als wäre es nur ein Versprecher. Er erinnerte sich, dass die Deák-Ferenc-Brücke, die den südlichen Abschnitt der Autobahn M0 zwischen Nagytétény und Szigetszentmiklós verbindet, noch nicht übergeben werden konnte, aber es war ihm völlig entfallen, dass die Rákóczi-Brücke zu diesem Zeitpunkt noch nicht einmal begonnen worden war aufzubauen. Wenn man mit dem Bau begonnen hätte, könnte sie Felvidéki als Lágymányosi-Brücke kennen, also hatte die Lage mehrere Schwachstellen, aber zum Glück gelang es ihm, dies als ahnungslosen Versprecher zu tarnen. Wer könnte schließlich die Namen von Brücken mit den Namen irgendwelcher historischer Persönlichkeiten nicht verwechseln? Wenn man auf die Vergangenheit zurückblickt, kommt einem gar nicht in den Sinn, dass die Menschen vor einigen Jahrzehnten mit einer völlig anderen logistischen Infrastruktur zurechtkommen mussten. Es ist natürlich eine andere Sache, dass es wahrscheinlich weniger Zeit dauerte, über die Petőfi-Brücke nach Szigetszentmiklós zu gelangen, als dreißig Jahre später, am Ende eines Staus auf der nie völlig übergebenen M0, neben den rumänischen und bulgarischen Lastwagen, zu stehen. In dieser Zeit werden wir erlernen, was bedeutet, ein Transitland zu sein. Man baut neue Straßen, verbreitet sie, baut auf vier statt zwei Fahrspuren aus, alles vergebens, weil die Nachfrage des zunehmenden Durchgangsverkehrs uns immer einen Schritt voraus sein wird – besser gesagt, um ein Autorad –, wenn wir die ständig steigende Zahl von Gastarbeitern nicht erwähnen.

„Es ist sogar möglich, dass sie nicht über die Petőfi-Brücke kommen, sondern zuerst nach Norden, in Richtung Stadtzentrum fahren, dann eine der Brücken überqueren und auf die Autobahn fahren." „Wer weiß, ich habe noch nie gefragt", grübelte Felvidéki über die mögliche Logistik des Brotes, schüttelte er dann mit einer kleinen Bewegung seinen Kopf und blinzelte heftig, als ob er gleich die göttliche Wahrheit in Besitz nehmen nimmt. „Ahh … das ist Blödsinn, mit so einer Runde würde man nicht vor dem Abend hier ankommen … Du wirst recht haben, Walter, morgens steuert der kleine Török sofort die Petőfi-Brücke an."

„Der kleine Török?", leuchteten Walters Augen auf.

„Andor Török, der kleine Török. Der Sohn von Emil Török", sagte Felvidéki.

„Liefert dir Andor jeden Morgen die frischen Backwaren?", fragte Walter ihn erneut.

„Ja! Warum, kennst du ihn vielleicht?", fragte Felvidéki zurück. „Du fragst so, als ob du ihn kennst."

„Nein, Ich kenne ihn nicht", log Walter.

„Er ist erst 18, aber er ist bereits die rechte Hand des Chefs. Ein echte aufstrebende kleine Familienmanufaktur", stellte Felvidéki wieder aus der Perspektive eines optimistischen Außenseiters fest.

„N-a j-a-a-a", senkte Walter seinen Blick, täuschte Langeweile vor, um einen Themenwechsel zu signalisieren. Walter war mit der Geschichte der Török Familie einigermaßen vertraut, er wollte Felvidéki nicht sagen, dass Emil in ein paar Jahren Alkoholiker werden würde, eine fünfundzwanzig Jahre jüngere Frau heiraten würde, die auch ein Jahr jünger war als sein Sohn, Andor. Nach dem zweiten Wurf versucht er dann (wahrscheinlich auf Drängen seiner neuen Frau) Andor dazu zu überreden, seinen Anteil am

Besitz zugunsten seiner beiden jüngeren Halbgebrüder aufzugeben. Aber laufen wir nicht so weit voraus, dachte Walter.

„Du bist so ein interessanter Mensch, Walter. Du sprichst oft, als ob du wüsstest, wie die Dinge laufen werden", sagte Felvidéki.

Walter tat sein Bestes, um sein Wissen über die Einzelheiten der nächsten 28 Jahre zu verbergen, aber manchmal konnte man wirklich etwas davon spüren. Er versuchte, die Gesellschaft der Vergangenheit nicht mit seinen Besorgnissen zu belasten und wollte Felvidéki auch nicht mit seinen Ängsten erschrecken. Vor allem nicht so, da er auch die Geschichte von Felvidéki kannte.

„Schwachsinn, János, niemand kann in die Zukunft sehen", lächelte Walter. Na ja, es ist schwer mit diesem Argument etwas anzufangen, auch Felvidéki konnte es auch nicht.

„Ich wünschte, ich könnte in die Zukunft sehen!", sagte Felvidéki diesen Wunschsatz den Kopf nach rechts neigend und den Blick zum Himmel richtend. Besser gesagt, hätte er ihn zum Himmel gerichtet, wenn sie nicht in einer kleinen Metzgerei gewesen wären, also starrte er mangels einer besseren Wahl in die Richtung der leicht rissigen Decke, wahrscheinlich stellte er sich nur den Himmel dort vor. Die Art von Himmel, zu dem man für Träume oder Wünsche beten kann.

„Warum wäre es gut, wenn du in die Zukunft sehen könntest?", fragte Walter.

„Warum wäre das gut? Was ist das für eine Frage?", sagte Felvidéki verständnislos jähzornig und fügte dann ruhig hinzu: „Wer die Fähigkeit hat, in die Zukunft zu sehen, wird unglaublich reich."

„Beziehst du dich auf die Kenntnis von Lottozahlen?", versuchte Walter das Gespräch in einen Scherz zu verwandeln.

„Auch darauf! Was auch immer in der Welt passiert, könnte man darauf reagieren, noch bevor das Ereignis eintritt", erklärte Felvidéki.

„Woran denkst du?", fragte Walter zurück.

„Denkst du darüber nach! Du könntest aus einer finanziell vorteilhaften Position heraus spekulieren! Nehmen wir das Beispiel eines Hurrikans, sagen wir im indonesischen Archipel.

Wenn du wüsstest, dass ein Tornado kommt und alles wegspülen wird, würde es dir auch klar sein, dass der einzige Telefondienstanbieter in dieser Region ein europäisches Unternehmen ist, das ernsthafte Verbesserungen bei der Entwicklung von Mobilfunknetzen vornimmt. Und da alles vom Wasser weggespült werden wird, werden die Handy also unentbehrlich, Hunderttausende von Menschen werden Handys von diesem Unternehmen kaufen. Mit anderen Worten: Du kannst frühzeitig an die Börse gehen und dein ganzes Geld sicher in die Aktien dieses Unternehmens anlegen. Dann, wenn der Hurrikan vorbei ist und aller Handys kauft, verkaufst du deine Aktien auf dem Höhepunkt", philosophierte Felvidéki. „Oder wenn du wüsstest, dass sich eine epidemische Situation entwickelt und jeder Maske und Handdesinfektionsmittel kauft, könntest du von den Unternehmen reich werden, die sich damit beschäftigen." Walter war von dieser Betrachtungsweise sehr niedergedrückt; er fand es traurig, dass Felvidéki, anstatt zu versuchen, den Indonesiern zu helfen, seinen eigenen Nutzen über das Elend von Hunderttausenden von Menschen stellte. Die Welt ist heute noch voller Elend und Missverhältnis, aber dieses Elend ist organisierter und nicht so hoffnungslos wie es früher war. Obwohl er darüber nicht so sehr staunte, wusste er, dass Felvidéki ein Opportunist war, dessen Weg zur Bereicherung mit den Steinen des Bankrotts von Leuten gesäumt sein würde. Das politische Umfeld, ein oder zwei alte Freunde, frühere Geschäftspartner, mit denen *immer* die Gegenwart zählt. Das, was wir gerade zusammen machen. Feinde können leicht zu Pseudo-Freunden werden und Freunde können zu Feinden werden. Es geht darum, ob der Dealer ihm glückliche Karten gibt.

„Wenn du die Zukunft kennen und den Hurrikan kommen sehen würdest, warum würdest du dann nicht versuchen, den Menschen zu helfen?", fragte Walter zurück.

„Das liegt daran, Walter, dass man den Menschen nicht helfen kann", sah Felvidéki tief in die Augen von Walter, wobei sein Gesicht andeutete, dass etwas Ernstes passieren würde. „In meinem Leben voller seltsamer Erfahrungen habe ich gelernt, dass man die Menschen ihren eigenen Weg gehen lassen muss. Es ist eine vergebliche und falsche Anstrengung, sie daraus herauszuholen, was sie erleben müssen, denn werden sie für sich die gleiche Situation anderswo finden. Ich denke, man braucht viel Selbstbeherrschung, hilflos zuzusehen, wie jemand trotz aller Warnungen aus eigenem Willen in sein Verderben rennt. Und wenn wir ihn nicht mehr ›retten‹ wollen und darauf vertrauen, dass er sich selbst retten kann, gibt ihm das die Chance, seine eigene Kraft zu spüren und den Weg der Veränderung zu gehen!"

„Ja, da hast du völlig recht, aber ich denke, man sollte trotzdem etwas tun", stimmte Walter dem Gesagten zu, aber er fand es nicht richtig, dass niemand etwas unternimmt.

„Sei nicht naiv, Walter! Du würdest nur versuchen, denen zu helfen, die du liebst ... und der Rest kann machen, was er will, oder?!", stellte Felvidéki die rhetorische Frage.

Walter senkte seien Blick; er wurde bei einer äußerst schwierigen und deprimierenden Wahrheit ertappt. Er würde wirklich nur denen helfen, die er liebt. Natürlich würde er versuchen, anderen zu helfen, aber er würde wahrscheinlich sehr schnell müde werden und aufgeben. Was könnte er zum Beispiel vor den Terroranschlägen von 2001 tun? Sollte er das FBI anrufen und ihnen im Detail erzählen, was bald kommt? Die würden nichts tun. Es würde genauso passieren. Und am Ende würde er wegen Verschwörung mit Terroristen ins Gefängnis kommen. Es ist traurig, aber er könnte wirklich nichts dagegen tun. Selbst wenn er es verhindern könnte, könnte es später zu einem viel folgenschweren Angriff kommen, bei dem sogar seine Verwandten in Gefahr wären.

„Also", blickte Walter wieder auf, „es kann sein, dass ich vielleicht nicht einmal denen helfen könnte, die ich liebe." Nach dieser Aussage beruhigte sich seine Seele. Er fühlte, dass, egal wie schwer es zu akzeptieren ist, jeder eine Art Schicksal im Leben hat. Ein Schicksal, das ihnen Chancen gibt. Und es liegt an ihnen, ob sie es erfüllen oder nicht.

„Sieh mal, Walter, man hat die Vorbereitungen begonnen, die sowjetischen Panzer mit Zug zu liefern, es scheint, dass wir bald das Land der Fülle sein werden. Ich bin sicher, dass wir den Beginn ein neues Zeitalter erleben!", sagte Felvidéki munter.

„Vielleicht ist es besser, dass uns vor zwanzig Jahren niemand gesagt hat, dass noch zwanzig Jahre von diesem sozialistischen Geistesblitz übrig sind", argumentierte er weiter.

Walter grübelte nach. Er fragte sich, ob sich heutzutage noch jemand daran erinnert, *wie viel* die Welt Gorbatschow *zu verdanken habe*. Nein, nicht dafür, was er getan hat, sondern dafür, was er nicht getan hat. Mit einem Federstrich hätte er der Roten Armee befehlen können, so nach Hause zu marschieren, dass sie auf dem Heimweg alles abschießen, was sie sehen konnten. Aber er tat es nicht. Die Truppen werden friedlich und harmlos ausgelagert, sie werden niemandem Schaden oder Ärger zufügen. Und dafür können wir ihm dankbar sein! Ihm wird verdienterweise der Friedensnobelpreis verliehen – noch in diesem Jahr, am 15. Oktober 1990 – „für die herausragende Rolle, die er in den Friedensprozessen gespielt hat, die das Leben eines bedeutenden Teils der internationalen Gemeinschaft bestimmt haben". Diese Art von Haltung war bisher für sowjetische Führer nicht typisch, aber zum Glück was sich verspätet, vergeht nicht.

„Worüber grübelst du nach, Walter?", fragte Felvidéki. „Oder siehst du das nicht so?"

„Alles wird eines Tages enden", begann Walter klischeehaft. „Die größten Mächte, die größten Diktaturen, die größten Unternehmen ... sie werden alle eines Tages zu Ende gehen. Auf eine oder andere Weise werden sie enden."

„Denkst du? Wird die Sowjetunion zu Ende gehen?", fragte Felvidéki.

„Wie gesagt, irgendwann wird alles ein Ende haben", schmunzelte Walter geheimnisvoll. „Du weißt ja, Ceausescu wurde ebenfalls hingerichtet, ohne zu wissen, dass seine Macht einen Tag zuvor zusammenbrach. Er wurde bereits erschossen, bevor er ernsthaft über die Veränderungen des Lebens und seine unaufhaltsame Vergänglichkeit staunen konnte.

„Na ja, ihn und seine Frau ... wie hieß sie ... Elena, ah ja, sie hieß Elena, in einem mehrstündigen Schnellverfahren verurteilte das Standgericht sie beide zur sofortigen Todesstrafe", erinnerte sich Felvidéki an die Ereignisse von ein paar Monaten.

„Ja, was für mich über Ceausescu für immer interessant bleiben wird, ist sein Motiv, warum er seine Frau, die vier Klasse in der Grundschule absolvierte, zur stellvertretenden Premierministerin und Präsidentin der Rumänischen Akademie machte. Es kommt selten vor, dass ein allmächtiger Führer seine Frau, die noch dazu dumm wie Bohnenstroh ist, zur zweiten Person im Land machte", überlegte Walter laut.

„Es ist auch für mich sinnlos, aber vielleicht war die Frau hinter den goldenen Türen zu Hause gewalttätig, wer weiß, er musste einen guten Grund dafür gehabt haben", bestätigte Felvidéki.

„Und was denkst du, János? Wie lange wird dein Geschäft wachsen und was wird danach passieren?", stellte Walter die interessante Frage.

Felvidéki lächelte, zog seine linke Augenbraue (er konnte sie einzeln bewegen) und sah dann in Walters Augen. „Mal hopp, mal mehr hopp!", lachte er laut und setzte fort: „Ich glaube an die Kraft der Arbeit, Walter! Ich glaube daran, wenn ich meine Arbeit mit dem nötigen Vertrauen und Demut mache, 14-15 Stunden am Tag, wird es sich auf langfristig auszahlen!", richtete er sich stolz auf.

„14-15 Stunden Arbeit am Tag, denkst du?", blickte Walter so durch die für Arbeit verkleidete Maske von Felvidéki und genau wusste, dass für diese Art von Menschen nicht die Ausdauer im Vordergrund stand, sondern die Entwicklung günstiger Bedingungen für sie. Felvidéki war auch geschickt in Privatführung von kleinen staatlichen Geschäften und versuchte so, die Arbeiterklasse zu übertreffen, die noch immer mit der Umsetzung der Fünfjahrespläne kämpft. Der eigentliche Durchbruch kam für ihn mit der Privatisierung durch seinen Onkel, die nichts mit der Anzahl der in der Arbeit verbrachten Stunden von Felvidéki zu tun hatte. Auch Andere arbeiteten viel, wurden aber keine Oligarchen. Er neigte dazu, den Wert seiner investierten Arbeit zu überschätzen und er neigte auch dazu, die glücklichen

Wendungen zu unterschätzen, die er nicht beeinflussen konnte. Sein Ego erlaubte ihm nicht, sich selbst objektiv zu bewerten. Die meisten Menschen sind dazu überhaupt fähig, auch Felvidéki war nicht. So blieb ihm nur die geistlose Fütterung der Eitelkeit, deren Appetit mit den Jahren immer stärker wurde und deren ehrliches Feedback immer weniger wurde. So läuft es normalerweise; wenn die Erfolgsrate einer Person steigt, sinkt die Rate an ehrlichem Feedback exponentiell. Aus irgendeinem Grund ist es für eine reiche, mächtige Person schwieriger, ehrlich zu sein, als für eine arme Person. Wer weiß, warum es so ist, aber sicher würden wir alle einen brutal ehrlichen Mentor brauchen, der uns manchmal den Hocker unter den Füßen wegtritt, damit wir uns auf einen Stuhl umsetzen können. „Weißt du, János, etwas ärgert mich an dieser Geschichte", setzte Walter fort, „nämlich, dass die Gesellschaft nicht reif genug ist, um eine so große Chance zu nutzen."

„Wie meinst du das?", fragte Felvidéki.

„Ich meine, die jetzigen Generationen haben nicht die Reife und Demut, um mit einer so großen Chance umgehen zu können, die ihnen gerade in den Schoß fällt", seufzte Walter. „Ich befürchte, dass ohne soziale Reife jeder nur auf seinen eigenen Vorteil schauen wird, die Schattenwirtschaft unglaubliche Ausmaße erreichen wird, was dazu führt, dass die Glücklichen stärker werden und das Land als Folge jedoch zurückbleibt. Und in dreißig Jahren wird dieser Rückstand alle beeinflussen. Die Verantwortung liegt bei der heutigen Generation X, die offensichtlich nicht in der Lage ist, sozial verantwortlich zu handeln und dabei langfristige Zielen zu setzen. In ihrem Verständnis zählt eines: Das eigene Interesse. Mit möglichst billigen Arbeitskräften den größtmöglichen Profit für sich zu erreichen und die Interessen des Landes völlig in den Hintergrund zu drängen. Und dies wird ein sehr großes soziales Problem für die nächsten Generationen verursachen!"

„Ach, Walter, komm mir nicht so! Pillepalle! Du kannst nicht ernst glauben, dass jeder mit Extras dazu beitragen sollte, um die Nation aufzubauen!", sagte Felvidéki.

„Doch! Das ist genau, woran ich denke. Ich meine besser gesagt nicht, dass sie mehr beitragen sollten. Ich würde sagen, dass sie mindestens einbringen sollten, was sie haben!", so Walter.

„Romantische Träumerei! Es entsteht endlich eine Welt, in der die Fleißigeren mehr erreichen können, also sag mir nicht, dass du damit ein Problem hast!", fing Felvidéki an, gereizt zu werden.

„Damit habe ich kein Problem, János. Ich habe ein Problem damit, dass alle lieber schwarz handelt und das Bargeld in Nylontaschen zu Hause aufbewahren, anstatt Geschäfte mit modernem Geschäftsbewusstsein aufzubauen. Und ja, wer zu Hause Bargeld hat, bestiehlt tatsächlich die Zukunft!", sah Walter tief in die Augen von Felvidéki und setzte fort: „Hör zu, János! Solche Unternehmen, die den Weg der Legalität einschlagen, werden in der Lage sein, deutlich schneller zu wachsen als die anderen ... denk mal nur darüber nach ... wessen Unternehmen werden die Banken finanzieren? Die, die sie finanziell kennen! Die Unternehmen werden in der Nähe des finanziellen Fleischtopfes sein, die sie k-e-n-n-e-n! Diejenigen, die finanziell sichtbar gut funktionieren. So ist es auch bei Ausschreibungen! Wer eine finanziell transparente und korrekte Buchführung hat, wird zentral unterstützt!"

„Hmm ... Schlägst du also vor, dass ich mein Geschäft so schnell wie möglich transparent mache und dann einen Wettbewerbsvorteil gegenüber den anderen habe?", fragte Felvidéki, der sofort versuchte, seinen eigenen Nutzen in dem Gesagten zu interpretieren.

„Das kann man wohl sagen", lächelte Walter über Felvidékis Reaktion. „Ich habe jetzt nicht dich gemeint, sondern generell die jungen Unternehmer unserer Zeit. Aber das könnte auch auf dich zutreffen", nickte Walter zustimmend. „Dein Geschäft kann dafür ein gutes Beispiel sein."

„Darüber habe ich noch nie nachgedacht, Walter. Ich muss zugeben, dass du mich zum Nachdenken gebracht hast ... In meinem ganzen Leben habe ich in einem Land gelebt, in dem man es verheimlichen musste, wenn man etwas hatte ... Und jetzt sind wir hier an einem Punkt, an dem das Geschäft transparenter gemacht werden muss, damit er sich besser läuft. Doch dazu werde ich damit sogar legal sein! Ja! Das gefällt mir!", es war an Felvidéki anzusehen, dass er wirklich sehr von der Erreichung der finanziellen Transparenz begeistert war, er hatte sowieso immer Angst, sein Haus zu verlassen, weil seine Schmuggelgrube zu Hause voller Bargeld war. Mit dem immer größer werdenden Kassenbestand musste er sowieso etwas unternehmen, denn einerseits gab es dafür keinen Platz mehr, andererseits war es eine seelische Belastung. „Ich werde der Erste in meinem Freundeskreis sein, der über legales Vermögen verfügen wird!", erklärte Felvidéki weihevoll und die Erleichterung war ihm anzusehen, wie bei jemandem, dem es gelungen ist, den schweren Stein der Angst von seinen Schultern abzuschütteln. Bisher hatte er geahnt, dass er in der Sache etwas unternehmen müsste, aber dieser Ansatz mit einer Bank war ihm nicht eingefallen. Und durch seinen Onkel war ihm bewusst, dass keine Regierung dank der kommunistischen Herrschaft der vergangenen Jahre das Land ohne die Beteiligung ausländischer Kapitalisten wieder auf die Beine stellen könnte. Dafür ist es zu spät. Westliches Kapital wird gebraucht, notwendig, egal, ob es uns gefällt oder nicht. Der einfachste Weg, die Menschen glauben zu lassen, wie sehr sie das brauchen, besteht darin, die wunderbaren Versprechungen des Überflusses der westlichen Welt uneitel ins Gesicht zu drücken. Und bevor die Leute es sich versehen würden, werden sie mit Fremdwährungskrediten überschwemmt, ein neues Auto mit null Prozent Eigenkapital kaufen, aber zumindest wird die Wirtschaft angekurbelt und etwas in Gang gebracht. Man fängt an, die Gegenwart auf Kosten der Zukunft aufzubauen. Auch die Bürger und Unternehmen sollen von Schulden leben. Das Grundprinzip des modernen kapitalistischen Staates besteht darin, dass der Gewinn privatisiert wird, die Kosten werden jedoch von der Gesellschaft getragen.

Wie es bei jungen Menschen zu beobachten ist, war auch für Felvidéki die Überzeugung des Erfolgs typisch. Er sah auch das Leben als einfach an und darin seinen eigenen Platz in der Welt.

Es stimmt, er war ein Opportunist, aber sein enormer Ehrgeiz und seine Ambition ließen ihn daran glauben, dass alles ihm in der neuen Welt gelingen könnte. Und in den folgenden Jahren wird ihm das Leben beweisen, dass er das schaffen wird. Auch Walter wusste das; Anfang der 2020er Jahre wird Felvidéki zur Elite der reichsten Ungarn gehören, Forbes wird sein persönliches Vermögen auf mehr als hundert Milliarden Forint schätzen. Und Felvidéki hat auch recht, dass man daran glauben muss, dass man eine A-priori-Disposition hat. Er glaubte daran und es zahlte sich aus.

„Ich wünsche so zu sein, János!", streckte Walter seine rechte Hand aus, weil er dachte, dass eine solch großartige Klärung sicherlich einen Händedruck wert ist.

„Auf die finanzielle Reinheit", reichte Felvidéki Walter die Hand. Sie hatten beide ein seltsames Gefühl, als ob sie zu Komplizen geworden wären, oder als ob ein höheres Bewusstsein zwischen ihnen aufgetaucht wäre, eine Art kollektive Zusammengehörigkeit, dass sie nun im Besitz der Wahrheit seien.

Walter verspürte außerdem auch das tiefsitzende Gefühl, welches er aus seinem Kopf nicht loswerden konnte, obwohl er es auch versuchte. Es war aber dazu zu schwierig und inakzeptabel, sich damit auseinanderzusetzen. Was passiert, wenn Felvidéki wegen ihm zu der Person wird, die er jetzt ist? Was passiert, wenn Felvidéki durch dieses Gespräch so einen Anstoß bekommt, mit dem er dorthin gelangt wo er später sein wird? Dann würde das bedeuten, dass Walter auch in seinem früheren Leben in der Zeit zurückgereist ist und dasselbe einmal schon passiert ist. Es ist gruselig, daran zu denken. Auch wenn es so ist und auch wenn es nicht so ist. Es ist eine zu große Belastung für einen Menschen, darüber nachzudenken. Selbst die Leute, die viel klüger sind als Walter, könnten niemals herausfinden, was die Wahrheit sein könnte, existiert das Multiversum oder nicht?

Während Walter über seine Gedanken nachdachte, ertönte nach dem Öffnen der Tür ein lauter Schrei: Felvidéki wurde von seinem alten Freud, Károly Schwarzenberger, auf Deutsch begrüßt. „Guten Tag, mein Freund!"

„Servus, mein Freund, was geht's ab?", schlug Felvidéki Schwarzenberger in die Handteller.

„Oh, mein Freund! Hast du gesehen, womit ich angekommen bin?", richtete sich Schwarzenberger stolz auf. Sein breites Lächeln verriet, dass Felvidékis Kinnlade sicherlich herunterfallen davon wird, was gleich passieren wird.

„Nein Karcsi. Ich weiß es nicht. Womit bist du hierhergekommen?", versuchte Felvidéki über die Schulter von Walter und Schwarzenberger zu schauen.

„Kommen Sie, komm und schaue dir an, so etwas hast du noch nie gesehen!"

„Zeig es mir!", gingen sie zur Tür hinaus und ignorierten Walter für einige Momente, der sich ebenfalls für das Geheimnis des unbekannten, deutschsprachigen Mannes interessierte.

„Schau dir das an! Voilááá!", breitete Schwarzenberger seine Arme aus und zeigte auf den vor der Metzgerei geparkten S-Klasse-Mercedes, der auch das Interesse einiger dort spazierenden Passanten weckte. So etwas sieht man jeden Tag nicht auf den Straßen von Biatorbágy; Kinder und Erwachsene bewunderten das Altersklasse-Meisterwerk des deutschen Automobilbaus, welches der Volksmund bald „Dickschiff" nennen wird. Schwarzenberger erzählte Felvidéki, mit welchen besonderen Extras das Auto ausgestattet ist. Die meisten von denen hatte Felvidéki noch nie gehört, die verschiedenen, aus wenigen Buchstaben bestehenden Abkürzungen (ABS, ERS usw.) sagten ihm einfach nichts. Schwarzenberger erzählte auch, dass das Auto brandneu sei, er habe ihn im Laufe seinem letzten Besuch in Deutschland bei einem Mercedes-Händler gekauft.

Felvidéki begann vor Neid gelb zu werden, er fühlte sich immer weit entfernt davon, dass er jemals reich werden würde, und er hasste, wenn es jemandem besser ging als ihm. Schwarzenberger hat insofern gelogen, als er behauptete, das Auto sei nagelneu gewesen; er wusste, dass das Auto gebraucht mit nur wenigen Kilometern zu dem ungarischen Händler kam, bei dem er es gekauft hatte. Er war sich seiner Herkunft nicht einmal bewusst, er versuchte, die fesselnde Geschichte über den Besitzer zu glauben, einen deutschen Zahnarzt im Ruhestand, der eine Jogginghose und eine schwarze Lederjacke trug, wobei er insgeheim ahnte, dass wahrscheinlich kein einziges Wort davon wahr war. Es wäre unangenehm gewesen, mit der Tatsache konfrontiert zu werden, dass das Auto höchstwahrscheinlich gestohlen war. Es ist eine Tätigkeit, die eine der größten Einnahmequellen für die Verbrecherwelt war, die zu dieser Zeit boomte. Er spürte deutlich, mit diesem Auto die Grenze nach Österreich nicht überschreiten zu dürfen, wohin auch immer sein Weg gehen würde. Der Drang nach Angeben erwies sich jedoch stärker als das Gewissen; er sehnte sich danach, auf der Straße die Aufmerksamkeit aller auf sich zu ziehen und sich zu fragen, was für ein irdischer Potentat er wohl sein mag. Schwarzenbergers Beispiel wird sich Anfang der 1990er-Jahre immer mehr durchsetzen: Während die Wirtschaft in Trümmern liegt und das Land auf die totale Zahlungsunfähigkeit zusteuert, kommen solche ausgebuffte Figuren wie er zu enormen Vermögen. Die Bevölkerung muss mit der Abwertung des Forint, der Inflation und der sinkenden Kaufkraft der Löhne konfrontieren, die einige Jahre später in dem Vorschlag von Finanzminister Lajos Bokros zur Krisenbewältigung gipfeln wird, der allgemein als Paket Bokros bekannt ist. In finanzieller Hinsicht vergrößert sich in dieser Zeit der Abstand zwischen den Löhnen spektakulär und der Unterschied zwischen Arm und Reich beginnt sich zu vergrößern. Gerüchte über Schlösser mit Hubschrauberlandeplätzen, Oligarchen und in fabelhaftem Reichtum lebende Unternehmer begannen sich zu verbreiten, was eine Brutstätte für die Entwicklung des Stereotyps darstellte, dass „alle Unternehmer in Ungarn Steuerbetrüger sind".

„Wow! Was ist denn dieses Wrackgut? Ist das ein Mercedes?", scherzte Felvidéki. „Donnerwetter! Stellen sie auch Autos her?", lachte er mit einem Lächeln der neidischen Bitterkeit.

„Genau, mein Freund! Das ist bitte ein Mercedes!", seufzte Schwarzenberger mit einem erleichterten Gesichtsausdruck, denn er so spürte, dass dieser Moment nun ihm gehörte, und zwar ihm allein. Als gefeierter Promi der leicht abfallenden Petőfi Sándor utca streckte er sich am Montagnachmittag stolz neben seiner gestohlenen Westernverda aus. Und die armen ungarischen auf Schiguli sozialisierten Kleinbürger betrachteten das mega teure Spielzeug der entwickelten Welt, als wären sie Zeugen eines außerirdischen Phänomens, die gegen ihren Willen einen Einblick hinter die Kulissen der sonnigeren Hälfte des Planeten erlangte. Das Leben, das sie bisher gelebt hatten, war viel weniger traurig und elend, wie sie es danach fühlten. Sie wussten, wenn sie ihr Haus und alles, was dazugehörte, verkaufen würden, könnten sie ihn für sich selbst immer noch nicht kaufen. Das störte sie natürlich bis jetzt nicht, da es mangels Konfrontation sie keinen Grund hatten, ihr eigenes Schicksal zu verachten, so waren mit ihrer Situation eher zufrieden.

Die Menschen fühlen sich immer mit sich unzufrieden, wenn sie ihr eigenes Leben mit dem anderer vergleichen und die durch den Vergleich entstandenen falschen Gedanken nicht loslassen können. Sie überschätzen das Leben anderer, halten es für sinnvoller, interessanter, leidenschaftlicher, werten ihr eigenes Leben ab, halten es für schlechter, grauer, langweiliger, unerträglicher. Ebenso die Menschen, die in der Petőfi Sándor utca lebten; ihre bisher beliebten Comecon-Autos erlebten heute Nachmittag plötzlich eine Preissenkung. Der alte Lada, der Wartburg und selbst der sehr begehrte Golf II wirkten im Eifer des Gefechts wie schäbiger Schrott, für den es weder Heilmittel noch Pflaster gab, damit man die Schmerzen des Lebens auf dem Westbalkan lindern kann. Natürlich gefiel den Kindern das Raumschiff, sie liefen herum, schauten hinein und scheuten sich nicht, nach der maximalen Höchstgeschwindigkeit zu fragen, was sie am meisten interessierte.

Und Herr Schwarzenberger beantwortete die Fragen begeistert, er wollte nur eine Frage nicht beantworten, die Frage, wie viel es kostete. Aber zu seinem Glück traute sich niemand, die Frage zu stellen, nicht einmal Felvidéki, obwohl die meisten Erwachsenen an dieser Frage interessiert waren. Wenn sie es jedoch herausgefunden hätten, wäre es ihnen gleich klar geworden, dass ihr Leben nicht so elend und balkanisch beklagenswert war, wie sie dachten. Sie hätten ja mehrere davon für den

Preis ihres Hauses kaufen können und sein Leben ist noch lange nicht der Fall ein unerreichbarer Vorteil.

Die Anlieger und Passanten der Petőfi utca ahnten nicht, dass Ungarn innerhalb weniger Jahrzehnte das führende Land in Europa sein würde, was den Anteil an Luxusautos pro Kopf angeht. Am auffälligsten wird der Kontrast in den Wohnsiedlungen, wenn Autos im zweistelligen Millionenbereich auf den Parkplätzen vor den Panelgebäuden, in den man Wohnungen für einige Millionen kaufen kann. Auch wenn wir wissen, dass dieses fiktive Problem sinnlos und gleichzeitig unnötig ist, verspürten die armen Ungarn beim Anblick des Autos dennoch ein Gefühl vergeblicher Irritation. Wer weiß warum, Schwarzenbergers Selbstbewusstsein wurde gerade durch diese Weltanschauung gestärkt und sein eigentumsorientiertes Weltbild geschmeichelt dadurch, dass er etwas hat, was andere nicht haben.

„Hut ab vor dir, Karcsi! Ich muss zugeben, du kannst leben. Erzähl mal mir, wie du es geschafft hast, einen solchen Flitzer zu erwerben?", klopfte bei ihm Felvidéki auf den Busch, während Walter ebenfalls neben ihm stand.

„Es war so, mein lieber Freund …", dann gab es eine kurze Pause, „dass ich meine erste Dividende von einer meiner lokalen Investitionen erhielt", lächelte Schwarzenberger mit einem breiten Grinsen.

„Sage mir, mit welcher lokalen Investition kann man genug Geld verdienen, um so ein Auto zu fahren?!", sah Felvidéki tief in die Augen von Schwarzenberger.

„Erinnerst du dich, als ich vor einem Jahr sagte, dass die Druckindustrie durchstarten würde?"

„Ich erinnere mich daran", nickte Felvidéki.

„Nun, das hat es!", antwortete Schwarzenberger schnell. „Mein kleines, goldenes Ei druckendes Huhn hat geferkelt! Verstehst du, János? Geferkelt!", lachte er wieder auf.

„Hat dein goldenes Ei legendes Huhn geferkelt?", versuchte Felvidéki es genauer zu bestimmen.

„Ja, mein Freund! Geferkelt. Wie du sagst", setzte Schwarzenberger fort, den reichen deutschen Bürger zu spielen. „Letztes

Jahr bat der Sohn des alten Békási, Endre, sich etwas Geld zu leihen. Ich sagte ihm, dass ich das Geld nicht zurückverlange, sondern dass ich ein stiller Teilhaber im Geschäft sein möchte, weil ich an das glaube, was er tätigt. Er sagte okay, wir gaben uns die Hand. Die Maschine, die er kaufte, ist eine echte Geldfabrik, mein Bester! Verstehst du? Eine echte!" Als er mit seinen Händen heftig vor Felvidékis Gesicht herumfuchtelte, presste er seine Zeigefinger und Daumen in einem kleinen Kreis zusammen und zog seine Handfläche in das leere Nichts. Seine ungebildete Vergangenheit war offensichtlich, sein Verhalten und Tonfall verrieten, aus welchem sozialen Milieu er stammte, auch wenn er vergeblich versuchte, mit allerlei germanischer Redensart das Gegenteil weiszumachen.

„Erspare mir die Mühe, mein Freund! Sag mal nicht, dass du auch der Besitzer einer Druckerei bist?", weiteten sich Felvidékis Augen weiter und er versuchte, die Tatsache zu verarbeiten, dass Schwarzenberger ihn vor anderen einfach „meinen Besten" genannt hatte. Er mochte den Namen János sowieso nicht, er spürte darin die Einfachheit des ungarischen Bauernlebens, die in der Großstadt verschmäht wurde. Trotzdem war es ein sehr häufiger Name, aber keiner mit dem Namen János, die er kannte, leistete kein Bedeutendes. Die Geschichte hatte also mehrere Defekte.

„Natürlich sage ich das! Ich habe Interesse auch in der Druckbranche", fügte Schwarzenberger hinzu und versuchte sich dann „noch vornehmer" zu positionieren.

„Ich kenne auch den Endre Békási", schaltete sich Walter unaufgefordert in das Gespräch ein.

„Wer bist du denn?", fragte Schwarzenberger zurück.

„Oh ... na ja ... Entschuldigung ...", rechtfertigte sich Felvidéki, „ich habe euch einander nicht einmal vorgestellt. Mein Freund! Das ist Walter ...", zeigte er auf Walter. „Walter, das ist mein Freund, Karcsi", zeigte Felvidéki auf Schwarzenberger zurück.

Die beiden Männer gaben sich die Hand und stellten sich dann höflich vor. Schwarzenberger war nicht wirklich begeistert, Walter zu treffen, aber Walter war umso aufgeregter über das Treffen, weil er wusste, wer Schwarzenberger ist und wer er in der ungarischen Gesellschaft sein würde. Es war natürlich seltsam, ihn so jung zu sehen, obwohl er schon über fünfzig Jahre alt war, aber er sorgte gut für sich und war wohlhabend. Die Menschen, wie Schwarzenberger auch, leben drei Leben. Das öffentliche, das nach außen hin gezeigt wird; das private, in das wir nur Familie und Freunde einlassen; und das heimliche, das wir nicht einmal fähig sind, unserem Partner zugeben zu können oder zu wollen. Schwarzenbergers Leben drehte sich typischerweise um die Öffentlichkeit. Um eine Art, die man so nennt: Schein. Er war besessen von Äußerlichkeiten, beschäftigte sich damit, was andere über ihn dachten. So bekam er die lobende elterliche Unterstützung, die er in seiner Kindheit vermisst hatte. Diejenigen, die gezwungen sind, ohne positives Feedback aufzuwachsen, leben typischerweise ein Leben mit gestörtem Selbstwertgefühl und müssen ihr öffentliches Leben ständig unter Beweis stellen. Schwarzenberger war das lebende Beispiel für die Perfektion der Oberflächlichkeit: Sein Äußeres war immer gepflegt und gelassen, wäre der Begriff metrosexuell in den Neunzigern erfunden worden, hätte es am besten zu ihm gepasst. Aber man hat es damals noch nicht erfunden. Man musste noch ein paar Jahre darauf warten. Seine Gelassenheit hatte auch einen kompensatorischen Zweck: Er versuchte, seinen Mangel an Bildung und Grundbildung zu verdecken. Es ist interessant, wie wichtig die kulturelle Unterstützung durch die Eltern ist; im Erwachsensein ist es fast unmöglich, den Rückstand aufzuholen, der verräterische Dialekt lässt sich nicht verleugnen, die gesellschaftliche Elite findet sofort heraus, wer woher kommt, was zu einem ernsthaften Hindernis für die Integration wird. Schwarzenberger zum Beispiel baute das Image eines deutschsprachigen bürgerlichen Images auf, um die Leute glauben zu machen, er spreche wegen seines Akzents seltsam und er sei ein westlicher Übermensch. Die Wahrheit war jedoch, dass in dem Dorf im Komitat Békés, in dem er aufwuchs, der Dialekt der Theiß-Körös-Region heimisch war, den Schwarzenberger aus tiefstem Herzen hasste und leugnete, aber da er nicht fähig war, ihn loszuwerden, versuchte er ihn wie eine Art Computerprogramm zu überschreiben.

So wurde er zum germanischen Snob der ungarischen Gesellschaft mit einer verborgenen Vergangenheit im Komitat Békés, mit ausgedachten westlichen Star Allüren. Es war auch kein Zufall, dass er ein gestohlenes Dickschiff kaufte, die ebenfalls diente, seine fiktive Welt zu stärken.

„Ich habe gehört, dass Sie auch in Tromboncorp in Herceghalom interessiert sind. Ich kenne die Familie Békási selbst. Sind Sie auch am Leben des Unternehmens beteiligt oder haben Sie in das Unternehmen einfach investiert?", fragte Walter mit Interesse.

„Nein, junger Mann, wo denken Sie hin? Ich bin kein Drucker!", antwortete Schwarzenberger mit ausgestreckten Armen. „Ich interessiere mich nicht für die Druckindustrie, aber wenn ich sehe, wie sie sich entwickelt, halte ich sie für eine lohnende Investition. Wenn ich etwas Besseres finde, nehme ich das Geld raus und investiere in etwas anderes", lachte er am Ende.

„Verstehe", nickte Walter mit dem Kopf, während er auf den Boden starrte. Ihm kam in den Sinn, dass dieses Unternehmen in gut zwanzig Jahren mit mehreren Milliarden Schulden zugrunde gehen wird, nachdem der Vorstand sich weigert, der Tatsache ins Auge zu sehen, dass jede Branche ihren Höhepunkt erreicht, von dem der Weg nur noch abwärts führt. Und wenn diese Erkenntnis erst spät kommt und man dazu neigt, tendenziell deutlich mehr Geld aus dem Unternehmen zu nehmen, als es die Buchhaltung zulässt, dann ist die traurige Dominokette der Ereignisse, die als ein Schnellzug in Richtung des Insolvenzschutzes saust, schwer zu stoppen. Dem Schwarzenberger wird es natürlich trotzdem nicht schlecht gehen, denn er wird seinen Anteil rechtzeitig herausnehmen, die Schulden und das schmerzliche Misserfolg wird allein Békási tragen.

„Es wird spät, mein Bester! Es ist die Zeit zu gehen!", schloss Schwarzenberger das Gespräch ab, der offensichtlich nicht bereit war, mit Walter über sein Geschäftsleben zu sprechen. Sie schüttelten sich noch einmal die Hand, verabschiedeten sich und er stieg ins Dickschiff ein und fuhr mit theatralischen Manövern davon, mit einer Geschwindigkeit, die Formel-1-Fahrer in den Schatten stellen würde.

2018

VEREINIGTE ARABISCHE EMIRATE, ABU-DHABI

Die arabische Herbsthitze erlaubte es Felvidéki nicht, bei heruntergekurbeltem Fenster zu rauchen und so zündete er sich in dem schmutzigen Taxi aus Respekt vor seinem alten Geschäftspartner keine Zigarette an. Dem ungepflegten pakistanischen Fahrer war das egal und es hätte ihn wahrscheinlich auch nicht gestört, wenn er geraucht hätte. Schwarzenberger hingegen wäre von dem Zigarettenrauch regelrecht genervt gewesen und er stach lieber nicht in das Wespennest.

„Oh, wenn doch sich alle Araber ficken! Wie kann ein Taxi so dreckig in einem prächtigen Land sein? Kennen sie nicht die Segnungen der Polstermöbelpflege?", sagte Felvidéki aufgebracht nach zwanzig Minuten Fahrt.

„Sag mir nicht ... Mir ist übel von dem stechenden Gestank, in dem wir dörren", sagte Schwarzenberger einverstanden. „Der arme Kerl tut mir sicher leid, dass er einen so beschissenen Job hat."

„Lass es, Alter! Die Verwendung von Seife ist heutzutage kein Luxus oder keine Anspruchsvollheit! Basiskultur! Und dieser Mann kennt das nicht einmal.

Oder hat er kein Anspruch darauf. Wusstest du, dass Taxifahrer in diesem Land elf Monate lang jeden Tag in Zwölf-Stunden-Schichten arbeiten? Der verbleibende Monat ist ihre Urlaubszeit. Das muss ein verdammt hartes Leben sein! Zumal wird das wenig Geld, das sie verdienen, nach Hause zu ihren Familien geschickt und nicht für Seife verwendet!" „Das ist aber unmenschlich", ärgerte sich Schwarzenberger, der sich nicht wirklich für das Schicksal anderer Menschen interessierte, aber mit zunehmendem Alter erkannte er, dass das Mitgefühl für andere nicht so sinnlos war, wie er in den ersten siebzig Jahren seines Lebens dachte.

„Wie kommst du darauf, dass sie elf Monate lang jeden Tag arbeiten müssen?" fragte Felvidéki, der dies verwerflich zu finden schien.

„Ich habe es irgendwo gelesen", erklärte Schwarzenberger, „wie du wahrscheinlich weißt, sind diese Länder keine solchen Rechtsstaaten, wo jeder alle möglichen Rechte hat. Du kannst auch nicht arbeitslos sein, weil du sonst abgeschoben wirst! Es beherrscht Ordnung und Disziplin!", nickte er anerkennend mit dem Kopf.

„Das ist doch schon mal was! Seien wir ehrlich, unsere Kultur könnte noch einiges von ihnen lernen!", nickte auch Felvidéki anerkennend.

Nachdem das Taxi angehalten hatte, gab Schwarzenberger – anders als sonst – ein reichliches Trinkgeld; die Not des Taxifahrers berührte ihn und er wurde immer sensibler für die Missverhältnisse, die es in der Welt so oft gibt. In Anerkennung dieser Unverhältnismäßigkeit wurde dem „Packers" mit leerem Blick ein mehr als gerechtfertigtes Trinkgeld gezahlt.

So wurden die pakistanischen Einwanderer, die Gastarbeiter am unteren Ende der arabischen Gesellschaftsschichtung genannt. Denn die ersten sind die Araber, die zweiten die Europäer, gefolgt von den billigen und leicht ersetzbaren Arbeitskräften aus den asiatischen Drittländern, den Indern, Pakistanern, Afghanen, Filipinos und anderen. Und Männer „stehen über" Frauen, das Wort zweier Frauen ist genauso viel wert wie das eines Mannes, und Punktum. So ist das in der Mittelerde, keine Seelsorge von Gleichheit, dies ist kein Rechtsstaat, bitte sehr. Sie sagen und machen es sogar zum Gesetz, dass es egal ist, was in der Tat passiert, wenn ein Auto eines Ausländers von einem Auto eines Arabers angefahren wird, hat der Araber recht. Daraus folgt unmittelbar, dass Korruption ein überflüssiger Begriff ist, dass es keine Notwendigkeit dafür gibt: Es reicht, wenn alle Gesetze die einheimische Bevölkerung schützen. Während in Europa die Pseudo-Demokratie blüht, laufen sie hier nicht diese unnötigen Kreise.

„Diese Leute tun mir wirklich leid ... stell dir das mal vor, János! Du kommst hierher, Tausende von Kilometern von deiner Heimat, von deiner Familie entfernt, verdienst kaum etwas, versuchst, das meiste davon nach Hause zu schicken, und lebst wie ein abgebrühter Hund mitten in der Wüste auf der unsichtbaren Arbeiterseite dieses Schmuckkästchens. Ernsthaft! Hast du kein Mitleid mit ihnen?", runzelte Schwarzenberger die Stirn, der das unglückliche Leben der Einwanderer aus den Emiraten einfach nicht verwinden konnte.

„Jeder ist seines Glückes Schmied. Sieh mal, Alter! Wir haben von ganz unten angefangen und siehe da, wir haben es geschafft! Die moderne Welt bietet ein breites Spektrum an Möglichkeiten, jeder kann alles sein. Sogar auch dieser Taxifahrer!", stellte Felvidéki fest, während seine Schritte in der arabischen Hitze schneller wurden, die kurze Strecke, die von dem abgenutzten grauen Toyota Camry zum imposanten Eingang des Emirates Palace führten. Die Türen, oder besser gesagt, die Tore, wurden natürlich vom Personal geöffnet (ebenfalls ein Packer, aber möglicherweise ein Inder). Nach dem Einchecken setzten sie sich erst einmal in die luxuriöse, architektonisch hervorragend gestaltete Lounge des Hotels und tranken eine Tasse Gold-Kaffee. Während sie an ihrem Kaffee nippten, betrachteten sie die Inneneinrichtung des Gebäudes, beeindruckt von der Nähe des märchenhaften Reichtums und spürten den Reichtum des Landes auf ihrer Haut, so wie die beiden armen Bauernkinder in den Volksmärchen, die zum ersten Mal in ihrem Leben den Königspalast besuchen. Es war nicht das erste Mal, dass sie dort waren, und sie hatten schon die Gelegenheit gehabt, versteckte russische Schlösser, Luxusvillen in Kalifornien und Privatinseln in der Karibik zu besuchen, aber das hier war anders. Die Designer und Investoren waren bemüht, dem Besucher zu vermitteln, dass er im Vergleich zu dem Reichtum, der hier herrscht, ein Niemand ist. Das Projekt war ein Erfolg und die beiden ungarischen Milliardäre waren von dem Gesamtbild beeindruckt; bei jedem Besuch wissen sie genau, wie kleine Fische sie in einem Meer der großen Welt sind.

„Salem alejkum!", sagte eine bauchige Stimme von der anderen Seite des Raumes, mit einem unverkennbar ungarischen Akzent.

„Alaikum salam!", wandte sich der lächelnde Schwarzenberger der Stimme zu und schöpfte dabei seine nicht gerade beeindruckenden Arabisch-Kenntnisse voll aus.

Die Quelle des bauchigen Klangs war László Pénztáros, besser bekannt unter seinem Spitznamen Pölő, der berühmte ungarische Elektriker, dem es gelang, sich aus einem ländlichen Dorf heraus den amerikanischen Traum zu erfüllen. In einem kleinen Dorf in der Nähe von Salgótarján, nicht weit von der slowakischen Grenze entfernt, war er der erste, der eine vernünftige Straßenbeleuchtung installierte, und seine Geschichte wurde zum Schulbeispiel für angehende ungarische Elektriker. Wie im Leben eines jeden vermögenden Mannes hob ihn der Erfolgsfaktor in Höhen, die für andere unerreichbar waren, und er brauchte nur den kleinen Jungen von nebenan zum Jugendfreund zu machen, der später Premierminister unseres glorreichen Landes werden sollte. Angesichts dieser Jugendfreundschaft wurde die erste ernsthafte Ausschreibung für einen Elektriker natürlich von Pölős Ein-Mann-Unternehmen gewonnen, das der seit Jahren schwarzarbeitende Fachmann genau in dem Monat gegründet hatte, in dem die Ausschreibung veröffentlicht wurde. Man könnte dies auch als Glück oder sogar als Zufall bezeichnen. Ein weiterer interessanter Aspekt der Start-up-Geschichte in der Subregion ist, dass Pölő zum Zeitpunkt des Gewinns der Ausschreibung über Innenbeleuchtungsarmaturen mit Steckdosen verfügte, die nicht mit den Außensteckdosen der Gemeinde übereinstimmten, die den Zuschlag erhielt. Das macht nichts, denn man kann Innensteckdosen in Außensteckdosen verwandeln, wenn man es wirklich will – und das war der Fall, obwohl der Hersteller die Leuchten für die Innenbeleuchtung von Restaurants, Geschäften und Hotels empfohlen hatte. Was für ein Hotel geeignet ist, wird auch für die Durchschnittsmenschen im Dorf geeignet sein, dachte Pölő. Statt neue Leuchten zu kaufen, verwendete er das, was er gerade Parat hatte. Das Dorf hatte nun eine tolle Straßenbeleuchtung, die überflüssigen Lampen wurden endlich genutzt:

Eine Win-Win-Situation für die Bewohner und Pölő. Obwohl sich die Dorfbewohner häufig darüber beschwerten, dass die neue Beleuchtung nach und nach ausfiel und es Straßen gab, in denen die letzten fünfhundert Meter nicht mehr beleuchtet waren, beharrte Pölő darauf, dass dies eindeutig ein Fehler des Herstellers war. Aber die Subvention von zweihundertdreißig Millionen Forint, von denen er am Ende weniger als zwanzig Millionen ausgab, reichten gerade aus, um dem Geschäft einen kleinen Schub zu geben. So begann die Erfolgsgeschichte der frühen 2010er Jahre, die später durch weitere „gut getimte" Fördermittel – typischerweise über die Bauindustrie – angekurbelt wurde, und der kleine Elektriker wurde vom politischen Glanz erfasst.

Nachdem Pénztáros seine lang vermissten Freunde begrüßt hatte, lud der er sie in den unbestreitbaren Luxus des Emirates Palace ein, dessen Baukosten von drei Milliarden Dollar selbst den in den ungarischen Verhältnissen Superreichen für einige Augenblicke den Atem raubten. Felvidéki und Schwarzenberger störten sich daran, dass sie statt der zwei Hubschrauberlandeplätze im Hotel mit einem verbeulten, schmutzigen Taxi ankamen, was sie ihrer Meinung nach als bettelarme, kleinwüchsige Proleten auswies, verglichen mit der Mehrheit der Menschen, die hier kamen. Alle drei waren wesentlich mehr mit dem äußeren Erscheinungsbild der Menschen beschäftigt als mit ihrem Bedürfnis nach geistiger Besserung. Schwarzenberger kam von ihnen am liebsten hierher zur „Verhandlung", er war ein Fan von solchem Glamour und störte sich nicht einmal daran, dass er hier als kleiner Fisch galt. Pölő und Felvidéki waren anderer Meinung: In ihren öffentlichen Rollen erschienen sie vor den Menschen gerne als irdische Potentaten und waren besonders frustriert von diesem „einen unter vielen" – in ihren Augen unerbittlich bedrückenden – Lebensgefühl.

„Wir haben Glück, letzte Woche war das ganze Hotel für eine Hochzeit gebucht", begann Pölő.

„Das ganze Hotel???", fragte Felvidéki erstaunt. „Verflucht und zugenäht! Das kann keine kleine Hochzeit gewesen sein! Hochzeit vom Feinsten!

„Denke darüber nach, János! So ein Hotel zu buchen, muss viel Geld gekostet haben!", die Überraschung war groß, als Pölő sich fragte, was es wohl kosten würde, den gesamten Emirates Palace für ein langes Wochenende mit Hochzeitsfeierlichkeiten zu buchen.

„Mir bleibt die Spucke weg! Wer hat das Geld, um hier zu heiraten?", fragte sich Schwarzenberger auch.

„Nun, angeblich war eine der wohlhabenden indischen Familien mit ihrer schicken Hochzeitsgesellschaft hier, der Vater des Bräutigams ist einer der reichsten indischen Industriemagnaten, dessen Namen ich nicht einmal aussprechen oder lesen kann", erklärte Pölő. „Ich wäre nicht in den Schuhen des Hochzeitsplaners gewesen!", lachte er.

„In den Schuhen des Hochzeitsplaners?! Ich denke, dass sogar die Organisation einer Hochzeit dieses Kalibers etwas ist, das die Menschen bloß zu überleben versuchen", konterte Felvidéki.

„Verdammt! Als ich heiratete, waren wir froh, das ganze Dorf im Bierzelt hinter dem Gemeindehaus zu empfangen, wir konnten uns nicht vorstellen, dass jemand an einem solchen Ort heiratet", sagte Pölő.

„Als es deine Hochzeit war, Lacika, hättest du sie hier feiern können, denn es war eine große stinkende, karge Wüste mit ein paar Ziegenhirten im Hintergrund", sagte Felvidéki und fuhr dann fort. „Dieses Land verdankt seinen Aufstieg dem verdammten Glück und nichts anderem. Würde sich nicht ein beträchtlicher Teil der Erdölreserven unter ihnen verstecken, die nach ihren Angaben noch für hundert Jahre reichen, wären sie ein armes, mittelloses Nomadenvolk, mehr nicht. Fast die Hälfte ihres Einkommens stammt aus dem Ölexport", sinnierte Felvidéki.

„Ja, das stimmt, das Land selbst wurde 1971 gegründet", fügte Pölő klug hinzu.

„Also, Lacika, glaub mir, damals hättest du an diesem Küstenabschnitt heiraten können ... aber du hättest dich mit einem Bierzelt oder einem Beduinenzelt begnügen müssen", lachte Felvidéki wieder, und fügte dann hinzu: „Wusstest du, dass der Begriff Beduine ›Bewohner der Wüsten‹ bedeutet?

„Nein, das wusste ich nicht. Du hast mir immer etwas Neues zu erzählen", lächelte Pölő anerkennend zurück.

„Hochzeit, Hochzeit ... Ich würde auch gerne etwas über das Heiratsgut der schönen Braut erfahren", fügte Schwarzenberger hinzu.

„Heiratsgut? Das ist nicht mehr in Mode! Aber wer weiß, vielleicht nehmen sie es in dieser Kultur noch ernst!", dachte Pölő laut nach.

„Wir nehmen es auch ernst! Die Tradition ist heute noch dieselbe, aber sie hat sich ein wenig verändert", sagte Felvidéki.

„Sag kein Blödsinn, János! Kein Mensch gibt Heiratsgut, sie wissen nicht einmal, was das ist", antwortete Pölő.

Doch! Hör zu, Laci, ich erzähle dir ... woraus bestand früher das Heiratsgut? Aus der Tatsache, dass sich die beiden Familien in einem ihrer Wohnzimmer trafen und Geld aus der Tasche des einen Brautvaters in die Tasche des anderen Brautvaters floss, oder?"

Beiden nickten.

„Jetzt schon! Woraus besteht es heutzutage? Das Geld fließt aus den Taschen des Liebespaares in die Taschen der Kellner, Barbesitzer und verschiedenen Gastronomen. Und vorher fließt noch viel mehr Geld auf die Konten von Diätassistenten, Kosmetikerinnen, Friseuren, Fitnessstudiobesitzern und Modedesignern, die dafür sorgen, dass die Frischvermählten in den Cafés so gut wie möglich den Schönheitsidealen der Zeit entsprechen", so Felvidéki. „Ich möchte noch hinzufügen, dass dieses Geld in der Regel von den Vätern der Braut und des Bräutigams vergeudet wird und in keinem der beiden Portemonnaies landet.

„Eine interessante Ansicht, János, das muss ich zugeben", nickte Pölő weiter und würdigte damit das Fachwissen seines Freundes auf dem Gebiet der Finanzen. „Es ist kein Zufall, dass du vom Metzger aus Biatorbágy zu einem erfolgreichen Geschäftsmann geworden bist."

„Geld ist nun Energie, wie alles andere auch. Es hat einen Flow. Und wenn du die Richtung von Flow erkennst, hast du keine andere Wahl, als dich ihm in den Weg zu stellen und ihn zu dir kommen zu lassen", lachte Felvidéki wieder.

„Mein Freund, Laci, könnte euch davon erzählen, nicht wahr?", wandte sich Schwarzenberger an Pölő.

„Nun, ja! Ich habe mich diesem Flow oft in den Weg gestellt … sogar! Mehrmals habe ich ihm befohlen, nur zu mir zu fließen!", lachte Pölő über die schmutzigen Gedanken in seinem Rücken.

„Ich habe euch hierher gerufen, um genau diesen Flow zu beobachten", fuhr er fort. „Es gibt eine ziemlich ernsthafte Investitionsmöglichkeit, die ich gerne in einer ruhigen Atmosphäre besprechen möchte."

„Sag mir, dass Sie nicht versuchen, Unterhaltungsorte aufzukaufen, dafür bin ich zu alt", sagte Schwarzenberger.

„Unterhaltungsorte??? Wofür hältst du mich? Für einen heruntergekommenen Mafioso?", änderte Pölő seinen Ton ernsthaft, um zu betonen, dass von nun an niemand mehr versuchen sollte, die Angelegenheit zu bagatellisieren, da es sich um eine bedeutende Angelegenheit handelt.

„In etwa sechs Monaten wird außerhalb des Komitats Pest eine Ausschreibung mit einem Volumen von mehr als vierzig Milliarden Forint durchgeführt, in deren Mittelpunkt Forschung, Entwicklung und Innovation stehen. Der goldene Mittelweg wäre zunächst, ein Unternehmen zu finden, das in der Lebensmittelproduktion und -entwicklung tätig ist, wie z. B. die Hungaro-Hús Kft., die seit kurzem dein 100%iger Eigentum, János, geworden ist. Die Größe, die demographischen Gegebenheiten und die Eigentümerstruktur des Unternehmens sind ideal für die Umsetzung der Ausschreibung. Nach meinen Berechnungen könnten wir, wenn wir – das Maximum (wie Pölő den maximalen Geldbetrag nannte, den sein Beziehungskapital aufbringen kann) erreichen – in der ersten Runde drei, vielleicht dreieinhalb Milliarden Forint aufbringen. Der zu entwickelnde Bereich wäre eindeutig die Entwicklung und Innovation von Fleischerzeugnissen nicht einheimischer Tiere in Ungarn."

„Und wo komme ich ins Spiel?", warf Schwarzenberger ein.

„Jetzt sofort!", antwortete Pölő. „Um innovativ zu sein, braucht man einen Geschäftsmann, der perfekt auf Deutsch spricht und der, sobald die Entwicklung abgeschlossen ist, in der

Lage sein wird, eine Fusion mit der österreichischen Fleischentwickler GmbH-Gruppe zu organisieren. Diese Unternehmensgruppe widmet der Bekämpfung von Tierkrankheiten, die für den menschlichen Körper schädlich sind, besondere Aufmerksamkeit."

„Und ich nehme an, dass die Materialien für das Bauvorhaben von einem deiner Bauunternehmen geliefert werden?", fragte den Offensichtlichen Felvidéki zurück.

„Natürlich werde ich … ähm … oder eines meiner Unternehmen die Investitionskosten für den Bau ermitteln und dir in Rechnung zu stellen. Es ist aber nicht das Wichtigste! Das ist nur die Spitze des Eisbergs, das Kleingeld", winkte Pölő selbstbewusst ab.

„Fahre fort, bitte", sagte er leicht gebeugt, die Hände mit den Handflächen nach oben geöffnet.

„Sobald die Ausschreibung abgeschlossen ist und wir uns in der Fleischforschung ernsthaft zu profilieren beginnen, werden wir die Möglichkeit haben, mit der bereits erwähnten österreichischen Gruppe zu fusionieren. Wenn das auch klappt, haben wir genug Geld und die Aussicht auf eine zehn- bis zwanzigprozentige Beteiligung mit den Schwägern. Und jetzt kommt das eigentliche Geschäft!" schluckte Pölő und nach einer kurzen Pause kam er zur Sache: „In zwei oder drei Jahren, höchstens fünf, wird es eine Epidemie geben. Eine Art von einem Tier übertragenes Was-auch-immer … keine biologische Waffe, weil sie nicht jeden tötet … nur ›den unnötigen Überschuss abschöpft‹. Den normalen und gesunden, immunen Menschen wird es gut gehen, die Kranken, die Gebrechlichen und die alternde Gesellschaft werden jedoch erledigt sein – bürgerte er ein Luftanführungszeichen ein –, sie werden es sogar schaffen, dass es für Kinder nicht gefährlich ist. Die meisten Menschen bemerken es als eine einfache Erkältung oder Grippe, von der sie sich mit ein paar Tagen Ruhe und etwas Stärkung des Immunsystems schnell erholen werden. Aber die Welt wird dadurch verrückt. Die Grenzen werden geschlossen, ebenso wie Schulen, kommunale Einrichtungen und Veranstaltungen. Niemandem wird erlaubt, irgendwohin zu gehen, was die Hysterie nur noch verstärken wird. Die Medien werden natürlich jeden Tag mehr dazu sagen und die Regierung wird verzweifelt versuchen, den wirtschaftlichen und sozialen Schaden zu messen und zu leugnen. Es wird ein echtes Virus-Monster sein", lehnte er sich mit einem zufriedenen Grinsen zurück, als wüsste er, dass er in einem Kartenspiel zwischen Leben und Tod alle Karten in der Hand hat.

Felvidéki und Schwarzenberger beobachteten schweigend, wie Pölő in den Tiefen des Jokers versank.

„Und was wird uns dieser Virus bringen, wenn ich fragen darf?", fragte sich Schwarzenberger.

„Das liegt daran, dass wir eine der wenigen Entwicklungs-firmen sein werden, von denen man glaubt, dass sie in der Lage sein werden, den magischen Impfstoff so schnell wie möglich zu entwickeln!", antwortete Pölő.

„Und werden wir dazu in der Lage sein?", fragte Felvidéki zurück.

„Wahrscheinlich nicht. Das glaube ich nicht", antwortete Pölő mit ruhiger Stimme.

„Dann?", verstand Felvidéki immer noch nicht, wozu eine Pandemie und eine Beteiligung an einem Unternehmen gut sein sollten, welches ein Wundermittel entwickelte und von dem man nicht erwartete, dass es in der Lage sein würde, es zu entwickeln.

„Die Antwort, mein Freund, ist der Glaube! Ein unerschöpf-licher Vorrat an menschlichen Wünschen und Fantasien!", fang Pölő mit der Begründung an. „Könnt ihr euch vorstellen, was passieren würde, wenn eine Pandemie ausbräche, für die niemand das Gegenmittel kennt? Dass die wenigen Leute, die über die Technologie verfügen, glauben werden, dass sie es schaffen können, wenn sie ihnen genug Geld geben! Mit anderen Worten: Nachdem wir unsere paar hundert Millionen Apanage aus dem Projekt herausgenommen und die Zusammenarbeit mit den Österreichern begonnen haben, werden wir nun in der nächsten kurzen Zeit überall damit werben, dass wir die Zukunft ent-wickeln und dass wir in der Lage sein werden, jeden Impfstoff gegen jede Tier- oder Menschenplage zu entwickeln. Wenn man etwas oft genug wiederholt, glauben die Leute es. Sie werden ferner daran glauben, ebenso wie die Politiker und die kleinen Leute. Alle Bürgerinnen und Bürger aller Gesellschaftsschichten werden daran glauben, dass wir es schaffen können! Und sie werden es glauben, denn es wird schmerzhafter sein, der Wahrheit ins Auge zu sehen, das Gefühl der Hilflosigkeit zu ertragen, als zu versuchen, nach dem letzten Strohhalm zu greifen."

„Das ist doch genial! Ich glaube, du bist J.R. Ewing aus Dallas!", scherzte Felvidéki nach dem Stichwort wieder mit seinem Lieblings-TV-Helden.

„Es war mir todernst! Macht keine Witze, es ist das Geschäft des Jahrhunderts", versuchte Pölő, die Ernsthaftigkeit in das Gespräch zurückzubringen.

„Und woher weißt du, dass sich eine Pandemie entwickelt? Bist du Mitglied in einer supranationalen Organisation? Oder warst du bei einem Hellseher, László?", versuchte Schwarzenberger ebenfalls, das Selbstvertrauen zu verstehen.

„Ganz einfach. In den letzten Jahrzehnten hat sich die Welt auf biologische Waffen zubewegt, zu deren Einsatz sich bisher niemand getraut hat. Es ist viel schwieriger, eine solche Entscheidung zu treffen, als eine Atombombe abzuwerfen. Im Gegensatz zu einer Bombe kann man das genaue Ergebnis nicht vorhersagen. Sie wissen nicht, wie viel Schaden sie anrichten wird oder ob sie nach hinten losgehen wird. Man kann nicht vorhersagen, wie die Länder reagieren werden, oder wie Verbündete und Feinde reagieren werden. Es ist also klar, dass man versuchen muss, keine irreversiblen Schäden anzurichten, sondern Systeme und Gesellschaften zu testen. Es lohnt sich also, die Kranken und Alten anzugreifen. Auf diese Weise entlastet er die Patriarchen der ohnehin schon belasteten Schichten wirtschaftlich ... Hinzu kommt die menschliche Verantwortungslosigkeit. Es gibt zu viele Labore auf der Erde, als dass jemand zu irgendeiner Zeit keinen Fehler machen könnte ... und schließlich sind da noch die Chinesen. Sie sind so überbevölkert, dass sie sich auf die eine oder andere Weise die Kopfzahl verringern müssen. Ich denke auch, dass es durchaus möglich ist, dass sie eine Art Wahnsinn auf sich selbst loslassen, auf welcher Grundlage auch immer, solange etwas geschieht, das zur Verbesserung der Verhältnisse beiträgt", sinnierte Pölő.

„Sage mir nicht, Lacika, dass du dein hart verdientes Geld auf alle möglichen Weltuntergangstheorien setzen würdest!", las Felvidéki zwischen den Zeilen.

Pölő lächelte. Die Prophetien, die das Aussterben der Menschheit vorhersagten, funktionierten nicht, aber das machte ihm nichts aus, denn er war stolz auf sich, so kluge und intelligente Freunde wie Felvidéki zu haben.

Er gab zu, dass er die Informationen über die Pandemie aus zweiter Hand erhalten hatte; einer seiner engsten asiatischen Geschäftspartner hatte ihm während einer Orgie auf einem Kreuzfahrtschiff von ihr erzählt, bei der der Ehrenmann zu viel getrunken hatte. Der Geschäftspartner schaute auf den ungarischen Unternehmer herab und stufte ihn als einen jener unbedeutenden Menschen ein, mit denen es sich nur im Rahmen von Nettigkeit und Oberflächlichkeit zu verhandeln lohne, nicht ahnend, dass Pölő das Zeug und die Verbindungen hatte, einen solchen Versprecher zu seinem eigenen Vorteil in Form eines millionenschweren Geschäftsabschlusses zu nutzen.

Felvidéki und Schwarzenberger kennen Pölő so gut, dass sie wissen, wann er die Wahrheit sagt und wann er versucht, dem anderen den Wind aus den Segeln zu nehmen. Felvidéki interessierte sich ernsthaft für die Möglichkeit, als Glücksspieler in einem Geschäft einzusteigen, das endlich das unablässige, schmerzhafte Stigma des „Kleinmetzger aus Biatorbágy" abwaschen würde; er wollte schon lange etwas Edles und wissenschaftlich Anerkanntes tun, um sich von der Oberflächlichkeit der reichen proletarischen Gesellschaft um ihn herum abzuheben. Er begrüßte die Idee, ein wissenschaftlicher Retter zu sein, auch wenn die Chancen, ein Heilmittel für die Pandemie zu finden, gering waren. Das Wissen jedoch, dass er derjenige sein würde, der es versucht, gab ihm Zuversicht. Diese Aufregung erregte ihn mehr als die Aussicht auf einen exponentiellen Anstieg des Aktienkurses des Unternehmens. Letzteres konnte er nur als angenehme Nebenwirkung sehen, trotz der vielen Milliarden

Forint Gewinn, die sein Vermögen in ein oder zwei Monaten vermehren könnten. Hier wurde er zum ersten Mal in seinem Leben mit der Tatsache konfrontiert, dass Geld nicht alles ist. Wenn Felvidéki wirklich ehrlich zu sich selbst sein wollte, hätte er zugegeben, dass er das alles gerne gemacht hätte, auch wenn es keine positiven Auswirkungen auf sein finanzielles Leben gehabt hätte. Es war ein seltsames Gefühl, nachdem er fast sein ganzes Leben damit verbracht hatte, dem Geld nachzujagen. Schwarzenberger spürte auch seinen eigenen Nutzen aus der Geschichte. Ihm ging es weniger um die Rettung der Menschheit als um das geschäftliche Prestige der sich bietenden Gelegenheit, dass er das unausweichliche und unverzichtbare Bindeglied zwischen den ungarischen und österreichischen Rettern sein würde. Im Westen von Kindesbeinen an wegen seiner ungarischen Herkunft verachtet und im Osten als schnoddriger Westler angesehen, war es höchste Zeit, dieses Missverhältnis bis zum Ende seines Lebens zu überwinden und auszugleichen. Verletzungen aus der Kindheit können ein Leben lang nachwirken, ohne dass man sie hinterlässt. Obwohl er wusste, dass er die Last des vergangenen Tages nicht bis zum heutigen Tag mit sich herumtragen sollte, gelang es ihm trotz aller Bemühungen nie, seine Kindheitsschmerzen zu überwinden. Er wuchs mit einer schmerzhaften Identitätskrise auf: Er wusste nicht, wer er war. „Ungarn? Österreicher? Deutscher? Vielleicht jemand anderes?", das hat sich der junge Schwarzenberger oft gefragt. Schließlich kann er jetzt der Welt beweisen, wer er wirklich ist und dass er existiert! Er wird der Mann sein, der den Entscheidungsträgern des Universums das weltmeisterliche österreichische und ungarische Unternehmen Hand in Hand präsentieren und sagen kann: „Hier sind wir, bitte, hier sind wir, die Retter, die österreichischen Ungarn oder die ungarischen Österreicher, die gemeinsam die Welt vor der Bestie retten, und ich, Károly Schwarzenberger, bin der Mann, ohne den diese göttliche Vollkommenheit nicht zustande gekommen wäre". Selbst für ihn waren darüber hinausgehende Vergütungsfragen zweitrangig. Egal, wie sehr er sich im Laufe seines Lebens mit seiner Gier und seinem Geiz auseinandersetzte, in seinen Siebzigern begann er die schreckliche Wahrheit zu erkennen, dass all seine Bemühungen wahrscheinlich vergeblich waren. Das Gefühl der Mission, die fünfundvierzig eifersüchtigen und misstrauischen Staaten Europas wieder zusammenzubringen, erfüllte ihn mit einem ungeheuren Gefühl der Ehre. Vielleicht erhält er sogar den Friedensnobelpreis für seine Bemühungen zur Rettung der Menschheit. Das würde der Sache die Krone aufsetzen!

„Wann sollten wir spätestens die Entscheidung treffen?", fragte Felvidéki.

„So schnell wie möglich, János, so schnell wie möglich. Aber bei einer Ausschreibung dieser Größe brauche ich auch mehr als zwei Tage, um den Flow in die richtige Richtung zu lenken", bürgerte Pölő wieder ein Luftanführungszeichen ein.

„Und wie kommst du darauf, dass sich die Österreicher für den aufgeladenen Hungaro-Hús interessieren werden?", fragte Schwarzenberger.

„Das wird sie interessieren. Vertrau mir, Károly, vertrau mir!", nahm Pölő die Rolle des ruhigen Elternteils ein.

„Nun, ich weiß nicht ... Ich werde ein paar Nächte darüber schlafen ... ich brauch' Zeit! Zeit!", antwortete Schwarzenberger zögernd.

„Die Idee gefällt mir, obwohl ich natürlich über das Gehörte nachdenken muss", sagte Felvidéki. „Und warum ist es gut für dich, lieber László? Oder bist du nur durch Geld motiviert?"

„Nein, nicht nur das Geld. Auch das Geld, freilich. Weißt du, János, das Schwierige an der Politik ist, dass seit langem niemand mehr eine außergewöhnliche Idee hat. Das Gesundheitswesen leidet ständig, die Angestellten des öffentlichen Dienstes stöhnen, die Gesellschaft altert, die Sportinvestitionen werden kritisiert, alle wollen die Digitalisierung, aber niemand tut etwas dafür. Und alle wollen mit einem Drittel des Geldes den österreichischen Lebensstandard leben ... Die Hauptwährung der Politiker in den vergangenen Jahrhunderten war also immer das gleiche klischeehafte Versprechen: ›Die schlechte alte Welt einreißen und eine neue aufbauen.‹ Darum geht es bei allen

Kampagnenprogrammen, die nichts mit dem Regierungsprogramm zu tun haben, welches später wirklich umgesetzt wird. Und die Menschen haben die Lügen und die Wehrlosigkeit der Politiker satt ... Wenn wir mit unserem Plan Erfolg haben, werde ich der erste Politiker sein, der an die Macht kommen kann, indem er tatsächlich etwas auf den Tisch legt", resümierte Pölő.

„Ja, in dieser steckt eine gewisse Rationalität. Wenn man heutzutage Politiker dafür feiert, dass sie mit öffentlichen Geldern Straßen bauen oder die öffentliche Sicherheit gewährleisten, ist das so, als würde man einem Geldautomaten applaudieren, weil er Geld ausgibt", war Schwarzenberger einverstanden, indem er sich auf den Begriff heutzutage bezieht, wie er oft von den begrenzten Menschen verwendet wird, die glauben, die Besonderheiten ihrer Zeit gefunden zu haben und schätzen zu können, weil sie glauben, dass sich die Eigenschaften der Menschen von Zeit zu Zeit ändern."

„Ich sehe, Karcsi, du hast es verstanden, ja, das ist es. Für mich kann das Geld, wenn es einmal Sicherheit und Freiheit des Daseins gab, für nichts anderes auf der Welt verwendet werden als für die ziellose Jagd nach irdischen Ungerechtigkeiten und Nutzlosigkeiten. Und ich, meine Freunde, habe schon viel von dem ausgegeben, was mir nicht gehörte, um den unstillbaren Hunger meines Egos irgendwie zu stillen, aber es ist mir bis heute nicht gelungen. Ich glaube, dass ich mit diesem Schritt Erfolg haben werde und meine kämpfende Seele endlich Ruhe finden wird", sagte Pölő, der sich selten erlaubt, sich mit dem Heil seiner Seele zu beschäftigen. Und selbst wenn er sich dies erlaubte, achtete er darauf, dass diese seltenen Gefühlsausbrüche nicht vor anderen stattfanden. Er hielt es für ein Zeichen von Schwäche, was in seinen Kreisen üblicherweise als solche angesehen wurde. Tief in seinem Inneren betrachtete er sich gerne als nützliches Mitglied der Gesellschaft und nicht nur als blutsaugenden Egel, der das Blut seines Wirtes, getränkt mit öffentlichen Geldern, so lange aussaugen würde, wie es ihm erlaubt war. Er wollte niemanden stürzen, er wollte sich nicht in das Leben anderer einmischen, er wollte nur, dass man ihn liebt.

Felvidéki bezifferte den Betrag, den er investieren wollte, auf etwa fünfzig Millionen Euro. Er ahnte, dass er nicht ohne Grund in den Tresorraum der arabischen Welt eingeladen worden war; sein Verdacht, dass etwas „Großes im Gange" war, schien sich zu bestätigen. Seine innere Stimme sagte ihm, dass Schwarzenbergers Einladung vielleicht verfrüht war. Er dachte, sie könnten es auch ohne ihn schaffen. Er war sich bei ihm unsicher, weil sein selbstgefälliges Ego sie in Schwierigkeiten bringen könnte und sie auf der Bananenschale eines Narren ausrutschen können. Sein Unterbewusstsein war auch vehement gegen Schwarzenbergers finanziellen Anteil; einen Kuchen in zwei Teile zu teilen, war nicht dasselbe wie ihn in drei Teile zu teilen, und Schwarzenberger war schon entschieden zu alt für solche Verschmitztheiten. Er hoffte, dass er mit der Zeit die Last und die Verantwortung als zu groß empfinden und sich zurückziehen würde. Er beschloss, die gesamte Heimreise damit zu verbringen, zu erklären, dass er sich nicht sicher sei, ob er sich engagieren solle, und verwies dann auf seine alternden Beziehungen und die Schwierigkeiten, die sich aus der Überbrückung der zwangsläufig entstehenden Generationsunterschiede ergeben würden.

Denn in einem Land, in dem seit kurzem ein Mann von knapp dreißig Jahren Bundeskanzler ist, dürfte in vielen Unternehmen bald ein Generationswechsel anstehen, der nicht gerade in Schwarzenbergers Sinne sein wird. Die alten Füchse wie er werden alle in den Ruhestand gehen, um durch eine Gruppe aufstrebender junger ehrgeiziger Menschen ersetzt zu werden, die es sich zu ihrem persönlichen Lebensziel machen werden, die Vertreter der früheren Regime so schnell und reibungslos wie möglich zu ersetzen. Dies könnte seinen konservativen Ansatz, Schwarzenberger erfolgreich zu überreden, noch weiter untergraben. Stattdessen konnte er sich viel eher einen opportunistischen, vielseitig begabten Verkäufer vorstellen, der mit allen modernen Geschäftskenntnissen ausgestattet ist und seine Mutter für zwanzig Forint verkaufen würde, wenn sich ein Käufer finden würde. Die Risikobewertung wäre viel optimistischer und es ist absolut sicher, dass die Kosten in einem angenehm akzeptablen

Rahmen bleiben würden. Es wäre auf gut Deutsch gesagt billiger, als den wählerischen alten Löwen ein letztes Mal zu füttern.

Schwarzenberger zeigte bereits die unvermeidlichen Spuren des Alterns, die Sichtbarkeit des menschlichen Alterns, indem er nicht mehr so gerne auf aufgefallene Feste ging und begann, den entscheidenden Momenten im Leben seiner Mitmenschen mit Gleichgültigkeit zu begegnen. Der Mensch wird langsam alt: Zuerst altert seine Lust zum Leben und dann zu den Menschen. Dieses Gefühl wurde zusätzlich durch den verderblichen Gestank seines verantwortlichen Gewissens vergiftet, der für ihn stärker roch als der Gestank von verfaulendem Fleisch: Es fraß ihn innerlich auf und er konnte es niemals jemand anderem geben. Er ist auch nicht aus dem Nichts zu dem geworden, was er war: Der verschlungene Weg seiner aufsteigenden Karriere war gesäumt von Steinen des Elends für Menschen auf dem Weg. Zwar ging es im letzten Jahrzehnt nicht mehr um das Bleichen des schweißtreibend erworbenen Reichtums, aber die wilden Neunzigerjahre hätten selbst von dem Wasserdurchfluss von 2350 m3pro Sekunde der Donau in Budapest nicht reingewaschen werden können. Aber, wie wir alle wissen, hängt der Erfolg von Beharrlichkeit, Ausdauer und Entschlossenheit ab, und Schwarzenberger hat viel davon investiert. Er war auch standhaft, hartnäckig und entschlossen – und es sollte in Klammern angemerkt werden, dass dies in engem Zusammenhang mit seiner Mentalität stand, aus egoistischen Interessen heraus leicht die Position zu wechseln, wenn es darum ging, einen momentanen Gewinn oder Vorteil zu erzielen. Er glaubte, dass im Alter sechzig die neuen dreißig sein würden, aber er ging auf die siebzig zu, und wer wusste schon, ob er immer noch in der Lage war, einen so großen Plan mit der Präzision eines Uhrwerks zu planen, zu entwerfen und zu organisieren.

„Und was passiert, wenn wir Nein sagen?", fragte in die vorübergehende Stille Felvidéki.

Pölő riss den Kopf hoch und war in Sekundenbruchteilen wieder im Gespräch.

„Natürlich sollte man immer einen Plan B parat haben!", schaute Pölő Felvidéki in die Augen und fuhr fort: „Wenn ihr kein Interesse habt, weil ihr die Phantasie nicht seht oder nicht daran glaubt oder feige seid, dann werde ich die Segel des Traumschiffs in Richtung der landwirtschaftlichen Integration setzen."

„In Richtung der landwirtschaftlichen Integration?", fragte Felvidéki zurück.

„Ganz genau! In unserem Land der schwachen Zusammenarbeit gibt es einen ungenutzten Bereich, den wir nach der Wende vollständig vor den Machthabern schützen konnten, und das ist der Agrarsektor, dessen Akteure allesamt ungarische Unternehmer sind, die über das ewige Hamsterrad der jährlichen Maiserträge hinausblicken möchten. Ich bin sicher, dass ich ein paar Bewerber mit sofortiger Anstellung finden kann". Auch hier das übliche Pölő Luftanführungszeichen.

„Hmm ... glaubst du, dass du unter den heutigen Agrarburschen einen guten Kandidaten finden wirst?", fragte Schwarzenberger.

„Ob ich finde?", lachte Pölő auf, „Sie suchen mit Argusaugen nach Ausbruchsmöglichkeiten, sie unterscheiden sich nicht von den anderen, sie könnten ohne staatliche Subventionen auf ihre Felder gehen und Kartoffeln hacken!"

„Das ist gut!", lachte Felvidéki. „Kartoffeln hacken!", lachte er noch mehr. „Ich würde gerne das Bild sehen, wie die Landwirtschaftsbarone auf die Felder gehen und die Kartoffeln hacken.

Da ist zum Beispiel dieser Wieheißter! Sag mal ... der Ziegenzauber."

„Elek Nyikos", half ihm Felvidéki.

„Nyikos! Ja! Er! Elek Nyikos zum Beispiel würde sicherlich ausrasten, wenn ich an seine Tür klopfen und ihm sagen würde: ›Hey, Elek, wir haben eine Menge staatlicher Gelder, wir haben alle Szenarien geplant, du musst nur tun, was wir sagen, und du wirst nicht nur reich, sondern verdammt berühmt! Außerdem kannst du gratis aus deiner verachteten Rolle als Ziegenhirte heraustreten, die du verdammt noch mal hassen musst‹", fuhr Pölő fort, die Idee zu erklären.

„Hmm ... dann kennst du den Nyikos nicht! Ich glaube, du wärst so abgelenkt, dass du überrascht wärst! Er ist nicht der Mann, für den du ihn hältst. Außerdem hat er Schwierigkeiten mit dem Generationswechsel: Er hat niemanden, dem er das Unternehmen überlassen kann, und sein Familienleben zerfällt. Seine Frau hat zum Beispiel einen jungen Stier gefunden, mit dem er ins Ausland fährt, um zu ficken", bemerkte Felvidéki. „Ich bezweifle sehr, dass er in einer solchen Geschichte sein Glück finden würde."

„Siehst du, János, du kennst die menschliche Natur nicht. Das ist genau der Grund, warum er ohne nachzudenken einspringen würde! Das wäre ein Zufluchtsort für ihn, wo er endlich etwas Gutes aus seinem Leben machen könnte", grinste Pölő. „Möchtest du, dass ich es ausprobiere?"

„Nein!", rief Felvidéki, „das ist im Moment nicht nötig! Wie ich schon sagte, muss ich darüber nachdenken, aber das heißt nicht, dass ich dafür nicht interessiere! Gib mir ein paar Tage Zeit, um darüber nachzudenken."

Pölő lächelte zuversichtlich – er spürte, dass Felvidéki ihn nicht aus der Ruhe bringen konnte und dass er immer noch die Karten gibt. „Alles klar, János. Du hast eine Woche Zeit, darüber nachzudenken. Wenn du nein sagst oder nicht kommst, wende ich Plan B an. Wenn meine Informationen richtig sind, ist Nyikos auf den Malediven im Urlaub, nicht weit von hier. Ich werde einen Direktflug dorthin nehmen und sehen, ob ich ihn dort finde", sagte Pölő das Schlusswort.

„Herren-Herren! Beruhigen Sie sich, es hat keinen Sinn, herumzuzappeln! Dies ist eine große Chance, die große Entschlossenheit erfordert. Es muss durchdacht und geklärt werden. Wenn dann alles klar ist, treffen wir uns in einer Woche in Budapest und besprechen die Sache. Ich bin mir sicher, dass wir viele Fragen haben werden, auf die wir gerne Antworten bekommen möchten", sagte Schwarzenberger. Er versuchte, die Stimmung zu beruhigen, indem er seine Rolle als Beziehungsstifter und -pfleger wahrnahm.

„In Ordnung, meine Herren! Dann lassen Sie uns in einer Woche reden, bis dahin kein Wort darüber!", stimmte Pölő zu und sie schüttelten die Hände. Obwohl sie schon gegen die Regel des Händeschüttelns verstoßen haben, versuchten sie, sich so weit wie möglich an die richtige Etikette zu halten. Allen ging der Gedanke durch den Kopf, dass einer von ihnen das Gespräch aufgenommen haben könnte, was später gegen die anderen beiden verwendet werden kann. Aber sie versuchten, diese Möglichkeit zu verwerfen. Sie wussten, dass Ehre in solchen Situationen keine typische Ganovenehre ist, und in genügend ungarischen Mafia-Prozessen waren Jahre zuvor Tonaufnahmen gefunden worden, die schließlich zu mehrjährigen Haftstrafen führten. Da sie jedoch noch keine Erfahrungen mit den negativen Aspekten der modernen Technologie gemacht hatten, empfanden sie diese nicht als ernsthafte Bedrohung.

2017

PARIS

„Reist auf die Malediven!", empfahl Rozália (für die Bekannten nur Rozie) ihrer Freundin, Gertrúd. „Wir haben dort vor zwei Monaten eine winzig kleine Woche verbracht, ich habe schon am Telefon darüber geplaudert, als wir sagten, wir würden uns treffen und ich würde dir alles darüber erzählen … Du … all das Essen … all der Alkohol … und diese verrückten wilden Nächte … solange ich lebe, werde ich sie nie vergessen …"

„Du kannst leicht reden, Rozie", schmunzelte Gertrúd, „mit einem jungen Liebhaber muss es auf den Malediven wahnsinnig viel Spaß machen … aber denke daran, dass ich einen Familienurlaub plane. Hierher kommen Mama und Papa, Oma und die Kinder. Und weißt du was? Ein langweiliger Familienurlaub besteht nicht aus Essen, Trinken und Belustigung!", antwortete Gertrúd. „Das ist ein Albtraum!"

„Komm mir nicht so, Trudi! Sei optimistisch! Den Kindern wird es gefallen, deine Mutter wird sich freuen, und du und Elek könnt euch entspannen", versuchte Rozie, Gertrúd zu trösten.

„Entspannen? Nun, das ist es ja! Dass wir uns nur „entspannen"! Ich will mich nicht entspannen, sondern toben! Von ganzem Herzen, wild, ohne Grenzen!", Gertrúds Augen begannen zu funkeln. „Ich habe die Nase voll von diesen obligatorischen, protokollarischen Runden, bei denen wir der Welt zeigen müssen, dass wir eine „normale" Familie sind. Ich nehme die Mädchen sowieso nirgendwo mehr zusammen mit, unser letztes Horror-Wochenende auf Mauritius hat mir eine Lehre fürs Leben erteilt: Es ist fast unmöglich, zwei Mädchenkinder gleichzeitig irgendwo hinzubringen! Ich konnte es kaum erwarten, dass es vorbei ist."

„Okay, ich verstehe, dass es zum letzten Mal schief gegangen ist, aber gib ihr eine Chance!", Rozie versuchte, Gertrúd bei Laune zu halten.

„Chance??? Sag kein Blödsinn, Rozie! Sie werden nie wieder eine gemeinsame Chance bekommen! Du warst nicht da, du sahst nicht, was sie machten! Ich wünschte, keines von ihnen wäre mein Kind", schluchzte Gertrúd kurz von den Tränen und schämte sich zutiefst, ihren Kindern eine so egoistische Mutter zu sein, dass sie ihre Frustration aneinander ausließen, weil sie keine positive Rückmeldung von ihr bekam.

„Hör auf, dich zu zerfleischen, Gertrúd, du bist eine wunderbare Mutter!", versuchte Rozie trotz aller inneren Proteste, etwas von ihrer Freundschaft auf dem Altar der frommen Lügen zu opfern. Sie wollte ihre Freundin nicht anlügen, aber in dieser Situation war es das Beste, was sie tun konnte. Sie anzulügen, ihr nicht die Wahrheit zu sagen, ›ja, Gertrúd, du bist eine lausige Mutter, warum zum Teufel brauchst du drei Kinder?‹.

„Eine wunderbare Mutter? Ich??? Komm schon, Rozie, es gibt keinen Grund für diesen Unsinn ausgerechnet von dir! Ich hatte einen Babysitter, der sich um meine Kinder kümmerte, wenn ich sie eigentlich stillen sollte! Aber ich gab sie lieber für zweitausend Forint pro Stunde ab, nur damit sie nicht mehr weinen und schreien. Sag mir, was für eine Mutter ist das?"

„Ich denke, es ist völlig normal, wenn ein Babysitter auf deine Kinder aufpasst. Warum solltest du mit ihnen leiden, wenn du jemand anderen mit ihnen leiden lassen kannst?", versuchte Rozie, die natürlich keine Ahnung von Kindern und Kindererziehung hatte, sich über das Gespräch lustig zu machen.

„Okay, ja, ich weiß, dass heutzutage jeder babysittet, aber schaue dich die ärmeren Schichten an, wie die Arbeiterklasse oder die darunter liegenden Schichten! Dort erziehen die Eltern eindeutig die Kinder und sie scheinen einen besseren Zusammenhalt zu haben!", stellte Gertrúd die Unterschiede in der Erziehung der sozialen Klassen fest.

„Vielleicht ziehen die Eltern ihre Kinder dort auf, aber sage mir, wann sie ihre Kinder auf die Malediven bringen können?

Diese Kinder sehen fast nichts von der Welt!", bemerkte Rozie ihre superdüsteren Gedanken.

„Ja, sie machen vielleicht nicht an solchen Orten Urlaub, aber im zivilen Leben gibt es einen stärkeren Zusammenhalt in der Familie als bei uns. Ich stelle mir vor, dass sich die Geschwister dort nicht gegenseitig zerfleischen und die Familie wirklich gerne Zeit miteinander verbringt", sagte Gertrúd.

„Sieh mal, Trudi, das kann ich nicht wissen, weil ich nur ein Kind habe, mit dem ich nicht viel spreche und die Armut des bürgerlichen Lebens mich zum Glück immer vermied", antwortete Rozie.

„Und sag mir, Rozie, hast du nie deine Familie vermisst?", fragte Gertrúd zurück.

„Die Familie? Hmm ... doch, ich vermisse sie. Viele Male. Aber wenn ich dich sehe, was du durchmachst, vergeht die Qual schnell", lachte Rozie. „Familienleben ist nicht für mich. Ich habe mich nie für das Leben anderer Leute interessiert, nur für mein eigenes. Ich habe es für mich gebaut, ich lebe es, ich will nicht, dass es mir jemand wegnimmt. Ich will es nicht teilen, es gehört fest mir. Ich möchte mir nicht ständig Gedanken darüber machen, was passiert, wenn sich beispielsweise jemand verletzt; ich möchte nicht befürchten, dass das Leben eines meiner Kinder aus den Fugen gerät und ich mir dann für den Rest meines Lebens die Schuld dafür gebe. Das ist nicht für mich. Nehmen wir zum Beispiel dich: Nach außen hin denken alle, du hättest das beste Leben der Welt, aber du bist ständig gestresst und verärgert. Du machst dir Sorgen um die Kinder, die du nicht großgezogen hast, du fühlst dich schuldig wegen des Ehemanns, den du betrügst, und du möchtest der Person ins Gesicht spucken, die dich jeden Morgen im Spiegel ansieht, weil du weißt, dass du als Mutter und Ehefrau versagt hast. Du bist genau wie ich, aber du hast versucht, diese Rollen zu leben und anzunehmen, die nicht auf dich zutreffen", sagte Rozie ehrlich. „Bei mir ist es genauso, nur dass ich nicht versuche, etwas anderes zu behaupten. Ich bin eine beschissene Mutter und wäre eine betrügende Ehefrau. Der Unterschied zwischen dir und mir ist, dass ich das über mich selbst weiß und deshalb nicht das Leben anderer Menschen versauen will."

Gertrúd brach bei dieser Pointe in Tränen aus; der ewige Kampf mit ihrem Gewissen und Rozies Ehrlichkeit hatten dem, was sie schon lange über sich wusste, noch mehr Würze verliehen: Dies war nicht das richtige Leben für sie und doch würde sie den Rest ihres Lebens darin verbringen. Eine lausige Betrügerin, die nie für ihre Familie kochte, eine schäbige Ehefrau, deren Interesse an ihrem Mann sich auf die Höhe seines Bankkontos und seine eingebildete gesellschaftliche Stellung beschränkte. Als Rozie die Unterschiede zwischen den beiden bei der Bewältigung ihres Lebens aufzeigte, wurde sie auch mit der Tatsache konfrontiert – ein Gefühl, das sie zutiefst einschüchterte –, dass sie sogar Gefühle des Neids gegenüber Rozie hegte, weil sie sich mit der Tatsache abgefunden hatte, dass sie ihr Kind praktisch im Stich gelassen hatte und an dieser Art von mütterlicher Verlassenheit nicht interessiert war. Erschwerend für sie kam hinzu, dass sie nach den Erinnerungen immer davon überzeugt war, dass ihre Vertraute sicherlich eifersüchtig auf sie war, weil sie ein Familienleben hatte. Es war ein schmerzhaftes, fast unerträgliches Gefühl für sie, zu erkennen, dass sie es war, die eifersüchtig auf Rozies freien Lebensstil ist, und nicht andersherum. Zur Geschichte von Rozie gehörte natürlich auch, dass sie biologisch gesehen einen Sohn hatte, den sie nicht wirklich mochte, ebenso wenig wie sein Vater, János Felvidéki. Ihr Kind, das aus der Beziehung zwischen Rozie und Felvidéki Mitte der neunziger Jahre hervorging, wurde als Junge auf eine Privatschule geschickt und kehrte auch zu Weihnachten oft nicht nach Hause zurück. Für ihn war der Begriff „Zuhause" jedoch nicht wirklich klar: Sein wirkliches Zuhause war das Internat Le Rosey, eine zweisprachige Schweizer Privatschule, in die er für dreißig Millionen Forint pro Jahr geschickt wurde. Als junges Model war Rozie dazu bestimmt, aus der Arbeiterklasse auszubrechen. Sie suchte sich ihre Partner sorgfältig aus den oberen fünfhundert aus, um nicht die schreckliche Erfahrung zu machen, bei einem „kleinreichen Mann" zu landen und ein Leben in oberflächlichem Wohlstand zu führen.

Eine schnell aufsteigende Karriere und der in jungen Jahren erworbene Reichtum befreiten sie von der schweren Last des Jochs des Geldverdienens: Sie war vorübergehend von einem Leben befreit, das sich ständig um finanzielle Berechnungen und die damit verbundenen Absprachen und Abrechnungen drehte. Sie empfand keine Gewissensbisse, aber ihre mütterlichen Instinkte waren sicherlich nicht vorhanden. Sie war nicht in der Lage, sich nicht um sich selbst zu kümmern, und selbst die Schwangerschaft, die sie gerade erlebt hatte, war die dunkelste Zeit ihres Lebens, die auch die Ankunft eines neugeborenen Babys – in jeder Hinsicht unschuldig – nicht besser aussehen ließ. Trotz der vernachlässigenden Erziehung durch Rozie versuchte Felvidéki, ein guter Vater zu sein, aber der arbeitssüchtige Millionär fand sich selbst als Erwachsener wieder und verbrachte, so gern er es auch getan hätte, nicht „genug Zeit" mit ihm. Die Definition von „genug Zeit" ist von Menschen zu Menschen verschieden. In der Regel bedeutet es, dass wir wenig Zeit mit unseren Lieben verbringen, als wir glauben, dass wir es sollten. Sie erklärte sich jedes Jahr auf all ihren Geschäftsreisen und Treffen, dass sie nicht bei ihrem Kind war, weil sie „für ihn arbeitete". Natürlich stimmte das nicht – er arbeitete nicht für sie, sondern für seine eigene Selbstverwirklichung, aber für einen außenstehenden Beobachter ist das letztlich irrelevant.

„Ich wusste immer, dass du als Mutter ungeeignet bist, aber ich hatte eine andere Meinung von mir. Die Mutterschaft ist der Höhepunkt der evolutionären Entfaltung einer Frau. Hier erfährt man, ob das Leben einer Frau einen Sinn hat oder nicht. Wenn du hier versagst, bist du für das Leben untauglich", schniefte Gertrúd.

„Untauglich für das Leben nur, weil das Wechseln beschissener Windeln für mich keine evolutionäre Entfaltung ist???? Trudi! Was ist das für ein Unsinn? Natürlich hat das Leben einen Sinn, auch wenn man keine gute Mutter ist! Man kann zum Beispiel reisen! Oder einkaufen! Wenn du clever bist, kannst du tun, was du willst! Du kannst das Leben mit einem großen Löffel essen", erwiderte Rozie, während sie vorsichtig einen Schluck der afrikanischen heißen Schokolade aus dem berühmten Restaurant Angela in der Nähe des Louvre nahm. Gertrúd bestellte auch eine afrikanische heiße Schokolade mit Mont-Blanc-Schokoladenkuchen als Sorgenbrecher.

„Ich bin froh, dass du diese Dinge so einfach behandelst, Rozie, ich wünschte, ich wäre so!", trauerte Gertrúd weiter, und selbst der göttliche Kuchen konnte sie nicht glücklicher machen.

„Na gut! Jetzt reicht es aber! Also, Gertrúd, du wirst jetzt fröhlich sein! Deshalb bist du doch nach Paris gekommen, oder? Um Spaß zu haben und ein bisschen zu entspannen", versuchte Rozie, die schlechte Stimmung zu vertreiben. „Erzähl mal lieber! Raus damit! Wann kommt er an?"

Gertrúd lächelte schließlich über die Frage; sie spürte, dass sie nicht nach Paris gekommen war, um zu jammern: „Er kommt heute Abend mit dem Neun-Uhr-Flug an, und wir treffen uns um halb elf im Hotel."

„Erzähl mir alle pikanten Details! Ich interessiere mich für alles, egal wie Kleinigkeit es ist, wage es nicht, etwas zu verpassen!", lachte Rozie zurückhaltend.

„In Ordnung, Rozie ... aber hör zu ... du weißt, dass es streng vertraulich ist! Niemand außer dir weiß davon", sagte Gertrúd zu ihrer Komplizin, und beide sahen sich zustimmend an.

„Und erzähl, wie ist er? Ist er gutaussehend? Wie jung ist er? Wie hast du ihn kennengelernt?", fragte Rozie.

„N-u-n, e-s w-a-r ...", es gab eine kurze Kunstpause, „dass ein gemeinsamer Freund uns bei einer langweiligen Veranstaltung einander vorgestellt hat, die genau so langweilig war, wie die Veranstaltungen ab einer gewissen Häufigkeit zu sein pflegen. Und dieser junge Mann stand neben unserem gemeinsamen Bekannten und hat mich mit seinem beeindruckenden Charme, seiner Intelligenz, seinem Lächeln, seiner Nonchalance und seinem jugendlichen Elan völlig in den Bann gezogen. Ich wünschte mir auf der Stelle, wenn doch alles um uns herum verschwinden würde und wir nur noch zu zweit wären. Auch er mochte mich auf den ersten Blick, eine Frau spürt das, und dieser junge Mann hat es mir nicht einen Moment lang verheimlicht. Er hat keine

Spielchen gespielt, er war einfach und ehrlich. Ein Teil meiner Persönlichkeit hat mich dazu gebracht, mich in ihn zu verlieben. Der Teil von mir, dessen Existenz ich längst vergessen hatte, war nun wieder auferstanden und begann zu wüten. Mit überwältigender Intensität, Schwung und Gefühl. Es war, als wäre ich wiedergeboren worden! Ich fühle mich neben ihm wieder dreißig Jahre alt. Unnötig zu erwähnen, dass er knapp über zweiunddreißig ist. Er hat keine Kinder und kann es kaum erwarten, mich zu treffen. Er will keine Familie mit mir gründen und das ist sehr, sehr gut in ihm! Er hat keine Erwartungen! Endlich ein Mann, der nichts von mir erwartet, der mich nicht braucht, um irgendetwas zu erfüllen! Mein ganzes Leben dreht sich darum, anderen zu gefallen, aber nicht hier. Nicht mit ihm, endlich!", sprudelte es aus Gertrúd heraus, die wahrscheinlich am meisten durch das Bedürfnis, sich von ihrem Zwang zur Anpassung zu befreien, zur Untreue motiviert wurde.

„Und hast du keine Angst, erwischt zu werden?", fragte Rozie. „Ein Doppelleben kann mit der Zeit zu einer ernsten Belastung und einem Haufen Lügen werden."

„Jetzt nicht mehr. Ganz und gar nicht. Ich glaube, wenn jemand so etwas tut, muss man auf beiden Seiten nach den Gründen suchen, das ist eine Zweibahnstraße. Sowohl der Betrüger als auch der Betrogene. So Schande es für mich wäre, so Schande wäre es auch für Elek. Also steckt er lieber den Kopf in den Sand und manchmal dränge ich mich fast dazu, dass die Wahrheit ans Licht kommt, dass, wenn es schon ein Drama geben muss, dann lasst uns ein Drama haben, lasst es laut sein, lasst uns kämpfen, lasst uns schreien, aber lasst uns wenigstens etwas passieren, das ein bisschen Emotion hat", sagte Gertrúd wieder mit herabhängendem Mund und fuhr dann fort. „Natürlich weiß ich nicht, wie Elek seine körperlichen Bedürfnisse befriedigt, allerdings nicht mit mir, das steht fest. Vielleicht hat er auch jemanden ... Ich habe das Gefühl, er hat jemanden. Wir vernaschten seit eineinhalb Jahren nicht und wir sind zu jung, um so zu leben. Verdammt noch mal, mein Blut kocht noch."

„Ich kann dich vollkommen verstehen, Trudi. Wir haben diese Sachen noch nicht hinter uns, wir haben das Recht, glücklich zu sein", stimmte ihrer Freundin Rozie zu. „Und sag mal, wie ist das mit dem neuen Hengst?", schmunzelte Rozie mit bohrendem Neugier zustimmend und sie fragte sich, was für ein Mann einer hochgestellten Dame wie Gertrúd den Kopf verdreht hätte.

„Uhh, Rozie … du hast ja keine Ahnung. Ich hatte seit etwa zwanzig Jahren keinen solchen guten Sex mehr. Ich will ihn einfach die ganze Zeit. Ich denke ständig an seinen Schwanz. Und daneben dieser muskulöse junge Körper … seine weiche Haut, keine Tätowierungen … und er rasiert sich sogar die Schamhaare … obwohl ich ihn gebeten habe, das nicht zu tun, weil ich es so mag", flüsterte Gertrúd und sagte die Worte leise; sie spürte, dass alle zuhörten, also schaute sie sich um, um sicherzugehen, dass niemand, der Ungarisch verstehen könnte, sie hörte.

„Das kann doch nicht dein Ernst sein", nahm Rozie Gertrúds Hand, die schmunzelte und den Blickkontakt zu ihrer Freundin aufrechterhielt. Sie fühlte sich wieder wie eine Teenegerin, deren Bürste zum ersten Mal berührt wird, und sie wollten es der ganzen Welt unter größter Geheimhaltung erzählen.

„Doch! Und er will mich die ganze Zeit, ich kann es spüren. Wie er mich ansieht … wie er mich berührt, und damit meine ich nicht die körperliche Berührung! Jede Minute mit ihm ist eine wahre Erfüllung", sinnierte Gertrúd und starrte an die Decke des Cafés, als könne sie hindurchsehen und den Sternenhimmel erspähen.

„Das ist doch schon mal was! Was für ein abenteuerliches Leben jemand hier geführt hat!", hob Rozie ihre linke Augenbraue und konnte sich ein Lächeln nicht verkneifen: Diese Seifenoper war zweifellos die pikanteste, die sie in den langweiligen Prominenten-Nachrichten und -Klatsch der letzten Monate aus erster Hand erfuhr. Weder in der Welt der Gefühle noch in der Welt des Urteils kannte sie die goldene Mitte. Sie liebte Dramen, vor allem wenn sie so laut und emotional wie möglich waren. Sie stürzte sich in die triefenden Liebesgeschichten mit der Leidenschaft und Hingabe, mit der die Menschen in ihrer großen Aufregung aus trivialen Gründen tratschen.

„Als wir uns das letzte Mal in Mailand trafen, habe ich ihn sogar zu einem Fußballspiel mitgenommen. Er sagte, es sei ein wichtiges Spiel, denn Milan, die Heimmannschaft, hatte den ewigen Rivalen Juventus zu Gast, wenn ich mich recht erinnere. Und stell dir vor! Juventus gewann 2:0", lachte sie darüber, dass sie so viele gute Erinnerungen an das Spiel hatte, dass sie sich sogar daran erinnerte, welche Mannschaften gespielt und wer gewonnen hatte. Im Stadio Giuseppe Meazza – oder besser bekannt als das legendäre San Siro – wurden beide Tore vom argentinischen Stürmer Gonzalo Higuain erzielt, aber an dieses kleine Detail konnte sie sich nicht erinnern.

„Ah", Rozie tat so, als sei sie absichtlich gleichgültig, sobald das Thema auf Fußball kam, und lachte dann mit, denn auch sie fand es witzig, wie sehr Gertrúd von ihrem Leben mit ihrem jungen Freier betroffen war. „Und haben die Roten gewonnen oder die Blauen?", versuchte Rozie den spöttischen Humor zu ergänzen, den nur Frauen verstehen konnten, ein Ausdruck, den die Vertreter des weiblichen Geschlechtsvertreter, wenn Männer in ihrer Gegenwart über Sport reden.

„Keiner von ihnen! Die Schwarzen und Weißen gewannen! Aber fast hättest du es getroffen, denn die andere Mannschaft war tatsächlich rot!", lachte Gertrúd selbstbewusst weiter, nun von der schweren Last der Selbstironie befreit.

„Die Zebras haben also gewonnen", lachte Rozie, die nicht wusste, dass die Fußballmannschaft von Juventus Turin wegen ihrer schwarz-weiß gestreiften Trikots auch als „Zebras" bekannt ist.

„Und was habt ihr nach dem Fußballspiel gemacht?", fragte Rozie.

„Zuerst haben wir uns der feiernden, wogenden Menge hingegeben. Da es uns egal war, wer gewonnen hatte, schlossen wir uns den Fans an, die glücklicher schienen, denjenigen also, die in Schwarz und Weiß feierten. Wir setzten uns mit ihnen in eine Kneipe, wo wir uns alle möglichen Siegesmärsche auf Italienisch anhörten, von denen wir natürlich kein Wort verstanden. Aber das war nicht das Wichtigste! Es war das Gefühl das Wichtigste, wieder fünfundzwanzig Jahre alt zu sein, mit den Leuten von der Straße in der örtlichen Kneipe zu sitzen und ein paar Bier zu trinken, wie es an einem solchen Ort üblich ist. Unbeeindruckt von allen, stolz und würdevoll", erinnerte sich Gertrúd mit einem Gefühl der Erfahrung. In diesem Fall war das Getränk für ihn nur ein Mittel, um sich einen bestimmten Geisteszustand ins Gedächtnis zu rufen, eine Erinnerung, die es ihm ermöglichte, die flatterhaften Momente seiner glücklichen Jugend noch einmal zu erleben. „Als es dann weit nach Mitternacht war, beschlossen wir, in unser Quartier zurückzukehren. Im Aufzug konnten wir uns kaum zurückhalten und kaum schloss sich die Fahrstuhltür, war ich nicht mehr angezogen, und er auch nicht mehr, und so begann er, mich zu umarmen. Zuerst stellte er sich neben das Bett, setzte mich auf die Bettkante und zog meinen Kopf in seinen Schoß, wobei er mich immer wieder sanft dazu zwang, das zu tun, was ich sowohl nicht als auch tun wollte. Ich weiß nicht, was in mich gefahren ist, ich habe diese Gefühle schon lange nicht mehr gekannt, aber er weiß und fühlt immer, was ich brauche", errötete Gertrúd, die erleichtert war, jemanden zu haben, mit dem sie über diese Dinge reden konnte.

„Hmm", errötete Rozie, die schon mehrmals in der gleichen Situation gewesen war, aber jetzt schwitzte auch sie. „Und dann?", hielt sie nicht für unangebracht, diese Frage zu stellen, auch nicht in einer Freundschaft; sie war so interessiert an der Geschichte, dass sie den Drang verspürte, weiter zu erzählen.

„Und dann?" „Hmm ...", lächelte Gertrúd schüchtern und starrte in die Mitte des Tisches. „Und dann, als ich das Gefühl hatte, dass er mich genug dominiert hatte, und das Gefühl bekam, das ich von ihm wollte ..."

„Aber welches Gefühl?", warf Rozie ein.

„Das Gefühl der weiblichen Unterordnung, nach dem sich jede Frau sehnt! Wir Frauen brauchen manchmal dieses Gefühl, das uns nur ein Mann geben kann", erklärte Gertrúd. „Hattest du nicht schon einmal das Gefühl, dass du einen Mann brauchst, der stärker ist als du?"

„Doch, ich hatte schon. Obwohl ich dieses Gefühl vielleicht nicht habe, weil ich diese Übung relativ oft von Männern bekomme", lachte Rozie.

„Nun, mir haben sie es nicht angetan. Und ich habe es vermisst", erwiderte Gertrúd ehrlich.

„Ich verstehe. Fahre fort, bitte, die Neugierde bringt mich um", sagte Rozie.

„Also ... nachdem ich das Gefühl hatte, dass es nicht nur gut war zu geben, sondern auch gut zu bekommen, nahm ich ihn, zog ihn sanft auf das Bett, legte ihn auf den Rücken und kniete mich dann über seinen Kopf ... Aber nein! Nein! Ich will von hier nicht weitererzählen, Rozie. Verstehe bitte, ich kann nicht weiter darüber reden, ich kann es nicht aussagen, ich kann nicht in Worte fassen, was wir danach getan haben", versuchte Gertrúd die Geschichte in ihrer Verlegenheit zu beenden und fühlte die Scham, die alle Mädchen empfinden, wenn ihre Eltern versuchen, Sex zu einem Kapitalverbrechen zu machen.

„Für dich ist es also nicht nur wichtig, dich unterzuordnen, sondern du ordnest auch gerne andere unter?", sah Rozie Gertrúd in die Augen.

„Ganz genau! Ich denke, das ist das Wesentliche, und deshalb bin ich so glücklich mit ihm, weil ich mit ihm wirklich alles machen kann. Alles, was ich will und spüre, will er genauso", sagte Gertrúd. „Kennst du die Wahrheit, Rozie? Ich habe jetzt gemerkt, dass ich zu viele Jahre meines Lebens verpasst habe, ohne dass mich jemand auf diese Weise und mit dieser Vehemenz geliebt hat. Und ich habe auch nie jemanden geliebt. Ich hätte viel Liebe geben können! Ich war und bin immer noch hungrig nach viel Liebe."

„Du hast recht, Trudi! Du hast völlig recht! Wir können die Jahre, die wir nicht für die Liebe genutzt haben, nicht zurückholen, aber wenn es eine Angelegenheit gibt, die Jahre, die noch vor uns stehen, besser zu nutzen, müssen wir handeln", schaute die tränenüberströmte Rozie weg und versuchte, ihren Schock zu verbergen, der sie aufgrund ihres Mitgefühls für das Leben ihrer Freundin mit unvorhergesehener Plötzlichkeit überkam.

„Ich wechsele meine Partner öfter als du, aber ich verstehe deine Gefühle und kann sie nachempfinden. Frauen in diesem Alter sind ohnehin mehr an jungem Fleisch und trivialen Abenteuer interessiert, genau wie junge Männer. Deshalb ergänzen wir uns perfekt!", stellte sie mit einem Seufzer fest. In ihrem Gespräch war das Gefühl eines höheren Bewusstseins zu spüren, ein Gefühl der Zusammengehörigkeit, ein Gefühl, dass die beiden im Besitz der Wahrheit sind.

„Ja, Rozie, aber für mich ist der spirituelle Teil genauso wichtig ... und da haben wir uns auch gefunden!", fügte Gertrúd hinzu.

„Da hast du kein recht, meine ich. Der spirituelle Teil ist rein imaginär. Ich habe versucht, mit einem jungen Mann über einen längeren Zeitraum zusammen zu sein, aber der Altersunterschied kommt zum Vorschein. Wir wollen einfach andere Dinge, andere Prioritäten haben wir. Außerdem, wenn man mit jemandem zusammen ist, der keine Kinder hat, will er wahrscheinlich welche und nicht von dir. Es wird immer einen Zeitpunkt geben, an dem man eine feste Stelle im Leben anstreben werden. Und an diesem Punkt wird er mit dir Schluss machen. Denn er will sich nicht eine zwanzig oder dreißig Jahre ältere Frau heiraten, sondern eine Frau in seinem Alter oder jünger. Das ist der Lauf der Welt und das ist auch gut so. Man muss nur wissen, wo man hingehört und darf nichts von ihr erwarten. Lebe einfach den Moment und genieße ihn, solange er andauert. Viele Beziehungen scheitern ohnehin an den Erwartungen. Wenn eine Partei anfängt, alle möglichen dummen Dinge von der anderen zu erwarten und sie nicht akzeptiert, was sie ist. Meistens sind es eher die Frauen, die das tun, wenn sie anfangen zu nörgeln, was der Mann immer weniger toleriert oder verdrängt", sagt Rozie, die sich auf Paartherapie verlegt hat und deren Lieblingsthema eindeutig Themen der Partnerbeziehung waren. Die Beziehungsprobleme anderer Leute, um genau zu sein.

„Das ist nicht der Grund, warum meine Ehe mit Elek gescheitert. Wir haben uns entfremdet", sagte Gertrúd.

„Und warum habt ihr euch entfremdet?", fragte Rozie zurück.

„Das liegt daran, dass sich unser Leben mit der Geburt der Kinder in ein unendliches Hamsterrad verwandelt hat, das wir beschleunigt haben, anstatt es zu verlangsamen. Drei Kinder nahmen fast meine ganze Kraft und Energie in Anspruch, während Elek versuchte, der Familie den höchstmöglichen Lebensstandard zu sichern. Er arbeitete viel, unternahm Geschäftsreisen und verbrachte seine gesamte Freizeit (was nicht viel war) mit den Kindern. Dann vergingen fünfzehn Jahre. Die Kinder sind fast erwachsen und wir sind uns so weit entfernt, dass wir kaum etwas voneinander wissen, obwohl wir im selben Haushalt leben", erklärte Gertrúd.

„Das ist genau, was ich sehe, wenn du mich zu einem Besuch einlädst. Es ist, als ob zwei Fremde mit leerem Blick zusammenleben, die sich vielleicht einmal gut gekannt haben, aber jetzt nichts voneinander wissen. Ich nehme an, Elek hat seine eigenen Wege, die er ohne dich befährt und dich nicht sehen lässt, oder?", fragte Rozie zurück.

„Ich nehme es an", nickte Gertrúd mit niedergeschlagenen Augen.

„Und bist du darüber enttäuscht?"

„Nein, bin ich nicht ... Okay, ein bisschen. Ich gebe zu, dass ich mich über die Sache ärgere. Ich bin aber auch über meine eigene Schuld genervt, denn ich habe mein eigenes Leben", schlüpfte Gertrúd in die Rolle der bekennenden Studentin, als ob sie zugeben würde, dass sie einen Fehler gemacht hat und weiß, dass sie erwischt wurde. „Ich habe Elek geliebt, von ganzem Herzen. Aber man muss arbeiten, damit die Liebe funktioniert, und wir haben sie in den Hintergrund gedrängt. Im Laufe der Jahre stieg sie vom ersten zum letzten Platz auf, bis sie langsam aus dem Blickfeld geriet. Am Ende brannte sie mit einer so kleinen Flamme, dass wir nicht einmal bemerkten, wie sie erlosch. Wir haben einfach weitergemacht, bis in die grauen Tage der Woche hinein ... Viele Leute denken, dass man der glamourösen Welt der Bankette und Luxusurlaube nicht überdrüssig werden kann, aber wenn man sich einmal daran gewöhnt hat, wird es genauso langweilig wie alles andere. Und das frisst die menschliche

Gesundheit auf! Diese Anlässe finden abends statt, mit Übernachtungen, nächtlichem Schlemmen, übermäßigem Alkoholkonsum und Rauchen – allesamt heftige Feinde für den Körper. Für uns ist das in Ordnung, denn unsere jungen Jahre waren nicht davon geprägt. Aber was ist mit unseren Kindern, die damit aufwachsen? Und diejenigen sind kaputt, die diesem Lebensstil von klein auf frönen, denn sie sind auf dem schnellsten Weg zum Burnout. Ein Burnout in den Dreißigern kann leicht zu Depressionen, Drogenabhängigkeit oder – Gott bewahre – Selbstmord führen. Es gibt kein Patentrezept, aber die Erziehung mit Geld ist eindeutig schädlich für die gesunde Entwicklung des Nachwuchses."

„Nun, wir haben ziemlich verwöhnte Kinder, das ist eine Tatsache", fügte Rozie hinzu.

„Verwöhnt?", schaute Gertrúd mit großen Augen. „Du hast sehr dezent formuliert! Während Elek und ich auf dem flachen Eis leben könnten, stark und standhaft wären, selbst wenn wir morgen alles verlieren würden, würden wir überleben und irgendwie wieder auf die Beine kommen! Aber diese? Sie hätten keine Chance haben. Und wir haben sie so großgezogen", sagte Gertrúd und nahm ihr Gesicht in die Hände. „In einer rosafarbenen Wolke der totalen Lebensuntüchtigkeit.

Ich habe eine interessante Sache darüber gehört ... Ich besuchte einmal einen Vortrag von Dr. Jenő Ranschburg, des berühmten Kinderpsychologen, irgendwo in der Stadt, wo der Arzt erklärte, dass ›Kinder eine Antilope brauchen‹. Als Beispiel nannte er den Geparden. Er meinte damit, dass ein Gepard nie lernen wird, mit Hundertzwanzig km/h zu rennen, wenn er ständig mit Kaninchen gefüttert wird. Ein Gepard kann nur dann die maximale Leistung daraus ziehen, wenn er in der Savanne lebt und die Antilopen für das Überleben fangen muss. Nur so kann er lernen, mit Hundertzwanzig km/h zu rennen, anders geht es nicht. Er braucht das ideale Umfeld, das ideale Ziel und die richtige Motivation. Die Umgebung ist die Savanne, das Ziel ist die Antilope und die Motivation ist es, nicht zu verhungern. So ist es bei den Geparden, und so ist es bei uns Menschen. Es ist vergeblich, deinen fünfjährigen Sohn den neuen Cristiano Ronaldo nennen, wenn dem Jungen neben dem Grundtalent auch der Wille und die Bescheidenheit fehlen, um ein Spitzensportler zu werden. Und dieser Wille muss brutal stark und unerschütterlich sein! Und du kannst ihn unterstützen, indem du ihm die Möglichkeit gibst, sein Talent an einem Ort zu entwickeln, an dem die richtigen Trainer unter den richtigen Bedingungen arbeiten. Ob es funktionieren wird, ist eine Frage für die Zukunft", sagte Rozie und fuhr dann fort, während sie ihre Hände über den gekreuzten Beinen verschränkte. „Das ist das Problem mit den Kindern von heute. Sie bekommen alle Unterstützung, die sie brauchen, aber sie nutzen sie nicht optimal. Im Gegenzug werden sie faul, verwöhnt, sie jammern und klagen. Das ist ihr Leben. Ernsthaft. Haben deine Kinder ihr Frühstück einmal selbst gemacht? Haben sie jemals ihre eigene Kleidung gebügelt? Wie oft haben sie ihr Zimmer aufgeräumt?"

„Praktisch kein einziges Mal. Wir haben sie nie gezwungen, den geringsten Widerstand zu leisten. All diese Dinge wurden statt ihnen getan. Die Haushälterinnen, die Büglerinnen, die Köchinnen, oder wir selber", nickte Gertrúd und stülpte die Lippen vor. Natürlich war dies nicht das erste Mal, dass sie zu dieser Erkenntnis kam, aber sie war schon immer sensibel dafür gewesen.

„Siehst du, das ist der Grund, warum ich mein Kind (auch) auf ein privates Internat geschickt habe", warf Rozie eine plötzliche Selbstrechtfertigung ein, und fügte dann hinzu: „Natürlich hatte es auch etwas damit zu tun, dass ich eine lausige Mutter bin, und das wusste ich schon damals", korrigierte sie sich.

„Elek betrachtete unseren Sohn, Péter, immer unter dem Gesichtspunkt des Aufbaus einer Dynastie und verkündete vergeblich, dass Péter alles werden könne, was er wolle, aber er ließ Péters Versuche, aufzusteigen, scheitern. Es endete immer mit ›Es ist dir hier gut, Péter, mit deinem Vater‹. Und so wurde Péter zu einem jungen Mann der verpassten Gelegenheiten, der zwar das Herz hatte, seinen eigenen Weg zu gehen, aber nicht den Willen dazu. Und wir, seine Eltern, haben ihn von ganzem

Herzen unterstützt, obwohl wir wussten und ihm vielleicht sogar sagten, dass er scheitern würde, wo auch immer er es versuchte, denn der einzige sichere Platz in seinem Leben war der landwirtschaftliche Betrieb der Familie. Es bricht mir das Herz, dass er seine inneren Stimmen zum Schweigen brachte und sich schließlich mit dem Schicksal abfand, das ihm seine Eltern auferlegt hatten. Und aus diesem Jungen hätte so viel werden können! Er war wirklich meine ganze Hoffnung", sagte Gertrúd.

„Und die Mädchen?"

„Die Mädchen? Die Mädchen sind echte Penner. Ihr ganzes Leben dreht sich um Mode und Tratsch über das Leben anderer Leute, sie sind beide luxus Sofa-Revolutionäre", lachte Gertrúd.

„Aliz soll keine Angst haben, sich einen Freund auszusuchen, sie ist ein sehr hübsches Mädchen, sie kann jeden Jungen haben, den sie will", fügte Rozie hinzu.

„Ja, das ist richtig. Ich will nur nicht, dass sie mit einem tättowierten gedankenleeren Großstadttrampel zusammen ist, der von nichts anderem als Sex etwas versteht. Die jungen Jahre, als man noch hübsch war, vergehen so schnell!", sagte Gertrúd.

„Sage mir nicht! Ich war einmal die schönste Frau vom Balaton!" Ich beneide die Sex-kitten von heute so sehr, dass ich sie für ihre Schönheit erwürgen könnte", zwirbelte Rozie ihr lockiges, feuerrotes Haar inmitten einer großen Welle des Lachens. „Aber wie kommst du darauf, dass Aliz falsch einen Partner wählen würde?"

„Ich glaube nicht, ich vermute nur. Alle bisherigen Exemplare hatten eines gemeinsam: Leere Köpfe. Ob Aliz nun ein reiches oder ein armes Paar suchte, aus irgendeinem Grund mochte sie immer die oberflächlichen, dummen, aber gut aussehenden Jungs. Es wäre schön, wenn sie jetzt einen klugen, gebildeten, belesenen, sportlichen und eleganten Jungen mit nach Hause bringen würde", sagte Gertrúd.

„Aber warum? Der letzte war doch ganz normal, der Sohn des Bankdirektors", sagte Rozie.

„Das war ein verwöhntes kleines Arschloch. Immerhin hatte er eine eigene, von seinen Eltern unabhängige Arbeitsstelle, wo er zunächst gefördert war, aber von da an war er auf sich allein gestellt. Er hatte eindeutig die Ellbogenmensch-Mentalität seines Vaters geerbt, die leider mit einem unheimlichen schwarzen Humor verknüpft war. Er war der Meinung, dass man, nur weil man auf dem Land und nicht im zwölften oder zweiten Bezirk von Budapest lebte, nicht so viel wert war wie ein Stadtbewohner", erklärte Gertrúd.

„Ahhhhh so!", rief Rozie und zeigte mit dem Zeigefinger auf Gertrúds Gesicht. „Daher weht also der Wind! Ihr gehört zu den beleidigten Landbewohnern! Das wusste ich von euch nicht!", lachte sie. Sie war erfreut, eine verborgene Eigenschaft ihrer Freundin zu entdecken: Die Abneigung der Landbevölkerung gegenüber den Menschen aus der Hauptstadt. Man ging davon aus, dass die Stadtbewohner Jahrzehnte oder Jahrhunderte zuvor auf die Landbevölkerung herabgesehen und sie als untere Kaste behandelt hatten, wahrscheinlich wegen ihrer mangelnden Bildung und allgemeinen Kultur. Seitdem hat das Land Zugang zu Kultur, Schulen und allem anderen, was in der Hauptstadt zur Verfügung steht, aber aus irgendeinem Grund ist das Gefühl der Abneigung geblieben. Wahrscheinlich sind es nur die Menschen auf dem Lande, die diese Tradition in sich selbst weiter pflegen, in der Überzeugung, dass die Stereotyp-Städter immer noch eindeutig dafür verantwortlich sind.

„Warum lachst du jetzt so sehr?", war Gertrúd verwirrt. „Weißt du, wie schwer es ist, wenn du der Welt alles bewiesen hast und man trotzdem auf dich herabblickt?"

„Das Problem mit euch Landleuten ist, dass ihr immer versucht, die Welt davon zu überzeugen, dass ihr existiert, und dass ihr immer die Anerkennung der Welt sucht. Ich verstehe nicht, warum es für euch so wichtig ist, wer und wie euch behandelt?", fragte Rozie zurück.

„Sieh mal, Rozie! Du hast nicht das durchgemacht, was wir ja. Du bist schon in jungen Jahren Mitglied der Oberschicht geworden, wurdest schon in jungen Jahren wegen deiner Schönheit, deiner reichen Freunde und deines sozialen Netzwerks akzeptiert. Aber für uns Unternehmer hat es ein ganzes Leben gedauert, um irgendwie durchzuhalten und Anerkennung und Akzeptanz zu erlangen. Weißt du, wie schrecklich es war, eine Zeit zu erleben, in der wir Geld hatten, aber die Leute hinter unserem Rücken darüber sprachen, dass unser Geld nach Ziegenscheiße stinkt? Oder als wir zu hören bekamen, dass wir es nie auf die Bühne der Aristokratie schaffen werden, egal wie viel Geld wir haben, weil wir kulturell unterentwickelt sind? Denn wir sprechen keine Sprachen und unsere ganze Familie hat keinen einzigen Hochschulabschluss ... glaub mir, Rozie, das ist genug Demütigung, um auf dem Ende des Weges anerkannt zu werden!", knurrte Gertrúd ihre Freundin an, die sich sichtlich über ihre Rolle im Kastensystem, wie es sich die Menschheit vorstellte, aufregte. Ihre leere Sehnsucht vermischte sich mit der Überzeugung von der geldbasierten Verteilung der Gesellschaft; sie hatte ihr Leben in dem Glauben gelebt, dass die Vermehrung des Reichtums alle Türen und Tore öffnen und dann offen halten kann. Sie war sehr enttäuscht darüber, dass der Mangel an emotionaler und sozialer Intelligenz, die man mit Geld nicht kaufen kann, immer noch so viele Türen verschließt. In der Rede als Opfer schwang auch ein gewisser Stolz mit, so als ob sie keine Verantwortung dafür trüge, dass ihr Leben so verlaufen ist, wie es verlaufen ist. Das bisherige Leben erschien Gertrúd plötzlich in ihrer abscheulichsten und düstersten Gestalt: Bis sie reich geworden war, hatte sie die Armut verurteilt, und nun, da sie reich und nur halbgebildet war, verurteilte sie die Ungebildeten. Im Gegenzug ist die Akzeptanz der gebildeten, jedoch nicht wohlhabenden Mittelschicht wesentlich größer. Sie erkannte auch, dass es einfacher war, Geld zu verdienen als sich zu bilden (zumal sie nicht diejenige war, die das Geld verdiente).

„Ich glaube trotzdem nicht, dass diese Sehnsucht gesund ist, Trudi, glaub mir. Ich habe in meinem kurzen Leben schon viele wohlhabenden Menschen getroffen und mit ihnen gesprochen, mit einigen habe ich mein Leben geteilt. Die meisten von ihnen verfügten über eine enorme Grundbildung, die sie ohne zu zögern verfeinerten und ausbauten. Sie waren, kurz gesagt, gut informierte und belesene Menschen. Dennoch hatte ich oft das Gefühl, dass etwas fehlte. Etwas, das lebenswichtig war. Das gewisse Salz. Das Salz des Lebens", sinnierte Rozie, richtete den Blick auf die Wand neben sich, als ob sie die Antworten auf die schwierigen Fragen des Lebens lesen wollte.

„Siehst du, deshalb bin ich ja hier! In Paris, einer Zitadelle der Kultur, inmitten der Franzosen und der französischen Lebensart, mit einem Mann, der jung, gebildet, sportlich und außerdem wahnsinnig gut aussehend ist, Pardon, entschuldige ... einschließlich dich mit zwei gebildeten Menschen", zeigte Gertrúd auf ihre Freundin und errötete ein wenig, damit Rozie den unschuldigen Versprecher nicht missverstand. „Hier ist zum Beispiel diese Speisekarte. Letztes Jahr hat es mich gestört, dass die Gerichte nur auf Französisch waren, ich gebe zu, dass ich sprachlichen Chauvinismus hasse, aber jetzt kann ich jedes Gericht lesen und weiß, was jedes Gericht bedeutet. Und darüber bin ich sehr froh. Ich weiß, dass es versnobt ist, Französisch zu lernen, denn das ist der Grund, warum ich es tue, aber ich fühle mich dadurch der Person näher, die ich sein möchte."

„Wie siehst du dich selbst, was für ein Mensch willst du sein?", fragte Rozie.

„Eindeutig ein Aristokrat. Ich sage, ich wollte es immer sein, und ich will es auch jetzt sein", antwortete Gertrúd.

„Aber warum willst du das sein? Was springt für dich dabei heraus? Du weißt doch, dass eine der Voraussetzungen für den Adel eine adlige Blutlinie ist, oder?"

„Ich weiß. Ich weiß es genau, aber ich habe es nicht. Meine Vorfahren sind seit zehn Generationen Bauern, und wer weiß, was davor war. Es gibt keinen Adel im Familienstammbaum aus irgendeiner Ecke des Stammbaums, weshalb ich es als eine Art Familienmission empfinde, die abzubrechen. Und selbst wenn ich zu Lebzeiten nicht als Aristokrat akzeptiert werde, strebe ich danach, dass meine Kinder oder zumindest meine Enkelkinder akzeptiert und anerkannt werden. Was wir in unserer Kindheit oder im jungen Erwachsenenalter mit Elek nicht bekommen haben, haben wir ihnen reichlich gegeben."

„Infolgedessen habt ihr drei verwöhnte Kinder großgezogen, die sich sozusagen nicht einmal selbst die Schuhe zubinden können", warf Rozie ein.

„Stimmt. Wir hielten uns für die besten Eltern der Welt, weil wir unseren Kindern ein Studium im Ausland, einen sicheren Hintergrund, schöne Kleidung und so weiter, praktisch alles, was man mit Geld kaufen kann, zusicherten. Was wir ihnen aber nicht beigebracht haben, ist, wie man Geld verdient. Nur wie man es ausgibt. Bei allen drei unserer Kinder klafft eine Lücke zwischen ihrem Lebensstandard und dem, was sie für sich selbst verdienen könnten, und das hat sich als großer Fehler erwiesen. Früher waren wir davon überzeugt, dass sie kein Problem damit haben würden, weil das Unternehmen anderen erlaubt, für sie zu arbeiten, aber jetzt sehen wir deutlich, dass dies die erste Lektion hätte sein müssen. Sie schätzen einfach nichts. Die Liebe zur Arbeit hätte ihnen die Selbstachtung gegeben, in ihren jungen Jahren ein paar Monate, oder besser Jahre, für einen beschissenen Lebensunterhalt zu arbeiten!", schnaufte Gertrúd erneut über den Albtraum der törichten Eltern, als zwei Jahrzehnte falscher Selbstrechtfertigung schließlich die Rechnung präsentierten. „Die Welt muss sie erziehen!", „Das Kind muss nicht diszipliniert werden!", „Ich schicke ihn nicht woanders hin zu arbeiten!", „Wir sind kein Mamahotel, wir sind eine zusammenhaltende Familie", „Es ist keine Papabank, man hat keine Nebenkosten und muss nicht einkaufen!", hatte Gertrúd jahrelang mit der Überzeugung der Vollkommenheit geschrien.

„Aber wie kommst du darauf, dass diese Erziehung deine Kinder zu Aristokraten macht?", fragte Rozie verständnislos.

„Ich denke nicht, ich hoffe nur. Ich hatte gehofft, dass sie, wenn wir ihnen eine Grundausbildung geben könnten, die durch einige akademische Bausteine wie Sprachkenntnisse oder einen Abschluss ergänzt wird, leichter in Kreisen akzeptiert werden, in denen ich zum Beispiel nie sein würde. Oder zumindest die Kinder der sozialen Kreise – aus irgendeinem Grund betonte sie immer das Wort „Kreise", als ob das edle Ziel der Sache wäre –

werden sie akzeptieren, wenn sie dieselbe privaten Kindergärten und Privatschulen besuchen", erklärte Gertrúd weiter.

„Ich muss leider sagen, meine Freundin, dass du dich meiner Meinung nach irrst. Denn deine Kinder werden aufgrund ihrer Erziehung die Gesellschaft von verwöhnten, neureichen Kindern suchen, die genau das gleiche teure, aber leere Leben führen wie sie selbst ... Denke darüber nach! Was glaubst du, was ein Kind aus einer Familie, die du als aristokratisch bezeichnest – was auch immer dieses Wort bedeuten mag –, tut? Ich werde dir sagen, was sie tun: Zunächst einmal stehen sie um 6 Uhr morgens auf. Sogar an Wochenenden. Dann setzen sie ihn nicht vor den Fernseher, um ein breites Spektrum an Märchenkanälen wie ein Zombie zu sehen, sondern sie stellen ihm die richtige Menge und Qualität an Essen vor die Nase, wofür er sich im Alter von vier Jahren höflich bedankt. Das Frühstück wird oft gemeinsam verzehrt. Dann gibt es entweder einen Nachhilfelehrer oder eine strenge Bildungseinrichtung, in der man sich nicht um die Förderung schert, weil alle gefördert sind. Im Klassenzimmer werden die jungen Aristokraten in mindestens vier verschiedenen Fremdsprachen unterrichtet, begleitet von Disziplin und Schweigen. Bereits in der Unterstufe werden sie in Wirtschaftskunde oder den Schwankungen an der Börse unterrichtet, was natürlich durch Musik und die verschiedenen Künste ergänzt wird. Das geht bis fünf Uhr nachmittags so weiter. Zu Hause geht der Wettlauf mit der Zeit weiter. Sie verbringen den Tag immer in einem Zustand maximaler Aufmerksamkeit. Und ich habe noch nicht einmal das obligatorische Wochenend-Reiten, die erzwungenen Bridge-Partys oder das todlangweilige Golfspiel erwähnt. Von dem Letzteren kommen sie allmählich los, da nicht nur die Emporkömmlinge, sondern auch die aufstrebenden Mittelschichten versuchen, ›einen Sport daraus zu treiben‹. Keine Lockerheit, keine Nachlässigkeit ... so stelle ich mir die ersten achtzehn Jahre des Lebens eines Aristokraten vor, von Geburt an, mit einem Gefühl des Privilegs ... Eines kann ich also mit Sicherheit sagen: Die Aristokratie – wenn es überhaupt gibt – erlaubt es deinen Kindern nicht, mit den ihren auszugehen. Am liebsten würden sie sie sogar von den teuersten Schulen nehmen, damit sie sich nicht mit den Neureichen und der Sippschaft mischen müssen. Seit die Welt Welt ist, leben sie in Isolation, auf demselben Planeten, aber an einem völlig anderen Ort, zu dem außer ihnen niemand Zutritt hat. Ein wichtiges Element ihres Elitedenkens ist ihre Isolation, die sich sowohl in ihren Beziehungen, ihrem Verhalten als auch in ihrem materiellen Umfeld niederschlägt."

„Ja, Rozie, da hast du wahrscheinlich recht. Ich verstehe nicht, warum ich dieses überhitzte Bedürfnis habe, mich der Welt anzupassen ... Vielleicht wäre das Beste, was wir für die Kinder tun könnten, ihre Hände loszulassen und sie ihren eigenen Weg gehen zu lassen, aber ich fürchte, dafür ist es zu spät. Es ist zu spät, sie sind zu verwöhnt, sie brechen bei der kleinsten Brise, die sie umweht, so schnell zusammen. Es ist ein Teufelskreis, Rozie, ein Teufelskreis!", sagte Gertrúd ununterbrochen.

„Weißt du was? Du hast recht, aber wenn sie es nicht schaffen, bist du immer noch im Hintergrund da, um ihnen zu helfen", sagte Rozie.

„Das ist der Grund, warum ich meinen neuen Gelegenheitsliebhaber so sehr liebe. Er gehört zur Mittelschicht, ist aber trotzdem ein bisschen aristokratisch. Intelligent, humorvoll, gut informiert, zumindest spricht er Englisch ... und das alles am Anfang der dreißigern Jahren! Vielleicht habe ich mich deshalb in ihn verliebt!", verwandelte sich Gertrúd plötzlich von der traurigen, resignierten Mutter in die Rolle der heldenhaften Teenagerin.

„Und hat dieser Wunderknabe auch einen Namen?", fragte Rozie.

„Natürlich hat! Er heißt Walter. Sein Name ist Walter."

1990

BUDAPEST – MOULIN ROUGE

Eine lange, geduldig wartende Schlange schlängelte sich am Freitagabend vor der Nagymező utca 17, es musste gegen elf Uhr nachts gewesen sein. Der Anblick einer kurvenreichen, prachtvollen Menschenmenge, die es nicht gerade gewohnt ist, Schlange zu stehen, zeigte den Passanten, dass hier sicherlich eine elitäre Superparty im Gange war, bei der die Teilnahmeberechtigung eine Voraussetzung ist und nicht jeder einfach eingelassen wird. Das gesamte Personal des Vergnügungslokals war schwarz gekleidet, schwarze Anzüge, schwarze Hemden, schwarze Schuhe, schwarze Ledergürtel, schwarze Sonnenbrillen (unabhängig von der Tageszeit). Die Eleganz, das dekorative Design, die durchdachte Perfektion in jedem Detail, verkündeten schon von weitem das Bild dieses imposanten Gebäudes, einer der unverwechselbaren Zitadellen des Nachtlebens in Pest. Da sich das Nachtleben in diesen Jahren oft mit der Unterwelt vermischte, war es nicht verwunderlich, dass ständig Gerüchte über den wahren Zweck des Gebäudes, seine geheimen und privaten Aktivitäten kursierten, die durch ihre Geheimhaltung und Heimlichkeit umso mysteriöser und spannender wurden.

Aus irgendeinem Grund sehnen sich die Menschen seit jeher nach den Lokalen, die sie nicht erreichen konnten. Viele der armen Budapester Jugendlichen sehnten sich danach, einen Abend in der berühmten roten Mühle zu verbringen. Wenn sie hereingelassen werden.

Die Vertreter der aufstrebenden Unterwelt waren natürlich heute Abend anwesend, aber jetzt, zu Beginn der Jahre des Chaos, waren sie nur einer von vielen, ohne Ruhm oder Hintergrund, auch für sie führte der Weg zum Eingang über den langsamen Fortschritt der Massen. Keiner von ihnen gehörte zur Medienmafia oder zu den unprofessionellen Ölmännern, sie standen am unteren Ende der Entwicklungspyramide der Mafia: Kleine Einbrüche, Geldwechsel, Schutzgeld, Vetternwirtschaft oder Neppen waren ihre Haupteinnahmequelle. Interessant ist, dass nach der Wende zwar verschiedene kriminelle Organisationen gegründet wurden, aber keine der Banden auf Dauer zu einem Mafiaimperium aufsteigen konnte; aus irgendeinem Grund verschwanden sie alle oder wurden obsolet. Die Japaner haben die Yakuza, die Italiener die Cosa Nostra, die Mexikaner und Kolumbianer die Drogenkartelle, die Amerikaner Al Capone, aber hier in Ungarn ist es (glücklicherweise) niemandem gelungen, eine ähnliche Organisation aufzubauen. Die Gründe dafür sind unbekannt, da alle Umstände und Gelegenheiten vorhanden waren, um etwas Ähnliches zu schaffen. Vielleicht haben sich die russischen und serbischen Linien als zu stark erwiesen. Es könnte auch sein, dass hier noch keine genetisch codierten Paten geboren wurden. Das Wesentliche ist, dass es keine große, voll bewusste kriminelle Organisation gab. Aber das organisierte Verbrechen war ein Konzept, das trotz der Bemühungen des Kádár-Regimes, es zu verschleiern, auch in seinen letzten Jahren existierte. Ein solcher kleiner Fisch war Kisdandi, der in der Pfütze des Westbalkans schwamm und nun geduldig auf seinen Eintritt wartete, und der auch als „Bankier der Unterwelt" bekannt war. Oder ein anderer, der kraushaarige Draufgänger Szláky, der sich angesichts seines Schutzgeldes und seiner etablierten Macht, die er ständig von den Balatoner Gastronomen erpresste, zum „König von Balaton" ausrief.

Walter stieg vor dem Bahnhof Kelenföld in ein Taxi ein. Die hellbeige Dacia-Sitze brachten sofort das „Retro-Feeling" zurück, die Erfahrung einer unverfälschten Ära, die nur diejenigen spüren können, die in ihr gelebt haben.

„Wohin fahren Sie, mein Herr?", fragte höflich der Taxifahrer, der in den Zwanzigern war.

„Ins Moulin Rouge", antwortete Walter.

„Nettes Lokal", schmunzelte der Taxifahrer unmerklich, nahm die Bitte seines Fahrgastes zur Kenntnis und entschied sich im Kopf für die optimale Route. Bartók Béla út, Szabadság-Brücke, Vámház körút, Bajcsy-Zsilinszky, dann Nagymező utca. Das ist ungefähr die Reihenfolge. Da es Freitagabend ist, wird es wahrscheinlich nicht viel Verkehr geben. Statt wie üblich auf dem Rücksitz saß Walter auf dem Beifahrersitz; er wollte das Gefühl einer Nacht im Budapest der 1990er Jahre auskosten. Mit weit aufgerissenen Augen suchte er die Straßen und Plätze ab, erkannte den Móricz Zsigmond körtér kaum wieder und wusste, wie anders alles achtundzwanzig Jahre später aussehen würde. Der Taxifahrer bemerkte, dass Walter Anzeichen von verhaltener Aufregung zeigte. Wie so viele andere hatte er oft mit dem Gedanken gespielt, in die Vergangenheit zu reisen, in die Nacht von Budapest einzutauchen, aber für ihn waren Zeitreisen eine Möglichkeit. Sie waren auf halbem Weg, als ihm ein interessanter Gedanke kam: Der Taxifahrer kam ihm bekannt vor. Er konnte sich nicht erinnern, wo oder warum, aber er hatte das Gefühl, den Mann hinter dem Lenkrad zu kennen. Er war sich sicher, dass es nichts Persönliches war, aber er war überzeugt, dass er ihn von irgendwoher kannte.

„Sind Sie schon lange Taxifahrer?", begann Walter mit einer vorsichtigen Frage.

„Das ist noch gar nicht so lange her, aber das ist auch nicht mein Ziel im Leben. Ich mache das nur des Geldes willen", lautete die Antwort.

„Und was ist Ihr Lebensziel?", fragte Walter zurück.

„Mein Lebensziel ist ... nun ja ... ich möchte der Menschheit dienen", lächelte anzüglich.

„Verstehe", lächelte Walter, „und wie wollen Sie die Menschheit dienen?"

„Ich werde bald ein Restaurant eröffnen, in dem jeder die Entspannung finden kann, die er braucht", antwortete der Taxifahrer.

„Aha ... und wie wird der Ort heißen?", fragte Walter.

„Roter Palast. Oder etwas ähnliches", lautete die Antwort. Roter Palast. Das kommt mir so bekannt vor ..., dachte Walter bei sich, aber auch hier kam ihm der Name nicht aus eigener Erfahrung bekannt vor.

Sie fuhren gerade über die Szabadság-Brücke, als ihm plötzlich die Kinnlade herunterfiel und sich alle Einzelheiten erschlossen. Der Red Palace! Ja, natürlich! Das berühmte Bordell in Pesterzsébet!

Also dieser junge Mann mit dem verschmitzten Lächeln neben ihm … – so dachte Walter weiter – könnte kein anderer als Wyzo selbst sein, „der Kaiser des Nachtlebens"! Mein Gott! Das ist unglaublich! Deshalb kannte er den Taxifahrer. Nicht persönlich, aber in den 2010er Jahren wird es überall in den Medien zu lesen sein. Und es steht kurz vor der Eröffnung seines ersten berüchtigten Nachtclubs, den der 20. Bezirksrat ohne Bedenken als „Warmküche und Musiklokal" bezeichnen wird. Was als Nächstes passiert, würde selbst der junge Wyzo, der jetzt Taxifahrer ist, wahrscheinlich nicht glauben. Dank seiner guten Beziehungen zur Polizei wird es ihm gelingen, eine Kette von Nachtclubs zu eröffnen, die wie Pilze aus dem Boden schießen und in denen er immer weiß, wann eine Razzia oder eine andere Polizeiaktion stattfinden wird. Nach seinen besonderen wirtschaftspolitischen Ansichten, die er später einem Reporter erläuterte, sind die ungarische Landwirtschaft und Industrie zwar unterentwickelt, aber die ungarischen Mädchen sind Weltklasse, und es gibt in diesem Bereich keine „Infrastruktur- und Rohstoffprobleme". Kehren wir also zum alten Beruf zurück: Es gab nie eine bessere Zeit und einen besseren Ort für diese Geschäftsformen als die gute alte Wende und wird es auch nie geben.

Walters Retro-Reise wurde durch das Leben gewürzt, als er vom zukünftigen Partykaiser durch die Nacht geführt wurde, in der er bald der Herr aller Dinge sein würde. Besonders pikant ist, dass sich Wyzo später sogar als Besitzer des Moulin Rouge nennen kann, und nun ist er derjenige, der Walter dorthin bringt. Es besteht kein Zweifel, dass die ungarische Diskothekenbranche ihm viel zu verdanken hat: Er wird Zehntausende von Veranstaltungen ohne jegliche Unentschiedenheit durchführen. Walter hatte eine Menge Fragen an Wyzo, die er ihm aber trotz seiner inneren Proteste nicht stellte, da die Reise zu kurz war. Er hätte auch nicht viel zu sagen gehabt, denn die fünfundzwanzig abenteuerlichen Jahre, die vor Wyzo lagen, waren die Musik der Zukunft. Jedenfalls schüttelte er beim Aussteigen – sie fuhren schließlich in Richtung Andrássy út – dem Taxifahrer kräftig die Hand, als hätte er die Hand einer irdischen Autorität geschüttelt. Wyzo verstand die übertriebene „Liebe" nicht, aber das war ihm egal; ein Taxifahrer ist von wenigen menschlichen Eigenschaften überrascht. Also stieg Walter aus, schloss die Tür des Dacia, ließ den Werdenden-Disco-Kaiser zurück und stellte sich ans Ende der Warteschlange.

Die erste Merkwürdigkeit für ihn in dieser Warteschlange war, dass er nicht das Symbol des 21. Jahrhunderts, das Smartphone, in der Hand hielt, das jeder Warteschlangenbesucher (egal in welcher Warteschlange) in bestimmten Zeitabständen überprüfen muss, um sich zu vergewissern, dass er nichts Wichtiges verpasst hat und dass alles auf der Welt noch so funktioniert, wie es sollte. Die Gruppe der Wartenden vor ihm – die sich wahrscheinlich dort trafen, während sie warteten – verbrachte die Zeit mit Gesprächen, aus denen hervorging, dass niemand mit der politischen Welt einverstanden war. Sie sprachen über Ereignisse, die deutlich machten, dass es zweifellos schlimmer war als zuvor. Es muss zugegeben werden, dass Ungarn ein Land der Fußball- und Politikexperten ist, und das war auch in den 1990er Jahren nicht anders. Gegenwärtig wird darüber diskutiert, warum die bösen Tyrannen des früheren Regimes nicht zur Rechenschaft gezogen werden und dass die regimewechselnden Reformen zu milde sind. Man hörte Pro- und- Kontra-Erörterungen, Überzeugungen, Glaubenssätze, städtische Halbwahrheiten. Eine junge Frau, die den Komfort völliger Abhängigkeit zu genießen schien, war der Meinung, dass die neugewonnene Regierung zu fröhlich und hilflos sei, und scheute sich nicht, ihre Meinung zu äußern, sogar über den Premierminister. Ein anderes Mitglied der Gruppe – ein junger Mann – schloss sich zustimmend an, weil er spürte, dass seine zustimmende Meinung etwas mit seinen zärtlichen Gefühlen für die junge Frau zu tun haben könnte. Für Walter war es natürlich eine Leichtigkeit, weil er die Geschichte kannte, also lächelte er sie unter seinem nicht existierenden Schnurrbart einfach an und fragte sich nur, ob es dem jungen Mann gelungen wird, sich in der Nacht an die Dame heranzupirschen, die er sich gewünscht hatte.

Er erinnerte sich an ein französisches Sprichwort, das besagt, dass „Ehen im Himmel geschlossen werden", was ihn amüsierte. Wird das Leben dieser beiden Menschen, die auf ihre Chance warten, ins Moulin Rouge in der Nagymező utca einzutreten, eng genug miteinander verwoben sein, um den heiligen Bund der Ehe zu schließen? Er versuchte abzuschätzen, wie hoch die Wahrscheinlichkeit ist, dass diese Ehe zustande kommt. Einer von einer Million, vielleicht einer von einer Milliarde? Und welche Quoten würde ein Buchmacher geben? Während er mit sich selbst über diese Fragen scherzte und die wartenden Menschen langsam aber sicher an ihm vorbeizogen, studierte er ständig das Aussehen und die Kleidung seiner Unterhaltungspartner, was wie eine old school Modenschau wirkte. Von der Gartenhose bis zum Flanellhemd, vom Delfin-Ohrring bis zur umgekehrten Baseballmütze, vom 2pac Fan-Kopftuch bis zur braunen Lippenkontur war fast alles in allen Regenbogenfarben zu finden. Gemeinsam war ihnen, dass, egal welchem Trend man folgte, immer die neuesten Kleider und Outfits zu sehen waren. Einige waren eher schick, andere eher leger. Interessanterweise war die Verwendung auffälliger Farben zu dieser Zeit sehr in Mode, um ein Partner anzulocken. In der Welt der Träume fällt auch auf, dass die Farbe, der Unterschied zum anderen Individuum, eine wichtige Rolle bei der Erhaltung der aussterbenden Art spielte.

Man muss sich nur die elegante Herrenmode des 21. Jahrhunderts anschauen, die sich in der todlangweiligen Kombination aus schwarzem Anzug und weißem Hemd ausdrückt. Die Herrscher des 18. und 19. Jahrhunderts hingegen versäumten es nicht, ihrer Kleidung, die aus heutiger Sicht eher lächerlich als königlich wirkt, genügend Farbe und Pracht zu verleihen. Das Ergebnis dieses minimalistischen Stils und der Einfachheit waren Zweckmäßigkeit und Langeweile. Anders als in den neunziger

Jahren, als es eine Dame gab – nicht weit von Walter –, die zu ihrem Kleid im japanischen Stil eine Kombination aus Socken und Sandalen trugen, gewürzt mit einer Federboa, die sie sich um den Hals und den Körper wickelten. Auch der Herr neben der Geisha gab dem Zeitgeist einen Buffalo-Tritt und entschied sich für eine Fleecejacke mit Reißverschluss und blauen Karos auf orangefarbenem Grund, die das ikonische Schuhwerk ergänzte. Walter dachte darüber nach, wie lächerlich die verschiedenen Modetrends der damaligen Zeit wirken, wenn man in die Vergangenheit geht. Wird aber mit der Mode, an die er gewöhnt war, unweigerlich das Gleiche passieren? Oder Modetrends hier, Modediktatoren dort, was früher geschmacklos war, ist auch heute geschmacklos?

„Bitte, bitte!", versuchte der Türsteher (ein glatzköpfiger, aufgeblasener, sonnenbebrillter, glasäugiger, düsterer Türsteher mit einem Kopf voller Narben früherer Schlägereien) die Masse prächtiger Menschen wegzudrängen. Die Platzierung des elegant gekleideten, robust aussehenden Wächters am Eingang vermittelte den Besuchern die klare Botschaft, dass hier nichts Unangemessenes passiert. Denn jeder, der sich nicht an die Hausordnung hält, hat ein Problem mit diesem grotesken Monster. Walter versuchte, sich von der Möglichkeit eines Konflikts mit diesem Mann fernzuhalten. Aber warum hätte er mit ihm einen Konflikt? Er war ja hier, um Spaß zu haben, nicht um zu randalieren.

Er fühlte sich wie auf einer Kinoleinwand, wo die Reichen, die Berühmten, die Jungen und die Schönen feierten. Der Zutritt ist begrenzt, viele werden nach einer Gesichtskontrolle nicht eingelassen, wenn sie jedoch einmal drin sind, sind alle gleich. Dies war der Grundstein für den Kult des Ortes. Ein Treffpunkt für die Privilegierten, wo man garantiert keinen abgerutschten, uninteressanten Figuren trifft. Es gab Gerüchte darüber, wie die verschiedenen Partys eine Menge von Sensationen, Shows oder sogar Geschenken dem Publikum anboten. Eine hübsche junge Frau hinter Walter erzählte zum Beispiel die Geschichte von der Gucci-Tasche an ihrem Arm, die auf der letzten Party

„vom Himmel gefallen" war, als sie ihr „in die Hände gefallen" war, als sie unerwartet teure Geschenke von verschiedenen Weltmarken erhalten hatte. Die Mitglieder der Gruppe sahen glücklich und aufgeregt aus. Sie fragten sich, was der Gastgeber heute Abend vorhatte. Würde ein Weltstar auf der Party sein oder eine andere unvorhergesehene Sensation, die zwar nicht in den Tageszeitungen, aber doch in den Nachrichten auftauchen würde?

Walter versuchte, nach vorne zu schauen und hoffte, dass sie ihn hineinlassen würden. Er war nur noch wenige Schritte von den Toren des Disco-Himmels entfernt, seine Handflächen schwitzten, seine Stirn war gerunzelt, als er feststellte, dass sie weit mehr Leute abwiesen, als sie hereinließen. Die Meute der abgewiesenen Besucher machte mit Gebrüll deutlich, dass sie sich nicht deshalb in Schale geworfen hatten und nicht davongehen wollten. So begann sich eine kleine Menschenmenge vor dem Eingang zu versammeln, die versuchte, sich gegenseitig zu erklären, warum sie das Auswahlverfahren nicht durchlaufen hatten. Keiner von ihnen hielt sich für ungehobelt oder unpassend gekleidet, es handelte sich wahrscheinlich nur um ein Versehen, oder es war eine private Veranstaltung, zu der sie einfach nicht eingeladen worden waren – sie schwindelten sich etwas vor. Walter war auch so ergangen; der Herdentrieb hatte in ihm den Keim des Zweifels gepflanzt, dass heute Abend wohl nur die auf der Liste Stehenden reinkommen würden. Und das war er ganz sicher nicht. Während er darüber nachdachte, bemerkte er, dass auch zwei neue Sicherheitsbeamte herausgekommen waren, wahrscheinlich um zu versuchen, mit der Situation fertig zu werden, als eine Art psychologische Kriegsführung. Szláky, der etwa vier Schritte vor Walter gewartet hatte, brauchte nicht mehr, trat aus der Warteschlange, ging auf einen von ihnen kaum bemerkbar zu, drückte ihm beim Händeschütteln Geld in die Hand und ging ohne ein Wort hinein. Walter begann zu kichern, dass der künftige König von Balaton hier für ein Bestechungsgeld in einen Nachtclub kommen könnte. Nachdem Szláky hineingegangen war, hielt das gleiche Taxi, mit dem Walter gekommen war, direkt vor dem Moulin Rouge, und Wyzo saß auch weiterhin am Steuer. Die hinteren Türen des Dacia wurden von den beiden neu eingetroffenen Türstehern geöffnet und die Luxus-Prostituiert aussehenden Mädchen stiegen aus, leicht illuminiert.

„Schlangestehen ist etwas für Verlierer!", rief eine der Prostituierten lachend, hob die halbleere Champagnerflasche in die Sterne der Budapester Nacht und nahm einen großen Schluck, einfach so, direkt aus der Flasche.

Die Leute um sie herum mochten die Show eindeutig nicht, und eine solche Provokation wurde vom Personal des Ortes verurteilt und als unnötig angesehen. Einer der Türsteher ergriff sanft aber bestimmt den Arm der Dame (nicht den mit dem Champagner, sondern den anderen) und versuchte, sie so schnell wie möglich zum Eingang zu schieben. Die junge Schlampe leistete keinen Widerstand, denn sie verstand, dass sie nur ein Einweg-Teller war, die nach dem Willen des Besitzers am Morgen in die Donau geworfen werden konnte.

„Du, Wyzo! Haben sie so ausgesehen, als du sie abgeholt hast?", fragte der andere Wächter Wyzo, der sich gegen das Fenster des Dacia lehnte, während er die Rechnung beglich.

„Machst du Witze? Ich habe sie auch zum letzten Ort gefahren, und das war vor über drei Stunden", sagte Wyzo mit einem schiefen Grinsen; er und der Türsteher schienen sich zu kennen. „Und schon damals waren die Mädchen beschwipst!" „Gebt ihnen etwas, um sie zu bremsen, damit sie nicht vorzeitig ohnmächtig werden", zwinkerte er und fuhr fröhlich davon.

Walter konnte die rasante Abfolge der Szenen gar nicht fassen, als der monströs aussehende Wächter zur Seite trat und sprach:

„Hey, hör zu, Kumpel! Willst du heute Abend wirklich in diesem Hemd feiern?

„Äh ... äh ... warum? Ist mein Hemd cringey?", fragte Walter mit einem Ton der Resignation.

„Ich kann dich in diesem Hemd nicht reinlassen", antwortete Shrek. Walter war enttäuscht, als er nach einer Stunde Wartezeit nicht mehr in der Warteschlange stand, die etwa drei Meter vom Eingang entfernt war. Traurig stellte er fest, dass auch er als gestrandeter Fisch geendet hatte. Der Tanzabend heute Abend im Moulin Rouge endete für ihn, bevor er eingelassen wurde. Vergeblich hatte er sich hinter den König von Balaton gestellt, und vergeblich hatte der Kaiser der Nacht ihn persönlich hier gebracht. Könige hin, Kaiser her, aber leider wird das heute Abend nicht funktionieren. Er ging mit gesenktem Kopf in Richtung Andrássy út, als ihm der Wächter nachrief:

„Ich habe gerade gesagt, dass dein Hemd heute Abend nicht reingehen kann", und das alles mit einem unerschütterlichen Ausdruck von Ernsthaftigkeit.

Einen Moment lang verstand Walter nicht, was der Oger aus der Nagymező utca meinte. Doch nach kurzem Zögern zog er sein langweiliges Flanellhemd aus, machte sich halbnackt und ungestört von allen auf den Weg zum legendären Entrée.

„Er darf rein!", rief seinem Kollegen, als der Oberportier mit seinen muskulösen Händen auf den hemdlosen Walter zeigte.

Die doppelten Tore des Disco-Himmels öffneten sich für Walter, der ohne zu zögern hindurchging, als würde er von einer Welt in die andere treten. Als sich die Tür schloss, wurde Walter von zwei Seiten – fast aus dem Nichts – von zwei eleganten, auffallend hübschen Damen angesprochen, die unseren zeitreisenden Helden lächelnd begrüßten. Für Walter war klar, dass sie zur Besatzung gehören mussten und dass das, was passierte, Teil der Show war. Die herzliche Begrüßung war nur der Anfang, denn die Philosophie des Ortes war, dass jeder, der hier Einlass findet, wie ein König behandelt wird, so dass die Nacht, die er hier verbringt, eine der besten seines Lebens sein wird. Die Damen ergriffen Walters Hände und gingen mit ihm zielstrebig einen dunklen Korridor entlang, an dessen Ende sich die Tanzfläche befand. Sie gingen jedoch nicht den ganzen Weg, sondern bogen in einen Seitengang ein, der vorher nicht sichtbar war und in einen Flur führte. Der Raum war selbst für einen Nachtclub dunkel, mit leeren Tischen und Stühlen, die mit technischer Präzision in gleichmäßigen Abständen um die zentrale Bar angeordnet waren. An der Bar waren drei Barkeeper, zwei Männer und eine Frau, offenbar dabei, den Raum für den Empfang von

Gästen vorzubereiten. Walter verstand nicht, was dieser Raum war oder warum man ihn hier gebracht hatte. Er vermutete, dass es sich um eine Art Afterparty handelte, bei der sich diejenigen, die nach dem Ende der Hauptparty noch geblieben waren, von der vorangegangenen Aufregung erholen konnten. Die beiden Escort-Damen hielten ständig lächelnden Augenkontakt mit Walter und gaben ihm das Gefühl, dass sie wollten, dass er sich sicher und geborgen fühlte, weil alles in Ordnung ist. Als sie den zentralen Schalter erreichten, zwinkerte eine der Damen dem Mann auf der anderen Seite des Schalters zu und sagte: „Discofit 2". Der Barmann bückte sich und holte ein eingewickeltes, völlig originelles Hemd mit ungegenständlichen Mustern auf schwarzem Grund hervor.

„Bitte sehr, mein Hübscher, das ist für dich", reichte er Walter immer noch lächelnd sein Abendkleid. Ohne zu zögern, öffnete Walter die Geschenktüte und zog den Inhalt sich an. Das Datum und das Moulin Rouge-Logo wurden an einer nicht sichtbaren Stelle auf dem Hemd versteckt, so dass der Gast eine bleibende Erinnerung hat. Die Größe war perfekt, nicht nur in dem Umfang, sondern auch im Design, als ob dieses Hemd von den Schneidern der Roten Mühle speziell für Walter angefertigt worden wäre. Sie waren Profis, kein Zweifel: Es braucht ein sehr erfahrenes Auge, um die Größe eines unbekannten Mannes zu erkennen, indem man ihn einfach ansieht. Walters Hemdgröße in der Disco-Welt ist also „Disco Fit 2". Auch das ist gut zu wissen, dachte Walter. Nachdem sie sich für den Abend festlich gekleidet hatte, gaben die beiden Damen einen Kuss auf die linke und rechte Wange (einen richtigen, echten Kuss, nicht den höflichen Weihnachtskuss, den man sich aus Höflichkeit gibt). Dann flüsterten sie ihm in demselben sexy Tonfall den folgenden Satz ins Ohr: „Willkommen im Moulin Rouge, Fremder! Wir freuen uns, dass du hier bist, viel Spaß!"

Walter bedankte sich für den herzlichen Empfang und war wirklich beeindruckt, dass dies möglich war. Während in den meisten Vergnügungslokalen die Unhöflichkeit der Türsteher beispiellos ist, wird dem Gast hier schon beim Eintreten das Gefühl gegeben, dass er als wichtig angesehen wird (wenn er eingelassen wird) und dass er in den bestmöglichen Händen ist. Bis jetzt fünf von fünf Punkten für die Gastfreundschaft. Nachdem die Hausbegleiterinnen gegangen waren – und Walter zu der für jeden Mann schmerzlichen Erkenntnis gekommen war, dass die Damen kein wirkliches Interesse zeigten, sondern nur ihre Arbeit machten –, machte er sich auf den Weg in die Mitte des Bienenstocks. Als er den großen Saal erreichte, hatte er zunächst ein seltsames, theatralisches Gefühl, das er als Theater empfand, aber nicht in dem traditionellen Sinne, an den er gewöhnt war. Die Bühne war vorhanden, aber die Stühle waren entfernt und durch Möbel unterschiedlicher Form und Gestaltung ersetzt worden, bei denen man auf den ersten Blick nicht erkennen konnte, ob die Stühle oder Tische dem Anlass dienten. Natürlich waren nicht alle Möbel so neumodisch. Sie haben auch an die Bedürfnisse der konservativeren Gäste gedacht. Für sie wurden die oberen Zwischengeschosse mit verschiedenen Nischen ausgestattet, die sechs bis acht Personen Platz boten.

Rote und schwarze Farben waren allgegenwärtig, und die Farben und Muster des Nachtlebens willkommen hießen, wohin man auch blickte. Im Stockwerk über den Eingängen befanden sich völlig getrennte Logen, die von kleinen Gesellschaften oder für die Wichtigsten der prominenten Gäste gemietet wurden. Im modernen Zeitalter werden diese Logen allmählich „Skyboxen" genannt, wie sie auch in Stadien verwendet werden und die man für ein Jahr mieten kann, wenn man möchte. Der Preis ist natürlich sehr hoch und warum möchte man das ganze Jahr über jede Woche in der gleichen Box feiern, aber die Gelegenheit ist da. Der Saal war etwa zur Hälfte gefüllt, und die Schwierigkeit, hineinzukommen, brachte die Privilegierten zusammen, die das Gefühl hatten, zu einer ganz besonderen Gruppe zu gehören, zu der sie niemanden hereinlassen durften. Das Gefühl der Zugehörigkeit vermittelte den Versammelten ein Gefühl der Überlegenheit; aus irgendeinem Grund betrachteten sich auf dieser Party selbst Fremde gegenseitig als Freunde, als alte Bekannte. Walter bemerkte als erstes die Halbstock-Nische in der Ecke des

Raums; eine Gruppe ausgesprochen beängstigenden Männer, die durch ihr Aussehen und ihre Lautstärke auffielen. In der Mitte der Gruppe saß Szláky, der sichtlich temperamentvoll war und die Anwesenden mit seinen Geschichten erfreute. Was Walter von der anderen Seite des Raums nicht gehört hatte, aber nun über die Einzelheiten der Umwandlung Ungarns in eine Zoll-freizone diskutierte. Und dass er eines Tages eine Miniatur-version von Las Vegas auf der Margareteninsel bauen würde, deren Namen er bereits kennt: Euro-Vegas. „Eine isolierte Sünde im Herzen von Budapest", lachte er laut über den scherzhaften Slogan der geplanten Casino-Paradise. Die anderen Mitglieder der Geselligkeit amüsierten sich über Szlákys Scherz und fragten sich, was für ein lukrativer und leicht zu verteidigender Ort die Margareteninsel für sie sein würde. Sie würden die Öffentlich-keit und Andersdenkende unterdrücken oder einschüchtern, mit der Polizei kooperieren und kann die Kohle einfließen. Der Plan ist einfach, und glücklicherweise gibt es unter den Kumpanen Bauunternehmer, so dass die Identität des General-unternehmers schon vor der Ausschreibung festzustehen scheint. Sie alle suchten in Szlákys Worten nach einem tieferen Sinn, als wäre er der einzige Erwachsene in der Gruppe. Walter hatte sie heute als „Mafia-Ecke" bezeichnet und war sich sicher, dass er später am Abend unter keinen Umständen an diesem Tisch sitzen wollte. Er versuchte, seine Augen nicht zu lange auf sie zu richten, damit nicht einer der Garden ihr unangemessenes Starren bemerkt und aggressiv reagiert.

Die nächste Nische war noch leer und trug ein ordentliches Schild mit der Aufschrift „Reserviert". Neben dem Schild stand kein Name, nur eine solide, dekorative Tischdecke, die darauf hin-wies, dass hier wahrscheinlich Gäste speisen wollten, maximal vier. In der nächsten Box saßen für Walter bekannte Gesichter: Békási, Felvidéki, Vámhegyi und Schwarzenberger. Der Vierer fragte sich, ob Walter ohne jegliche Vertrautheit eintreten könnte. Sie riefen ihn eine Stunde später an und sagten: „Wir haben noch etwas zu erledigen, aber komme rein und wir sehen uns drinnen". Der erste, der Walter bemerkte, war Felvidéki, als

Walter bereits über die Mitte der Tanzfläche geschafft hatte. Er winkte ihm zu, aber er merkte, dass Walter sie bereits bemerkt haben musste, denn er näherte sich gezielt ihrem Tisch. Als er die wenigen Schritte auf der Tanzfläche machte, versuchte er, sich den Tänzern anzupassen und winkte mit Händen und Füßen im Rhythmus. In diesem Fall zu dem 1983er Hit Sweet Dreams (Are made of this) von den Eurythmics. Er mochte dieses Lied, es war eine tolle Erfahrung für ihn, dass es für die Partygänger hier noch eine Neuheit war, ein neuer amerikanischer Hit, den man damals nur an wenigen Orten in Ungarn hören konnte. Deshalb hatte er es nicht eilig, auf seine Bekannten zuzugehen, er versuchte, jeden Schritt so intensiv wie möglich zu erleben, den Moment einzufangen.

„Seht euch diesen Discokönig an!", zeigte Felvidéki auf Walter.

„Ja, das ist nicht ohne! Ich wusste gar nicht, dass Walter tanzen kann", stimmt Békási zu und hält sich die Hand vor den Mund. „Vorausgesetzt, dass man es Tanz nennen kann! Ich glaube, es ähnelt am ehesten dem Paarungstanz von Maratus volans."

„Der Paarungstanz von Maratus volans?", fragte Vámhegyi. „Was ist das?", lachte er.

Bevor Békási beginnen konnte, das Paarungsritual der in Westaustralien beheimateten männlichen Maratus volans zu erklären, rückten zwei junge, schweißgebadete Tänzer aus der ungeordneten Bewegung des Tanzvolks vor: der frisch verheiratete Elek Nyikos und seine schöne Frau, Gertrúd. Nyikos kannte jeden am Tisch. Gertrúd hingegen kannte nur Felvidéki oberflächlich. Nach der höflichen Begrüßung lud Felvidéki sie ein, sich ihnen anzuschließen, wenn Walter jemals hier käme, würden sie genau hierher passen. Die Familie Nyikos nahm die Einladung gerne an; sie waren Boogie überdrüssig, und es tat ihnen gut, sich bei einem Glas zu unterhalten. Gertrúd spürte sofort die hungrigen Augen auf sich gerichtet. Die Männer am Tisch hatten alle unehrlichen Gedanken an sie, was sie erfreute. Sie tat ihnen sogar den Gefallen, sich umzudrehen, damit sie die schönste Seite von ihr sehen konnten. Sie übte die Macht der schönen jungen Frauen aus und genoss es, dass die Freunde ihres Mannes alle mit ihr schlafen wollten. Sie konnten nicht verstehen, wie eine so schöne Frau einen Ziegenzauber wie Nyikos hätte heiraten können. Ihre Schönheit wurde leider durch einen auffälligen Dialekt getrübt, sie war wohl die schönste Frau des Dorfes in der Gemeinde. Was für ein Dorf! Die schönste Frau der Gemeinde! Miss Gemeinde. Die – zum Leidwesen der unverheirateten Männer – der Welt schließlich als Frau Nyikos bekannt sein wird.

Walter sah aus dem Augenwinkel, wie sein Herz klopfte, als er seinen Geliebten in einer fast dreißig Jahre jüngeren Ausgabe sah. Als sie 2017 gemeinsam im Moulin Rouge in Paris waren und Gertrúd ihm von der magischen Welt des Moulin Rouge in Budapest in den 1990er Jahren erzählte, versprach er sich, dass er, wenn er ein Zeitreisen machen könnte, auf jeden Fall hier kommen würde. Es war schwierig, die Teilnahme von Gertrúd zu arrangieren, aber sie war da. Ausgangspunkt war Gertrúds Geschichte, die sie ihm in Paris erzählte, von der Party, die sie am Freitag vor ihrem Geburtstag im Jahr nach ihrer Hochzeit feierten. Da sie das Jahr ihrer Hochzeit und das Datum ihres Geburtstages kannte, war es nicht schwer, die Gleichung aufzustellen, an welchem Freitag er sie im Moulin Rouge in Budapest besuchen kann. Jung und glücklich. Er wusste, dass er keine Spuren oder Erinnerungen hinterlassen durfte, die ihn verfolgen könnten, aber er durfte hier sein, sie bewundern und den Anblick genießen. Gertrúd schien für ihre Beziehung zu leben und hätte am liebsten der ganzen Welt von ihrer Glückseligkeit erzählt. Walter, der unbedingt zu ihr gehen und mit ihr sprechen wollte, versuchte mit aller Kraft, der Versuchung zu widerstehen.

„Woher kennst du diese Herren, Elek?", fragte Gertrúd. „Würdest du sie mir vorstellen?"

„Natürlich, mein Schatz", sagte Nyikos und beugte sich in die Mitte des Tisches. „Du musst wissen, meine Liebe, dass wir uns in einer sehr vornehmen Gesellschaft befinden: Diese Herren werden sicher die Herren der Zukunft sein!", begann der leicht angetrunkene Nyikos die Einführung. „Das ist der Herr zu meiner

Rechten, János, den du bereits in Biatorbágy kennengelernt hast. Neben ihm sitzt sein guter Freund, Herr Schwarzenberger, der ein sehr abenteuerliches Leben hinter sich hat ..."

„Lass es! Ich stelle mich der Schönen Frau vor!", begann Schwarzenberger. „Nun ... ich sage Ihnen nur, dass", beugte er sich näher zu Gertrúd, als wolle er sie in ein Geheimnis einweihen: „Ich bin aus Deutschland, ich bin ein Investor, oder wie heute gesagt, ein Spekulant ... Oh, Entschuldigung, auf Ungarisch ... äh ... ein Spekulant, der Kapital in Ihr Land bringt." Schwarzenberger hat nicht gelogen, er hat sich nur wie immer verhalten.

„Spekulant?", brach Vámhegyi in Gelächter aus. „Du?", schnaubte er weiter.

„Kázmér, ich bitte dich. Du bringst mich vor der Dame in Verlegenheit", lachte Schwarzenberger über seine billige Lüge.

„Sag es ihr, Karcsi! Sag es ihr!", beharrte Vámhegyi, der weiterhin besserwisser lachte.

„Aber was?", fragte Gertrúd und ihre Augen funkelten.

„Also, dass unser Károly nicht der finanzielle Retter des Landes ist, sondern unser Land ihn gerettet hat!", erklärte Vámhegyi, und fuhr dann fort. „Paaaaaneuropäisches Picknick, mein Karcsi! Paneuropäisch! Wie war es?"

„Wo denkst du hin, Kázmér, bring mich nicht zum Lachen! Was hat das damit zu tun?", fragte Schwarzenberger zurück.

„Es ist nur so, dass du, Alter, genauso nach Sopron gerannt bist, als du gehört hast, dass Ungarn als erstes Land die Öffnung der Grenzen und den Abbau des Eisernen Vorhangs wagen würde. Oder weißt du nicht mehr, was letzten Sommer passiert ist? Lass mich mal zurückrufen!", begann Vámhegyi seine Einführung. „Tausende von Flüchtlingen aus der DDR durften nach Österreich einreisen. Die deutschen Flüchtlinge waren begierig darauf, durch uns ihre westlichen Verwandten kennenzulernen. Dem Mut der Ungarn ist es zu verdanken, dass sogar die Berliner Mauer gefallen ist! Und wenn ich mich recht erinnere, hast auch du den ganzen Sommer am Balaton geduckt und gehofft, dass der Tag kommt, an dem die tapferen Ungarn das Problem der in zwei Staaten geteilten Deutschen lösen werden! Und wir haben es gelöst, also psst!", fächelte er seine Hände in einer sanften, langsamen Bewegung über den Tisch, mit Handflächen nach unten, als wolle er den anderen beruhigen. „Oder bist du nicht ins Auto gestiegen, um nach Hause zu deinen betuchten Verwandten im Westen zu fahren?"

„Gut, Kázmér, jetzt hast du mich erwischt, du alter Mistkerl!", lachte Schwarzenberger über seinen Sturz. „Ich war tatsächlich dort und als hervorragender Patriot eilte auch ich zur BRD. Genau wie du sagtest. Deutschland über alles! Aber ich kam danach zurück", zeigte er mit einem Finger nach oben, während er Gertrúd schaute.

„Nachdem du das Geld der Verwandten aufgegriffen hast", fügte Felvidéki hinzu und lachte ebenfalls. „So kannst du der Spekulant sein, der das Land rettet!" Daraufhin lachten sie alle laut und stießen mit ihren Gläsern an:

„Auf die Spekulanten!", sagten alle Kapitalisten gleichzeitig.

„Spekulant? Quatsch!", fügte Békási hinzu und brüstete sich offensichtlich mit seinem freien Denken. „Mein Freund Karcsi ist ein Spekulant, wenn ich ein Discokönig bin!", schlug er scherzhaft auf den Tisch, während sein Blick auf Gertrúd ruhte. Sein Gesichtsausdruck schien der eines Mannes zu sein, der wesentlich stärkere Gefühle für sie hegte, als ein Mann mit einer Ehefrau für die Ehefrau seines Freundes haben sollte.

„Warum, lieber Endre, sind Sie vielleicht ein Discokönig?", versuchte Gertrúd witzig zu sein und das Geplänkel fortzusetzen.

„Ich bin's", sagte Békási, wölbte seinen Rücken und hob sein Kinn in aristokratischer Manier und tat so, als wäre er ein König oder eine Art Prinz. Er blinzelte sogar mit den Augen, als würde er von einem hohen Pferd auf seine Untertanen herabblicken.

Gertrúd und den anderen gefiel Békásis Schauspiel offensichtlich, und gemeinsam brachten sie ihre Freude mit einem kurzen Applaus zum Ausdruck, während sie die Rolle der Untertanen spielten.

„Hallo", kam Walter schließlich an den Tisch.

„Hallo, Walter", war Felvidéki der erste, der die Hand reichte, „darf ich dir meinen Freund, Elek und seine charmante Frau Gertrúd vorstellen?"

„Vielen Dank, Herr Elek und ich kennen uns bereits.", schüttelte Walter Nyikos die Hand. „Aber ich hatte noch nicht das Vergnügen, die charmante junge Dame kennenzulernen", bat er Gertrúd, ihr die Hand zu küssen.

Walter war für Gertrúd anscheinend auch anfangs sympathisch, aber sie interessierte sich für ihn nicht besonders und steckte ihn in die Schublade „ein cooler Kumpel meines Mannes". Walter versuchte, Gertrúds Anwesenheit mit der typischen Höflichkeit von Teenagern zu behandeln, die kein Interesse an dem Mädchen zeigen, das sie in der Schule mögen, und nur über die überflüssigsten und unwichtigsten Dinge reden. Seit Walter sie im Moulin Rouge gesehen hatte, war die einzige Person in der Gesellschaft, die den ganzen Abend seine Aufmerksamkeit auf sich zog, Gertrúd gewesen. Er hatte sich ernsthaft bemüht, seine bedingungslose Zuneigung zu seiner späteren Geliebten als Desinteresse zu tarnen. Er wollte unbedingt versuchen, sie zu verführen, und fragte sich, wie es ihm gelingen würde. Aber er beherrschte sich: Er wusste, dass Gertrúd sich mit fünfzig Jahren nicht im Geringsten an ihn erinnern konnte.

„Wollen wir eine Runde Palinka trinken, meine Herren?", warf Nyikos ein, der seinerzeit für seinen maßlosen Schnapsgenuss bekannt war. Ohne die Antwort zu erwarten, winkte er einem der Kellner zu. Mit einer Hand hielt er sein leeres Schnapsglas hoch, mit der anderen fächelte er Runde in die Luft und deutete damit an, dass er für alle am Tisch den Szatmári Pflaumenschnaps bestellen wolle, den er gerade getrunken hatte. „Das ist DER Drink, meine Herren! Die Perle der Region Szatmár-Bereg", erklärte er.

„Ach, Elek, du weißt doch, dass ich keinen Schnaps mag", jammerte Gertrúd.

„Jetzt wirst du es mögen!", sag Elek scherzhaft und fügte dann hinzu: „Die Legende besagt, dass jeder Schluck dich ein Jahr jünger macht."

„Lässt mich jeder Schluck ein Jahr jünger aussehen?", fragte Gertrúd zurück. „Dann trinke ich von nun an nur noch das!", lachte sie laut auf.

„Siehst du, Liebling", lächelte der heldenhafte Nyikos, „um auf Nummer sicher zu gehen, bestelle ich dir einen dieser „Wunderniedlich" Cocktails, die du so magst ... du weißt schon ... diese Wie-heißt-sie-noch ... weinende Einhörner, oder so ..."

„Tränen der Einhörner, mein Schatz! Tränen der Einhörner!", lächelte Gertrúd zurück. Bei ihrem Liebesspiel konnte man deutlich sehen, dass sie sich aufrichtig liebten, und Walter war froh zu sehen, wie es war, von ihrem Mann geliebt zu werden und den sie auch lieben konnte.

„Tränen der Einhörner? Ernsthaft! Bitte sag mir, wie bringt man ein Einhorn zum Weinen?", meldete sich Békási zu Wort.

„Oh ... das ist ganz einfach, mein Freund!", fing mit der Erklärung Felvidéki an, „zuerst gehst du in den Wald über den Regenbogenberg, weißt du, in den Wald, in dem die Einhörner leben. Du gehst dorthin und fragst eine nette alte Dame nach dem Weg, wo die Einhörner zu dieser Tageszeit sind. Sie erzählt es dir, du bedankst dich höflich und nach einer kurzen Wanderung und einer Schmetterlingsjagd findest du sie auf der Wiese grasen. Es wird ein Mutter-Einhorn, ein Vater-Einhorn und ein Baby-Einhorn geben ... Und nun zur Hauptsache! Du schleichst dich leise an das Baby-Einhorn heran, ziehst sanft an seinem Schwanz, nicht zu fest, um es nicht zu verletzen, sondern nur, um es ein wenig zu erschrecken, und plötzlich fängt es vor Angst an zu weinen. Jetzt musst du diese Tränchen ausnutzen und sie schnell abfüllen!", fuhr er fort zu scherzen, was von den anderen freundlich belächelt wurde. Sie dachten, es sei eine nette Art, die Sache zu beenden, und sie hätten so etwas von Felvidéki nicht erwartet.

In dem Bemühen, Gertrúd heute keine bleibenden Erinnerungen zu hinterlassen, stand Walter vom Tisch auf und ging unter dem Vorwand zu einer der Bars, um ein neues Getränk zu bestellen. An der bumerangförmigen Bar setzte er sich auf den einzigen freien Hocker zwischen einem dicken, bärtigen Mann zu seiner Rechten und einer häufig lachenden Dame zu seiner Linken. Er hatte es nicht eilig, ein Getränk zu bestellen, also gab er den Bardamen kein Signal und wartete geduldig, bis eine von ihnen auf ihn zukam und fragt, ob er ein Getränk wolle. Während er wartete, versuchte er, sich dem Geist des Ortes hinzugeben, den Moment des Abends, der schnell verging, aufzusaugen, bevor der Morgen und der nächste Tag mit all seinen Sorgen und seiner Geschäftigkeit anbrechen würden.

Die Musik in dieser Bar war erträglicher und man konnte sogar das Gespräch von den Nachbartischen mithören. Der bärtige Mann unterhielt sich mit einem Freund, typischerweise über Politik, ihre ständige Falschheit, mit einer Vorliebe für Klugheit, die den Behinderten eigen ist. Er sprach über alles, ob es um Russen, Deutsche, Ungarn, Arbeit, Krieg, Justiz oder sogar die Stadtentwicklung von Budapest ging. „Ich würde es so machen, der andere würde es falsch machen, du wirst sehen, dass ich es vorausgesagt habe", sagte er und schlug sich vor Freude an die Brust. Walter amüsierte sich über diese liebenswerte Zuversicht, zumal er aufgrund seiner Geschichtskenntnisse wusste, dass die meisten seiner Behauptungen in wenigen Jahren widerlegt sein würden. Er hätte gerne seine Information weitergegeben, dass er zurück mit den Windhunden muss, weil die Russen nicht mit Panzern zurückkommen und die Deutschen in zehn Jahren keinen Krieg beginnen würden, aber er tat es nicht (er konnte es nicht). Auf der anderen Seite kommentierte eine lachende Schakalgruppe die Ausbreitung von Reisen in westeuropäische Städte; sie waren der Meinung, dass mit dem Ende des Eisernen Vorhangs die Damen der unteren Gesellschaftsschichten näher an den Erwerb von Weltmarken herankommen würden, was ihnen den Anschein von Diven und Damen verleihen würde. Es ist interessant, dass die Elite immer versucht, sich von den Aufsteigern zu distanzieren, sie auf jede erdenkliche Weise nicht zu akzeptieren und ihre erfolgreichen Bestrebungen zu leugnen.

„Wenn die bürgerlichen Frauen auf den Straßen von Budapest Gucci tragen, ist das letzte Mal, dass ich Gucci trage!", scholl eine von ihnen beleidigt, als ob „Gucci tragen" nicht nur eine Frage des Geldes wäre, sondern etwas viel Bedeutungsvolleres und Erhabeneres. Darauf sagte eine andere leise und mit der zurückhaltenden Art eines Experten: „Mach dir keine Sorgen, Darling, diese versnobten Proleten wissen nicht einmal, was Gucci ist", sagte sie, während sie einen langen Schluck an seiner Zigarette nahm.

Die Anwesenden waren eine heterogene Gruppe, ihre Ansichten und Gedanken waren unterschiedlich, aber in einem Punkt waren sie alle gleich – sie wollten das Gleiche und Wichtigste: Gewinn machen und so viel Spaß wie möglich haben. Walter nahm es übel, dass Frauen, die sich ein besseres Leben wünschten und bereit waren, etwas dafür zu tun (oft durch harte Arbeit oder fleißiges Sprachstudium), „hochnäsig abgekanzelt" wurden, vor allem in dem Glauben, dass diejenige, die das gerade gesagt hatte, nicht weit oben auf der Leiter der Ehre stehen konnte. Wahrscheinlich war sie eine einfache Frau aus der Gruppe der in Luxus lebenden, ernährten Ehefrauen oder Töchter, die durch die Beute aus dem Portemonnaie ihres wohlhabenden Ehemannes oder vielleicht reichen Vaters in der Elite verbleiben und sich Gucci-Waren kaufen konnte. Natürlich muss hinzugefügt werden, dass aristokratische Frauen auch nicht gerade für harte Arbeit bekannt sind, da die meisten von ihnen für nichts im Leben arbeiten müssen. Andererseits waren sie empirisch erfolgreich beim Erlernen von Sprachen und in einer der von der Menschheit erfundenen und geschaffenen imaginären Welten, bei vorgeschriebenen Verhaltensweisen oder sogar Etikette. Umgangsformen, Wissen und Rhetorik sind ihre grundlegenden Eigenschaften, an die sie sich stets zu halten versuchen. Ihr wahres Ich ist nur denjenigen bekannt, die ihnen ganz in der Nähe stehen und die einen Einblick in ihre geheime Welt erhalten, die der Menschheit niemals offenbart werden kann. Die perfekte Gelegenheit, ein solches Leben zu entdecken, ist, wenn dieses vulkanische, ausbrechende Gefühl mit ein paar engen Freundinnen trifft und mit ein paar Gläsern Gin Tonic aufgepeppt wird. Genau ist es hier passiert: Der Alkohol und der Kreis des Vertrauens ermöglichten ein kurzzeitiges Auftauchen des verletzten Ichs. Natürlich hatte die aristokratische junge Dame nicht damit gerechnet, dass sie durch ihren Besuch in einem Lokal wie dem Moulin Rouge auf das Niveau der Neureichen gesunken war.

Nach kurzem Zögern beschloss Walter, etwas für sich selbst zu bestellen. Er entschied sich schließlich für eine berühmte amerikanische Brauerei und tanzte mit einem Glas des Gebräus in der Hand zu ihrem Tisch zurück. Der kurze Spaziergang wurde mit dem Soundtrack des 89er-Hits „Listen To Your Heart" der schwedischen Band Roxette unterlegt, der in dem Jahr, in dem er veröffentlicht wurde, in den USA und Kanada das erfolgreichste Lied des Jahres war. Es war jedoch kein Zufall, dass gerade dieses Lied im Laufe des Abends ein Dutzend Mal gespielt wurde. In Ungarn war Fidesz – Ungarischer Bürgerverband der erste, die die Tiefe der Botschaft des Liedes erkannte und es 1990 in seiner Kampagne mit dem Slogan: „Höre auf dein Herz, wähle den Fidesz" verwendete. Wie vielerorts auf der Welt war auch hier die Unterhaltung nicht frei von Politik, die sich sogar in die Auswahl der aktuellen Tanzmusik im Hintergrund einschlich. Die emotionalen Knöpfe der Menschen müssen vorbereitet werden, der gewählte Hit muss sorgfältig in den Ohren platziert werden, und wenn alle ihn in ihren Küchen mitsummen, wird die Begleitmusik aufgelegt und der emotionale Knopf gedrückt. Ein perfekter Plan, der die Wirkung vervielfacht, vor allem wenn er sich auf diejenigen konzentriert, die das Land regieren sollen. Den Adel politisch für sich zu gewinnen, ist in jedem Zeitalter eine Kardinalfrage, und die Mittel, dies zu erreichen, sind der Phantasie der Politiker Grenzen gesetzt.

Zurück am Tisch prasselten Felvidéki und Schwarzenberger halb betrunken, wessen Bekanntenkreis einflussreicher sei, wer mächtigere Leute kenne, und versuchten, die Behauptungen des jeweils anderen mit möglichst vielen prominenten Namen zu widerlegen. Schwarzenberger warf seine deutschen Kontakte in die Waagschale; er wusste, dass Felvidéki gegen diese Bekannten nichts ausrichten konnte. Denn seine Freunde steckten mit den deutschen Machthabern unter einer Decke, während Felvidéki bestenfalls „nur" mit den Ungarn befreundet war, die ja in der westlichen Weltanschauung den Deutschen unterlegen waren.

Und Felvidéki argumentierte, dass dies nicht Deutschland sei und dass seine germanisch sprechenden Freunde hier keine Stimmrechte bekämen, also er müsse *die Klappe halten*.

Walter verspürte keinen Drang, sich in das kindische Geplänkel der beiden Größenwahnsinnigen in irgendeiner Form einzumischen: Er wusste, dass weder er noch sonst jemand diese beiden eingefleischten Wahrheitsfanatiker von der Lächerlichkeit ihrer Behauptungen überzeugen konnte. Warum ist es wichtig, wer einflussreiche Kontakte hat, wenn es im Leben darum geht, liebevolles Wissen zu erfahren und zu empfangen? Es geht um einen Geist des guten Willens gegenüber anderen, nicht um Materialismus. Vor allem im jungen Erwachsenenalter neigen die Menschen dazu, ihre Selbstverwirklichung (tatsächlich) allein an der Erreichung finanzieller Ziele zu messen. Natürlich, was kann man von einem jungen Erwachsenen erwarten, wenn man überall hört: „Wie viel verdienen Sie?" (verdienen Sie mehr, geben Sie sich nicht mit dem zufrieden, was Sie jetzt haben), „Wie groß ist Ihr Haus?" (so groß wie möglich, die derzeitige ist zu klein), „Wohin fahren Sie in den Urlaub?" (Balaton ist etwas für Arme, Sie müssen an exotische Orte fahren), statt zu fragen „Wie viele echte Freunde haben Sie?", (Gibt es Menschen auf der Welt, auf die man sich wirklich jederzeit verlassen kann?), oder „wenn sich Ihre Familie bei Ihnen zu Hause trifft, wie viel emotionale Sicherheit haben Sie, wie gut können Sie über schwierige emotionale Situationen sprechen?" (Achten Sie wirklich darauf, was die andere Person tut, oder geht es nur darum, wer das neue Kleid zu Weihnachten hat). Diese unterschiedlichen Fragen stehen neunundneunzig zu eins nebeneinander, und es stellt sich die Frage: Wie bewusst sind sich die Schulen, die Presse, die Gesellschaft oder sogar die Literatur heute ihrer Rolle bei der Charaktererziehung? Mit der Zeit ist das sicherlich weniger der Fall; es ist einfacher, die Herde auf Unwissenheit zu trimmen, als sie durch langwieriges Abwiegeln von Ideen zu überzeugen, sie in der Praxis anzuwenden. Wie die Geschichte uns immer wieder gezeigt hat, hat die menschliche Natur nie aus Komfort und Wohlstand gelernt, sondern im Gegenteil aus

Kriegen, Epidemien und Ereignissen, die die Grundfesten des Lebens erschütterten. Daraus folgt, dass sie keinen Komfort verdient, weil sie nicht in der Lage ist, ihn bewusst zu leben. Wenn sie vorankommen will, verdient sie Krieg und Epidemien, denn nur dann kann sie umdenken und sich selbst lieben. Bequemlichkeit macht eine Gesellschaft hysterisch empfindlich, in der jeder jeden für seine Lebensweise, für das, was er tut, oder für das, was er nicht tut, kritisiert. Sie schleudern sich gegenseitig ihre Stacheln entgegen (die meisten hinter dem Rücken des anderen zu einem Drittel) und werden auf die unterste Stufe der argumentativen Typen zurückgestuft, auf das Gezänk, bei dem das einzige Ziel darin besteht, den anderen um jeden Preis zu besiegen, anstatt ihn zu überzeugen. Daraus haben Herr Felvidéki und Herr Schwarzenberger ein kleines Theaterstück gemacht, bei dem jede Seite nur ein Ziel vor Augen hatte, nämlich den anderen so schnell und so laut wie möglich zu besiegen. Wie in ihrem Fall gab es nicht viel Logik in ihrem Gespräch, und ihre Vermutungen darüber, wo und was ihre so genannten Freunde in der Lage waren etwas zu „unternehmen", begannen alle am Tisch zu langweilen.

„Mein Freund in Deutschland hat einen besonderen Zugang zum Bundeskanzler Helmut Kohl", so der unumstößliche Jolly Joker- Name von Schwarzenberger. Niemand hätte nämlich eine größere christlich-demokratische Autorität sagen können als er. Dies war die letzte Stufe, die er zu erklimmen wagte, und heute versuchte er, Geschichten über die Identität seines gemeinsamen Freundes mit dem Kanzler zu erfinden. Es stimmte, dass er einmal einen Mann gekannt hatte, der freien Zugang zum Bundestag hatte, aber es wäre eine grobe Übertreibung gewesen, ihn als weltlichen guten Freund zu bezeichnen, zumal er sich nicht an seinen vollen Namen erinnern konnte. Hans irgendwas, oder Fritz, oder vielleicht Jürgen. Es ist ja auch scheißegal, er könnte jeden Namen sagen.

„Ach was, mein Freund, woher zum Teufel sollte Helmut Kohl deinen heruntergekommenen ostdeutschen Kumpel kennen?", lachte Felvidéki. „Ich glaube, du bist wirklich tapfer, mein Bruder, wenn du einen separaten Eingang zu beiden Seiten hast!", schmunzelte er geheimnisvoll. „Im letzten Herbst frühstückte beispielsweise einer meiner guten Freunde mit Károly Grósz in der Pokol-Taverne in Miskolc, und am Nachmittag wurde er von Miklós Németh im Café des Parlaments empfangen …", spekulierte er weiter.

„Frühstückte er mit Károly Grósz? Wunderbar! János … bitte … belaste mich nicht mit deinem Kommunisten-Kumpeln. Es ist eine Schande, diesen Namen heutzutage überhaupt noch zu sagen", so Schwarzenberger. „Dieser Junge, der Miklós, ist aber gut! Er hat Köpfchen, glaube mir!"

Walter war nicht beeindruckt von den kommunistischen Verbindungen von Felvidéki, die ihm vermutlich von seinem Onkel vermittelt wurden, zumal er wusste, dass Károly Grósz' roter Stern am Abklingen war. Er war einer der letzten Hardliner unter den Kommunisten, die sich damals mit aller Kraft gegen einen Regimewechsel wehrten, aber er konnte die evolutionäre Entwicklung Ungarns nicht mehr verhindern. Der andere Name, Miklós Németh, war interessant: Der junge Wirtschaftswissenschaftler wurde von der Parteiführung als leicht zu kontrollierende, vorübergehende Marionette betrachtet, die zu der richtigen Zeit schnell abgesetzt werden konnte. Doch Németh blieb standhaft und avancierte zu einem der wenigen ungarischen Politiker, die dem Land und seinen Interessen wirklich dienten. Damals sah das Land in ihm die Chance, in das neue System einzusteigen, da er es wagte, die Westgrenze zu öffnen und den unnötigen, aber nicht mehr zeitgemäßen und kostspieligen Eisernen Vorhang zu beseitigen.

Er griff mutig in das Wespennest, trotzdem, dass er selber Angst vor den Konsequenzen hatte. Als er den Sowjets mitteilte, dass er beabsichtigte, die Grenze zu öffnen, drückte er dies gegenüber Gorbatschow so aus: „Ich bin nicht hier, um Erlaubnis zu bitten." Man rechnete damit, dass das Land Vergeltungsmaßnahmen ergreifen würde, aber Gott (und Gorbatschow) sei Dank trat dieses Szenario nicht ein. Selbst der bereits erwähnte Helmut Kohl rief Gorbatschow an und milderte seinen Ton bezüglich der möglichen Folgen der Öffnung der ungarischen Grenze. Er antwortete mit vornehmer Schlichtheit und verwies auf seinen Standpunkt, dass „der ungarische Premierminister ein guter Mann ist". Laut Németh war es „ein stiller Segen" von Moskau und alle Zeichen deuteten auf keine Wiederholung von '56 hin. Und als der Außenminister, Gyula Horn, im Fernsehen verkündete, dass alle Inhaber von DDR-Pässen nach Österreich einreisen dürfen, jubelte die halbe DDR und drängte sich in ihre Comecon-Wagen. Natürlich wusste niemand, welche Auswirkungen der Mut der Ungarn haben würde, und selbst die größten Optimisten zögerten zu akzeptieren, dass dies der Auslöser für einen Dominoeffekt sein würde, der sich unmittelbar auf die Befreiung Mitteleuropas, das Ende der Berliner Mauer und die Wiederherstellung der deutschen Einheit auswirken würde.

Die Geschwindigkeit, mit der die Zeit verging, ließ die mutigste Tat, die von den Ländern, die befreit werden wollten, so lange herbeigesehnt wurde, schnell in Vergessenheit geraten. Weiß die Generation Z dreißig Jahre später, zu Beginn der 2020er Jahre, dass fünfzigtausend ostdeutsche Flüchtlinge das Land um die Zeit seiner Geburt überschwemmt haben? Wissen sie, dass sie buchstäblich durch die Straßen und Plätze der ungarischen Städte in einer Art und Weise, die auch die Migranten in den Schatten stellte, zogen. Sie schliefen in Zelten und Schlafsäcken, tranken Wasser aus Brunnen und warteten auf die Überfahrt zu den Schwägern im Westen. Wahrscheinlich wissen sie nicht. So schnell vergeht die Geschichte. Es scheint, als ginge es beim Transitstatus unseres Landes nicht nur um den zunehmenden Lkw-Verkehr, sondern auch um die flüchtenden Menschengruppen, die alle paar Jahrzehnte durch unser Land ziehen. Sie können aus dem Norden kommen und nach Westen gehen oder aus dem Süden kommen und nach Norden fliehen, die Lehre ist dieselbe: Wenn es eine Nation gibt, die von ihrem Zuhause aus beobachten können, wo die Welt schlecht und wo sie gut sein kann, dann sind wir es. Wir Ungarn.

„Ich stimme zu, Miklós Németh ist ein mutiger Junge, das muss man zugeben", schloss sich Békási an, während er sein

Glas erhob, um auf sein Vorhaben anzustoßen, und rief dann aus: „Auf Miklós Németh!"

Sie stießen alle an. Es ist nicht typisch für eine Gruppe, dass es einen Konsens über die Politik gibt, aber hier und jetzt wurde dieser Konsens erreicht, so dass sie alle per Du tranken. Noch bevor alle ihr Getränk ausgetrunken hatten, kam plötzlich ein großer, bärtiger Mann an ihren Tisch.

„Vorsicht mit solchen Ausrufen, Genossen", begann er, wobei er das Wort „Genossen" hinter einem spöttischen Akzent verbarg, „weil das Alte bröckelt und das Neue sich erhebt, ist selbst an Orten wie diesem, wo selbst die Mauer neugierige Ohren hat, Ohren, die nicht nur der Discomusik lauschen, eine subtile Formulierung notwendig", erklärte er.

„Wer bist du denn, Fremder?", fragte Békási erstaunt.

„Und wer hat Sie gefragt?", fügte Felvidéki hinzu, in einem halb abgestumpften Stil.

Walter schaute auch den bärtigen Mann an, der neben ihm stand, und bevor dieser antworten konnte, warf er ein: „Ihr Name ist János. János Fenyő."

„Woher wissen Sie das, junger Mann?", fragte Fenyő zurück, als ob der Wortlaut der gleichen Frage in den Gesichtern von Walters Bekannten am Tisch zu lesen wäre.

„Ich hatte die Gelegenheit, einige Ihrer in Los Angeles aufgenommenen Fotos zu sehen. Sie haben eine wirklich positive Sichtweise auf die Schönheit des weiblichen Körpers", sagte Walter Fenyő und bezog sich dabei auf die Arbeit eines Pornographen, der sich in Kalifornien einen Namen gemacht hat.

„Danke", lächelte Fenyő. Er nahm den Hinweis auf und freute sich, in Ungarn einen Ungarn zu treffen, der ihn kannte. „Und welches Bild hat Ihnen am besten gefallen?"

„Ich konnte mich nicht für einen Favoriten entscheiden, ich mochte den Stil der Bilder, bei denen die Mimik der Figuren ehrlich war", antwortete Walter, als ob er nicht von Pornobildern, sondern von künstlerischen Bildern einer Art von emotionalen, zwischenmenschlichen Beziehungen sprach, wohl wissend, dass der Rest der Gesellschaft keine Ahnung hatte, wer Fenyő war oder was er tat. Walter war auch so ein Lügner, dass er in seinem Leben nie ein einziges pornografisches Bild von Fenyő gesehen hat und erst später, Jahre nach Fenyős Tod, las, wie der legendäre Medienmogul als junger Mann angeblich von einem auf zwei gekommen war.

„Ich weiß bereits, wer Sie sind! Sie sind der Vico-Typ, der die Bänder kopiert!", war Békási erfreut, Fenyő auf der Titelseite der wöchentlichen Fernsehzeitschrift zu erkennen.

„Natürlich, der Vico-Film", fügte Felvidéki hinzu, der Slogan der unverwechselbaren Erzählerstimme der Firma Vico, und erinnerte an einen kleinen Satz, der sich in das kollektive Gedächtnis der damaligen Wende eingebrannt hatte.

„Genau!", lachte auch Fenyő; schließlich war es gut für sein Selbstwertgefühl, sich an die sorgfältig ausgearbeitete und eingebettete Botschaft zu erinnern. „Obwohl ich hinzufügen möchte, junger Mann, dass die Benennung Bänderkopierer für mich beleidigend ist, ist es dennoch irreführend: Ich bin Distributor und Händler", sagte er und versuchte, die Vervielfältigung von VHS-Kassetten ohne Urheberrecht und dann den Insiderhandel mit Raubkopien zu verschleiern. Walter kannte die Geschichte, er hätte ihm gerne unter die Nase gerieben, dass er von einem amerikanischen Filmstudio auf nicht unerheblichen Schaden verklagt werden würde, dass das ganze Tonbandgeschäft geschlossen werden müsste, von den Millionen Dollar an Bußgeldern nicht gesprochen, aber er tat es nicht. Doch das wirklich unangenehme und zunehmend unerträgliche Gefühl begann Walter zu erfassen, denn er wusste, dass dieser kräftige Mann in weniger als acht Jahren auf seinem Heimweg an der Ecke Margit utca und Margit körút erschossen werden würde. Auf seiner Reise war es Walter nie in den Sinn gekommen, jemanden vor dem Bankrott zu retten oder Ereignisse vorherzusagen, die noch nicht eingetreten waren, aber jetzt, wo ein konkretes Menschenleben auf dem Spiel stand, spürte er eine starke innere Unruhe.

„Ich habe eine Frage an Sie, János. Können Sie sich vorstellen, in Zukunft den Fernseher einzuschalten und Filme in bester Qualität, mit mehr Ton, mit beliebigen Untertiteln, legal, wann immer Sie wollen, wie in einem Kino zu sehen? Und das alles für den Preis von zwei Videokassetten pro Monat?", fragte Walter und verdrängte die vorherigen Gedanken.

„Natürlich", antwortete Fenyő selbstbewusst auf die einfache Antwort. „In der Zukunft wird es sicher sein. Natürlich muss dafür im Hintergrund die notwendige Infrastruktur aufgebaut werden, es muss ein zentrales Netz geben, aber um Ihre Frage zu beantworten: Ja, ich kann mir vorstellen, dass das noch zu unseren Lebzeiten, wenn auch erst in ein paar Jahren, der Fall sein wird. Vorausgesetzt, sie lassen den freien Markt durchdringen", hob er sein Glas und fügte hinzu: „Auf den freien Markt!"

Walter war von Fenyős frühreifer Überzeugung überrascht, aber nicht verwundert: Er wusste, dass er mit einem Meister zu tun hatte, der nicht nur ein Unternehmer, sondern auch ein Pionier war.

„Ausgezeichneter Ansatz, János, ich glaube selbst an etwas Ähnliches", nickte Walter zustimmend.

„Ich weiß nur noch nicht, wie ich es nennen soll", lächelte Fenyő halb ernst. „Denn ich bin sicher, dass ich es tun werde!"

„Sagen wir Vicoflix!", schloss sich Walter dem Gedankengang an und nutzte die leichte Ähnlichkeit des Namens mit der Netflix-Hitserie, die einige Jahre später, 1997, gegründet werden sollte.

„Vicoflix! Hmm … nicht schlecht, auch modern, aber dann könnte es auch Vicflix sein, das klingt besser", begann Fenyő, dann fuhr er fort: „Aber um eine solche Geschichte zu machen, wenn alle infrastrukturellen Veränderungen vorhanden sind, braucht man eine riesige Menge an Bewusstsein." Hier hielt er einen Moment inne, um alle zur Ruhe kommen zu lassen und sich zu fragen, was dieses Bewusstsein sein könnte: „Man muss bedenken, dass man seine eigene Branche, die bisher profitabel war, kannibalisieren und sich gegen alle anderen wenden muss. Denn wenn Sie erfolgreich sind, werden Sie nicht nur Ihre Konkurrenten für immer ausschalten, sondern auch Ihr eigenes, etabliertes Profil. Sie werden Ihnen nicht nur kein Videoband leihen können, sondern auch nicht Sie selbst. Im

Gegenzug werden Sie revolutionieren, und wenn Sie es richtig machen, werden Sie der Einzige auf dem Markt sein. Ich zum Beispiel würde bei einem solchen System auf jeden Fall die Option des Verleihs pro Film fallen lassen und zu einer Art fester monatlicher Gebühr übergehen, die man zahlen kann, um so viel zu filmen, wie man will", schloss seinen Satz Fenyő.

Walter war fast atemlos: Dieser Mann ist wirklich ein Genie seiner Zeit. Es ist, als hätte er eine Netflix-Hitstory aus Wikipedia gelesen. Er brauchte nur zu sagen, dass es von einem Mathematiklehrer und einem Softwareentwickler gegründet werden würde.

„Tolle Idee, János, warum machst du das nicht?", fragte Vámhegyi in das Gespräch hinein.

„Ich habe nicht gesagt, dass ich es nicht tun würde", lachte Fenyő, und es war offensichtlich, dass ihm die Idee gefiel. „Ich werde am Montag zur Stiftung Selbstständigkeit gehen und sie um ihre freundliche Genehmigung bitten."

„Stiftung Selbstständigkeit?", hob Walter seine Augenbraue.

BUDAPEST

„Prosit!", hob Pölő sein Glas auf die Höhe der Zurückhaltung und wünschte Felvidéki einen guten Appetit, bevor sie mit dem sorgfältigen Verzehr von dem servierten Mini-Lángos als Vorspeise begannen. Das Menü besteht aus mindestens acht Gängen und wird sicherlich auch die anspruchsvollsten Feinschmecker zufrieden stellen, nicht zu vergessen die für Michelin-Sterne typischen Souvenirgerichte. Die besondere Präzision der Speisen und Getränke, die Komplexität der Gerichte und die perfekte Mischung des Ambientes des Restaurants garantieren das ultimative und unvergessliche gastronomische Erlebnis für alle, die Lust und natürlich auch das Geld haben, etwas extrem Innovatives zu probieren. Man geht nicht aus gewöhnlichen Gründen in diese Lokale, man hebt sie für besondere Anlässe auf, man plant seinen Besuch, man bestellt das Menü im Voraus, damit man weiß, was man essen wird, oder man versucht zumindest zu erraten, was sonst zu ahnen ist. Schließlich sind die Aromen der servierten Speisen viel mehr als das, was sich der potenzielle Gast beim Lesen der Speisekarte vorstellt. Gulaschsuppe zum Beispiel wird vielerorts delikat zubereitet, aber sicher nicht so, wie ein berühmter ungarischer Starkoch sie für den Bocuse d'Or-Kochwettbewerb zubereitet und dann mit der Öffentlichkeit teilt. Wenn es einen Himmel für Gulaschsuppe gibt, dann findet man ihn sicherlich hier. Es wäre schade, irgendwelche Adjektive zu verschwenden, um ihn zu loben, denn das, was man fühlt, wenn man ihn schmeckt, lässt sich weder mit Worten noch mit Schrift beschreiben und kann niemals beschrieben werden. „Ich hoffe, dass es mit Pölő auch so sein wird", dachte Felvidéki bei sich, und wie die anderen versuchte auch er, die Einladung zu einem feinen Abendessen dem Anlass entsprechend zu gestalten.

„Prost auch auf dich, László", erwiderte den Glückwunsch Felvidéki. Sie waren beide begierig darauf, ihre kulinarische Reise zu beginnen.

„Erzähl mir bitte, János, wie war deine Heimreise aus den Emiraten?", begann Pölő das Gespräch vorsichtig zu lenken.

„Wie war unsere Reise? Es war alles in Ordnung, aber ich muss zugeben, dass ich mir ein wenig Sorgen um Karcsi mache", antwortete Felvidéki und gab sich Mühe, nicht den Mund voll Mini-Langos zu essen.

„Bist du besorgt? Und warum auch immer?", fragte Pölő zurück.

„Ich werde darauf zurückkommen. Lass uns erst einmal essen, ich fange am Anfang an", sagte Felvidéki. „Als du die Möglichkeiten für die Zukunft skizziertest (Korruption → Ausschreibung → von Hungaro-Hús, → österreichische Fusion, → Pandemie, → Rettung der Welt, → Ultra-Profit und Verherrlichung), hatte ich einen Gedanken, der mir seitdem nicht mehr aus dem Kopf geht."

„Und was ist es?", fragte Pölő.

„Es ist eines der größten Geschäfte des Jahrhunderts, und ich möchte es auf keinen Fall verpassen", lachte Felvidéki.

„Und dann?"

„Es gibt ein paar Faktoren, die angepasst werden müssen", begann Felvidéki seine Erklärung, wobei er das Wort „Faktor" dehnte. „Nehmen wir an, ich glaube an deine globale Verschwörungstheorie, dass in den nächsten Jahren eine Art Seuche auftritt, die sich über den gesamten Globus ausbreitet und alle Menschen infiziert. Ich glaube auch, dass sie das Virus so abändern werden, dass es kein Kind oder keinen gesunden Erwachsenen tötet, denn die Zielgruppe für die Ansteckung ist die Kategorie ›also ran‹. Ich stimme auch mit der Möglichkeit dem österreichischen Zweig überein, selbst wenn es keinen Ausbruch gibt, bin ich damit einverstanden, es ist eindeutig ein lohnendes finanzielles Manöver. Ich kann mir allerdings nur schwer vorstellen, dass Karcsi im Alter von siebzig Jahren ein solches Unternehmen auf die Beine stellen würde. Er ist einfach zu alt für diese Art von Dingen. Seine Sprachkenntnisse und seine Erfahrung sind gut, aber er wird nicht in der Lage sein, die Kluft zwischen den Generationen zu überbrücken. Er ist den jungen Leuten, vor allem den lebhaften, immer ausgeliefert, weil sie in einer Sprache sprechen, die er nicht mehr versteht."

„Von welcher Sprache sprichst du?", fragte Pölő.

„Nun, das unerträgliche Gerede über die Vermischung von englischem Jargon mit Ungarisch, wodurch eine Art multinationaler Dialekt, das Hunglish, entsteht. Ich finde es besonders ärgerlich, wenn jemand auf diese Art und Weise spricht: ›Es ist time, um das Challenge zu starten‹", brummte Felvidéki.

„Was zum Teufel soll das bedeuten?", Pölő war verwirrt.

„Siehst du, das ist es! Du selber verstehst es nicht. Trotzdem, dass du auf Englisch sprichst … Stell dir vor, wie schnell der arme Karcsi an die Decke gehen würde, wenn er mit vierzig Jahre jüngeren Managern verhandeln müsste, die so sprechen. Das ist nicht der Stil für uns."

„Da ist etwas dran, aber ich glaube nicht, dass das ein Grund ist, warum er nicht erfolgreich sein sollte", antwortete Pölő.

„Auf der anderen Seite gibt es die moderne Technik. Eine solche Fusion sollte mit den modernsten Werkzeugen und Entwicklungen durchgeführt werden, bei denen Karcsi ebenfalls im Rückstand ist. Er weiß nicht, was Cloud-basierte Dienste sind, oder wie wichtig grundlegende Computerkenntnisse in der heutigen Welt sind. Auch wenn es heutzutage ein Gräuel ist, Excel anzuwenden, kann man es nicht davonkommen, und wenn man in dem Programm zumindest keine fortgeschrittenen Kenntnisse hat, wird die andere Seite ihn nicht ernst nehmen. In der modernen Welt ist es so, als ob man nicht richtig sprechen könnte. Und Karcsi ist dazu völlig unfähig", erklärte Felvidéki und versuchte, die Unvereinbarkeit zu akzeptieren, ob tatsächlich eine blutige Wurst mit einer Kiwi auf den Tisch neben ihnen gelegt wurde oder nicht.

„Gut, gut, János, ich verstehe deine Bedenken, aber wir werden einen Assistenten für Karcsi einstellen, der tippen, berichten,

Excel und all den anderen ultramodernen Mist kann, in dem Karcsi schwach ist", fasste Pölő zusammen.

„László, warte einen Moment. Lass mich fortfahren."

„Fahre fort."

„Und drittens sind da noch filthy lucre. Karcsi wird nur dann mitmachen, wenn wir ihn nach Strich und Faden bezahlen, ich kenne ihn, er hat so einen Appetit. Wir könnten eine Menge Geld sparen, wenn wir ihn nicht wählen würden!", argumentierte Felvidéki, „und da war noch die Sache vor ein paar Jahren, als er mich umging, grausam ausließ und ein Geschäft mit Nyikos machte, und sie eine Menge Geld kassierten, als die staatliche Fleischfabrik geschlossen wurde."

„Haaah!", lachte Pölő und seine Augen begannen, amüsiert zu funkeln. „Daher weht also der Wind, mein lieber Freund! Es geht um die Privatisierung der Fleischfabrik! Von denen du bösartig ausgenommen warst", fuhr er lachend fort.

„Sieh mal, László. Ich bin der König des Fleisches, ob es man gefällt oder nicht", sagte Felvidéki mit einem sehr ernsten Ton und Gesichtsausdruck, „kein Fleischbusiness kann ohne mein Wissen und meine Erlaubnis stattfinden, die über hundert Millionen beträgt. Ist es klar?"

„Fleischbusiness, das ist gut!", kicherte Pölő weiter. „Hast du nicht gerade gesagt, dass du es nicht magst, wenn jemand Hunglish spricht?"

„Verdrehe mir nicht die Worte im Mund, László, ich meine es ernst. Ich habe auf diesem Geschäft zwei Milliarden verloren", sagte Felvidéki.

„Wie hättest du dabei Geld verlieren können, wenn du nicht beteiligt warst?", fragte Pölő zurück.

„Nun, das ist genau der Grund. Weil ich verdammt noch mal nichts damit zu tun hatte!", wurde er weiter wütend. Für Pölő war klar, dass Felvidéki bis heute wütend auf Schwarzenberger war, weil er sich vor einigen Jahren an Nyikos und nicht an ihn gewandt hatte, als er erfuhr, dass die staatliche Fleischfabrik nur noch Tage oder sogar Stunden zu leben hatte. In solchen Fällen ist die Schnelligkeit der Information der größte Schatz:

Diejenigen, die Insider sind, können reagieren, diejenigen, die es nicht sind, werden höchstens die Schlagzeilen auf Nachrichtenportalen lesen, wenn es zu spät ist. Der staatliche Gratiszug ist abgefahren, das Warten kann von vorne beginnen. Wie im vorliegenden Fall wartet der kostenlose Zug mit den öffentlichen Geldern immer noch im Verborgenen, aber diejenigen, die wissen, dass er bald abfährt, werden die Ersten sein, die ihn besteigen und die Millionen abwerfen, so dass die Öffentlichkeit, wenn er aus der Dunkelheit kommt, nur einen leeren Zug sehen wird.

Der aktuelle Lokführer ist Pölő und Felvidéki ist der erste und einzige, der in den langen Zug einsteigen kann. Ihr Plan war der übliche, dem Zeitgeist entsprechend, dessen einziges Ziel es war, in möglichst kurzer Zeit möglichst viel Gewinn zu machen. Sie waren bereits so sehr in die einseitige Verwendung der vom Staat eingenommenen Gelder und Steuern für ihre eigenen Zwecke verstrickt, dass sie in diesem Moment ihre hochgehaltenen Träume von der Rettung der Menschheit vergaßen.

„Okay, János, dann ist Karcsi raus", bestätigte Pölő schließlich, dem sofort klar war, dass Schwarzenberger mit Felvidéki in einem Job dieses Umfangs derzeit nicht kompatibel ist. Er wusste, dass sie gut befreundet waren und sich manchmal trafen, aber in einem so großen Unternehmen kam eine Freundschaft nicht in Frage, also Schwarzenberger muss ausgelassen werden, Punktum. So kann Felvidéki wenigstens den Dorn, der seit Jahren in ihm schwelt, herausziehen und bestenfalls in Schwarzenberger hineinstecken, damit er ein bisschen spürt, wie es ist, von etwas ausgeschlossen zu sein. Von einem großen Geschäft.

„Und sag mir, László, was genau erwartest du von diesem mysteriösen Virus? Was wird deiner Meinung nach geschehen?", fragte Felvidéki nach ein paar Sekunden des Schweigens.

„Nun … das ist schwer zu sagen, weil es noch niemand ausprobiert hat. Es wird für alle neu sein. Sicherlich gibt es einige oder sogar Millionen von Menschen, die zu ernsthaften, selbsternannten Epidemiologen werden. Gleichzeitig wird sich ihnen eine Schar von – ebenfalls selbsternannten – Wirtschaftswissenschaftlern anschließen, die so laut wie möglich verschiedene

Visionen und Spekulationen verbreiten werden. Und da diese „Experten" zahlreich sein werden, wird es sicherlich einige geben, die einer ihrer Theorien Glauben schenken und dadurch wahrscheinlich plötzlich an Status und Ruhm gewinnen werden. Wie es heutzutage so ist: Fünfzehn Minuten Ruhm und dann Tschüss! Dabei handelt es sich jedoch nur um müßige, unwissende Spekulationen, die zufällig treffen werden. Eine epidemische Krise wird für die Welt neu sein, denn so etwas hat es in der Neuzeit noch nie gegeben. Gehen wir einfach in chronologischer Reihenfolge zurück", zeigte Pölő mit dem Zeigefinger. „Es gab die Krise von 2008, die durch die Immobilienblase und das Versagen der abgefuckten Banker verursacht wurde." In seinem Tonfall schwang viel Negativität mit: Wahrscheinlich hat auch er in dieser Krise Millionen mit Immobilieninvestitionen verloren. „Und ein paar Jahre davor gab es die Dotcom-Blase, die durch übermäßiges Vertrauen in Computerfirmen verursacht wurde ..."

„Dotcom-Blase?", lachte Felvidéki.

„Du weißt ja! Da das US-Wirtschaftswachstum aufgrund der IT-Revolution immer stärker von Unternehmen in den Bereichen IT, Telekommunikation und Medien abhing, wurden die Aktienmärkte durch Optimismus beflügelt. Die Menschen kauften ohne nachzudenken, trotz des damaligen Aufrufs von Warren Buffett, trotz der Kritik vieler Starinvestoren, die heute nicht mehr an der Börse notiert sind. Und die Hoffnung auf ein schnelles Vermögen im Internet hat zu unrealistischen Kurssteigerungen geführt", erklärte Pölő mit dem feinen Gespür eines Experten.

„Ich weiß, ich weiß, László. NETJ.com hat kein Geheimnis daraus gemacht, dass es keine wirkliche Aktivität hat, dennoch hat sich sein Aktienkurs verdoppelt. Ich erinnere mich auch daran, wie könnte ich das vergessen!", fügte Felvidéki hinzu. „Ich lachte über die Tatsache, dass ich selbst viele Aktien gekauft hätte, aber als ich mich daran erinnerte, war alles schon geplatzt.

Nun, es war ein großer Knall." „4800 Milliarden Dollar haben sich in Rauch aufgelöst, in ein großes stinkendes Nichts", stimmte Pölő zu. „Dann waren da noch die alten Krisen. Es gab Informationen über die Krise von 1929, die durch den Weltkrieg ausgelöste Krise, aber es gab nichts Vergleichbares. Siehst du ... ein Weltkrieg hat alles weggefegt, Städte, Fabriken, Infrastruktur, was eine Erleichterung war, weil es einen Bedarf an neuen Maschinen, neuen Straßen, neuen Gebäuden gab. Die Wirtschaft erholte sich irgendwie von selbst. Aber was jetzt kommt, ist etwas ganz anderes. Die Fabriken werden geschlossen, aber ihre Vermögenswerte bleiben erhalten. Straßen, Gebäude auch. Es kann sein, dass sie ein paar Monate Ausgangsverbot erteilen, aber die Infrastruktur bleibt bestehen."

„Darf man nicht mehr ausgehen?", war Felvidéki verwundert. „Halt, das hoffentlich nicht!"

Doch! Sie werden die ganze Welt schockieren! Bei den bisherigen Einschüchterungen wurde meines Erachtens festgestellt, dass es nur bestimmte Schichten getroffen hat. Typisch für die Unwissenden, die fernsehen und alles glauben, was die kontrollierten Medien sagen." Es gab eine kurze Wirkungspause, in der Pölő Felvidéki tief in die Augen blickte. „Aber hier und jetzt, mein Freund, werden die Reichen und die Klugen Angst haben, sie werden allen möglichen Blödsinn von sich geben, unabhängig von der sozialen oder kulturellen Schichtung. Die Reichen werden kleine Krankenhäuser in ihren eigenen Häusern bauen, die Klugen werden sich nicht mehr auf die Straße trauen, so viel Angst werden sie haben, mein Bester! Und heute, im Zeitalter der Kommunikations-Governance, kann es keinen größeren Trumpf für eine Macht geben!"

„Oh ja, ich erinnere mich, dass Machiavelli vor fünfhundert Jahren schrieb, dass man die Menschen auf zwei Arten führen kann: Wenn sie einen lieben oder wenn sie einen fürchten. Das erste ist unrealistisch, das zweite schon vielmehr realistischer", stimmte Felvidéki zu. „Du glaubst also, dass diese Epidemie tatsächlich das Bewusstsein der Menschen angreift und sich über die Medien verbreitet?"

„Ganz genau! Die Epidemie wird weniger Opfer fordern als eine schwerere Grippesaison, aber ihre Plötzlichkeit wird ihr ein so hohes öffentliches Profil verleihen, dass die Regierungen in der Lage sein werden, sie für eine rechtzeitige Panikmache auszunutzen. Und wenn das Rezept funktioniert, wird es die größte Erfolgswaffe der nächsten Periode sein, wenn etwas reformiert werden muss. Die zentrale Angst, vor der sich alle fürchten, aber nur einige wenige Obere haben die Lösung, die ihnen Macht und Ansehen verleiht", erklärte Pölő.

„Und denkst du, dass wir diese Menschen sein werden?", fragte Felvidéki zurück.

„Wir können auch diejenigen sein", sagte Pölő, „aber wir haben noch viel Arbeit vor uns. In einem solchen Fall wird nicht nur die Impfung der heilige Gral sein. Denke darüber nach! Selbst wenn wir den Impfstoff nicht entwickeln können, gehören wir zu den wenigen, die es versuchen können. Und es wird keine Regierung geben, die es wagt, vor dem Volk Nein zu sagen. Oder es gibt die Virustests. Auch diese werden zu Beginn der Epidemie zu krassen Preisen erhältlich sein. Auch ein großes Geschäft. Wir können bis zu hunderttausend für einen Test verlangen, der uns nur tausend Forint kostet. Rechne nach! Das ist eine Menge Geld", so Pölő weiter.

„Hunderttausend für einen Tausend Forint-Test verlangen? Selbst in meinen Augen ist das ein Aderlass, selbst wenn das Geld an mich geht", sagte Felvidéki.

„Wen kümmert es, ob es sich um einen Aderlass handelt oder nicht? Es ist gut für die Menschen, sie sind glücklich, und das ist der Sinn der Sache. Wen kümmert es, wenn wir dabei Arsch viel Geld verdienen?", lachte Pölő auf. „Was glaubst du, worauf das Mineralwassergeschäft aufgebaut wurde? Hundertzwanzig Forint für eine Flasche mit einem halben Liter Wasser, hmm?"

„Du hast recht, es gibt tatsächlich viele Unternehmen mit irrsinnigen Gewinnspannen, da wird es nie Gerechtigkeit geben", beruhigte Felvidéki sein eigenes Gewissen.

„Gerechtigkeit? Quatsch! Das ist der Kapitalismus, man muss sich ihm anpassen. Der Rest ist leeres Gerede", sagte Pölő. „Weißt du, wie du spüren kannst, dass eine Krise kommt?"

„Na wie?"

„Wenn selbst die doofsten Leute darüber reden. Wenn du zu deinem doofsten Verwandten im Land fährst und sogar er dich mit der Krise belästigt", sagte Pölő.

„Zu meinem doofsten Verwandten?", war Felvidéki verblüfft.

„Stimmt. Zu deinem doofsten Verwandten. Derjenige, der an einem Ort lebt, der nicht auf der Landkarte verzeichnet ist, und der sein Leben damit verbringt, Dinge zu tun, die absolut keinen Sinn ergeben ... Ich erkläre es dir, Wirtschaftslehre der ersten Klasse: Die Zyklizität von Krisen. Kennst du das Beispiel mit dem Ei?", fragte Pölő.

„Nein, ich kenne es nicht."

„Die Erklärung ist folgende: Die Zyklizität von Krisen lässt sich am besten mit der Oberfläche eines Eies vergleichen. Es hat einen Oberteil und einen Unterteil, und die Teile dazwischen nehmen in ovaler Richtung ab oder zu. Beginnen wir an dem Oberteil. Der Oberteil ist die Spitze des Ballons, an dem die Abwärtsbewegung beginnt. Von da an geht es stetig bergab, die Verkäufe beginnen, niemand kauft, also kommt der Absturz. Dann beginnt der langsame Anstieg, das Vertrauen kehrt zurück, die Käufe beginnen, die Wirtschaft wächst schön. Wenn das Wachstum die Hälfte der Strecke hinter sich gelassen hat, beschleunigt es sich und wird frenetisch. Der Effekt ist Schnelligkeit und ein plötzliches Aufblähen der Blase. Dann kommen der Höhepunkt und ein Ereignis, das deutlich macht, dass das Leben kein Ponyhof ist, und der ganze Zyklus beginnt von vorne. Man weiß jedoch nicht, ob die rasante Entwicklung der Menschheit zu einem schnelleren und häufigeren Aufblasen dieser Ballons führen wird", so der Wirtschaftswissenschaftler Pölő, der zugegebenermaßen über einige Kenntnisse in der praktischen Wirtschaftswissenschaft verfügte.

„Ich verstehe, und ich danke dir, dass du mich mit deinem degenerierten Schuljungen-Beispiel belehren, aber glaubst du wirklich, dass wir am Rande einer Krise stehen, die durch deine Super-Epidemie ausgelöst wird?", schlug Felvidéki einen etwas wütenderen Ton an. Er mochte es nicht, belehrt zu werden, besonders wenn es um finanzielle Angelegenheiten ging.

„Nun, schau mal. Wenn du mir nicht glaubst, geh zu deinen lang vermissten Verwandten im Bivalybasznád und frag sie!" sagte Pölő.

Felvidékis Gesichtsausdruck zeigte, dass er nicht wusste, ob er der Pandemievorhersage Glauben schenken sollte oder nicht. Er hielt es zwar für wahrscheinlich, dass jemand eines Tages den Mut haben würde, ein Virus freizusetzen, das mit Massenerkrankungen und Tod in Verbindung gebracht wird, aber er hielt es für undenkbar, dass dies schon morgen geschehen könnte. Wie ein Computer-Feuer wäre es überwältigend, mit unvorhersehbaren Folgen. Es würde unser grundlegendes Vertrauen in unsere Sicherheit erschüttern, die menschlichen Gesellschaften würden den Glauben an unsere bisher unbestrittene Gewissheit verlieren, dass wir einen Entwicklungsstand und einen Bewusstseinszustand erreicht haben, den uns niemand nehmen oder bedrohen kann.

Auf die eine oder andere Weise werden die unbewussten Exzesse des verschwenderischen Konsums ihren Tribut fordern. Die Ungleichheit in der Verteilung des Reichtums wird zunehmen, und das Pareto-Prinzip wird bald nicht mehr als die Regel der 80-20, sondern der 90-10 oder sogar der 99-1 angesehen werden. Wie lautet die Antwort auf eine Frage, die wir uns nie gestellt haben, weil wir nie gezwungen waren, sie zu stellen? Wahrscheinlich durch die Stärkung eines bewussten Lebensstils, bzw. durch die Reduzierung unbewusster und unnötiger Zeitverschwendung. In einer Welt, in der es uns gelingt, die Angst von den Klügsten bis zu den Dümmsten, von den Reichen bis zu den Armen zu trainieren, es ist wahrscheinlich, dass diejenigen, die die *Angst* selbst ablehnen, diejenigen sein werden, die Erfolg haben. Eine Möglichkeit, dies zu tun, besteht darin, das Schlimmste zu akzeptieren und sich mit dem Paradigma abzufinden, dass „Ja! Das könnte auch mir passieren." Sobald diese Erkenntnis eintritt, beginnt man plötzlich die Welt in einem besseren Licht zu sehen. Und wenn man darüber hinausgeht, muss man sich jede Stunde und jede Minute eines jeden Tages darum bemühen, dass mir genau dieses Schlimmste nicht widerfährt.

„Nach dem spontanen Wachstum in den neunziger Jahren und dem 21. Jahrhundert fällt mir auf, wie schwierig es für die Unternehmen ist, von der Unwissenheit zum Bewusstsein zu gelangen", sagte Pölő.

„Was verstehst du unter spontanem Wachstum?", fragte Felvidéki.

„Nun, die Anzahl der Leute, die sich selbst etwas vorgemacht haben, indem sie sagten, wie brillant sie ihr Unternehmen zum Laufen bringen und wachsen lassen", antwortete Pölő.

„Könntest du das bitte näher erläutern?", fragte Felvidéki, der bereits wusste, dass ihm die Antwort nicht gefallen würde.

„Ein Beispiel dafür ist der Fall von Endre Békási, der vor einigen Jahren in den Bankrott ging. Wenn ich mich recht erinnere, hattet euch ein gutes Verhältnis zueinander, nicht wahr?"

„Ja. Aber wie kommt er jetzt in die Rede?", war Felvidéki verblüfft.

„Sein Fall war ein Schulbeispiel für das, was in diesem Land geschah und geschieht. Viele hielten ihn für ein Genie, jemanden, der nicht nur seine Branche bis ins Detail verstand, sondern auch als Geschäftsmann nicht der letzte seiner Art war. Und siehe da, er ging pleite. Weißt du, warum?", fragte Pölő, der, fast ohne eine Antwort abzuwarten, fortfuhr. „Denn die Wahrheit ist, dass er nie bewusst war! Er und TrombonCorp waren unbewusst gewachsen. Nur diejenigen, die in diesen zwanzig Jahren dazu in der Lage waren, hatten auch die Gelegenheit dazu. Der Markt hat keine freien Wachstumssituationen eröffnet und wird dies auch nicht tun, wie es früher der Fall war. Im Nachhinein betrachtet war der Kauf einer der Produktionsmaschinen nicht genial, denn es war fast egal, welche Maschine man kaufte, denn es gab von jeder Maschine irgendwo einen Mangel, so dass man nicht wirklich etwas falsch machen konnte."

„Glaubst du, dass er, wenn er irgendeine Maschine gekauft hätte, aufgestiegen wäre, weil die Zeit ihm die Möglichkeit dazu gegeben hat, und zu Beginn der von dir erwähnten Ära des Bewusstseins wäre er sowieso bankrott gegangen, denn egal, was er hat?", fragte Felvidéki.

„Stimmt. Es werden nur jene Unwissenden überleben, die bereit sind, sich den modernen Richtungen zu öffnen und den schmerzhaften und finanziell belastenden Weg des Bewusstseins einzuschlagen", blickte Pölő in die Augen von Felvidéki, der mit aller Kraft versuchte, Felvidéki zum Bewusstsein zu führen, an dessen Ende er bereits die Fusion der Hungaro-Hús Kft. mit den Österreichern mit eigenen Augen gesehen hatte. Das zielte das Spiel ab. Damit Felvidéki nicht bequem wird, damit er nicht denkt, dass er, nur weil er ein Milliardär ist, nicht morgen ein bettelarmer Schlucker sein kann, so wie die Politiker – er hat versucht, die Saat der Angst in Felvidéki zu legen. Er befürchtete, dass Felvidéki in Anbetracht seiner Macht und Stellung möglicherweise einen Rückzieher macht und den glänzenden Plan, Hungaro-Hús zu erweitern, nicht mitträgt. Das ist auch der Grund, warum Pölő die Geschichte von Békási einwirft und versucht, seine Überzeugung auf intellektueller Ebene mit emotionalen Hinweisen zu untermauern. Für die Reichen wie Felvidéki ist einer der auffälligsten Punkte, dass sie ihren fabelhaften Erfolg nicht sich selbst, sondern der günstigen Wendung der Umstände verdanken. Das ist es, was Pölő versuchte, in Felvidékis Unterbewusstsein zu drücken, was passieren würde, wenn das Land des leichten Geldes endlich verschwindet und durch ein sehr multinationales, sehr bürokratisches, hochgradig kontrolliertes System ersetzt wird, in dem die Tricks und Intuitionen der letzten dreißig Jahre keine Chance haben würden.

Vorerst hatte Felvidéki keine Angst um seine Position, er wusste, wo der Hase im Pfeffer liegt und dass Pölő ihn viel mehr brauchte als umgekehrt. Und er konnte sich nicht vorstellen, jemals wieder an der Armutsgrenze zu leben, eine Möglichkeit, die er für undenkbar hielt.

„Und wie sieht es mit der Bevölkerung aus, hm? Wie willst die viele Schafe zum Bewusstsein erziehen?", stellte Felvidéki die Frage.

„Wahrscheinlich keineswegs. Sie werden mit dem Fluss schwimmen, so wie sie es immer getan haben", quittierte Pölő. „Schau mal, János … in der Gesellschaft gibt es immer ein paar

Prozent an der Spitze, die klug und gewieft genug sind, um die Obergrenze zu bilden. Ganz unten stehen diejenigen, die das wissen, die dienen und sich mit den Brosamen begnügen, wie die Kleinunternehmer und die Intellektuellen von heute. Unter ihnen befindet sich die Masse, eine Gesellschaft von Vollidioten, die dorthin gehen, wo man sie hinführt", lachte Pölő und erläuterte seine einzigartige Gesellschaftstheorie.

„Und fühlst du nicht dafür verantwortlich, ihnen den richtigen Weg zu weisen?", fragte Felvidéki mit einem heuchlerischen Lächeln zurück.

„Scheißegal. Sie verstehen ohnehin nur durch Gewalt und Schläge. Egal, in welche Richtung eine Regierung sie lenkt, sie wird in einem Gestänker enden. Sie lernen nichts, sie wissen nicht einmal, was gut für sie ist", schüttelte Pölő den Kopf. „Wenn du ändern willst, werden sie wütend sein, wenn du es nicht tust, werden sie wütend sein. Und natürlich kommt kein Idiot auf die Idee, dass es solche Steuersätze nicht gäbe, wenn jeder seine Steuern ordentlich zahlen würde.

„Das hast du auch nicht ernsthaft gemeint", warf Felvidéki ein, „bei den hohen Steuern, die hier erhoben werden, ist es ein Wunder, dass die Leute überleben können … im Ernst. Jemand hat ein Bruttogehalt von zweihundertfünfzig Tausend, von dem er neunzigtausend nicht bekommt, weil es abgezogen wird, so dass einhundertsechzig übrigbleiben, und davon zahlt er, wo immer er hingeht, siebenundzwanzig Prozent Mehrwertsteuer auf fast alles, was weitere fünfzigtausend Abzüge pro Monat bedeutet. Ich soll nicht einmal hinzufügen, dass die Arbeitgeber zusätzlich zu seinem Gehalt noch mehr Geld an Onkel Staat zahlen muss", haspelte er und gestikulierte energisch. „Meinst du nicht, dass wir das zuerst ändern sollten, damit die Leute noch Geld übrig haben, hm?"

„Höre, János, ich verstehe, was du sagst, aber leider ist es besser, wenn sie nicht die Kontrolle darüber haben, wie dieses Geld ausgegeben wird! Das Problem ist, dass sie immer noch besser davonkommen, wenn der Staat ihnen das Geld stiehlt und er statt ihnen ausgibt, weil sie nicht in der Lage sind, es bewusst auszugeben, und so geben sie das Wenige, das sie haben, für nützliche Dinge aus", so Pölő.

„Wie zum Beispiel die Taschen der Politiker zu füllen, nicht wahr, liebe Pölő?", fragte Felvidéki, der die Betonung auf den eindeutig spöttischen Begriff „Pölő" legte. Er nannte Pölő nur, wenn er ihn mit dem Spitznamen ansprechen wollte; er wusste, dass Pölő es nicht mochte, wenn man ihn umgangssprachlich so nennt.

„Das ist nur das notwendige Übel, mein Bester", versuchte er, die Spöttelei mit einem „mein Bester" zu erwidern, „Vergiss nicht, dass die Patriarchen gebildete, kultivierte Leute sind, die mehr Scharfsinn haben als die Sippschaft", und er versuchte, das Wort „Sippschaft" nicht zu benutzen, weil es leicht politisch gegen ihn verwendet werden konnte, aber jetzt rutschte es ihm heraus, was er sofort bereute.

„Sapperlot, László! Was meinst du mit der Sippschaft?", nutzte Felvidéki die Möglichkeit aus und bedauerte, dass er ihn nicht auf eine Art Diktiergerät aufgenommen hatte, wie man es aus Spionagefilmen kennt, falls es später nützlich sein könnte.

„Du hast recht, János, ich wollte Arbeiterklasse sagen", gab Pölő zu und korrigierte sich selbst, im Vertrauen darauf, dass Felvidéki den Versprecher nicht aufgeschnappt hatte.

Sie zankten sich wie Gentlemen, als sie den Hauptgang des achtgängigen Menüs, ein Hirschkalb mit gebräuntem Butterkarottenpüree, probierten. Über Geschmack lässt sich nicht streiten, aber in diesem Fall waren beide mit der Qualität der Speisen und Getränke, die sie konsumiert hatten, vollkommen zufrieden; es war klar, dass die Macher des Restaurants es gewagt hatten, groß zu träumen, und die bescheidene Mühe auf sich genommen hatten, um diese kulinarische Fantasie zu schaffen. Sie hätten sich zu jedem Bissen mit lautem, herzhaftem Brummen und mit „Verpiss dich" geäußert, aber angesichts des Niveaus des Ortes und der zurückhaltenden Etikette-Regeln, die bei solchen Gelegenheiten gelten, taten sie so, als sei es das Selbstverständlichste der Welt, jeden Tag ein solches Abendessen zu verzehren, und sei es nur, um einen Laib Brot zu buttern.

„Siehst du, László, das ist das Problem zwischen Politikern und Wählern. Die Politiker schauen auf die Wähler herab, und die Wähler hassen die Politiker. Wenn ich auf meine Karriere zurückblicke, ist die Lektion, die ich gelernt habe, dass meine Kunden immer respektiert werden müssen, weil sie mir das Essen in den Mund stecken, und ein respektvoller Umgang war für mich schon als kleiner Geschäftsmann ein Grundprinzip", schüttelte er den Kopf. „Warum erwartet ihr, dass die Menschen wählen gehen, wenn sie kaum wissen, wen sie wählen sollen? Und diejenigen, die wählen gehen, wählen das kleinere Übel."

„Die Politik ist eine schwierige Richtung, glaube mir, János, in der heutigen Zeit ist er unendlich viel schwieriger als in früheren Jahrhunderten." Die Massenkommunikation ist allgegenwärtig, jeder kann alles sehen, es ist schwer, Geheimnisse zu bewahren", sagte Pölő und ließ seinen Blick über den Tisch schweifen. „Und denke nur an die Menschen, die am Boden zerstört sein könnten, wenn sie in einem Umfeld wie diesem, in dem man personalisierte, gezielte Nachrichten senden kann, nicht einmal zur Wahl gehen …"

„Nun, ja, dem stimme ich zu. Allerdings würde ich versuchen, die Leute auf andere Weise zur Wahl zu bewegen", sagte Felvidéki.

„Bitte sage mir, wie?", fragte Pölő.

„Zwei Methoden würden meiner Meinung nach zum Erfolg führen. Die eine wäre, sie zur Pflicht zu machen, die andere, ihnen Geld dafür zu geben", begann Felvidéki seine Erklärung. „Stell dir vor, was passieren würde, wenn ein Wähler bei jeder Stimmabgabe fünftausend Forint an Wahlgeld bekäme. Ich wette, jeder würde wählen gehen … Rechne mal nach. Es gibt etwa acht Millionen Wahlberechtigte im Lande. Wenn sie alle fünftausend Forint angeboten bekämen, wären das vierzig Milliarden. Das ist der Betrag, der alle vier Jahre in den Haushalt eingestellt werden sollte, um das Land zum Wählen zu bringen. Als steuerzahlender Bürger würde ich in Klammern hinzufügen, dass dies sogar auf Kosten eines sinnlosen Abflusses von Wahlkampfgeldern gehen könnte. Und weißt du, was es wirklich wert wäre? Ich erkläre dir", sagte Felvidéki, hob die Hand und zeigte mit dem Zeigefinger nach oben. „Wenn man vierzig Milliarden in die Wirtschaft pumpt, werden die Menschen sie höchstwahrscheinlich sofort ausgeben. Oder zumindest das meiste davon. Sie kaufen damit Lebensmittel und alles andere. Das Geld würde also nur schnell von einer Tasche des Staates in eine andere wandern! Genial, nicht wahr?"

Angesichts der Einfachheit und des Einfallsreichtums des Plans fragte sich Pölő einen Moment lang, warum er nicht zuerst daran gedacht hatte.

„Das ist eine brillante Idee, aber was hälts du davon? Du gehst zur Wahl und sie drücken dir in die Hand einen Fünftausend-Schein?", fragte Pölő zurück.

„Ich weiß es nicht. Vielleicht. Natürlich ist Bargeld nicht gut, aber es könnte genauso gut sein. Ich würde es an die Wählerregistrierung verbinden: Wenn sie im Voraus angeben, dass sie hingehen, und ihr Wahlkreis dann bestätigt, dass sie tatsächlich dort waren, würden sie das Geld bekommen. Und wenn ich so darüber nachdenke, würde es sicherlich nicht in bar, sondern nur und ausschließlich per Überweisung erfolgen. Das würde zumindest alle Geldabzocker wieder auf den Weg zu einer kontrollierbaren Wirtschaft bringen. Und nicht nur deshalb wäre es für denjenigen, der es einführt, ein großer Coup! Weißt du, warum noch? Hör zu. Denn wer vor Wahlen ankündigt, dass jeder, der wählen geht, Geld bekommt, kauft sich wahrscheinlich die Stimmen derjenigen, die sich ihrer Sache nicht sicher sind und ohnehin nicht wählen gehen würden. Kurz gesagt, wer das System zuerst einführt, kann eine Wahl mit fast 100-prozentiger Sicherheit einer überwältigenden Wahlbeteiligung gewinnen", sagte Felvidéki.

„Nun, das ist ein ziemlich innovativer Vorschlag, muss ich sagen!", lächelte Pölő wieder – ihm gefiel die einfache, aber großartige Idee der Wahl. „Weißt du, János, für wen das die größte Sache ist?"

„Nun, für wen?"

„Wer auch immer die Online-Plattform dafür schafft", wurde Pölős korrupte Fantasie in Gang gesetzt und dann schnell ausgelöscht. „Obwohl dies eigentlich in das Kundenportal gestellt werden sollte ... Dann würden es zumindest mehr Leute nutzen. Es könnte sogar dazu verwendet werden, die Stimme abzugeben, wodurch die Notwendigkeit einer persönlichen Beteiligung minimiert würde."

„Hmm, wie wahr", stimmte Felvidéki zu. „Das kann man ganz einfach über das Kundenportal machen, aber das einzige Problem ist, dass man dann überprüfen kann, wer für wen gestimmt hat, was keine schöne Sache wäre ... Jetzt geben wir unsere Ausweise und Adresskarten ab und geben unsere Stimme inkognito an der Wahlurne ab. Aber mit dieser Lösung könnte man sehen, wer für wen gestimmt hat ... Stelle dir nur vor, was für ein Skandal das wäre, wenn diese Information an die Öffentlichkeit käme", lachte er.

„Wow, das ist sicher! Sogar seriöse Firmenchefs und Manager wären in einer unangenehmen Lage, wenn es ans Licht käme, in welche Richtung die Interessen gehen", lachte Pölő.

„Nun, schau mal. Es ist nur eine Option, man könnte sagen, ein schneller Weg, um Geld zu verdienen. Du müsstest es nicht annehmen. Wer sein Inkognito behalten will, kann weiterhin anonym zur Wahl gehen", so Felvidéki weiter. „Ich zum Beispiel würde sicher nicht die Fünftausend wählen, es ist mir jedoch wichtig, dass man nicht verfolgen kann, wen ich gewählt habe. Obwohl ich auch die fünftausend beanspruchen würde!", dachte er über die Möglichkeiten nach und verdusselte dann ein wenig.

„Worüber denkst du so viel nach?", fragte Pölő, nachdem er bemerkt hatte, dass Felvidéki abgeschweift war.

„Ich habe gerade über den Konkurs von Endre nachgedacht", begann er. Es kommt mir vor wie gestern ... in der einen Minute ist er ein großer Unternehmer, in der nächsten ein verschuldeter Niemand. Es war unglaublich ..."

„Aber er selber tat es, nicht wahr?", fragte Pölő.

„Natürlich tat er selber. Alle sind dafür verantwortlich, der Rest ist nur dummes Geschwätz!", wurde Felvidéki ernst. „Aber es ist trotzdem schockierend. Es ist schlimmer als eine Beerdigung ... Ab einem gewissen Alter fragt man sich bei jeder Beerdigung, wie lange man noch hat, bis man selbst an der Reihe ist."

„Das ist ein etwas extremes Beispiel, findest du nicht auch?“

„Nicht für mich“, schnauzte Felvidéki, „für mich wäre ein solcher Bankrott schlimmer als der Tod. Ich bin zu alt und zu stur, um einen Neuanfang zu machen. Ich hätte nicht die Kraft des Geistes … Ich wäre nicht in der Lage, wieder arm zu leben. Ich konnte es einfach nicht.“

„Oh, doch, das könntest du! Man sagt, dass man in ein paar Monaten eine völlige körperliche Lähmung akzeptieren kann, wenn man sich nicht vorher umbringt. Sechs Monate und du könntest dich an den Bankrott gewöhnen“, überlegte Pölő, „dann müsstest du dich wenigstens nicht ständig um die Sicherheit deines Vermögens strapazieren.“

„Wieso könnte ich mich nicht strapazieren? Wegen dem Verlust würde ich es tun, weißt du, László, ich würde es tun! Ich würde so verzweifelt weinen wie diejenigen, die wissen, dass sie ihr Unglück selbst verschuldet haben“, fügte Felvidéki hinzu.

„Ich erinnere mich nicht einmal mehr daran, ob es endlich herauskam, was der genaue Grund für den Konkurs war“, fragte Pölő.

„Nun, schau mal. Offensichtlich gab es keinen bestimmten Grund, warum das Leben ihn herbeiführte, es bedurfte einer Kette von Fehltritten über viele Jahre hinweg und ungünstiger Veränderungen der Umstände, um einen solchen Zusammenbruch herbeizuführen. Manche sagten, er habe sich mit den falschen Leuten umgeben, manche sagten, er habe schlechte strategische Entscheidungen getroffen, und manche sagten, er sei einfach verrückt geworden“, erklärte Felvidéki.

„Was meinst du dazu?“, fragte Pölő zurück. „Was glaubst du, was war die Wahrheit?“

„Ich glaube, dass er das maximale Vermögen hat, das er verwalten kann“, sagte Felvidéki entschlossen und fuhr dann fort: „Ich glaube, dass jeder das Maximum an Vermögen hat, das er verwalten kann. Nur wenigen Menschen ist es vergönnt, diese Grenze zu erreichen, aber es ist interessant, dass die meisten, die sie erreichen, nicht erkennen, wann genug ist und gierig und geldgierig werden. Und dann wundern sie sich, warum ihnen trotz aller Bemühungen das Geld ausgeht, und sie verstehen nicht, warum ... Nun, ich denke, es ist ganz einfach: Weil sie dem Wachstum ihres eigenen Unternehmens nicht rechtzeitig aus dem Weg gehen. Sie geben sich der Illusion hin, dass sie mit fünfzig oder sechzig plus die richtigen strategischen Entscheidungen in der modernen Welt treffen können. Dann kommt die schwarze Suppe, weil es nicht funktioniert. Das kann nicht funktionieren! Es ist wie bei einem Kurzstreckenläufer, der verzweifelt versucht, schneller zu werden, aber es gibt Grenzen, wie schnell er laufen kann, und es ist einfach nicht möglich, trotz seiner größten Bemühungen. Ich glaube, das ist auch bei Endre passiert."

„Obergrenze für die Geldverwaltung?", zuckte Pölő in einer verträumten Geste mit den Schultern. „Warum gibt es dann viel reichere Menschen auf der Erde als ihn, die Milliarden von Dollar besitzen?

Dafür gibt es keine allgemeine Erklärung, die Obergrenze ist bei jedem anders. Da ist zum Beispiel Bill Gates! Er ist ein Informatiker, der nicht in erster Linie etwas von Geld verstand, sondern das enorme Potenzial des Macintosh von Steve Jobs erkannte und die Idee, die er dort sah, zur Perfektion entwickelte", erklärte Felvidéki.

„Auf gut Deutsch: Er hat es gestohlen", sagte Pölő.

„Ja, er hat es gestohlen, aber er hat Windows entwickelt. Dann machte er es zu einer leicht zu kopierenden Software, die auf jedem Computer installiert werden konnte und sich so leicht in der ganzen Welt verbreitete. Und er wusste auch, dass, wenn es erst einmal verbreitet war, jeder Windows benutzen würde und die Welt sich daran gewöhnen würde. Und die menschlichen Gewohnheiten sind wichtiger als teure, unbekannte Neuheiten, also werden die nächsten Betriebssysteme sein Produkt für die Massen sein", nickte Felvidéki zustimmend.

„Genau!", erhob auch Pölő zustimmend seine Stimme. „Der Schlüssel zum Erfolg lag in diesem Fall in der Suche nach der Masse, der Benutzerfreundlichkeit und der bewussten Erweiterung."

„Der Ruhm des Genies gebühre nicht dem Erfinder, der die Ära geschaffen habe, sondern dem Mann, der das notwendige Modell hinter das System gestellt habe", schloss Felvidéki.

„Und weißt du, was die wichtigste Lektion für uns ist? Dass wir den Angst-Virus nicht erfinden, aber dass wir am besten darauf vorbereitet sind, darauf zu reagieren!", bestätigte Pölő stolz.

„Sei es so, László. Sei es so." Dann versank Felvidéki in seinem Teller, wobei sein Gesicht nicht verriet, ob er immer noch über das Gesagte nachdachte oder ob er lediglich über die Form des speziellen Gastrotellers vor ihm und die Machbarkeit seines interessanten Designs nachdachte. Sie liebten es, über die Geschichten berühmter Menschen zu sprechen, und waren fasziniert von der Geschichte der Geschäftswelt, ihren Lektionen, ihrem Einfluss auf das Leben anderer und ihren unvorhersehbaren Ergebnissen.

Das Leben von Geschäftsleuten (abgesehen vom Geldverdienen) dreht sich um die imaginäre Wirtschaftswelt der Menschheit, um die Vorstellung, ob die Dienstleistung oder das Produkt, das sie anbieten oder herstellen, nützlich oder lustig, hilfreich oder unnötig ist, ob sie dem Planeten und den Menschen einen Stempel aufdrücken und ob sie einen bleibenden Eindruck hinterlassen können oder nicht. Workaholism ist in der Regel das Ergebnis einer früheren Sucht oder Erfahrung, die dann als ein erhabenes Lebensziel erklärt wird, und der Märtyrer-Workaholic kann leicht sagen: „Ich tue das für meine Familie, ich lebe für sie". Natürlich ist nichts davon wahr: Sie tun es für sich selbst, weil sie süchtig danach geworden sind, genau wie Raucher oder Alkoholiker. Es ist selten, dass man einen Workaholic findet, der im Voraus ein Datum für das Ende der Arbeitssucht festlegt, und es kommt nicht oft vor, dass man die Gewissheit des Bewusstseins hört: „Ich werde meine ganze Energie darauf verwenden, ich werde es mit ganzem Herzen und ganzer Seele tun, aber für drei Jahre oder fünfzehn Jahre und nicht länger. Wenn ich reich werde oder nicht, wenn ich in der Welt etwas bewirke oder keines, werde ich es zu Ende bringen."

In den Berufsjahren sollte es wie im Familienleben darum gehen, sich ständig zu erneuern, Chancen häufiger zu ergreifen und sich mutig der Angst zu stellen. Wenn man sich sagt: „Ja, ich habe Angst vor dieser neuen, unbekannten Situation, aber ich werde es versuchen, es wird sein, wie es sein wird, aber ich werde nicht in meiner (sogar sehr gut bezahlten) Pfütze bleiben, dann kann man sagen, dass man erfolgreich ist. Das war es, was für Felvidéki den Sinn dieser neuen Chance ausmachte; er hatte viel Geld, er hatte jedoch auch Ehrgeiz, er wollte den ganzen Weg durchgehen und etwas völlig Neues ausprobieren, was für ihn auch die Anerkennung bedeutete, „die Welt zu retten". Wie sein zukünftiger Geschäftspartner hatte auch Pölő ähnliche Träume, denn er wollte nicht zu den korrupten Politikern gehören, an die sich die Nachwelt – wenn überhaupt – als unentbehrlicher Blutsauger der Gesellschaft erinnern wird.

„Und sage mir bitte, László, in welcher Form wird das Bewerbungsverfahren ablaufen?", fragte Felvidéki.

„Es ist ganz einfach: Verlasse nicht die ausgetretenen Pfade", lächelte Pölő. „Es wird öffentliche Aufträge, EU-Fördermittel und alles andere geben, was ins Auge fällt."

„Aber ihr wollt doch nicht die Ereignisse von 2011 in die Luft jagen, oder?", spielte Felvidéki subtil auf die Entscheidung an, Ausschreibungen unter 25 Mio. HUF ohne Ausschreibung zuzulassen.

„Was meinst du damit?", war Pölő verwirrt.

„Nun, die Zeit, als ihr sechs Milliarden für Ausschreibungen im Wert von jeweils 24,9 Millionen Forint verschwendet habt ... So habt ihr beispielsweise die Renovierung des Gerichtshofs von Győr mit fünf öffentlichen Ausschreibungen im Wert von je 24.999.999 Forint ohne Ausschreibung durchgeführt", hat der ungarische Bürger, Felvidéki, Pölő sanft zur Verantwortung gezogen. „Aber das ist in Ordnung!", fuhr er fort. „Die erbärmlichste Geschichte war der Vertrag über PR-Kommunikationsaufgaben für die Korruptionsbekämpfungsabteilung des Ministeriums für öffentliche Verwaltung und Justiz über genau 24,9 Millionen ..."

„Wo denkst du hin, János? Ich war nicht einmal auf diesem Schwarzhandel beteiligt … leider!“, gab Pölő den Unschuldigen. Er wusste, dass sie sich in gefährlichen Gewässern befanden, und dass es besser war, zu schweigen und das Wort in eine andere Richtung abzuleiten.

„Und stört es dich nicht, dass es seit Beginn des neuen EU-Haushaltszyklus im Jahre 2014 bei 42 % der öffentlichen Aufträge immer nur einen Gewinner gab?“, sezierte Felvidéki, der von der HVG informiert wurde, das heikle Thema weiter.

„Sieh mal, János. Was vorbei ist, ist vorbei. Alles war im Rahmen des Gesetzes“, versuchte Pölő diplomatisch zu bleiben.

Du hältst es also für legal, nicht gegen das Gesetz zu verstoßen, sondern es nach deinem eigenen Geschmack umzuschreiben?“, fragte Felvidéki zurück.

„Lass es mal, János, was sollen diese Fragen bedeuten? Wie bereits gesagt, kann das ungarische Volk keine intelligenten Entscheidungen über Geld treffen, also müssen es andere für sie tun“, versuchte Pölő, das Thema abzuschließen.

„Ich denke, du hast das Glück, dass die Ungarn in der gesamten EU am wenigsten von Korruption gestört sind. Während in anderen Ländern zwei Drittel der Bevölkerung empört sind, ist es hierzulande nicht einmal ein Drittel. Scheißegal, darüber könnte man lange streiten, aber das interessiert mich nicht. Ich wollte damit zum Ausdruck bringen, dass mir mein Ruf wichtig ist und ich mich nicht auf solche Geschichten einlassen kann“, sagte Felvidéki.

Pölő atmete schließlich auf; er hatte keine Lust, sich mit Felvidéki auf eine tiefere Analyse der Korruptionssituation des Landes einzulassen – er wusste, dass dies kein Spiel war, das er gewinnen konnte, und er war froh, dass Felvidéki sich entschlossen hatte, nicht tiefer zu graben, denn er hätte in seinen Augen sicherlich noch einige pikante Geschichten über die öffentliche Auftragsvergabe lesen können.

„Kein Grund zur Sorge, mein Freund! Alles wird so weiß wie möglich transparent sein, niemand wird dir nachreden. Wenn es irgendwelche Unannehmlichkeiten gibt, kümmern wir uns intern darum, über uns wird sowieso geschrieben werden. Aber dein Name wird ungetrübt bleiben", fühlte sich Pölő leichter und hoffte, dass das Thema in Zukunft nicht mehr auf seiner Liste der Sorgen von Felvidéki auftauchen würde. Innerlich war er verwirrt; er konnte nicht verstehen, wie Felvidéki die Unabhängigkeit anstreben konnte, wo es doch sonnenklar war, dass die Winde des Staates die Segel von Hungaro-Hús in Richtung des Hafens der Weltrettung wehten.

1990

BUDAPEST – STIFTUNG
SELBSTSTÄNDIGKEIT

Die für Großstädte an Werktagen typische Atmosphäre des zukünftigen Széll Kálmán tér – damals bekannt als Moszkva tér –
empfing Walter. Der rauschende Strom von vermessenen Menschen,
die aus allen Richtungen auftauchten und in alle Richtungen
eilten, zeugte davon, wie stark der Glaube der Menschheit an die
Existenz selbsterfundener Fristen und deren Einhaltung ist. In
Ermangelung eines Smartphones blickte jeder ständig auf seine
Uhr oder auf den Glockenturm in der Mitte des Platzes oder auf
beides nacheinander: Es schien, als hänge die Wichtigkeit von der
Geschwindigkeit des Ablaufs der erfundenen Zeit, der Stunde,
der Minute und der Sekunde ab, sowie vom Verhältnis der ver-
schiedenen Linienbusse zu ihr. Jemand wartete lange an der Bus-
haltestelle; jemand erreichte gerade die Straßenbahn; und die
Autofahrer, die an der roten Ampel warteten, wurden durch das
Betteln von Obdachlosen belästigt, was zusammen eine negative
Schwingungswelle erzeugte, die alle dort Anwesenden belastete.

Die stummen Hilferufe der Menschen waren für Walter fast zu
hören, der Lärm der Stadt, die Qualität der Luft, das unendliche
Tempo des Verkehrs verbanden sich zu etwas Ungreifbarem und
Unüberwindbarem. Die angenehme Gemächlichkeit der wenigen
Rentner, die vor Walter schlenderten, ließ hoffen, dass für die
vielen Eiligen eines Tages die lang ersehnte Zeit der Ruhe eintreten wird, in der die Menschen erkennen, dass sie es vielleicht
doch nicht so eilig hätten tun sollen, denn vielleicht hielten sie
es damals für dringend wichtig, war es doch gar nicht so.

Er ging fünf Stationen die Straßenbahnlinie 56 entlang
hinunter zum Budagyöngye Markt, wo vier Jahre später Buda-

pests erstes modernes Einkaufszentrum, Budagyöngye, eröffnet wurde. Bei seinem Morgenspaziergang hatte er Gelegenheit, im Városmajor-Park, wo er als Jugendlicher viel Zeit verbrachte, in Nostalgie zu schwelgen, und ging dann zum wie ein Hochhaus aufragenden Körszálló, das er von einer Bank in der Szilágyi-Erzsébet-Allee aus mit seltsamen Gedanken betrachtete. Er lächelte heiter vor sich hin und fragte sich, warum die Kinder den Glauben entwickelt hatten, dass sich das Körszálló drehen könne und dass es sich an einem Tag um seine eigene Achse drehen könne. Dann sinnierte er darüber nach, ob dieses Gebäude etwas mit einer Art Wettbewerbsgeist gegen den Westen zu tun haben konnte, dass sogar sozialistische Länder Wolkenkratzer bauen können, wenn sie wollen. Was Walter nicht wusste, war natürlich, dass das Gebäude eines der Erfolgssymbole der Industrie von den sechziger Jahren war und dass sein Preis damals neunzig Millionen Forint betrug, einschließlich der Ausstattung, aber egal, das Wissen oder Fehlen solcher Informationen hatten keinen Einfluss auf sein außergewöhnliches Abenteuer.

Nach einer kleinen Wartezeit setzte Walter seinen historischen Spaziergang fort, ging über den Markt, bog dann am Pasaréti tér bergauf zur Kapy út ab, wo er das Gebäude erreichte, das an das rudimentäre Bürogebäude der damals gegründeten Stiftung Selbstständigkeit erinnert. An der Rezeption beim Eingang wurde er von einer hübschen jungen Dame Mitte dreißig begrüßt, deren Frisur eine Budapester Neuinterpretation der Frisur von dem Zeitgeist von Meg Ryans lockigen und zerzausten Locken und von Prinzessin Dianas „Lady Di" sein könnte. Wie sich bei den obligatorischen Höflichkeitsrunden herausstellte, wurde die beeindruckende Frisur von dem Friseurmeister des Fufi-Friseursalons in Gellért-Hegy, István Fuferenda gemacht. Walter interessierte sich sehr für die Zukunftspläne der Einrichtung, der Zweck seines Besuchs war die Sichtung dieser Dokumente. Die junge Dame war von Walters Interesse nicht überrascht, sie wusste, dass ihr Arbeitgeber die Käuze anzieht. Schließlich ist es nichts Weltbewegendes, wenn sich jemand aus wissenschaftlichen Gründen für die absehbare Zukunft interessiert. Also rief er den diensthabenden Abteilungsleiter an und bat um Erlaubnis, die Dokumente zeigen zu dürfen.

Nach einem kurzen Wortwechsel, bei dem Walter überzeugend erklärte, dass er ein wichtiges Wirtschaftsstudium mache, wurde die Genehmigung bewilligt und ihm sogar ein leerer Tisch und Stuhl zur Verfügung gestellt. Zu diesem Zeitpunkt waren die Dokumente noch nicht übersetzt, sodass er gezwungen war, sie auf Englisch (ohne Google Translate) durchzuarbeiten. Glücklicherweise verfügte er über mittlere bis hohe Kenntnisse der englischen Sprache, sodass er die geschriebenen Sätze verstand und mithilfe eines Wörterbuchs die unbekannten Wörter übersetzen konnte. Vor seiner Ankunft war ihm bewusst, dass die Stiftung Selbstständigkeit von solchen Organisationen im Hintergrund wie der amerikanische Rocketeller Foundation unterstützt wird. Er war neugierig darauf, welche wirtschaftlichen Vision sie im Jahre 1990 für die nächsten dreißig Jahre haben könnten. Das erste Dokument, das er zu durchblättern begann, analysierte die wirtschaftlichen Mechanismen verschiedener Krisen, nicht über die Zukunft, sondern aus der Vergangenheit. Nach kurzem Duchblättern schloss er es und öffnete eine andere, deren Untertitel Walter in sich so übersetzte: Gesperrter Schritt. Das darin enthaltene Modell fing an, Walters Aufmerksamkeit zu erregen. Beim ersten Lesen verstand er ungefähr siebzig Prozent des Textes. Darin erklärte der Autor, dass in den kommenden Jahrzehnten eine globale Pandemie zu erwarten ist, die überall und jeden erfassen wird, ihre Plötzlichkeit und Geschwindigkeit wird die Gesundheitsversorgung moderner Länder lahmlegen, das Leben wird zum Stillstand kommen, es wird eine Quarantäne geben, und die Menschen werden die Einführung zentraler Beschränkungen begrüßen und unterstützen.

„Ein Grippestamm, der von einer Gruppe von Zugvögeln stammt, ist für den Ausbruch der Pandemie verantwortlich, die die am besten vorbereiteten Länder sofort lahmlegt, und die weniger entwickelten Regionen – Afrika, Südostasien, Mittelamerika – von riesigen Todeswellen heimgesucht werden. Auch die Branchen werden sofort unter dem Virus leiden: Der Warentransport und Tourismus werden praktisch

zum Erliegen kommen, die globalen Versorgungsketten werden un-
brauchbar sein. Einkaufszentren schließen, keine Kunden, keine An-
gestellten, die Bürogebäude werden leer stehen. Es besteht Masken-
pflicht und überall wird die Körpertemperatur gemessen. Durch die
Maßnahmen üben Entscheidungsträger mehr Macht aus und zwar
mit der größtmöglichen Unterstützung der Bevölkerung. Die Bürger
geben bereitwillig ihre Freiheiten und einen Teil ihrer Privatsphäre
im Austausch für Sicherheit und Stabilität auf. Die Menschen sind
viel toleranter und sogar begeisterter von zentraler Kontrolle und
Überwachung, und Führungskräfte haben mehr Spielraum, um Er-
lasse einzuführen, die sie für notwendig halten. Jeder erhält eine
biometrische Identifikation, und in Branchen, deren Stabilität im
jeweiligen Land von besonderer Bedeutung ist, werden zusätzliche Ein-
schränkungen eingeführt. Eine erwartete Folge ist, dass Regierungen
die wirtschaftliche Stabilität und Ordnung erfolgreich wiederher-
stellen und so die Toleranz und Kontrollierbarkeit der Menschen
auf die Probe stellen. Die Epidemie wird ein guter Vorwand sein,
um eine notwendige wirtschaftliche Rezession zu vertuschen, jeder
Führungskraft wird bewusst sein, dass der ständige Wachstumszwang
manchmal gestoppt werden muss. Es ist ja nicht möglich, jedes Jahr
mehr von allem zu produzieren, unser Planet kann zu keinem end-
losen Wachstumsmodell dienen. Auch wenn es manchmal weh tut.
David Rocketeller – 1987"

Walter lief es eiskalt über den Rücken hinunter. Es fiel ihm
schwer zu akzeptieren, dass die Interessen der Wirtschafts-
macht diejenigen zu unterwürfigem Respekt zu führen versuchen, und er interpretierte den beschriebenen Dialog als
Zertreten der menschlichen Freiheit. Das Dokument bestand
aus mehreren separaten Teilen, die für ihn interessante epi-
demiologische Prognose fand sich unter den Aufzeichnungen
über Klimakatastrophen und modernen Terrorismus. Aus
irgendeinem Grund – vermutlich dank der Arbeit eines nachlässigen Registrators – kehrten Themen in der Abfolge von
Themen zurück, die weder chronologisch noch anderweitig in
einer Weise geordnet waren, die dem systematischen Denken

angemessen war, und die durch Verwirrung gekennzeichnet waren. Vielleicht ist während der Reise etwas passiert, die Dokumente sind verlegt worden und jemand hat sie nicht sehr sorgfältig in der Reihenfolge neu geordnet, in der sie gerade in die Hand fielen. Nach dem Abschnitt, in dem die Feigheit des modernen Terrorismus erklärt wurde, folgte erneut die Virus-Situation, deren Titel wie folgt lautete:

„Aufgaben beim ersten Rückzug der Pandemie, die von der Regierung gemacht werden müssen". Walter fing an, sich damit zu beschäftigen – verschiedene Statistiken und Tabellen ergänzten den Bericht, Bevölkerungs- und Sterblichkeitsraten, erwartete demografische Veränderungen, Indikatoren für die Wirtschaftsleistung der Länder.

„Die Regierungen müssen nachträglich in der Lage sein, die Lehren aus plötzlicher und unerwarteter Hektik gemäß ihren Interessen zu kommunizieren. Im kollektiven Bewusstsein der Bevölkerung wird es zwingend erforderlich sein, die durch die Epidemie verursachten Schäden in dem Sinne zu reduzieren, dass das Problem ohne die entsprechenden staatlichen Aktivitäten viel größer hätte sein können, die Bevölkerung dank der zentralen Maßnahmen gerettet wurde, und denjenigen, die durch die Epidemie Schaden erlitten haben, die Regierung ausnahmslos, einem nach dem anderen, behilflich sein wird. Die Führung muss sich für das disziplinierte Verhalten der Bevölkerung bedanken, das es ihr ermöglichen wird, ihre Position weiter zu stärken. Die wegen der Epidemie ausgebrochene Hysterie wird eine Gelegenheit bieten, den Menschen mit geringster Publizität die sonst für alle Regierungen schmerzhaften sozioökonomischen Maßnahmen in den Rachen zu stopfen. Es wird endlich einen triftigen Grund geben, aus den überlasteten und veralteten Gesundheitssysteme die Menschen, die zum Arzt zum Zweck der Geselligkeit gehen, zu verbieten, die Krankenhäuser können von solchen Patienten und Pseudopatienten gesäubert werden, die zu Hause versorgt werden können, sie können die Mehrwertsteuer der Treibstoffe dezent erhöhen, Währungsschwankungen durch Spekulanten können mit der unsicheren Lage überdeckt werden, und sie können eine gewaltige Bremse auf die unter ständigem Wachstumsdruck stehende Wirtschaft

drücken, wo sich neben dem Volk endlich auch der Staat als Opfer zeigen kann. Mutigere Regierungen können die Bevölkerung auch mit vorgetäuschten Handlungen in die Entscheidung über die Einführung von Maßnahmen einbeziehen. Beispielsweise kann der per Post an alle Bürger verschickte Volksdialog eine Art Lösung sein, bei der die Regierung nicht nur Feedback von ihren aktuellen Sympathisanten erhalten, sondern auch die interaktive ›Jeder kann seine Meinung äußern‹ Haltung haben können, die in der Moderne erwartet wird. Rücksicht nehmend auf diejenigen, die schwächste intellektuelle Fähigkeit haben, ist der Volksdialog ein intellektuell äußerst mangelhaftes Dokument, das nur anzukreuzen ist, bei dem gerichtete Fragen über die folgenden Themen sein können:

Wollen Sie, dass die Regierung die Banken und multinationalen Unternehmen für die finanziellen Schwierigkeiten, die durch die derzeitige Situation verursacht werden, zur Kasse bittet, und nicht die Bürger?

„Wollen Sie, dass die Regierung im Falle einer möglichen nächsten Epidemiewelle Beschränkungen zur Eindämmung der Epidemie einführt, die Maskenpflicht anordnet, zeitliche Beschränkungen für Einkauf vorschreibt und die Bildung digitalisiert? Nachdem das Dokument über die wesentlichen Themen hinausgeht, wird es zwingend erforderlich sein, den Massen einen oder zwei Knochen zuzuwerfen. Dies könnte zum Beispiel sein: Möchten Sie, dass wir in einer möglichen Epidemiesituation das Parken kostenlos machen? Oder: Stimmen Sie zu, dass wir im Falle einer möglichen Epidemie das Internet für diejenigen kostenlos machen sollten, die von zu Hause aus arbeiten oder deren Schulkinder von zu Hause aus lernen? Weiterhin ist es für die Regierung wichtig, eine ausreichende Motivation in der Bevölkerung aufrechtzuerhalten. Wir müssen aus der Not heraus Propheten unter den armen Kindern des Volkes finden, die glaubwürdig sprechen und die öffentliche Stimmung aufrechterhalten können. Wir müssen versuchen, das Potenzial des Internets zu nutzen – es wird wahrscheinlich in der Zukunft das soziale Netzwerk zwischen Menschen betreiben, und in den kommenden Jahrzehnten wird es sicher sein, dass jeder Haushalt über das Internet verfügen wird.

K. Smith – 1988"

Walters Grübelei scheiterte bei der Analyse der Auswirkungen der Epidemie ins Stocken, da er es viel unglaublicher fand, dass es einen Menschen gab, der in diesen Jahren das Internet, die Interaktivität und die Digitalisierung der Bildung als vollendete Tatsachen betrachtete. Der Textschreiber hat nach der Jahrtausendwende sogar die für die 2020er Jahre typischen Motivationspostings vorhergesagt, das fiel dem Walter über die Reden und Propheten ein. Es ist, als ob man schon in den Achtzigern hätte wissen können, dass es ein allumfassendes Internet geben würde, und die verschiedenen „täglichen Coelhos" endlos darauf fließen würden, und die neue Welt sogar den Welttag der „Motivationspostings" einführen würde. Aber wie konnte dieser gewisse K. Smith das alles im Voraus wissen? Könnte es sein, dass er nur einer der vielen fehlgeleiteten Wahrsager ist, der zufällig das soziale Epizentrum der modernen Welt treffen wird? Unwahrscheinlich. Es ist viel eher möglich, dass dieser Herr K. Smith (oder Frau, aber dem Zeitgeist nach eher Herr) einer jener Ökonomen in New York oder Washington sein könnte, die in direktem Kontakt stehen oder standen mit der amtierenden Zentralregierung, wo – aus der Umgangssprache des kleinen Volkes übernommen – „die Dinge entschieden werden". Die Frage, die sich in Walters Kopf abzuzeichnen begann, ist die folgende: Könnte es vorkommen, dass man Mitte der achtziger Jahre schon genau wusste, was die nächsten drei oder vier Jahrzehnte bringen werden, und dass der Kapitalismus nur ein Regime ist, das unter einer zentralen Hintergrundkontrolle operiert, wie all die anderen, und unsichtbar gemacht wurde, indem man scheinbare Entscheidungen und Eigentumsrechte in den privaten Sektor verlegte? Könnte es sein, dass die Kapitalisten, die „vom Leben auserwählt" wurden, nicht vom Leben und ihrem Talent auserwählt wurden? Vielleicht haben sie den Köder in jede Branche geworfen, dann haben sie geschaut, wer versucht ihn zu schlucken, und aus ihnen wurden die Unternehmer der ersten Generation nach der Wende ausgewählt? Wenn die Antwort auf eine dieser Fragen ein Ja ist, dann ist es auch leicht vorstellbar, dass sie dieses Spiel mit der Wende ohne Murren schon früher gespielt hätten, aber vielleicht gab es nicht genug unternehmungslustige Babyboomer in der Pipeline? Ist es vorzustellen, dass der gesamte Ostblock vor dem Abbau des Eisernen Vorhangs sorgfältig analysiert und aufgeteilt wurde? Ist die Geschichte genau umgekehrt verlaufen, wie alle denken? Walter zog immer mehr seine Augenbrauen in Falten, er schwitzte auf der Stirn und wischte sie mit der linken Hand ab. Seine Gedanken vertieften sich in verschiedenen, zunehmend absurden Verschwörungen, in deren Mittelpunkt die Möglichkeit der Existenz eines ihm unbekannten Geheimnisses stand. Seine wachsende Anspannung wurde durch die fehlende Erklärung seiner Einsicht in die Zeit geschürt: Er konnte das, was er beschrieben hatte, nicht als bloßen Zufall abtun. Er hatte das Gefühl, als hätte jemand die genaue Chronologie einer damals noch nicht organisierten Fußballweltmeisterschaft niedergeschrieben, und dann ablief es genau so, wie es zuvor geschrieben worden war. Unmöglich. Niemand kann das Endergebnis der Spiele genau vorhersagen, insbesondere nicht, wer in welcher Minute die Tore schießt. Er blätterte durch die Seiten und las auch einen Artikel, der zunächst uninteressant schien:

„Zusammenbruch und Wiederaufbau der Versicherungs- und Gesundheitssysteme in den sozialistischen Nachfolgestaaten. Die ständig wachsende Bevölkerung in Angst zu halten, wird kurz- und langfristig zur Entwicklung und zum Aufblühen der Versicherungssysteme führen. Die Grundlage des Versicherungssystems besteht darin, dass Versicherungsunternehmen mit den Kunden ein Wetten abschließen, dass ihnen alle möglichen schrecklichen Dinge passieren werden, wobei der Kunde darauf wettet, dass diese schrecklichen Dinge passieren werden, und der Versicherer darauf, dass sie nicht passieren werden. Aufgrund von dem Gesetz der großen Zahlen lässt sich durch eine einfache mathematische Wahrscheinlichkeitsberechnung ermitteln, wie hoch die Wahrscheinlichkeit ist, dass eine Person von einem Zug überfahren wird, dass in ihr Haus eingebrochen oder ihr Auto gestohlen wird. Statistiken darüber werden jedes Jahr veröffentlicht, so dass sie leicht gemittelt werden können. Der Erfolg dieser Unternehmen liegt also nur darin, dass sie mehr Menschen davon über-

zeugen können, bei ihnen zu wetten, als Menschen in ihrem Leben tatsächlich Ungeschick haben. Beispiel: Wenn festgestellt werden kann, dass die Chance eines Bürgers, sein Auto zu stehlen, bei 1 zu 5000 liegt, dann ist es wahrscheinlich, dass es unter 5000 Kunden mit einer Autoversicherung einen gibt, dem das Auto tatsächlich gestohlen wird. Und alle anderen zahlen unnötig ihre Versicherung, weil niemand ihr Auto stiehlt. Die darauf basierenden Unternehmen werden mit solchen Ergebnissen arbeiten können, die den Bankensektor beschämen, was durch den Negativismus in der Öffentlichkeit und die tägliche Verbreitung von Horrormeldungen durch die Medien noch verstärkt wird. Die starke Panik- und Krankheitsstimmung in der Bevölkerung wird jedoch zu einer Überlastung der Gesundheitssysteme führen. Damit umzugehen, wird eine enorme Herausforderung für die Regierungen sein, zumal die Menschen im Sozialismus daran gewöhnt waren, dass dieser Dienst „kostenlos und für alle" war. Von Krankenhäusern bis zu Arztpraxen wird ein Lager von Menschen, die unter einem nicht enden wollenden Krankheitsgefühl leiden, Teil des Alltags, der durch die von Jahr zu Jahr sinkenden Zahl von Ärzten hoffnungsloser wird. Es gibt nur eine praktische Methode, damit umzugehen, eine Pandemie, wenn Menschen Krankenhausbetten und Kliniken mit voller Akzeptanz und Verständnis verlassen und so die Möglichkeit schaffen, dass nur diejenigen versorgt werden, die es wirklich benötigen. Die Ergebnisse, dass die Menschen nach der Epidemie gesünder geworden sind und das Gesundheitssystem wiederhergestellt wurde, muss die amtierende Führung mit der Botschaft der erfolgreichen Wiederherstellung des Gesundheitssystems kommunizieren. Ein paar neue Krankenhäuser sollten gratis gebaut werden, denn menschlicher Erfolg muss immer eine greifbare, sichtbare Gewissheit haben. Egal wie sehr jemand versucht, medizinische Versorgung an Geld zu binden, die unmittelbare Wut und Rebellion der Menschen wird sie zum Rückzug zwingen. Der einzige Weg, das System zu befreien, ist eine Pandemie – oder die Illusion einer Pandemie.

K. Smith – 1984"

Mit einem tiefen Seufzen stellte Walter fest, dass der Autor dieses Textes derselbe Smith war wie der in der vorherigen

Lektüre. Interessant – dachte er –, warum sich die Amerikaner so sehr mit dem Gesundheits- und Versicherungssystem eines kleinen mitteleuropäischen Landes und allen möglichen makroökonomischen Zusammenhängen beschäftigten. Er zog den unteren Teil seines Mundes unter seine oberen Zähne, während er nachdachte – es war keine bewusste Reaktion, nur die Körpersprache des Nachdenkens und der Ratlosigkeit. Er war sich der Profitgier bei Versicherungen bereits klar, aber den skizzierten Plan, das Gesundheitssystem in Ordnung zu bringen, fand er schockierend. „Wird eine Pandemie das Gesundheitsproblem lösen?", stellte er dir Frage für sich selbst – Wird eine Pandemie das Gesundheitsproblem lösen? fragte er sich. „Ich würde eher denken, dass das Versorgungssystem bei einer Pandemie zusammenbrechen wird. Oder wird es zuerst am Rande des Zusammenbruchs stehen, und dann ist dies die größte Heilung für es? Weil es eine Raumreinigung durchführt, die es früher noch nicht gab? Reinigt es alle Viren, Krankenhausbetten und Kliniken? Wie die Neuinstallation eines Betriebssystems auf einem Computer?" – fragte sich er weiterhin verwirrt. Er suchte nach einem Heilmittel für die kollektiven Übel der Menschheit. Er vermutete, dass der Knotenpunkt von Sorge und Angst vor dem größten Problem der Menschheit ist, ebenso wie die Nichtakzeptanz des Unveränderlichen. Er fand die Flüche von solchen Menschen lächerlich, die sich wegen dem Wetter gestresst fühlen, und die den Verstand verlierend andere mit ihrer Unzufriedenheit belasten. Dasselbe dachte er über diejenigen, die einen Wutanfall bekommen können, weil sie am Freitagnachmittag im Stau ans Balaton fahren müssen, oder über diejenigen, die den Lauf der Monate nicht ertragen und den Herbst oder Winter nicht ertragen können. Das Unveränderliche zu akzeptieren ist eine Tugend, die nur wenige Menschen haben, es ist unverständlich, warum sie so viel negative Energie in unnötiges Ärgern und Verärgerung anderer investieren. Gefühle, ob gut oder schlecht, müssen authentisch erlebt werden; wenn man glücklich ist, ist man glücklich, wenn man traurig ist, ist man traurig. Aber dass es weht und oder es regnet, muss nicht unbedingt schlecht sein, wie auf Flämisch auf den Ruinen einer Kathedrale aus dem 15. Jahrhundert in Amsterdam zu lesen ist: „So ist es. Es kann nicht anders sein."

Das Kleingedruckte weiterlesend wird es klar, dass man im Gesundheitswesen keine Ordnung schaffen will, indem man einfach Patienten und Scheinpatienten aus Krankenhäusern verbannt, sondern – als letzte Abzocke – Krankheitstests vertreibt, deren Zuverlässigkeit praktisch zu vernachlässigen ist. Die Tests werden keine Gewissheit über den Krankheitsverlauf im Körper geben können, ob die Person die Krankheit erfolgreich überwunden hat, oder nicht. Die Gesellschaft wird leicht überredet, die Tests zu machen: Jeder wird daran interessiert sein, ob er die Epidemie überwindet hat. Und die Medien und die Heilkunde (zusammen mit der Unterstützung der Regierung im Hintergrund) versuchen, die Unsicherheit weiter zu verstärken, indem sie sagen, dass „nichts garantiert ist": Nur weil jemand bereits geheilt wurde, heißt das nicht unbedingt, dass man geschützt ist, man kann einfach wieder angesteckt werden, überall und jederzeit. Walter analysierte die möglichen Situationen als Skeptiker, er wartete nicht auf die Epidemie vom 2020, also hatte er keine Ahnung, dass das, was er las, tatsächlich innerhalb von dreißig Jahren wahrscheinlich passieren wird.

2018

SZIGLIGET

„Guten Morgen, Herr Schwarzenberger", begrüßte der Enkel des verstorbenen Herrn Kovács seinen Mieter freundlich nach dem unvergleichlichen Sonnenaufgang in Szigliget, wo die Sonne wieder wunderschön auf dem Balaton schien, genau wie an dem Morgen vor neunundzwanzig Jahren, als sie mit Vámhegyi, Nyikos und dem verstorbenen Imre Görbe über den möglichen Verlauf der Wende diskutierten. Der Gründer und Besitzer des Sommerhauses, Herr Kovács, starb Anfang der 2000er Jahre an einer Lebererkrankung und seine Nachkommen kümmern sich seitdem um das Familienerbe. Es gibt keine Weinberge mehr, sondern nur noch einen schönen Garten, aber glücklicherweise er-leben die örtlichen Weinkeller eine Renaissance, so dass es immer noch ein gutes Angebot an Qualitätswein gibt. Die Atmosphäre des Dorfes ist nach wie vor romantisch, wobei sich die Globali-sierung und der kollektive Rückgang der Bevölkerung vielleicht in der Ausdünnung der Strandbesucher bemerkbar macht. Es war klar, dass der Urlaub am Balaton schon lange nicht mehr das Privileg der Intellektuellen war und die Eroberung des Raumes durch die einfacheren Gesellschaftsschichten begonnen hatte. Tiefstimmige, zu muskulöse Männer, tätowierte, zigaretten-rauchende Mütter, die Kinderwagen schieben, Teenager-Bands mit Musikbox. Wie an anderen Orten der Welt wird auch hier der Blick füreinander von Jahr zu Jahr kleiner, die Warteschlangen werden immer unerträglicher, die menschliche Geduld verlangt nach *Sofort* und *Jetzt*.

Dem Bürgermeister und seinem gewissenhaften Team ist es zu verdanken, dass das Dorf zur Freude von Einwohnern und

Besuchern seine charmante Atmosphäre bewahren konnte, indem es von völlig naturfremden Luxushotels und Wohnsiedlungen freigehalten wurde. Hinzu kommt, dass die Vergrößerung der Strandfläche auf Schaden des Schilfs und der darin lebenden Flora und Fauna geht, wo die Volleyball- und Sandfußballplätze immer weiter nach außen verlegt werden. Aber die Rasenfläche und das Sonnensegel neben dem Kinderspielplatz wurden erneuert, eine Sauna wurde gebaut und neue Toiletten wurden installiert. An diesem Strandabschnitt findet auch jedes Jahr am ersten Januar das berühmte First Splash statt. Wer mutig genug ist, kann unter ärztlicher Aufsicht ein Bad im eiskalten See nehmen. Herr Schwarzenberger hat bereits zweimal teilgenommen, einmal als Zuschauer und einmal als Teilnehmer. Es war ein unvergessliches Erlebnis für ihn. Wäre er allein gewesen, ging er wahrscheinlich nicht weiter als bis zu den Knöcheln hinein, aber dank der Ermutigung durch die vielen Zuschauer und Teilnehmer wagte er schließlich ein Baden im gebrochenen Eis.

„Guten Morgen, mein Freund", kam eine heisere, verkatert klingende Stimme von der Terrassentür. „Bist du schon auf?"

„Guten Morgen, Freund!", wandte sich Schwarzenberger an die Stimme, „hast du auch diesen verdammten Katzenkratzer?"

„Ah, sag's mir nicht. Ich glaube, mein Kopf fällt gleich ab, ich bin so abgearbeitet. Ich habe mich gestern Abend glücklicher gefühlt, daran besteht kein Zweifel.

„Glücklicher?", lachte Schwarzenberger. „Das habe ich auch, glaube mir! Und sag mir, ist der Schwur von gestern Abend noch gültig, László?"

„Ja, natürlich! Aber welche?", fragte Pölő.

„Als du mir versprochen hast, mich in das Seuchengeschäft einzubinden."

„Natürlich. Natürlich-natürlich. Warum wäre er nicht gültig?"

„Schon gut, schon gut, ich habe ja nur gefragt. Ich möchte wissen, dass die Investition sicher ist", ärgerte sich Schwarzenberger weiter.

„Aber weißt du, dass dies dem Felvidéki nicht gefallen wird?"

„Es ist mir scheißegal, ob es ihm gefällt oder nicht. Ich scheiße drauf! Für wen hält sich dieser Penner, dass er mich verarschen will?", sagte Schwarzenberger, nachdem Pölő am Vorabend erklärt hatte, dass Felvidéki ihn aus einem der größten Deals des nächsten Jahrzehnts heraushalten wolle. „Ich verstehe einfach nicht, wie dieser doofe János immer noch über diese idiotische Agrargeschichte jammern kann. Ernsthaft. Was zum Teufel versteht er nicht daran, dass er da nicht an dem Spiel teilnimmt? Nyikos war in einer viel besseren Position, ich hätte das Geschäft nicht zu ihm bringen können, selbst wenn ich es gewollt hätte."

„Ja, dieser János ist ein echter Korintenkaker, er belästigt mich ständig mit den Dämonen der Vergangenheit. Er wirft immer vor, wem und was ich vor Jahren geholfen habe. Aber ich kann mit ihm nichts tun, Károly, es ist unausweichlich. Er muss daran beteiligt sein, weil er ein Unternehmen hat, auf dem wir das aufbauen können. Er ist unausweichlich", sagte Pölő.

„Unausweichlich? Was für ein Blödsinn, László! Warum sollte jemand unausweichlich sein? Wir machen ein Unternehmen daraus, dann ist die Fusion vollzogen!", argumentierte Schwarzenberger.

„Wir haben nicht genug Zeit. Die Zeit ist zu knapp bemessen, wir haben keine Kontrolle über das Auftreten des Virus, und wenn es da ist, brauchen wir Konkretum. Wir können kein Startup-Unternehmen um das herum aufbauen ... Außerdem wäre das verdächtig."

„Warum sollte das verdächtig sein?"

„Denn es wird immer noch viele Leute geben, die Verschwörungstheorien aufstellen, und ein eigens zu diesem Zweck gegründetes Unternehmen wird nur noch mehr Öl ins Feuer gießen. Das ist nicht glaubwürdig", schüttelte Pölő den Kopf. Er versuchte, die möglichen Szenarien abzuwägen, wobei er die zeitlichen Zwänge und die dafür sprechenden Argumente berücksichtigte. Kater zeichnen sich durch eine pessimistische Sicht der Dinge aus, die am Vortag noch als rosig und leicht zu erreichen galten – selbst Pölő hatte inmitten seiner schmerzenden Kopfschmerzen das Gefühl, dass Pläne, die vor einem halben Tag noch leicht und schnell realisierbar schienen, nun in weiter

Ferne und unerreichbar waren. Er bedauerte die überhitzte Ehrlichkeit, Felvidéki hinter seinem Rücken verraten zu haben; er spürte und ahnte, dass es in Wirklichkeit darum ging, diese Information an dem vergangenen Abend, an dem Schwarzenberger ihm Felvidékis ruchlose Absichten mit der Perfektion des Scharfsinns entlockt hatte, systematisch aufzuspüren. Interessant ist, dass der Alkohol neben seiner Biochemie auch eine direkte Wirkung auf die geistigen Sinne hat, die Seele befreien kann und eine besondere Aufrichtigkeit vermittelt. Aber diese Ehrlichkeit kann auch gefährlich sein. In einem – für ihn untypischen – Ausbruch von Ehrlichkeit schilderte Pölő auch ein Gespräch, das er vor einigen Tagen mit Felvidéki geführt hatte und in dem er die Position von Felvidéki detailliert darlegte. Schwarzenberger war sich bewusst und akzeptierte in sich selbst, warum Felvidéki ihn ignorieren wollte, aber er war verärgert und empört, dass er es Pölő so offen und unverschämt gesagt hatte. Allerdings hat er das winzige – und in diesem Fall nicht zu vernachlässigende – Detail nicht beachtet (oder nicht gewusst), dass Pölő aufgrund einer Korruptionsabhöraktion vor sechs Monaten in Schwarzenbergers Fängen war, als Pölő eine Bestechung von einem großen Bauunternehmer angenommen hatte. Schwarzenberger war im Besitz einer kompromittierenden Aufnahme, die katastrophale soziale und strafrechtliche Folgen für Pölő haben könnte, und Pölő sah sich gezwungen, Schwarzenberger die Wahrheit zu sagen und sein anhaltendes Wohlwollen zu suchen. Er versuchte, eine Lösung zu finden, die sowohl Felvidéki als auch Schwarzenberger zugute kam, in der Hoffnung, einen Ausgleich zwischen den Interessen der beiden Scheinfreunde zu finden und drittens, die Epidemie in seine eigenen Hände zu bekommen.

„Das ist doch durchführbar! Für diesen Trick sollten wir erst recht zu den Nyikos gehen! Scheiß auf János, lass ihn fusionieren, mit wem er will!", fuhr Schwarzenberger fort.

„Bitte verstehe es, Károly. János darf nicht fehlen, das habe ich mir schon tausendmal überlegt! Wir können ihn nicht auslassen, ihr müsst einen Weg finden, grünes Licht zu bekommen", resümierte Pölő.

„Sage mir nicht, wer überspringbar ist und wer nicht! Hast du vergessen, dass du von mir abhängig bist, mein lieber Freund?"

Pölő schluckte. Sein ganzes Leben lang hatte er versucht, solche Situationen zu vermeiden, aber er hatte vergeblich darüber nachgedacht, wie er sich Schwarzenberger vom Hals schaffen könnte, aber ihm fiel nichts ein; er hatte ihn im Griff. Wenn diese Aufnahme ans Licht kommt, wird ihn zur Strecke gebracht. Oder noch schlimmer. Nicht nur ein toter Mann, sondern regelrecht bloßgestellt. Und diejenigen, die dann wegen ihm bloßgestellt werden, werden ihn in Schach halten. Sie werden ihn zumindest in einem Betonkeller einmauern. Es ist schrecklich, daran zu denken, dass das auf keinen Fall passieren wird, und jetzt springt er herum wie Schwarzenberger pfeift. Es ist ein Albtraum, aber so ist es. Irgendwie muss er die Ereignisse in Richtung einer Versöhnung lenken.

„Sieh mal, Károly. Ich verstehe, dass du nervös bist, aber du musst verstehen, dass hier viel Geld und ein großes Prestige auf dem Spiel stehen, an dem wir alle drei reichlich teilhaben können. Auch deine Investition wird sich lohnen. Du wirst als verdammter Held in den Ruhestand gehen. Retter der Länder! Und superreich auch", versuchte Pölő zu retten, was rettbar ist. Er musste auch im Kopf darauf gefasst sein, dass Felvidéki die Unausweichlichkeit Schwarzenbergers hinnehmen müssten. Vorausgesetzt, dass er sich mit Schwarzenberger einigen kann. Er war sich bewusst, dass er ein ebenso angenehmes Gespräch mit Felvidéki vor sich hatte, aber darum durfte er sich jetzt nicht kümmern. Er erinnerte sich an die Redewendung, dass er den Fluss überqueren würde, wenn er dort ankam. Jetzt musste er jedoch einen Weg zur Brücke finden, was er als sehr weit entfernt ansah.

„Und was ist dein Plan?", fragte Schwarzenberger. „Warum ist es gut für mich, in das Geschäft mit Felvidéki einzusteigen?"

„Besonders einfach, Károly. Der Plan ist, den Weg zu gehen, den ich vorhin skizziert habe. Hungaro-Hús wird mit den Schwägern ins Geschäft kommen, du wirst das Geschäft abschließen und wir werden alle gewinnen. Mit Ausnahme von etwas, bzw. von jemandem. Bevor die Epidemie ausbricht, werde ich wahrscheinlich den Insidertipp erhalten, dass sie in vollem Gange ist, oder wir werden aus den Nachrichten im Fernen Osten erfahren, dass sie im Anmarsch ist. Wir werden zwei oder drei Monate Zeit haben, bevor sie sich dramatisch in Europa ausbreitet. Bis dahin sollten alle unsere Pläne stehen, wir warten nur noch auf das Virus, Hungaro-Hús wird teilweise durch die österreichische Linie ausgeliefert sein. Und das ist das Wichtigste: Wir werden Felvidéki in eine Patt-Situation bringen. Wir werden die schmutzige Wäsche seines kommunistischen Onkels an die Zeitungen waschen, wo wir die Geschichte ein wenig ausschmücken, und assoziieren sie mit verschiedenen kommunistischen und faschistischen Werten", das übliche Gezeter mit den Fingern, „und wenn der ganze soziale Druck plötzlich auf seinen Schultern lastet, dann schlagen wir ihm auf den Magen."

„Und was wäre dieser Schlag?", fragte Schwarzenberger, der sich aufrichtig für dieses Thema war.

„Die Tatsache, dass ich den Premierminister mit einbeziehe. Ich werde ihm sagen, was für ein Stück Scheiße er ist, und dass die Zeitungen auf ihn spucken. Er soll also zur Vernunft kommen und nicht lassen, dass ein so verachtenswerter Schwindler zum Retter des Landes wird", antwortete der in seiner Ehre gekränkte Pölő.

„Mit anderen Worten: Willst du ihm Hungaro-Hús wegnehmen, bevor es das Land rettet?" fragte Schwarzenberger, dem die neue Vision offensichtlich immer besser gefiel.

„Genau", sagte Pölő entschlossen, „wir werden die Hungaro-Hús de-privatisieren. Kurz vor der Epidemie. Und Felvidéki kann zur Hölle fahren, froh, wenn er seinen Namen irgendwie reinwaschen kann."

„Einfach genial. László! Du kannst immer etwas Unerwartetes herausholen. Etwas, das man nicht erwartet", quittierte Schwarzenberger. Er war froh, dass Felvidéki den größten Schlag auf den Magen bekommen wird, als er sich bereits sicher fühlt und am wenigsten damit rechnet. Er mochte diese unerbittlichen Wendungen. Er konnte Felvidékis Selbstvertrauen fast vor Augen sehen und dann seinen plötzlichen Sturz. Er dachte sogar daran, in der Zwischenzeit eine der beliebten Online-Zeitungen zu kaufen, falls er als Insider noch ein paar Schippen drauflegen könnte. „Vielleicht denke ich jedoch über das kürzlichen Verkaufsangebot des Eigentümers der südungarischen Tageszeitung nach, falls er die Zeitung immer noch verkaufen will."

„Du kannst den Süden Ungarns kaum noch kaufen, mein lieber Freund, das Schiff ist abgefahren." Wir haben es gekauft", sagte Pölő.

„Haaaah!", platzte Schwarzenberger in heiterer Erkenntnis heraus. „Schachmatt also."

„Kohärenz, mein Freund! Kohärenz! Alles hängt mit allem zusammen", sagte der Erzbösewicht Pölő, dessen unerschöpfliche Pläne zur Eroberung und Unterwerfung der Welt auf zahllose Arten enthüllt wurden.

„Aber versichere mir, László, ich kann den Untergang unseres heuchlerischen János aus der ersten Reihe verfolgen, nicht wahr?"

„Aus der ersten Reihe? Sogar, mein Freund! Vom mittleren Sitz in der ersten Reihe aus, oder der Präsidentenloge, wenn man so will", versuchte er Schwarzenberger zu versichern, dass er ein guter Soldat sei, und hoffte, dass die ominöse Aufnahme von nun an vergessen sein würde. Er wusste, dass die Konfrontation mit Felvidéki kein leichtes Unterfangen sein würde, aber er fürchtete sich viel mehr vor den Folgen, wenn er sich der kompromittierenden Aufnahme entzog. Es ist also besser, einem Oligarchen zu begegnen, dem man nicht in die Parade fahren sollte. Aber das ist immer noch der einfache Ausweg, und wer weiß, vielleicht hat Gott oder das Schicksal oder was auch immer einen Sinneswandel und es ergibt sich eine Situation, die für ihn günstig ist. Wer weiß? Im Moment ist es wichtig, dass der Prozess in Gang kommt, und er wird sich dem Wind beugen, wie er will. Das hat er auch in der Vergangenheit getan, die Hälfte seines Lebens als Politiker hat sich darum gedreht. Das kleinere von zwei Übeln. Wenn es sein muss, geht er also mit Butter auf dem Kopf in die Sonne. Er war sich nicht bewusst, dass er bei der Rettung der Welt die Rolle des Arztes spielte, der mit seinem Arzneimittel nur schadet – eine Rolle, die er gut kannte und verurteilte. Die Welt und ihre Rettung waren für ihn zu einer drittrangigen Angelegenheit geworden, bei der sein eigenes Interesse an erster und zweiter Stelle stand.

„Gut, László!", rief Schwarzenberger mit voller Freude und mit neuer Kraft in der Gewissheit auf, dass sich die Dinge für ihn genau so entwickeln würden, wie sie sein sollten. „Gib die Hand!"

Sie schüttelten sich die Hände – Schwarzenberger fest, wie es Kriegsherren tun, Pölő sanft, mit einer Art totem Fisch-Händedruck, wobei er versuchte, die Kraft und das Lächeln aus sich herauszuholen, die in dieser Situation unvermeidlich sind.

Angesichts des Alkoholkonsums am Vorabend und des dichten Verkehrs am Sonntagnachmittag verabschiedete sich Pölő höflich, bedankte sich bei dem Fahrer für sein gutes Verhalten und ging zu seinem Auto. Er hatte das Gefühl, ein Verräter zu sein, aber er versuchte, es abzuschütteln; er war schon früher in ähnlichen Situationen gewesen und hatte sie immer perfekt gelöst.

Schwarzenberger überreichte ihm sogar eine Flasche italienischen Riesling aus Badacsony als Sorgenbrecher, damit er nach Pölős Rückkehr etwas zu trinken hatte.

Als Pölős Auto aus dem Blickfeld verschwand, verzog sich Schwarzenbergers Gesicht zu einem verschmitzten Lächeln und seine Hand wanderte zur Kontaktliste auf seinem Touchscreen-Handy.

„Hallo? Bist du das, Karcsi?", nahm Felvidéki den Hörer ab. „Sag mir, was ist mit unserem kleinen Judas passiert?"

1990

BUDAPEST – STIFTUNG SELBSTSTÄNDIGKEIT

„Haben Sie gefunden, wonach Sie gesucht haben, Genosse?", ertönte leise eine alternde, heisere Stimme bei Walter, der tief in Noten versunken war.

„Nicht wirklich ... oder ... na ja ... ich weiß selbst nicht so recht, wonach ich suche", antwortete Walter, ohne von der vor ihm ausgebreiteten Literatur aufzublicken, die verschiedene Zukunftsvisionen vorhersagte.

„Kein Wind begünstigt einen Seemann, der nicht weiß, welchen Hafen er ansteuert, junger Mann", sagte der Besitzer der Stimme, der sich offensichtlich über Walters sparsame Sprechweise ärgerte, da er ihn nicht einmal ansah, als er antwortete.

Walters Augen blieben stehen. Er wusste, dass er sich wie ein Idiot benommen hatte, aber er war nicht derjenige, der auf einen in seine Lektüre vertieften Mann zuging und ihn ansprach. Zumindest könnte er sich den Satz durchlesen, bevor er sich an den Belästigenden wendet – so dachte er.

„Nun ... mein lieber Herr ... wie kann ich Ihnen helfen, was kann ich für Sie tun?", betonte Walter am Ende der Frage ein wenig zynisch und blickte von seinen Unterlagen auf.

„Was will ich?", lächelte der Fremde Walter zurück. Ich möchte Sie nur fragen, ob Sie gefunden haben, wonach Sie gesucht haben.

Walter war neugierig auf diese Frage und verstand nicht, was der Mann von ihm wollte. Ein brauner Trenchcoat, eineinhalb Wochen Bartstoppeln, ein kahles, graues Gesicht, als wäre er der Detektiv in einem englischen Krimi der sechziger Jahre, der mit perfektem Ungarisch und Hintergedanken herauszufinden versucht, ob sich Walter bei der falschen Antwort ertappen wird oder nicht. Sein Atem roch noch immer nach der kürzlich gerauchten Zigarette mit einem Hauch von Alkoholdampf, bei dem es sich, dem Aussehen des Detektivs nach zu urteilen, wahrscheinlich um Whisky oder Brandy handelte. Und Zigaretten sind eher wie Zigarren, oder vielleicht Pfeifen. Hätte man Peter Falk nicht gebeten, Columbo zu spielen, hätte dieser Mann sicherlich den berühmten Detektiv gespielt. Das war es, was Walter plötzlich einfiel.

„Hören Sie, Herr ... Verzeihung ... Genosse!", räusperte sich Walter theatralisch, „Ich lese gerade diese Dokumente hier, und ich finde sie interessant. Erledigt. Sonst nichts."

„Finden Sie sie also interessant ...", neigte der improvisierte Columbo von Budapest den Kopf leicht nach rechts. Er hob seine linke Augenbraue und schob mit der rechten Hand seinen Hut hoch. „Und was interessiert Sie an diesen noch nie gelesenen Dokumenten, junger Mann?"

Das erinnerte mich wieder an den berühmten Slogan des Detektivs „Nur noch eine Frage", die in den Episoden kurz vor der Ergreifung des Täters und der Aufdeckung des Mordes geäußert wurde. Walter fühlte sich immer wohler auf der Anklagebank, in die ihn dieser wie auch immer geartete Ballonmantel gesteckt hatte.

„Was ist interessant? Für mich ist es so, dass es in dreißig Jahren eine Pandemie geben wird, über die bereits jemand geschrieben hat ... was er geschrieben hat ... dokumentiert hat. Finden Sie das nicht auch interessant?", fragte er zurück.

„Hat er es also geschrieben?", fuhr er fort, Walters Worte Satz für Satz zu zerlegen. „Und Sie glauben das?"

„Ob ich es glaube? Wenn ich alles glauben würde, was über die Zukunft geschrieben wird, wäre ich ein Narr ... Wie auch immer, interessant, zum Nachdenken anregend. Meinen Sie nicht auch?", versuchte Walter wieder ins Gespräch zu kommen, um die lästigen Fragen umzukehren.

„Was ich davon halte?", wiederholte er Walters Frage noch einmal. „Ich frage mich, was interessanter ist ...", verweist er damit erneut auf Walters früheren Ausdruck. „Ist es interessanter, dass man Dinge schreibt, die später passieren, oder ist es interessanter, dass man in die Vergangenheit zurückkreist und sich darüber empört, dass jemand sie vorher geschrieben hat?", blickte er tief in die geweiteten Augen von Walter.

Walter schluckte. Dann verging wenig Zeit und noch mal. Ein größerer Schluck. Wer könnte das sein? Und woher weiß er das? Das ist doch unmöglich! Das ist ausgeschlossen! Das ist eine unverschämte Lüge! Kann mal jemand die Zeit um fünf Minuten zurückdrehen, damit das nicht passiert? Wer ist dieser Kerl??? Und woher weiß er??? Was will er denn??? Jesus! Walter schauderte vor sich hin, die Angst überwältigte ihn. Die Angst, die seine natürliche Reaktion auf eine Situation war, auf die er nicht vorbereitet war. Adrenalin schießt in die Blutbahnen, Puls und Atemfrequenz steigen, die Stirn schwitzt, das Herz pocht fast durch die Rippen. Die Haare auf der Haut stellen sich aufrecht, die oberflächlichen Muskeln zittern. Stumm wie eine Statue hatte Walter das Zeitgefühl verloren, konnte nicht sagen, wie lange er schon in dieser Position gestanden hatte, aber das konnte ihm jetzt egal sein – ein Zeitreisender kümmert sich sowieso nicht mehr um solche Dinge. Aber die Tatsache, dass der alte Sherlock wusste, wer er war und woher er kam, war umso wichtiger. Schließlich schluckte er erneut und stieß eine unterdrückte, äußerst verhaltene, kleine Frage aus. „Wer sind Sie?"

„Wer bin ich?", fragte er erneut. „Vorher wollte er mich nicht einmal ansehen. Jetzt fragen Sie mich, wer ich bin?", sein Mund verzog sich wieder zu einem Lächeln. „Nun, junger Mann … Ich bin ein Reisender, wie Sie. Ich komme und gehe in der Welt wie jeder andere auch. Die meisten Menschen stellen sich vor, dass sie sich in der Zeit vorwärts bewegen, wenn die Zeit voranschreitet. Ich glaube jedoch, dass die meisten von ihnen nicht weiterkommen werden. Weder vorwärts, noch rückwärts. Sie existieren einfach. Wie die unwissenden, dummen, feigen Schafe, die nicht einmal merken, dass sie an der Nase herumgeführt werden … Sie haben die Möglichkeit, die Welt zu bereisen, und doch nutzen die meisten von ihnen sie für was?", rief die bis dahin ruhige Stimme aus. „Mit Billigfluglinien in ein anderes

Land auf ihrem Kontinent zu reisen, um zu trinken!", schwieg angesichts dieser schmerzlichen Erkenntnis. Er schloss die Augen und fuhr dann fort: „Sie haben ein falsches Vertrauen in den Wohlstand, sie glauben, dass Komfort und Luxus ihr Freund sind. Wie auch immer, lassen wir das jetzt ...", übertönte er die moralischen Implikationen des Kapitalismus und fuhr dann fort. „Hören Sie, Walter ... Es geht nicht darum, wer ich bin, sondern darum, was man mit dem erworbenen Wissen macht. Nur wenige Menschen kennen die Geschichte der nächsten dreißig Jahre so gut wie Sie, nicht wahr? Was werden Sie tun?"

„Woher kennen Sie meinen Namen?", Walters Füße gruben sich tiefer ein.

„Beantworten Sie einfach die Frage: Was werden Sie mit der Macht machen? Denn Sie wissen, dass das, was Sie haben, Macht ist, richtig? Eine riesige Macht!"

„Einen Lottoschein ausfüllen?", versuchte Walter, das Gespräch in Richtung Scherz zu lenken.

„Ach!", klopfte der alte Mann auf den Tisch neben sich, und die Empfangsdame spähte hinter der Tür hervor, um sich zu vergewissern, dass alles in Ordnung war. Schließlich tat er so, als sei nichts geschehen, aber jetzt hatte er seine Ohren an ihnen.

„Warum? Was sollte ich tun? Soll ich der Herrscher sein, weil ich weiß, wie man es macht? Soll ich Entscheidungen treffen? Soll ich Art und Weise ändern, wie sich die Welt verändert? Ich kann das Schicksal nicht beeinflussen!", verteidigte sich Walter. Er wagte nicht einmal an die großen Dinge zu denken, die er mit seinem Wissen erreichen könnte. Die imaginären Berge seiner früheren Probleme schrumpften zu kleinen Maulwurfshügeln.

„Die Herrscher der Welt treffen Entscheidungen, ohne über das gesamte universelle Wissen zu verfügen, um Entscheidungen zu treffen. Und hier sind Sie mit all dem Wissen, was Sie tun sollten!"

„U-n-d was sollte ich tun? Verhindere ich die Taxiblockade? Oder den Jugoslawienkrieg? Soll ich Freddie Mercury sagen, dass er bald sterben wird? Oder Prinzessin Diana? Oder soll ich Facebook, Google oder Netflix gründen?", dachte Walter bei sich.

„Zügeln Sie Ihr Temperament, junger Mann. „Sie können das Einzige tun, was mit einer solchen Macht möglich ist", antwortete Columbo. „Helfen Sie, wo Sie nun können. Und wem Sie nun können. Die menschliche Existenz ist äußerst vergänglich, und die, die verehrt werden, sterben alle, und die, die sie verehren, sterben auch. Kein Mensch wird sich nicht an sie erinnern. Und wenn Sie an eine Art Leben nach dem Tod oder an eine Erneuerung glauben, haben Sie Glück, denn wenn Sie das nicht tun, sind Sie auf Ihrem eigenen Weg zum sinnlosen Zerfall von Atomen und Molekülen."

„Ich glaube daran. Ich glaube an die Erneuerung. „Wenn ich nicht daran glauben würde, wäre ich nicht hier", wechselte Walter zu einem ernsten Tonfall, denn er spürte, dass dies eine Situation im Leben war, in der es sich nicht mehr lohnte zu lügen, die Karten lagen auf dem Tisch. „Ich verstehe immer noch nicht, was er von mir will." Wenn Sie wissen, woher ich komme, dann sollten Sie auch wissen, dass ich mich nicht in den Lauf der Geschichte einmischen kann, denn die Folgen wären unabsehbar. Niemand kann zurückgehen und Hitler töten, um einen Weltkrieg zu verhindern."

„Natürlich kann", schnaubte der alte Mann wieder, „genau darum geht es doch! Dinge müssen nicht geschehen, weil sie bereits geschehen sind! Und wenn wir unsere Fehler korrigieren können, dann müssen wir zurückgehen und unsere Fehler korrigieren ...", setzte er sich auf den Stuhl neben dem Tisch, seine Augen blickten mit leerem Blick in die Mitte des Tisches.

Walter setzte sich ebenfalls wieder hin, und nun blickten sie gemeinsam in die Mitte des Tisches, als erwarteten sie eine Antwort von diesem sozialistischen Tisch oder dem Glasaschenbecher darauf. Die Last des Lebens von mehreren Tonnen lastete auf ihren Schultern, als sie versuchten, das Unbegreifliche zu verstehen und das Undenkbare zu begreifen. Ihre Bemühungen waren vergeblich, denn sie wussten, dass, was auch immer geschehen würde, letztendlich alles der Natur zum Opfer fallen würde. Sie waren stumm, als sie versuchten, die Möglichkeiten, die sich ihnen boten, zu begreifen.

„Schwachsinn. Wir können nicht mitbestimmen, wie es weiter-geht", blickte Walter vom Tisch auf und suchte den Blick des alten Mannes. „Könnten wir es, wären wir vielleicht auch nicht hier. Ich will Ihnen etwas sagen. Kürzlich traf ich János Fenyő, von dem ich weiß, dass er in ein paar Jahren nach der Arbeit in seinem Auto erschossen werden wird. Was würde passieren, wenn ich es ihm sagen würde? Erstens könnte er mir nicht glauben. Und zweitens, wenn er daran glaubte und etwas dafür tat, würde er weiterleben. Das würde sich auf das gesamte Unternehmen auswirken. Von seinem persönlichen Familienleben nicht zu sprechen ...“

„Gehen Sie nicht in diese Richtung, junger Mann. Das ist nicht der Wichtigste. Wenn Sie ihm verraten würden, woraus er entkommen könnte, wird es wahrscheinlich genauso passieren, höchstens etwas später. Diejenigen, die entschlossen sind, ihn zu töten, werden ihren Plan sicher nicht aufgeben, bis sie ihr Ziel erreicht haben. Das ist nicht das, was ich meine. Der berufliche Zweck des Lebens besteht darin, der Gemeinschaft zu helfen und etwas für die Menschen zu tun", fuhr er weise fort.

„Was wollen Sie also von mir?", fragte Walter beeindruckt und ein wenig irritiert. „Was soll ich tun?“

„Du bist jung genug, um dies und jenes zu ändern, was kluge Leute geschickt herausgefunden haben, und dann hat es nicht so funktioniert wie geplant", vernebelte er und war geheim-nisvoll, während er Walter etwas gesagt und nicht gesagt hat.

„Aber was für Dinge? Und wer sind die klugen Leute? Und was haben sie herausgefunden, das nicht funktioniert hat?", be-gann Walter, die Rolle des unwissenden Teenagers zu spielen.

„Nun ... was für Dinge ... wie die Dinge, über die Sie gerade gelesen haben. Die Pandemie ... die Einstellung und Wiederauf-nahme des Gesundheitswesens, die zentrale Kontrolle ... soll ich fortfahren?", fragte er, wobei seine braunen Augen immer größer wurden und Walter fast einhüllten. „Die Grenzen der Ängste der Menschen werden gefunden ... und ausgenutzt.“

„Schau, alter Mann! Wenn Sie wissen, wer ich bin und woher ich komme ... ähm ... oder aus welchem Jahr ich gekommen bin, dann wissen Sie, dass diese Schriften reine Spekulation sind. Sie passieren nicht", versuchte Walter wieder stark auszusehen.

„Die Tatsache, dass sie zu dem Zeitpunkt, zu dem sie hier niedergeschrieben wurden, nicht stattfinden, ist nur eine Folge der Tatsache, dass es jemanden gab, der wie Sie zurückgereist ist und versucht hat, sie zu ändern. Und es hat ihm geschafft. Aber er konnte es nicht verhindern. Er hat es einfach ein paar Jahre aufgeschoben. Es hat also Versuche gegeben, die Epidemie zu verhindern, aber im Großen und Ganzen ohne Erfolg. Nach einer Zeitreise im Jahre zweitausendachtzehn dauerte es keine zwei Jahre, bis eine schreckliche Seuche über die Welt hereinbrach. Was du in diesen Dokumenten last, ist nicht einmal ansatzweise vergleichbar mit dem Schaden, den diese Seuche in zweitausendzwanzig Jahren tatsächlich anrichten wird", blickte der immer seltsamer werdende Fremde, der nicht ohne Insiderwissen war, den statuenhaften Walter an.

„Wer sind Sie denn?", war alles, was Walter aus seinem steinernen Mund herausbekam.

„Mein Name ist Péter. Péter Pallár. Oder wie du deinen alten Partner nanntest: CleverBoy! Nur ein bisschen älter als bei unserem letzten Treffen. Ich bin jetzt fünfundsiebzig Jahre alt und du bist nicht einmal fünfunddreißig, obwohl ich nur fast ein Jahr älter bin als du." CleverBoy erklärte Walter, der kurz vor der Ohnmacht stand, wer er wirklich war. „Ich bin, sagen wir mal, auf Umwegen gekommen", kicherte er schließlich vor sich hin, als sei das Verständnis für die Zeit, die Entwicklung und die Verflechtung von Parallelwelten eine Selbstverständlichkeit.

„Clever Boy ...", sagte Walter fast lautlos. Er hatte das Gefühl, er sollte nicht einmal den Namen seines damaligen Partners aussprechen, mit dem sie ihr erstes Startup gegründet und gemeinsam große Erfolge erzielt haben. „Unglaublich! Be-stür-zend! Er-stau-nend! Wie du gealtert bist!", war der erste herzliche Satz aus Walters Mund. „Wie bist du hier?", fuhr er unsicher fort.

„Genau wie du. Ich bin hier gereist. Zurück aus der Zukunft ... einer möglichen Zukunft", fügte der gealterte CleverBoy hinzu: „Nachdem du 2018 verschwunden bist, habe ich nicht geglaubt, dass du tatsächlich den genauen Prozess für Zeitreisen gefunden hast und dass du es geschafft hast, die Werkzeuge dafür zu implementieren. Im Laufe der Zeit habe ich dann angefangen, deine Aufzeichnungen durchzuarbeiten und alles zu lesen, was ich in die Finger bekam. Ich habe zwei Jahre gebraucht, um zu erkennen und zu akzeptieren, dass du wirklich in die Vergangenheit zurückgekehrt bist und dass dir nichts Schreckliches passiert ist. Ich habe mir geschworen, den Rest meines Lebens damit zu verbringen, das Wunder zu vollbringen, das nur ein einziger Mann vor mir vollbracht hat: du", nickte CleverBoy und deutete mit dem Zeigefinger anerkennend auf Walter, aber in seinen Augen lag eine Traurigkeit, als wäre er sich nicht sicher, ob es das wert war, sein halbes Leben damit zu verbringen. Vor allem, wenn man bedenkt, dass diese Aktion Walter dreißig Jahre weniger gekostet hatte als ihn.

„Aber warum bist du hier, um mich zu suchen? Du weißt ja, dass du nicht einfach von hier aus in die Zukunft reisen können. Man muss darauf warten, Tag für Tag, wie alle anderen auch", sagte Walter.

„Jeder braucht Ziele im Leben, und ich stellte fest, dass ich mit der Zeit immer weniger eine Rolle in dieser Welt spielte. Die Beschleunigung, die ständige Hektik, all die Nerven, die lange Kette menschlicher Misserfolge ... es war, als hätten alle Menschen einen Schnellzug bestiegen, aber etwas sehr Wichtiges am Bahnhof zurückgelassen: einen Koffer, in den sie Glück, Bescheidenheit, Intimität und so weiter gepackt hatten. Sie wurden alle zu Spielzeugen eitlen Ehrgeizes", beklagte Clever Boy, der in diesem Alter vielleicht besser als CleverMonsieur oder CleverLord oder sogar CleverSir bekannt gewesen wäre, aber er passte ganz sicher nicht zu dem ausgefallenen Namen des „klugen Jungen", der das Start-up gegründet hatte.

„Hast du deshalb beschlossen, selbst zurückzureisen?
„Stimmt.
Und wie hast du zum Beispiel die Schwierigkeit umgangen, am Zielort der Zeitreise nicht in eine Betonwand zu teleportieren? Oder, selbst wenn du einen Raum findest, keine andere Person dort

hast?" Dies zu vermeiden, war für mich das größte Problem ...",
fragte Walter nach den Details der Reiseplanung.

„Ganz einfach! Erinnerst du dich an den Film Terminator?
Nun ... genau das habe ich getan. Zunächst schickte ich eine
Kugel groß wie ein Atom zurück, die sich zu einer Kugel mit
einem Durchmesser von eineinhalb Metern ausdehnte, in die ich
sicher hineinpassen würde. Von da an hatte ich den Raum, um an
mein Ziel zu gelangen, und ich musste mir keine Sorgen machen,
in ein Objekt oder ein anderes Lebewesen zu teleportieren", erklärte CleverBoy.

„An den Terminator! Natürlich erinnere ich mich, dass James
Cameron den zweiten Teil des Films irgendwo in Hollywood
dreht. Wir sollten uns die Dreharbeiten ansehen und sehen, ob
wir dir ein paar vernünftige Lebenslektionen erteilen können ...",
lachte Walter. Auf jeden Fall begrüßten sie beide die Gelegenheit; es wäre auch eine aufregende Reise zu den größten Dreharbeiten der nächsten Jahre. „Was wirst du jetzt tun, dass du
zurück bist? Du bist nicht mehr jung. Sogar! In deinem Alter
hätte ich sicher keine Zeitreisen vorgeschlagen."

„Ich werde sterben, Walter, ich werde sterben", wiederholte
CleverBoy. „Meine Tage sind gezählt, ich habe Krebs."

„Und die Medizin hat in zweitausend-irgendwannfünfzig
Jahren noch kein Heilmittel für Krebs erfunden?", stellte Walter
die logische Frage.

CleverBoy schwieg, schloss die Augen, holte tief Luft und
sprach schließlich.

„Die Welt ist nicht auf dem Pfad des Fortschritts geblieben,
Walter. Alles lief anders, als erwartet. Mit dem Fortschritt der
modernen Technologie hat sich die Menschheit verdummt, nicht
verbessert. Die Menschheit hat die ›Grenze der Klugheit‹ erreicht, von der aus es nur noch nach unten geht ... Das ist auch
der Grund, warum ich hier bin. Um dich davon zu überzeugen,
dass du es wagen solltest, den Lauf der Geschichte zu ändern.
Akzeptiere nicht, dass du dich nicht ändern darfst. Ich habe es
geschafft, mit fünfundsiebzig Jahren zurückzukommen, ich
bin zu alt und krank, um irgendetwas zu tun. Aber du bist jung

und dynamisch! Du hast die Fähigkeit, bestimmten Ereignissen zuvorzukommen", wurde CleverBoy immer geheimnisvoller, er wollte Walter Dinge erzählen, und er wollte es nicht. Er konnte nicht beurteilen, was günstiger war. Wenn er die Zukunft kennen würde, oder wenn er sie nicht kennen würde. Wenn er aber ein paar wichtige Dinge ändert, dann ändert sich die Geschichte, so dass es möglich ist, dass die Ereignisse, auf die CleverBoy sich bezog, nicht eintreten werden. Allein der Gedanke daran macht mich wahnsinnig.

„Und wenn die Welt dazu verdammt ist, ständig von Problemen geplagt zu werden?", stellte Walter die rhetorische Frage. „Was ist, wenn es egal ist, was ich tue? Wenn ich eine Sache ändere und eine andere, schlechtere hinzukommt, oder es noch schlimmer wird? Was passiert dann, Péter?"

„Du wirst es nur herausfinden, alter Freund, wenn du es versuchst … oder junger Freund! Du hast noch keine fünfundsiebzig Jahre gelebt, nur die Hälfte davon … glaube mir, die zweite Hälfte des Lebens ist eine Masse wert, auch wenn sie nicht so intensiv und ungestüm ist wie die erste Hälfte, aber sie kann tiefer und reiner an Gefühlen sein. Viel tiefer … viel reiner", wunderte sich der alte CleverBoy über die Kürze des menschlichen Lebens.

2018

BUDAPEST

Die Fenster der Wohnung in der Zichy Jenő utca waren komplett
verdunkelt. In der Blütezeit des Billigtourismus in der Innenstadt, als eine der größten Immobilieninvestitionen das AirBnb
war, wurde das gehobene Leben in Budapest allabendlich durch
unprätentiöse ausländische Junggesellenabschiede, sinnloses
Gelage und die wenig freundlichen Gestalten des organisierten
Verbrechens ersetzt. Ende der 2010er Jahre hatte die moderne
Technologie auch im Gastgewerbe Einzug gehalten und die Beschleunigung der Kommunikation bot die Gelegenheit, das un-
genutzte Marktpotenzial der Kurzzeitvermietung auszuschöpfen,
bei der Vermieter ihre Wohnungen schnell und effizient um ein
Vielfaches der Miete vermieten konnten. Die Zichy Jenő utca hat
schon immer eine zentrale Rolle im Leben des Stadtzentrums
gespielt, denn im Laufe der Jahrzehnte haben immer wieder
Menschen ihre Wohnungen verkauft. Eines von Pölős Lieblings-
lokalen war die elitäre Lasterhöhle mit zweieinhalb altmodischen
Zimmern und achtundsiebzig Quadratmetern, die als eine Art erst-
klassiger Drogendealer geführt wurde und ausschließlich Schau-
spielern, Musikern und möglicherweise Politikern vorbehalten
war, die sich in der Stadt vergnügen wollten. Es war praktisch
unmöglich, eine Eintrittskarte zu bekommen, niemandem war
der Zutritt gestattet und die Gäste durften unter sehr strengen
Regeln zusätzliche Gäste mitbringen. Letztere hafteten bis zum
Ende der Zeit für ihre Einladenden. Wer zum ersten Mal dabei
war, wurde von den interessanten Geschichten des „Gastgebers"
über die Kokainorgien von vor hundert Jahren, die ebenfalls in
diesen vergilbten Mauern stattfanden, oder über Lexi Kokós,

den ersten ungarischen Kokainkönig, unterhalten. Es ist wichtig zu verstehen, dass sich beim Drogenkonsum bereits eine Art Kulturalismus herausgebildete und dass Lehrbücher über die Auswirkungen verschiedener Drogen und die Geschichte ihrer Entwicklung genauso geschrieben werden könnten wie über jedes andere historische Ereignis. Es war kein Zufall, dass Pölő hier kam. Er wusste, wenn es einen Ort gab, an dem er inmitten der Hektik des Stadtzentrums in aller Ruhe welche Pulver hochziehen konnte, sollte er hier kommen, denn die Diskretion des Ortes wird von allen respektiert. Er hat sich mit Künstlern, Sportlern, Überfliegern und Bankern getroffen. Es war ein enger Kreis von Menschen, die hier kommen konnten, und hundertfünfzig von ihnen wussten, dass es diesen Ort gab. Der Laden funktionierte wie ein umgekehrtes MLM-System: Mundpropaganda konnte sich nicht ausbreiten, denn dann würde entweder der Besitzer den Laden schließen oder die Polizei käme. Es gab Gerüchte über seine Existenz, aber es kamen so angesehene Leute hierher und taten ihre Arbeit so diskret, dass die Polizei sie in Ruhe ließ.

Die stolze und vorsichtige Elite kann nicht in die Toiletten eines Nachtclubs oder eines Theaters gehen, um zu koksen – wie die anderen neureichen Penner – und ihre Taschenspiegel aus den Taschen zu nehmen, denn es darf keine Gefahr bestehen, erwischt zu werden. Mitten in der Stadt ist für sie eine besondere Stelle reserviert, so dass sie schnellstmöglich aufgesucht werden können, wenn man mitten in einer Party oder sogar nach einem Theaterbesuch das Bedürfnis verspürt, den Abend in der Stadt zu verschönern. Interessanterweise vertrauten sie sich gegenseitig, wie alle Mitglieder einer eng verbundenen Gemeinschaft. Die Nacht des weißen Schnees hat beispielsweise ein Vertrauensverhältnis zwischen Oppositions- und Regierungspolitikern geschaffen, wie es kein anderes Ereignis oder Treffen je hätte schaffen können, wahrscheinlich nicht einmal ein Atomangriff oder ein möglicher Bürgerkrieg. Natürlich kann man in dieser Welt nie vorsichtig genug sein, vor allem nicht, wenn die eigene Karriere davon abhängt: „Was ist, wenn der Ort gefilmt wird und eine geheime Aufnahme davon später als Beweismittel in die Hände eines Anwalts gelangt", aber eines war garantiert: Nichts, was innerhalb der Mauer passiert ist, wurde jemals veröffentlicht. Keine Tonaufnahmen, keine versteckten Kameras, selbst die Gespräche, die hier stattfanden, unterlagen sehr strengen Regeln. Das Interieur wurde dem Anlass entsprechend gestaltet und eingerichtet, meist mit einem schwarzen Tablett in der Mitte des Wohnzimmers, auf dem der Gastgeber vor dem Eintreffen der Gäste vorsichtig die hochwertige ungarische coke herauszog. Die aus diesem Tablett verzehrten Gegenstände wurden als „Sozialkoks" betrachtet, und der Gastgeber verlangte kein zusätzliches Geld. Dies wurde vor allem von hoch angesehenen, aber ärmeren Menschen, wie z.B. Musikern, genutzt, die regelmäßigen Abnehmer waren. Sie versuchten, die neureichen Kinder, die unverdientermaßen in den Reichtum hineingeboren wurden, aus dem Club auszuschließen, den man als Geheimclub bezeichnen könnte. Es war selten, aber es kam vor, dass ein angesehener Gast mit einem Freund oder einer Freundin kam, die weiß Gott nichts auf den Tisch gelegt hatte, außer dass sie reich geboren worden war. Diese Menschen wurden ausgeschlossen, weil sie nichts zu verlieren hatten und daher ein Risiko darstellten. Die moralische Mitgift, ohne Verdienst gut zu leben, war von geringer Bedeutung, auch wenn sie den intellektuellen Gästen manchmal ein Dorn im Auge war.

Auch Pölő war ein häufiger Besucher, der gerne hereinkam, um sich aufzumuntern und imaginäres Vertrauen zu gewinnen. Das war heute Abend der Fall: Er hatte seinen Besuch nicht im Voraus geplant, aber er vermutete insgeheim, dass er nach dem Abendessen am Liszt Ferenc tér direkt von Menza hier fahren würde. Zu ihrer Überraschung war der elitäre Club ein Ort, an dem sich ein junges Publikum wohlfühlte, ein Publikum, dem die Öffentlichkeit normalerweise nur mit Vorsicht begegnet. Die jungen Leute waren von Pölős Ankunft ebenso überrascht wie umgekehrt – sie erkannten László P. sofort aus dem Fernsehen und den entfernten Beziehungen ihrer Eltern, der von bösen Zungen gelegentlich beschuldigt wird, das halbe Land ausgeraubt zu haben. Es ärgerte ihn, dass er an diesem Ort so unreifen Kindern begegnet war, er traute keinem von ihnen, es tat ihm leid, dass er unerwartet hier gekommen war, vielleicht wäre es besser gewesen, den heutigen Abend zu verpassen.

„Sieh dir das an, kleiner Bruder! Das ist aber der Pénztáros Laci! Der Hüter der Schatzkammer unseres Landes!", rief er aus und schaute seinen jungen Nachbarn in der Mitte mit Freude im Gesicht an: Das unerwartete Auftauchen von Pölő gefiel ihm. Nicht so für Pölő, der nach seinem Herzen geleugnet hätte, dass er es war – dieser Anrede war sowieso eine Beleidigung von einem rotzfrechen Jungen – und dann auf dem Absatz kehrtgemacht hätte und zur Tür hinausgegangen wäre, als wäre es nie passiert.

„Kennen wir uns, junger Mann?", versuchte Pölő, sich das von einem Politiker erwartete höfliche Verhalten aufzuerlegen.

„Nun, nicht persönlich, aber ich bin froh, dass Sie gekommen sind! Ich stelle mich vor!", flog er fast auf ihn zu, drückte seine Hand fest, schüttelte sie zwei- oder dreimal und ließ sie dann los. „Mein Name ist Denisz. Denisz Vámhegyi. Mein Vater ist ..."

„Ich finde es heraus! Der Klopapierkönig", sagte er schnell, bevor Denisz den Satz beenden konnte.

„Genau!", lachte Denisz überschwänglich. Ausnahmsweise gefiel ihm der Ausdruck „Klopapierkönig", den er schon einmal gehört hatte, aber nie high, und irgendwie kam ihm dieser Witz besser vor. Andererseits gab es ihm das Gefühl, dass die Besessenheit und der größte Traum seines Vaters, zur Elite zu gehören und als solche bekannt zu sein, berechtigt war. Und was könnte sicherer sein, als dass ein großer Fisch wie Pölő von ihnen gehört hat?! „Und woher kennen Sie mein Daaad?"

„Ich habe deinen Vater Denisz", wollte er ihm ungewollt beibringen, höflich und respektvoll zu seinen Eltern zu sein, „letzten Monat am 60. Geburtstag von János Felvidéki getroffen."

„Der Onkel János? Er ist ein ultracooler Kerl! Ich bin mit ihm im Bilde, seit ich Kind war!", versuchte Denisz, sich auf seine Weise damit zu brüsten, dass er ihn auch kannte.

„Großartig. Dann können wir sagen, dass wir einen gemeinsamen Bekannten haben!", quittierte Pölő.

„Nun, Bruder László, ich nehme an, du bist auch nicht gekommen, um in der Halle zu stehen", invitierte Denisz Pölő, dem die seltsame Situation immer unangenehmer wurde.

„Danke, das ist nett von dir", blieb er höflich, während seine Augen und Gedanken nach einem Ausweg suchten. Da er bereits hier war, wäre es sinnlos gewesen, seine Absicht zu verleugnen, also tat er es nicht, und er hatte seit dem Morgen über das abendliche Line nachgedacht, und er wollte die innerstädtische Drogendealerin auf keinen Fall verlassen, ohne ihren gerechten Anteil gezogen zu haben. Der Dealer folgte der modernen Technik so weit, dass er auch über eine Smartphone-App verfügte – natürlich versteckte er die tatsächliche Tätigkeit hinter einer Blumensprache. Es war möglich, einen Termin wie in einem Friseursalon zu buchen und zu checken, ob ein Zeitfenster bereits belegt war, bzw. die Teilnahmegebühr im Voraus online zu bezahlen, entweder über ein Bankterminal oder die Simple-App. Zunächst widersprach dies jeglicher Rationalität, und die Teilnehmer hätten sich berechtigte Sorgen über eine mögliche Rückverfolgbarkeit machen können, aber der menschliche Einfallsreichtum hat auch dies beseitigt. Die Eigentümer, die einen völlig legalen Gartenbaubetrieb besaßen, richteten einen Online-Webshop ein, in dem die Kunden jede angebotene Pflanze bestellen konnten. Jeder innerhalb der Verwaltungsgrenzen von Budapest konnte diese Pflanzen bestellen und sie wurden geliefert. Dieser völlig legale Webshop wurde durch einen – für die Öffentlichkeit unsichtbaren – „Sub-Webshop" ersetzt, in dem dieselben Produkte gekauft werden konnten, allerdings auf eine etwas andere Art und Weise. Der Zugang dazu war nur für wenige Auserwählte möglich. Wenn jemand ein Kilo Bio-Karotten bestellte, war das ein Code für „ein Gramm kolumbianisches Kokain, geliefert durch Niederlande", und Bio-Rote Bete stand für „wenig gestrecktes coke". Sobald die Zahlung eingegangen war, lieferte das Unternehmen das eine Kilo Karotten ohne Rücksicht auf Verluste aus, als eine Art „Liefernachweis", wobei die Transportunternehmen ihnen das perfekte Alibi lieferten, dass die Gemüselieferungen tatsächlich transportiert wurden.

Da die Wohnung keine Großhandelstätigkeit ausübte, wurden die Bestellmengen auf fünf Gramm (fünf Kilo spezielle Bio-Möhren) begrenzt. Und warum jemand ein paar Kilo Möhren kauft, ist für den Gartenbausektor nicht von Belang – wer bemerkt schon ein paar Kilo Möhren, wenn jeden Tag mehrere Tonnen Lagerbestände umlaufen? Es handelte sich also um einen legalen Gemüseeinkauf vom Feinsten, und selbst in der Buchhaltung des Unternehmens wunderte sich niemand, warum einige Privatpersonen so versessen auf Möhren waren. Und selbst wenn es jemandem aufgefallen wäre, hätten die Angestellten es eher mit Schwarzmarkt-Möhrenhändlern in Verbindung gebracht als mit einem versteckten Drogenlager in der Innenstadt. Das System war so ausgeklügelt, dass es zwei Fliegen mit einer Klappe schlug, da es das Schwarzgeld (oder besser Weißgeld) sofort waschen konnte. Selbst als Politiker war Pölő darüber nicht beunruhigt, denn er wusste, dass sie, wenn sie erwischt würden, höchstens mit ein paar Gramm Koks erwischt würden, oft ohne Bargeld, was die geringstmögliche Strafe für die Konsumenten bedeuten würde. Wenn es ihnen gelang, die Öffentlichkeit zu meiden, konnten sie mit einem blauen Auge davonkommen, und in einem glücklichen Fall mussten sie sich nicht einmal von ihrer politischen Karriere verabschieden, wie Borka oder Szájer.

„Bereit für das Willkommen-Line?", übernahm Denisz die Rolle des Gastgebers.

„Ja, Junge, komme es!", begann sich Pölő zu entspannen. Er holte tief Luft, sog den ersten Atemzug ein, schloss die Augen und lehnte sich auf dem Sofa zurück.

„Wie cool ist das Zeug? Es betäubt dich wie ein Tier", sagte Denisz und versuchte, kompetent zu scheinen.

Nach einigen Atemzügen spürte auch Pölő die Taubheit, aber er wusste, dass es nicht die Wirkung des Kokains war: „Die Taubheit wurde nicht durch das Kokain verursacht, Junge", erklärte der erfahrene alte Mann den Jugendlichen, „sondern durch die Tatsache, dass er mit Lidocain gestreckt worden war."

„Gestreckt? Verarsche mich nicht, aber das ist verdammt gutes Zeug", sagte Denisz.

„Das Zeug kann immer noch gut sein, ich sage euch nur, warum", sagte Pölő, der langsam die Rolle des erfahrenen alten Fuchses in der Gruppe einnahm.

„Und sag mir, Bruder László, wie läuft das Geschäft mit dem Schwarzenberger und Felvidéki?", stellte Denisz die unerwartete Frage an Pölő, der sich wahrscheinlich nur wegen seines gestiegenen Selbstbewusstseins nicht von seinem Stuhl erhob, als er die Frage hörte. Woher weiß ein Schwachkopf wie Denisz von seinem grandiosen Plan, zu dessen Erörterung er lieber auf einen anderen Kontinent gereist hat? Wie hätte das ans Tageslicht kommen können? Wurden sie verwanzt? War es Schwarzenberger oder Felvidéki, der die Wahrheit gepfiffen hat? Jetzt muss er einmal herausfinden, was Denisz weiß.

„Entwickelt sich, Denisz. Aber auf welches Geschäft bist du neugierig, Kumpel Denisz?", versuchte er, sich Denisz' ungehobelten Stil anzueignen, um es dem ohnehin nicht besonders distanzierten Denisz leichter zu machen, sich ihm zu nähern.

„Nun, Hungaro-Hús und die Schwäger", gab Denisz den Wohlinformierten weiter; es gefiel ihm, dass Pölő begann, ihn gleichgültig zu behandeln. Denisz kannte in der Tat keine Details, er hatte seinen Vater auf einer Gartenparty belauscht, wie er sich auf geheimnisvolle Weise mit Felvidéki unterhielt, wo Felvidéki über Pölő, Hungaro-Hús und eine Falle sprach, die Schwarzenberger und Felvidéki ausgeheckt hatten. Er wusste nicht, dass die Falle für Pölő gestellt worden war, und er dachte, dass Pölő auf der gleichen Seite wie die Kumpels seines Vaters stand.

„Ja, das Geschäft ist gut angelaufen …"

„Ich weiß, ich weiß", warf Denisz ein, „und ich weiß auch von der Falle, die ihr dem verdammten Fritz gestellt habt."

Falle? Dem verdammten Fritz? Immerhin hatten sie den Österreichern keine Falle gestellt, dachte der schlaue Pölő schnell. Ihm war von Anfang an klar, dass Denisz seine Informationen nur aus einem abgehörten Gespräch haben konnte – offensichtlich war keine der erwähnten Personen so dumm, Denisz über so heikle Angelegenheiten zu informieren, aber die Sache mit der Falle war ein großes Fragezeichen. Was für eine Falle? Er vermutete auch, dass Felvidéki wahrscheinlich etwas zu Vámhegyi gesagt hatte, welches Denisz irgendwie mitgehört hatte, aber er konnte sich das Bild nicht zusammenfügen. Auf jeden Fall gibt es keine Zufälle; er erhielt jetzt vielleicht eine wichtige Information, die für die nächste Zeit entscheidend sein könnte. Oder könnte es sein, dass Felvidéki und Schwarzenberger sich mit der Opposition vereinbart haben, um ihn zu stürzen? „Hmm, Denisz ... Ich sehe, du bist ein kluger Junge", begann er und massierte den schwätzerischen, erwachsenen Jungen. „Und sage mir, was du genau über unsere kleine Falle weißt?"

Zufrieden und zuversichtlich lehnte sich Denisz wieder zurück und fühlte sich in einer überlegenen Position, wie einer der wenigen Auserwählten, die im Besitz einer großen und streng geheimen Wahrheit sind. Natürlich hatten ihm auch ein paar Lines geholfen, sich wie ein Großer in der Welt zu fühlen und die Realität zu erleben, endlich als einen großen Jungen behandelt zu werden. „Alles! Auch alles!", versuchte er sich in eine noch intimere Position zu bringen, mit einem Hauch von Humor, dann beugte er sich vor, sah Pölő tief in die Augen und sagte: „Ich weiß, Lacika, was ihr vorhabt. Ihr werdet die Hungaro-Hús-Offensive starten, und am Ende wird das Pfizer-BioNTech-Duo der Gewinner sein", sein Mund verzog sich zu einem Lächeln – er spürte, dass dies eine sehr herzzerreißende Information sein musste.

Darum geht es also. Schwarzenberger und Felvidéki spielen auf zwei Tore. Vielleicht Felvidéki nicht sicher, aber Schwarzenberger sicher. Er arbeitete früher für das deutsche Unternehmen Biopharmaceutical New Technologies, kurz BioNTech, mit Sitz in Mainz. Der Name Pfizer kommt ihm auch bekannt vor, ein ähnliches Pharmaunternehmen in den Vereinigten Staaten, er hat schon davon gehört. Schwarzenberger glaubt also nicht an Hungaro-Hús. Oder hat er einen Insidertipp erhalten, dass dort die Versuche zur Entwicklung eines neuen Impfstoffs, der die Pandemie lösen soll, weit fortgeschritten sind?

Es ist ziemlich sicher, dass jeder, der sich einer solchen Formation im Voraus bewusst ist, kann ordentlich Kohle verdienen. Das erste Unternehmen, das den Impfstoff zulässt, könnte in wenigen Monaten ein Vielfaches davon wert sein, und der frühzeitige Kauf seiner Aktien könnte das größte Börsendeal der letzten fünfzig Jahre werden. Mit einer Investition von ein-zwei Millionen Euro lassen sich in nur einem Jahr Milliarden verdienen. Und Schwarzenberger hat von irgendwoher davon erfahren. Auf diese Weise wird er sich seine Rache erkaufen und sich für den Rest seines Lebens absichern. Er wird alles tun, um das Hungaro-Hús-Geschäft zum Laufen zu bringen, aber wenn BioNTech ihm zuvorkommt, ist das gut genug für ihn. Was gut ... wunderbar! Der amerikanische Traum wird wahr! Dann kann alles passieren! Eine berührungsfreie Gesellschaft, ein bekanntes und akzeptiertes zentrales Quarantäneprotokoll, ein #bliebzuhause oder was auch immer, das kann für Schwarzenberger Károlys Leben nicht schlecht sein. Wie auch immer die Zeit der großen Unruhen aussehen mag, für ihn wird es scheißegal sein. Und die Tatsache, dass die Menschen wieder lernen werden, sich zu fürchten (ernsthaft zu fürchten, fast zu erschrecken), wird ihn auch nicht stören. Der Virus wird kommen und wieder gehen, aber die Hauptsache ist, dass die Angst, die er auslöst, bleibt. Wenn man nämlich hier bleibt, kann man die Menschen wirklich kontrollieren, so dass die Indikatoren des moralischen Angstindexes sorgfältig gepflegt werden müssen. Glücklicherweise ist die moderne Presse dabei ein perfekter Partner, denn Drama, ergreifende menschliche Geschichten und Tränen sind seit langem das beste Mittel, um die Einschaltquoten zu steigern. Sie werden die Sterbenden an den Beatmungsgeräten zeigen – Epidemie oder nicht, sie hätten wahrscheinlich sowieso nicht mehr lange gelebt – und die Gesunden werden bei diesem Anblick erschrecken, und die Raucher werden ein wenig Reue für die Zigarette empfinden, die sie fünf Minuten zuvor geraucht haben", dachte Pölő für den Bruchteil einer Sekunde. Das Einzige, was er nicht verstehen konnte, war, warum Schwarzenberger Felvidéki davon erzählt hatte und dann Felvidéki Vámhegyi. Diese merkwürdigen und nicht unbedeutenden Details der Geschichte stehen im Raum.

1990

BUDAPEST – STIFTUNG
SELBSTSTÄNDIGKEIT

„Zum Teufel mit diesem verdammten Chip!", fing CleverBoy an, sich am linken Handgelenk zu kratzen.

„Welcher Chip?", stellte Walter die Frage.

„Wieso welcher Chip?", sah CleverBoy Walter fragend an. „Der Chip unter unserer Haut …"

Walter verstand immer noch nicht, was vor sich ging, und sein Gesichtsausdruck sagte das auch.

„Jesus Christus, Walter! Du hast ja keinen Chip! Du bist ein paar Jahre früher verschwunden! Du bist chipfrei!", brach die Erkenntnis aus CleverBoy heraus. „Na ja … wie könntest du das wissen … du warst ja nicht verschlüsselt."

„Verschlüsselt?", fragte Walter weiterhin verwirrt. „Von welchem Chip redest du? Ich verstehe dich nicht."

„Über den Personalchip … der in den 1930er und 1940er Jahren den Personalausweis ersetzte. Alle waren wie Hunde gechipt …", wunderte sich CleverBoy und blickte traurig vor sich hin.

„Sei nicht dumm! Ist das Zeitalter wirklich gekommen, wenn die Menschen Mikrochips bekommen haben?", fragte Walter.

„Ob es gekommen ist? Das definiert das Leben. Der Chip enthält alle Informationen über dich: Deine Geburt, deine Adresse, deinen DNA-Code und deine bisherigen Impfungen, ob du gegen alle möglichen Gefahren geimpft wurdest! Ohne ihn lässt man dich nirgendwo rein, nicht einmal in ein Restaurant. Zentrales Gesetz! Wer keinen lesbaren Chip und keine zertifizierte Impfung hat, kann nirgendwo hingehen. Weder Restaurant noch öffentliches Leben. Du kannst nicht zur Schule gehen, nicht mit öffentlichen

Verkehrsmitteln fahren und nicht einmal ein Geschäft zum Einkaufen betreten", erklärte CleverBoy.

„Aber wie ist das doch möglich?", fragte Walter. „Diese Epoche hätte Hunderte von Jahren später kommen sollen ... nicht in unserer Zeit!"

„Wie es möglich ist?", erhob CleverBoy seine Stimme. „Ich erzähle dir, was passiert ist. Einmal war, weißt du, diese Krankheit ... diese Epidemie, von der du gerade gelesen hast. Also! Die Zentralmächte haben die perfekte Gelegenheit gefunden, die Menschen zu versklaven. Sie erkannten, dass es keine einfachere und offensichtlichere Lösung gibt und geben wird, um alle zu impfen. Sie haben sich diese Epidemie genommen und die Welt eine Heidenangst eingejagt ... es war Wasser auf ihre Mühle", sagte CleverBoy in einfachen Sätzen.

„Was war Wasser auf ihre Mühle?", fragte Walter weiter.

„Die Tatsache, dass die Menschen durch die Epidemie so verängstigt waren, dass es als logisch und zweckmäßig angesehen wurde – mit anderen Worten, es wurde ihnen eingetrichtert –, dass die Epidemie sehr gefährlich sei und dass nur diejenigen auf die Straße gehen sollten, die dagegen geimpft worden waren. Und wer sich weigerte, sich impfen zu lassen, konnte zur Hölle fahren und durfte keinen Fuß mehr auf die Straße setzen, weil er der verdammte Feind des Volkes war. Und es gab keine andere Möglichkeit, dies zu überprüfen als mit einem Impfchip, wie er bei Hunden oder Katzen eingesetzt wird. Wir haben also einen Impfchip. Wenn wir also bereits einen Chip unter der Haut haben, war es leicht, ihn so zu entwickeln, dass er nicht nur dafür verwendet werden konnte, sondern für eine ganze Reihe nützlicher Dinge, wie den Identitätsnachweis, die Verfolgung unserer aktuellen Krankheiten oder sogar das Bezahlen per Scan ..."

„Bezahlen per Scan?", sagte Walter verblüffend. „Willst du sagen, dass du beim Bezahlen in einem Geschäft einfach deine Hand über ein Terminal schiebst und so schon bezahlst, genau wie mit einer Bankkarte?"

„Stimmt. Sogar! In dem Moment, in dem du die Luxusgeschäfte betrittst, liest man gleich, was für ein Luxuskonsument du bist, und wenn du es nicht bist, werden die Verkäufer nicht einmal auf dich zugehen, weil man weiß, dass du ein Niemand bist und sowieso nicht bei ihnen kaufen würdest, und du kannst glücklich sein, wenn man dich nicht direkt aus ihrem Geschäft rauswirft. Da alle, buchstäblich alle deine Daten in deinem Mikrochip zu finden sind, ist es eine reine Frage der Computerausstattung, wer und was über dich lesen kann. Ohne bewusst zu sein, gibst du viel von dich preis, wenn du zum Beispiel auf einer Reise durch die Einkaufsstraße gehst. Die Bekleidungshändler werden wissen, wie viel Geld du hast, die Polizei wird wissen, ob du vorbestraft bist und ob von dir Ärger zu erwarten ist, und im Gyros-Laden wird man wissen, wann du das letzte Mal gegessen hast und ob du – basierend auf deinen bisherigen Essgewohnheiten – zur Zielgruppe für einen großen Lamm-Döner-Teller gehörst oder nicht. Das ist die Welt, in der wir gelebt haben, davor bist du weggelaufen, Walter ...“

„Oh, mein Gott! Das ist furchtbar ... und dann wie war die Partnerwahl?“, das war die erste Frage, die Walter in den Sinn kam.

„Ganz einfach: Dank dem Chipping konnte man fast alles über sich selbst und die andere Person wissen, also hat die Ehrlichkeit als Begriff leicht verändert. Als ehrlich galt nicht derjenige, der dem anderen seine Meinung direkt sagte, sondern derjenige, der bereit war, eine komplette Chipablesung für den anderen durchführen zu lassen. Auf diese Weise könnte der andere sofort über die Eigenschaften, Vor- und Nachteile, die finanzielle Situation oder auch sexuelle Orientierung des potenziellen Partners informieren. Diese Chipablesung erschöpfte das Konzept der Ehrlichkeit im 21. Jahrhundert ...“

„Schrecklich ...“, das war alles, was Walter vor Fassungslosigkeit über das, die er erlebte, sagen konnte.

„Oh ... es gibt noch mehr, soll ich sagen?“, spielte CleverBoy mit dem Refrain des berühmten Kinderliedes unserer Kindheit. „Dank den Ablesungen hat sich auch die Liebe als Idealvorstellung verändert. Die Menschen begannen so sehr an die Ablesungen zu glauben, dass sie ihre eigenen Instinkte unterdrückten und so anfingen, an eine vorhersehbare Zukunft zu glauben. Obwohl alle vergeblich versuchten, die höheren Gesellschaftsschichten aufzusteigen, ließ das System dies nicht zu, weil die andere Partei es ablehnte ... und infolgedessen wurden die Übergänge zwischen den Schichten aufgehoben. Der Wohlhabende heiratete den Wohlhabenden, der Arme heiratete den Armen ... Die Instinkte begannen zu sterben und damit auch die Liebe."

„Die Liebe auch? Aber ich dachte, wenn überhaupt, ist sie so stark, dass sie die Abscheulichkeit der Technologie überbrücken kann ...", blickte Walter noch tiefer mit den Augen.

„Nun, das war sie nicht. Dank den Chips wurde klar, ob die andere Partei eine gute oder eine schlechte Partei sei. Man konnte die Rolle des Jackpots nicht mehr spielen ... was in mancher Hinsicht vielleicht besser ist, denn so viele Ehen scheitern an der fehlenden Persönlichkeit ...", grübelte CleverBoy.

„Ja, da hast du recht, viele Menschen wählen wirklich den falschen Partner für sich, aber ich würde auf jeden Fall hinzufügen, dass es nicht die Berechenbarkeit ist, die das Leben schön und vollständig macht, sondern dessen Gegenteil. Man weiß nicht, was das Leben bringen wird und wie man in verschiedenen Situationen reagieren wird. Ich finde es oft so, dass die Stimmung, in der man sich vor einer Entscheidung befindet, entscheidend ist. Zum Beispiel wenn eine Anfrage dann kommt, wenn man gut gelaunt ist, reagiert man ganz anders darauf, als wenn die gleiche Anfrage in einem schlechteren Moment kommt", begann Walter mit der Gedankenfolge.

„Es ist eine alte Wahrheit", unterbrach CleverBoy, „dass man niemals versprechen sollte, wenn man glücklich ist, niemals antworten sollte, wenn man wütend ist, und niemals eine Entscheidung treffen sollte, wenn man traurig ist", versuchte er mit der Weisheit von Dalai Lama unangemessen zu klügeln. Aus irgendeinem Grund kam ihm das in den Sinn, wahrscheinlich über Walters Vorstellung, „wie trifft man eine Entscheidung".

„Lass mich ausreden!", knurrte Walter zurück, als ob er die Plattitüden von CleverBoy völlig ungeachtet hätte. „Dass ein

Chip die Bankkarte, das Gesundheitsbuch, den Personalausweis oder sogar den Fingerabdruckscanner ersetzt, ist meiner Meinung nach zeitlich völlig normal, aber ich will dieses Zeitalter nicht erleben. Ja, ich akzeptiere seine Wirksamkeit und seinen Hintergrund, aber ich kann nicht verstehen, dass in Dingen, die aus den Tiefen der menschlichen Seele geboren werden müssen, damit sie die endlosen Reihen von den rationalen Gründen überbrücken müssen, na ja, dazu sage ich, dass es Bullshit ist, und dass die Menschheit nicht danach fragen sollte. Ein Computer wird niemals fähig sein, emotionale Entscheidungen zu treffen, das kann man von ihm nicht erwarten, und es kann auch nicht ersetzt werden. So wie wir die elterliche liebe brauchen, die sich mathematisch nicht formulieren lässt, brauchen wir auch unsere emotionale Intelligenz, und ich versichere dir, mein alter Freund, das wird so sein, solange der Mensch ein Mensch ist", lehnte sich Walter mit dem Stolz eines visionären Philosophen zurück.

„Du wirst enttäuscht sein, mein Freund", schaute CleverBoy vor sich selbst wieder. „Es gibt viel mehr Dinge, die in der IT modelliert werden können, als man das denkt. Zum Beispiel auch Emotionen. Im Internet gibt es Beschreibungen unzähliger Lebenssituationen, in welcher Situation was das Beste ist, was ein Mensch – beziehungsweise eine Maschine mit einem Menschen oder anstelle eines Menschen – tun kann. Denke darüber nach! Die Werke der großen Philosophen und der besten Ärzte werden alle irgendwohin hochgeladen, daher kann die Meinung eines ernsthaften Psychologen darüber, wie man handeln soll, einem ungelesenen und ungebildeten Idioten zugänglich werden. Zum Beispiel, was soll man tun, wenn jemand unhöflich zu einem ist, was die beste Lösung ist, wenn das Kind nachts weint, oder was man im Trauerfall tun soll. Denn es ist alles andere als sicher, dass man genug Wissen und emotionale Intelligenz hat, um eine unhöfliche Figur nur mit der Kraft des Verstandes und selektiven Wortschatzes zu besiegen. Es ist auch nicht sicher, dass man weiß, was mit einem schreienden Baby in der Nacht los ist – alle Eltern haben das schon erlebt. – Das Kind heult, und man steht da und hat keine Ahnung, was man mit ihm anfangen sollt. Vielleicht hat es Hunger? Oder tut ihm etwas weh? Oder will er einfach nur Liebe? Seine Körpersprache verrät es leicht, aber die Mehrheit der Eltern raten immer noch, anstatt ausführlich ernsthafte Fachliteratur über Babys zu lesen, wo es beschrieben wird, was ein Kind zum Weinen bringt und wie man schnell herausfindet, was man dagegen tun kann. Genauso ist es im Fall der Trauer. Die Mehrheit der Menschen wird mit diesem Phänomen konfrontiert, wenn sie bereits schmerzlich involviert sind – der Verlust eines nahen Angehörigen ist für uns alle eine schwere Erprobung. Der Chip kann uns jedoch helfen, ungewollte Leere, Verlust und Schmerz so schnell wie möglich zu überwinden."

„Aber wie?", stellte Walter die Frage tölpelhaft.

„Du suchst sie auf ApGoYaTe und findest die Antwort sehr schnell: Trauer ist ein Phänomen, das die Menschheit seit ihren Anfängen begleitet, ein völlig natürlicher Prozess, der im Laufe der Zeit unterschiedliche Stadien und damit Lösungsmöglichkeiten hat."

„ApGo was?", versuchte Walter das unbekannte Wort zu betonen. CleverBoy begann zu lächeln. „ApGoYaTe!", sagte er lustig.

„Der Browser der Zukunft!", ertönte erneut. „Ein globales Mammutunternehmen, das Mitte der 2050er Jahre fusionierte. Die Unternehmen gab es bereits in deiner Zeit, kannst du erfinden, welche die waren?"

„Ich glaube, Ap bezieht sich auf Apple", vermutete Walter.

„Ganz genau!

„Go und Ya könnten Google und Yahoo gewesen sein?", fragte Walter.

„Ja, ja! Und was könnte das Te am Ende sein?"

„Hmm ... ich gebe zu, ich weiß nicht ... das erste, was mir in den Sinn kam, war Tesla, aber es ist ein Automobilkonzern", setzte Walter seinen Gedankengang fort.

„Genau!", rief CleverBoy vor Freude. „Te bezieht sich auf Tesla!"

„Ich verstehe, dass die ersten drei fusioniert haben, aber was macht Tesla in der Reihe?", grübelte Walter.

„Nachdem der Gründer, Elon Musk während einer Expedition zum Mars in den vierziger Jahren verschwunden – und möglicherweise gestorben – war, kam der Fortschritt von Tesla ins Stocken."

„Während einer Expedition zum Planeten Mars?", war Walter plötzlich schockiert.

„Ja! Elon Musk hat den ersten Menschen zum Mars geschickt! In einem Tesla! Was zu dieser Zeit bereits Passagierraumschiffe produzierte", erklärte CleverBoy die Geschichte, die für Walter nicht passiert ist. „Nachdem Elon Musk eine ganze Kolonie auf dem Mars gebracht hatte, beschloss er, seine Schöpfung selbst zu versuchen und trotz seines hohen Alters die Schwierigkeiten der sechsmonatigen Reise auf sich zu nehmen. Also schloss er sich einer der Expeditionen zum Mars an, und neun Wochen nach dem Start verschwand er mit dem Raumschiff …"

„Ohh, der Arme … Ich hätte nicht gedacht, dass das große Abenteuer so für ihn enden würde", beklagte Walter, für den Elon Musk eines seiner größten Vorbilder war.

„Na, ja … jeder hatte Mitleid mit ihm und dann kamen natürlich die Gerüchte auf, dass er nicht verschwunden sei, er habe nur einen Weg erfunden, um mit einem Hyperraumsprung aus dem Sonnensystem herauszukommen, und das habe er getan. Er hat nach einer anderen Theorie das Rezept für eine Sache in seinem Leben nicht gefunden, nämlich das Elixier des ewigen Lebens, also baute er ein Raumschiff, mit dem er sich im All überwintert hat, um in ein Zeitalter zurückzukehren, in dem er fähig sein kann, für sich ewiges Leben zu schaffen …", erklärte CleverBoy begeistert – es gefiel ihm, dass er Walter zum ersten Mal von diesen historischen Ereignissen erzählen konnte. Er wusste, dass Walter sich für das Rezept für ewiges Leben, die Besiedlung des Mars und das Leben von Elon Musk im Allgemeinen interessieren würde.

Walter hörte ihn in verblüfftem Schweigen, versuchte, die Fakten in seinem Kopf zusammenzufügen, kreierte dann Ursache-Wirkungs-Beziehungen daraus und suchte nach Antworten. Er war sich sicher, dass Musk klüger war, als Opfer eines solchen

Unglücks zu werden, er war sich aber nicht sicher, was mit ihm hätte passieren können. Wenn so ein Mann wie er sich auf den Weg macht, ist es ziemlich sicher, dass sich er den Zweck dieser Reise, die zu erwartenden Entwicklungen und die möglichen Folgen sorgfältig überlegte. Er wusste es. Er wusste, dass Elon Musk so ein Mann war, also konnte sein Verschwinden kein Zufall sein. Vielmehr vermutete er, dass es noch nicht möglich war, es dem damaligen Zeitalter zu erklären. Er neigte also eher zu der Version der Hibernation, obwohl er es auch für vorstellbar hielt, dass es sich um eine Hibernation kombiniert mit einem Hyperraumsprung gehandelt haben könnte.

„Und was haben die Menschen auf dem Mars gemacht? Wie soll ich mir das vorstellen?", fragte Walter mit Neugier. Er mochte immer die Nachrichten über die Erforschung des Weltraums lesen, und wartete insgeheim, wie so viele andere – auf die sensationelle Nachricht, dass wir nicht allein auf dem Planeten namens Erde sind und dass es uns gelungen ist, Kontakt mit einer außerirdischen Zivilisation aufzunehmen.

„Auf dem Mars ... naja ... wie soll ich sagen ... stell es dir vor wie in den alten Sci-Fi-Filmen. Es gibt einen großen Wüstenplaneten, auf dem hypermoderne Gebäude stehen, die von Menschen und Pflanzen bewohnt werden. Menschen ernähren Pflanzen mit Wasser und Nährstoffen, und Pflanzen ernähren Menschen mit Luft, Gemüse und Früchten. Und das Fleisch wird mit 3D-Druck hergestellt", erklärte Cle- verBoy. „ABER!", hob er seine Stimme und seine Hände, sein Gesicht wurde ernst. „Aber sie führen keine humanitäre Forschung durch, damit Menschen den Planeten kolonisieren können. Natürlich nicht!" Er machte eine kurze Pause, um die Wirkung zu verstärken, dann setzte er fort: „Der eigentliche Zweck der Reise zum Mars war dasselbe, an das wir über die Jahrhunderte auf der Erde gewohnt waren, egal um welche Art von Eroberung es sich handelte! Die Gewinnung von Rohstoffen."

„Welcher Rohstoff?", fragte Walter.

„Eisenoxid, Aluminium, Titan. Metalle. Böse Zungen behaupten, dass man nach geheimen Goldfeldern suchen", antwortete CleverBoy.

„Metalle? Interessant. Wozu braucht man so viel Metall?",
versuchte Walter es zu verstehen. „Ich dachte, dass die Zukunft
der Menschheit nicht die Kolonisierung der Planeten sein würde,
sondern der Aufbau von sich ständig bewegenden Kolonien im
Weltraum."

„Ganz genau! Aber um Kolonien zu bauen, die sich im Weltraum bewegen können, braucht man eine Menge Rohstoffe, die
die Erde nicht mehr liefern kann. Wir werden also den Mond
und den Mars ausbeuten, sogar ... den neuesten Nachrichten
zufolge wird es so mit den beiden Monden von Mars, und auch
von Jupiter sein", lachte CleverBoy auf.

„Oh ja!", bestätigte Walter den Ausbruch der Menschheit
von der Erde, und bedauerte in gewisser Weise, dass er diesen
Teil verpasst hatte. Es ist interessant, dass die Mehrheit der
Menschen die Vergangenheit nachtrauert, und betet, in der Zeit
zurückgehen zu können, um Dinge zu tun, die sie nicht getan
haben, oder um Ereignisse ungeschehen zu machen, aber jetzt
war Walter auf der anderen Seite des Zauns. Er bedauerte nun,
dass er in die Vergangenheit gereist war und deshalb die Zukunft verpasst hatte. Es war ein seltsames Gefühl, von einer
Welt zu hören, in der er hätte leben können. Es fiel ihm schwer
zu entscheiden, was spannender sein könnte: zurück in die Vergangenheit zu gehen oder mit einem Tesla zum Mars zu fliegen.

2018

BUDAPEST

Frau Vámhegyi Edit – oder wie die Elite von Rosenhügel sie nennt, einfach Frau Vámhegyi, oder etwas abwertend „die Editke" – bereitete für die Cocktailparty heute Nachmittag einen Knoblauch-Kräuter-Krabbensalat zu, während ihr Mann Kázmér versuchte, das Publikum mit halbfertigem Smoke-Rind zu verblüffen. Alle zwei Monate trafen sie sich mit ihren Freunden (und denen, die sie zu ihren Freunden machen wollten) zu einem informellen Grillfest, bei dem angenehme Nachmittage eine gute Gelegenheit boten, Ideen auszutauschen, zu tratschen, über Politik zu diskutieren oder sogar neue Geschäftsmöglichkeiten zu erkunden.

Frau Vámhegyi mochte diese Anlässe nicht wirklich, das enorme Bedürfnis, sich anzupassen, das seit ihrer Kindheit in ihr wütete, war die größte Last auf ihren Schultern; ihre Eltern, vor allem ihre Mutter, hatten ihrer kleinen Edit Jahre zuvor ein Ziel gesetzt, dass, wenn es ihr nicht gelingen würde, nach Buda oder sogar Pest zu ziehen, dann würde Edit es schaffen und ihre Familie würde nicht so aussterben, dass sie ein Leben lang als dreckige Landeier angesehen werden. Ungarn bestand in ihren Augen aus Budapest, einschließlich Buda und Pest, und den Gebieten außerhalb der Verwaltungsgrenzen der Hauptstadt, dem sogenannten Land, wo das Leben im Vergleich zu Buda verächtlich und erniedrigend war. Wann immer sie in Buda war, erlebte sie dies, und deshalb empfand sie eine Art enormen Groll gegenüber den Menschen in der Großstadt, und sie versuchte ihr Bestes, um von ihnen Genugtuung zu bekommen, was immer es auch war. Hauptsache, sie konnte sie irgendwie verletzen, denn sie glaubte, dass man auf sie wegen ihrer Herkunft herabschaute.

Und wenn einer von ihnen sie nicht herabgeschaut hat, dann wollte er sie wohl herabschauen, aber er hatte einfach keine Gelegenheit dazu.

Es kam ihr nie in den Sinn, dass es in Budapest Menschen geben könnte, die nicht auf die Menschen auf dem Lande herabsehen, sie sogar um ihren Lebensstil beneiden. Die arme Frau Vámhegyi sogen diese Weltanschauung in der südlichen Tiefebene auf, und ihre unbewussten Entscheidungen wurden eindeutig davon bestimmt. Als Vámhegyi ihr anbot, ihnen eine schöne Villa zu bauen, irgendwo, vielleicht mitten im Wald, neben einem kleinen Teich, stürzte Frau Vámhegyi wie ein angriffslustiger Löwe nach vorne und sagte ihrem Mann, dass sie nur nach Buda und auf den Rosenhügel ziehen wolle, und dass nichts anderes in Frage käme. Also auf zum Rosenhügel! Sie haben eine alte Villa gekauft, um sie zu renovieren und umzubauen. Sie gaben fast alle ihre Ressourcen für die Villa aus, fast sogar ihr Unternehmen. Und es gab hundert Millionen Schulden bei einem guten Freund. Aber all das ist nicht wichtig, was zählt, ist die Existenz, die sie sich erträumt hatten, und die Tatsache, dass Frau Vámhegyi in ihrem mittleren Alter nach jedem Aufstand mit der klischeehaften Parole endlich zufrieden in den Spiegel schauen konnte: „Ja! Ich habe es geschafft!". Natürlich wusste auch sie, dass das Leben der Reichen nicht so einfach ist. Es reicht nicht aus, einfach einzuziehen und man als ein Einheimischer behandelt wird. Ob es ihr nun gefiel oder nicht, alle zwei Monate fand eine Cocktailparty statt, auf der sie für den Rest ihres Lebens versuchen würde, mit den Einheimischen auszukommen. Mal sehen, ob sie anerkennen werden, dass sie zu 100 % zum Stamm gehört. Und selbst wenn sie keinen Erfolg hat, sollten zumindest ihre Kinder daran glauben. Schließlich leben sie schon seit ihrer Jugend hier, was vielleicht einer Eroberung gleichkommt.

Sie hat versucht, ihre Kinder mit Kindern zusammenzubringen, die ebenfalls hier aufgewachsen sind. Ihre ständige Ziellosigkeit störte sie nicht im Geringsten. Es störte sie auch nicht, dass das Gefühl der Sicherheit, das sie ihnen eingeimpft hatten, bedeutete, dass sie keinen Ehrgeiz hatten, was bedeutete, dass das Leben keine Herausforderung für sie war. Für sie ging es bei diesen Zusammenkünften also um den Budaer Lebensstil und die gesellschaftliche Akzeptanz. Auch wenn sie mit ansehen musste, wie die Freunde ihres Mannes eine nach der anderen ihrer alten Frauen durch eine neue ersetzten, bei der nicht die Intelligenz den Ausschlag gab, sondern der dekorative Körper, das hübsche Gesicht und das süße Lächeln, wie eine schicke Uhr oder ein neues Luxusauto. Statussymbole. Ehefrauen, die Wörter und Sätze immerhin erklären und dolmetschen mussten, weil sie immer wieder zurückfragten, dass sie nicht verstanden, was gesagt wurde.

Das ärgerte Frau Vámhegyi sehr. Sie war selbst kein Superhirn, aber sie brauchte auch nicht jeden Witz als erklärt zu bekommen. Und neue Ehefrauen bedeuteten auch die Schaffung neuer Nachkömmlinge, in dem sich die verspäteten Väter (mindestens fünfzig Jahre Altersunterschied zu den Kindern) Vámhegyi gegenüber verwirrt darüber beklagten, dass sie mit ihren ein halbes Jahrhundert später geborenen Kindern nicht sprechen können, dass sie einander nicht verstehen und dass sich die Rolle des Vaters von der Jugend an auf „Kannst du mir etwas Geld geben, Dad?" beschränkt. Frau Vámhegyi, die diese Lebensweise kannte und ablehnte, klammerte sich an ihr ererbtes Schicksal – trotz aller Bemühungen war es brutal schwer, ihre Neurosen loszuwerden, und für sie war es auch. Vámhegyi war von Anfang an nicht so angetan vom Theater auf Rosenhügel wie seine Frau, und er wäre lieber in einem Wald gewesen, abgeschieden von der Außenwelt; er war bereit, das Thema wieder aufzugreifen, wenn die Kinder das Elternhaus verlassen.

In der Zwischenzeit kann Edit es entweder hassen oder den Windmühlen-Kampf um soziale Akzeptanz leid sein. Ihm hat es gereicht, dass die moderne Welt ihn zu Kompromissen gezwungen hat, ihn gezwungen hat, Araber, Schwule und Migranten zu akzeptieren, und jetzt muss er feige zusehen, wie seine Kumpane mehr Mut haben als er und die alten Drachen hinauswerfen und sie durch frischere, kuschelige und liebenswerte Kätzchen ersetzen. Ihn ärgerte vor allem der Gedanke, dass mit einer solchen „sugar baby" das Leben nur noch Spaß machen würde, weil all die Schwierigkeiten, die er mit seiner Frau durchgemacht hatte, mit dieser Frau vorbei wären. So dass er eine Beziehung mit einer anderen Frau beginnen könnte, nachdem er das Schlimme überwunden hatte, und mit etwas ganz Neuem anfangen könnte. Das war es, wovon er insgeheim träumte, ein Gedanke, der durch die kürzliche Scheidung und die Integration seiner neuen Gespielin nach der Scheidung noch verstärkt wurde. Es ist eine lächerliche Situation, die schon hundertmal durchgespielt wurde, aber sie verjüngt den aktuellen Partner, eine perfekte Art, die Midlife-Crisis durch Äußerlichkeiten zu bewältigen. Er fragte sich auch, wie tief und real der Wahnsinn sein musste, damit Edit selbst diese Veränderungen mit einem Lächeln ertrug, obwohl alle ersten Ehefrauen gerne die neue Generation der zweiten Ehefrauen ertränken würden, die in der Regel zwanzig Jahre jünger sind. Selbst das einzige gemeinsame Thema (Einkaufen) kann diese Gräben von der Größe des Grand Canyon nicht überbrücken – in den Cafés des Liszt Ferenc tér diskutieren sie heimlich darüber, welche der beiden Ehefrauen am abhängigsten ist und welche Ex-Frau im Falle einer Scheidung am reichsten wäre. Er hörte zum Beispiel, dass eine „sugar baby" erklärte, dass sie für einen zweiundsechzig jährigen Mann kein Kind gebären würde. Sie hielt aber zu Beginn ihrer Beziehung im Ehevertrag fest, dass sie im Falle einer Scheidung Anspruch auf zwei Milliarden Forint in bar hätte, selbst wenn die Ehe wegen ihres Betrugs scheitern würde. Interessante Klausel ...

Sie hatte keinen Ehevertrag mit Vámhegyi, aber das war auch nicht nötig, denn finanziell hätte sie ohnehin die Hälfte des Königreichs bekommen. Für ihn, der ein altmodischer Mann mit Werten ist, ist die Ehe ein Leben lang, und Geld ist zweitrangig; in seinen Augen wäre eine Scheidung eine große Schande, wie der alte Zirkuslöwe, der eine Zeit lang gut war, aber, weil sie alt wird, vom keinem mehr gebraucht wird. Während Vámhegyi für Felvidéki die erste Scheibe der Barbecue-Rippchen anschnitt, die er in der Plus 52 Event & Gastronom Hall in Etyek zubereitet hatte, fragte er leise, warum Pölő um jeden Preis zu ihnen nach Hause kommen wolle, wo er doch wisse, dass er Politiker in seinem Haus ungern haben wolle, vor allem keine korrupten Politiker. Er vermutete, dass es etwas mit den Informationen zu tun haben könnte, die Felvidéki auf der letzten Party ausgeplaudert hatte und die ihm Felvidéki wahrscheinlich wegen seines übermäßigen Whiskykonsums erzählt hatte. Aber selbst dann konnte er nicht verstehen, warum Pölő nicht mit Felvidéki darüber sprach. Irgendwo auf der anderen Seite der Welt, zum Beispiel in Dubai oder wo auch immer. Warum sollte er einen Verräter in sein Haus bringen?

Er veranstaltet keine Cocktailparty, um Felvidékis und Pölős Witzen zu lauschen, sondern um der Welt zu beweisen, dass in den Kindermärchen von Hortobágy selbst der Geschichtenerzähler keine Ahnung hatte, wie die Reichen wirklich lebten. Es brachte ihn zum Schmunzeln, dass, wenn der Held des Märchens – in der Regel der ärmste, jüngste Sohn – sein Schicksal erfüllt und am Ende des Märchens die Königin bekommt, die Hochzeit, die sie abhalten, nicht annähernd mit den Gastro-Events vergleichbar ist, die er jeden achten Samstagnachmittag besorgt. Und er denkt schon lange nicht mehr an die Kindheitsfreunde, mit denen er in den schäbigen Kindergarten- und Grundschulbänken von diesen Geschichten träumte, die im Leben keine Chance hatten, der Armut des Tieflandes zu entkommen.

Wahrscheinlich sind sie alle krank und krebskrank, am Ende eines vergesslichen und elenden Lebens und versuchen, sich mit allerlei Gelegenheitsjobs ihren täglichen Alkoholkonsum zu verdienen. Und doch wurden diese luxuriösen Feste anscheinend gerade deshalb irgendwo veranstaltet. Um mit ihren neuen Bekannten über Dinge zu sprechen, die bei den Reichen in Mode waren – wie die Gründung einer neuen Stiftung, die in Wirklichkeit eine als Wohltätigkeit getarnte Steuerhinterziehung darstellte, oder die Unterstützung einer kleinen sportlichen Aktivität für Kinder, denen die Lust und die Begeisterung für den Wettbewerb schon lange abhanden gekommen war. Kein Wunder, denn die Elite plauderte schon immer gerne aus dem Nähkästchen, wie die Menschen unter ihr leben sollen, was gut für sie ist und was nicht, was sie kaufen sollen und was nicht, was sie wollen und was nicht. Doch um in diese Elite zu gelangen, war eine harte Arbeit, und der finanzielle Status war eine Voraussetzung, aber nicht ausreichend.

Die Familie Vámhegyi tat ihr Bestes, um die Existenz ihrer Fundamente zu beweisen, aber sie wussten insgeheim, dass sie weder finanziell noch kulturell an dem Punkt waren, an dem sie eine echte Chance hatten, die goldene Tür zu durchschreiten. Vámhegyi wusste und akzeptierte, dass es ihm nicht gelingen würde, weshalb er es vorgezogen hätte, an den Waldrand zu fliehen, aber Frau Vámhegyi tat es nicht. Sie trug immer noch die Last des familiären Drucks, sie hätte zwei oder sogar hundertmal mehr Zweit- und Drittfrauen um sich herum ertragen können, um den sozialen Hyperraumsprung zu schaffen. Sie hasste es, ständig der Gastgeber zu sein, und die gastronomischen Genüsse zehrten mehr und mehr an ihrer Energie und Lebensfreude, aber dennoch. Sie muss es versuchen, sie muss durchhalten, sie wird ihren Namen in einen Eisberg ritzen, der auf der Donau schmilzt, damit die ganze Hauptstadt sieht: Ja, ich bin es, Frau Vámhegyi aus der Savanne, ich habe es geschafft, und ich bin eine von euch Arschlöcher Snobs aus Pest.

„Sag mir, Mein Bester, woher kennst du diesen Pölő?", wandte Vámhegyi sich an Felvidéki mit einer klassischen Eröffnungsfrage, obwohl er die Antwort genau kannte, nämlich das Ferienhaus der Partei in Balatonaliga, in dem die beiden braven Vögel ihre unbeschwerten Kindheitsferien gemeinsam verbrachten. Er wusste auch, dass Felvidéki mittels seines Onkels eingeladen wurde, und dass Pölő dank seines Vaters von Juni bis August aus Steuergeldern Urlaub machen konnte. Wahrscheinlich haben sie hier zum ersten Mal das Gefühl erfahren, dass es gut ist, andere Menschen arbeiten zu sehen und dass sie auf Kosten dieser Arbeiter Urlaub machen. Es spiegelt auch die Tatsache wider, dass es für sie, ob Pölő oder Felvidéki, immer ein Leichtes war, das zu nehmen, was anderen gehörte – natürlich war das Geld, das durch ihre Hände ging, offiziell nicht gestohlen, sondern

hatte lediglich „seinen Charakter als öffentliches Geld verloren".
Das war das Beispiel, dem sie in ihrer Kindheit gefolgt waren,
lange bevor der Onkel von Felvidéki die glorreiche staatliche
Hungaro-Hús auf seinen Namen privatisierte, womit er nicht
ganz glücklich war, weil er auch Kométa in die Hände bekommen
wollte, aber es landete in ausländischen Händen.

Felvidéki traf Pölő hier in den 1970er Jahren mehrmals, bis
Pölős Vater Selbstmord beging. Vielleicht hat er aber auch nicht
Selbstmord begangen, sondern wurde von seinen alten Kumpels
ins Jenseits befördert. Wer weiß? Diese Details wurden nie verraten, obwohl die Geschichte recht interessant war, dass er sich
bei der Hirschjagd mit seiner Dienstwaffe in den Kopf schoss.
Die anderen Jäger, die er für seine Freunde hielt, sahen nichts
und behaupteten, es sei ein einfacher Jagdunfall gewesen. Obwohl jeder wusste, dass es ab sechsundfünfzig nicht mehr erlaubt war, Menschen nur so zu töten, konnten sich Viele nicht
mit dem nagelneuen Zeitgeist identifizieren und versuchten
daher, den Urinstinkt auszuleben, den die Evolution ihnen mit
einem Knüttel eingeprügelt hatte.

Und so kam es, dass einer der Jagdburschen, aus welchem Grund
auch immer, im Affekt oder vorsätzlich, Pölős Vater in den Kopf
schoss, gerade als der Junge schon seine korrupten kleinen Flügel-
chen ausbreitete. Zuerst kleine Gefallen für die großen Fische, nur
um etwas zu haben, das er zurückfordern kann, wenn die Schlinge
zu ist, und dann langsam warten, bis die fetten, steifen alten
Männer schließlich an einem Herzinfarkt oder einem Schlagan
fall oder an Alkohol sterben. Für letztere schickte Pölő jedem zu
Weihnachten zwei Liter Rachenputzer „Großvater-Art", für den
Fall, dass die freundliche Geste ein weiterer Nagel im Sarg der
Zielperson sein könnte. Es war nur eine weitere kleine List von
Pölő, obwohl es sich um die Mörder seines Vaters handelte, die
ihm dadurch noch böser und abscheulicher erschienen. Er wollte
sie erledigen oder sie „durch ihre eigenen Hände" töten lassen, so
wie sie es bei dem erwähnten Jagdunfall getan hatten.

„Den Pölő? Nun, ich kenne ihn schon lange, weißt du, mein
Kázmér, als wir die Elektrizität am ersten Standort installieren

ließen … sie haben die … äh … die Elektrizitätsanlage", sagte Felvidéki nach einigem Zögern, der genau wusste, dass Vámhegyi die Wahrheit kannte, aber er konnte nicht sagen, dass er von der Partei war, weil er dieses Wort nie gesagt hatte, dass er jemals etwas mit der Bande von Hühnerdieben zu tun gehabt hatte, die das Land zerstörten. Als ihn einmal jemand darauf ansprach, dass er auf einem der Bilder zu sehen sei, das eindeutig dort aufgenommen wurde, verteidigte er sich, indem er sagte, dass der Mann höchstens wie er aussehe, aber er glaube nicht, dass er es sei, weil der Mann auf dem Bild langes Woodstock-Hippie-Haar habe, und das habe er nie gehabt. Es sei also alles gefälscht, sie wollten ihn nur ins falsche Licht rücken. Insgeheim war er froh, dass es damals kein Facebook gab, um stolz eine Geschichte hochzuladen, in der es heißt: „Seht her, bettelarme Schweine, wo die egalitärsten Menschen Urlaub machen und ihr nicht" – was mindestens einen Post auf den Malediven wert gewesen wäre. Also Partei-Ferienhaus nix und seit Orwell wissen wir, dass das, was in den Köpfen der Menschen vorgeht, auch wirklich geschieht. Nun, hier ist es dasselbe, nur umgekehrt: Was in den Köpfen der Menschen nicht passiert ist, ist auch nicht wirklich passiert. In der Vorstellung von Felvidéki lebt die gesamte Aliga Zwei als ein Ereignis, das nie stattgefunden hat. Die Kádár-Villa und die Geschichten, die mit „als Fidel Castro bei uns im Urlaub war" begannen. Es gibt auch nicht mehr viele Menschen, die sich daran erinnern, geschweige denn beweisen können, dass János Felvidéki tatsächlich ein Gast im Lieblingsparadies der MSZMP war. Es ist daher leicht zu erkennen, dass Orwell recht hatte und was der menschliche Verstand nicht glauben kann, ist nicht geschehen. In diesem Fall kam Felvidéki in seinem ganzen Leben nie in die Nähe dieses Objekts, das schließlich von der Regierung Gyurcsány 2006 nach einem langen Leidensweg in ausländische Hände privatisiert wurde.

„Elektrizität, hm?", sah Vámhegyi Felvidéki mit dem Gesichtsausdruck eines Menschen an, der weiß, dass sein Gegenüber lügt, aber den Grund versteht er und er ist bereit, ihm zu verzeihen.

Er bedauerte ein wenig, dass er eine Frage gestellt hatte, auf die er nur lügen konnte – er hätte es sonst nicht anders getan.

„Kommt, Jungs, Prosit!", warf Frau Vámhegyi zum besten Zeitpunkt ein. Das Gespräch hätte nur mit weiteren Peinlichkeiten fortgesetzt werden können, das Schicksal griff jedoch ein, und sie mussten nicht fortfahren, was sie eigentlich nicht hatten beginnen wollen. Ohne ein Wort zu sagen, gingen beide von der Terrasse ins Wohnzimmer, wobei die doppelten Terrassentüren genug Platz boten, um die Schwelle zu zweit zu überqueren, ohne dass man ihnen zuvorkommen musste.

„Auf unsere neuen Freunde!", Frau Vámhegyi hob ihr mit Daiquiris gefülltes Cocktailglas, während sie auf die neuen Nachbarn blickte, die die Straße hinunter einzogen und theatralisch die Initiationszeremonie moderner Stämme vorführten, nach der neue Mitglieder in die Gemeinschaft aufgenommen werden. Ihre Sprache und ihre Gesten versuchten, den Neuankömmlingen zu suggerieren, dass es seit langem eine Supergruppe an der Spitze der Gesellschaft gab, zu der nur die ganz Außergewöhnlichen Zutritt hatten und zu der Frau Vámhegyi den magischen Schlüssel besaß, wobei ihr Wille über das Schicksal der Menschen entschied, wer durch das goldene Tor gehen durfte und wer nicht.

Zumindest verstand sie ihre Lage in der Welt so; sie war davon überzeugt, dass das, was sie glaubte, real war, dass die goldene Pforte tatsächlich existierte, denn sie hatte ihr ganzes Leben dem Ziel gewidmet, sie irgendwie zu finden, sei es durch Heirat oder durch Intrigen, koste es, was es wolle, aber sie wollte sie durchschreiten. Der Gedanke, dass die Pforte nicht existiert und dass dieser ganze Aktionismus lächerlich ist, kam ihr nie in den Sinn, schließlich hat jeder ein Ziel im Leben, an das er glaubt. Daran hat sie geglaubt. Es störte sie nicht, dass es sich bei diesen Neuankömmlingen um Mitglieder aristokratischer Familien handelte, die entweder bewusst oder aus Liebe geheiratet hatten, um die Heiratspolitik ihrer Familien zu befolgen und so die unangenehmen Komplikationen einer Blutvermischung (blaues Blut gegen anderes Blut) zu vermeiden. Folglich waren es nicht die Nachbarn, die sich der Vámhegyi-Kaste anschließen wollten, sondern Frau Vámhegyi wollte von ihnen befördert werden, um vom Adel anerkannt zu werden, denn abgesehen von dem ganzen Theater wussten alle Beteiligten, dass die Vámhegyi-Kaste die wahren Zweitrangigen in dieser Gesellschaft waren, sowohl in finanzieller als auch in kultureller Hinsicht und von ihrer Herkunft her.

So lächelten sie beim Anstoßen, wechselten ein oder zwei Worte auf Französisch, denn sie wussten, dass die Familie Vámhegyi diese Sprache nicht versteht, obwohl sie Italienisch oder Latein hätten sprechen können, denn sie kannten sie alle, und Vámhegyis kannten keine davon, nur Ungarisch, und das auch noch in einem Tieflanddialekt. Die Grafen wurden dann mit dem wahren Zweck des Treffens konfrontiert und fühlten sich gedemütigt, in diese Situation gebracht zu werden. Erst da haben sie wirklich verstanden, warum die Wende, die alle Menschen mit edler Gesinnung aus tiefstem Herzen verurteilt hatten, Unsinn war. Dieses kurze Jahrzehnt, in dem das Regime den Emporkömmlingen den Weg ebnete, führte zu einer unvorhergesehenen Schichtung, wobei sie den Kürzeren ziehen. Es ist ja schön und gut, dass alle den Kommunismus zerstören wollten, aber nur wenige Menschen (nicht einmal der Adel) haben erwartet, dass das neue System auch kein Paradies für die kleinen Leute sein würde, nur dass die Choreographie der Macht umgestaltet und mit einem schönen Facelifting versehen werden würde. Die Macht über die kleinen Leute wird ihnen nicht von einer zentralen Kontrollinstanz ausgehändigt werden, sondern sie lassen sich selbst in Käfige sperren und müssen sie für den Rest ihres Lebens ertragen.

Was verstehe ich darunter? Die Art und Weise, wie sie die Menschen dazu überreden, Darlehen aufzunehmen und sich bis ins hohe Alter zu verkrüppeln; die Art und Weise, wie sie ihnen die Möglichkeit geben, überall hin zu reisen, was die meisten ebenfalls aus Darlehen finanzieren; die Art und Weise, wie sie die jungen Menschen in alle modernen Krankheiten wie Stress, Krebs, Depression, Panik und Angst treiben. Und die Folgen dieses Prozesses führen zu diesen Frau Vámhegyi-ähnlichen

Leuten, die von der Idee besessen sind, dass sie ihre Chance hatten und damit leben werden, wie sie können.

Sie konnten nicht verstehen, warum die Welt auf diese Art und Weise besser dastand; zumindest gab es früher eine klare Tatsache, dass man nicht ausbrechen wollte, wenn man in etwas hineingeboren wurde, weil man wissen musste, kein Glück gehabt zu haben, wodurch eine geistig ausgeglichenere Welt geschaffen wurde. Natürlich kann man sagen, dass das gut ist, aber diese Menschen vor langer Zeit waren von der Last des Lebens so verkrüppelt, dass sie alle Alkoholiker waren oder vorzeitig starben, aber es gab sicherlich auch andere, die kein Alkoholiker waren und nicht vorzeitig starben, sondern einfach ihren Frieden mit dem Schicksal machten, sie akzeptierten und bereit waren, ihr Leben mit erhobenem Haupt zu leben. Nun, Frau Vámhegyi gehörte nicht zu dieser Gruppe, sie hatte sich nicht mit ihrem Schicksal abgefunden. Im Gegenteil, sie hasste es, murmelte ihren Kindern oft den Satz „als ich Kind gewesen war" zu und wäre bereit gewesen, um des Status und der Anerkennung willen alles in Kauf zu nehmen. Wie heute, die beneidete Herkunft und die Sprachkenntnisse der neuen Freunde, der zweiten oder dritten „sugar baby" Ehefrauen der Kumpel ihres Mannes und deren Kinder mit leerem Blick. Und die unausweichliche Erkenntnis, dass viele Menschen hier zwar groß sind, aber sie sind klein und wollen nur groß aussehen. Sie gehören nicht zu den 100 reichsten Menschen in Ungarn und werden es auch nie sein.

Vielleicht ärgerte sie das am meisten, weshalb sie als Wächter fungieren wollte, als hätte ihr jemand die Autorität verliehen, über die Menschen für oder gegen ihre Akzeptanz zu urteilen. Das spürten sie alle, aber sie spielten den Aktionismus mit, und so erhoben alle ihre Gläser mit dem teuren Alkohol darin und sagten einander langweilige, aber höfliche Plattitüden wie „willkommen im Club" oder „sag mir Bescheid, wenn du einen guten Klempner brauchst" und dergleichen. Die Blaublütigen ihrerseits waren zurückhaltend; sie wollten sich wegen der zentralen Rolle von Frau Vámhegyi nicht eine schlechte Beziehung pflegen, aber sie versuchten, die Zusammensetzung der Menge abzuschätzen, wie ein Wissenschaftler, der eine unbekannte Flüssigkeit in einem Reagenzglas untersucht. Es gab ein paar Leute, die man aus dem Fernsehen oder einer Zeitung kannte, und ein oder zwei von ihnen hatten sogar einen Namen. Sie erkannten z. B. Pölő, der bis dahin ein vertrauliches Gespräch mit einem gut gekleideten Mann auf der unteren Ebene geführt hatte; sie wussten von Felvidéki, dass er der Schlächter der Stimmung war. Sie haben noch nichts über die Familie Vámhegyi gehört. Alles, was sie wussten, war, dass Frau Vámhegyi, als sie mit der Gräfin zusammenstieß, auf dem Weg von irgendwoher war. Obwohl die harmlose Situation auf der Straße im Nachhinein nicht mehr so zufällig erschien. In der Tat war jetzt klar, dass Frau Vámhegyi genau wusste, wer sie waren, und wahrscheinlich schon seit Tagen auf eine zufällige Begegnung gewartet hatte, um sie zu der geheimen Initiationsveranstaltung am Samstagnachmittag einzuladen. Wenn sie kämen, würden sie gegen ihren Willen und ohne zu fragen Mitglied im Club der ewigen Freundschaft der Familie Vámhegyi werden.

Die Gräfin hatte das Gefühl, dass sie die kultiviertesten Leute hier wären, und dass die Familie Vámhegyi sich irgendwie mit ihnen befreunden wollte und sie kannte das Gefühl: Das ist genau das, was der ungarische Adel erlebt, wenn die westeuropäische Aristokratie sie gelegentlich aus dem westlichen Balkan zu einem edlen Ball oder einer guten Jagd einlädt. Aufgrund ihres Ranges und ihrer Erziehung verstärkte sich das Gefühl, dass, wenn es einen König und eine Königin der Party gäbe, sie sicher diese wären.

Das dachte auch Pölő, als er die Gräfin betrachtete, die mit ihrer feinen, seidenweichen Haut, ihrer parfümierten, perfekt frisierten, sorgfältig ausgewählten, sportlich-eleganten Kleidung und ihren teuren Accessoires äußerst gepflegt wirkte, und an ihren Händen erkannte er, dass sie sicher noch nie in ihrem Leben eine handwerkliche Arbeit verrichtet hatte, und wahrscheinlich gar keine Arbeit. Was konnte natürlich der schwache und neidische Pölő (der es selbst durch harte Arbeit und Intrigen nicht geschafft hatte, zu den Höhen aufzusteigen, zu denen diese hübsche kleine Gräfin geboren war) in einem solchen Alter im Sinn haben? Erstens ist diese Gräfin nicht mehr als jede andere in der Gesellschaft, riecht nachher auf der Toilette genauso schlecht wie alle anderen und benimmt sich im Bett mit ihrem Mann oder ihrer Geliebten wahrscheinlich wie die letzte Hure in Pest.

Denn so denken die Neider und so verhalten sich die Gräfinnen im Bett. Es ist eine weitere natürliche Konsequenz des Adelslebens, und langsam geht jeder von oben nach unten, von der Aristokratie bis zur Mittelschicht, zu allen möglichen Quacksalbern und Schamanen, um sich selbst kennenzulernen. Nicht andere, sondern sich selbst. Früher ging es darum, andere Menschen kennen zu lernen, heute geht es darum, viel Geld für gelangweilte Hausfrauen auszugeben, die sich mit ihrem bequemen Lebensstil langweilen, in dem Glauben, dass eine äußere Kraft oder Lebensenergie sie dazu bringen kann, sich selbst, die tiefsten Tiefen ihrer Seele oder was auch immer der Scientologe oder Delta Healing Hauptschamane ihnen glauben machen will, zu erkennen.

Und die Hausfrauen zahlen, sei es mit ihrem eigenen Geld oder dem ihres Mannes, in dem Glauben, dass man mit Geld Selbstkenntnis kaufen kann, und ohne sich zu fragen, ob das richtig ist, dass sie, je mehr Geld solchen Kirchen geben, umso mehr geben werden, je mehr sie über ihren eigenen Körper und ihre Seele wissen. Denn in einer Welt, in der die Gesellschaft in Preisschildern denkt, ist es leicht, den Menschen weiszumachen, dass Selbsterkenntnis ein käufliches Produkt ist, welches man kaufen kann, und dass man, wenn man an den richtigen Ort geht und die richtige Menge Geld mitbringt, dann Hip-hop, Ta-Da, gehört es einem. Warum sollte sich jemand von ihnen die Mühe machen, den El Camino hinunterzulaufen, den Balaton zu durchschwimmen oder gar eine Woche lang wie ein Höhlenmensch im Wald zu leben, wo sie ihre Grenzen kennen lernen können. Warum sollte man auch nur versuchen, eine Stunde lang ruhig auf der Terrasse zu sitzen und die Umgebung zu beobachten, wenn es ungeachtet dieser oft unangenehmen Erfahrungen genügt, von seinem bequemen Haus in seinem bequemen Auto zu einem bequemen Büro oder einem aus einer Wohnung umgebauten Séance-Raum zu fahren. Dort können sie den örtlichen Rabbiner bitten, ihnen zu erklären, warum ihr Leben so beschissen ist, wenn sie nichts Sinnvolles tun. Es ist ein großes Dilemma für alle, warum sie in einem Alter, in dem sie für nichts kämpfen müssen, nicht glücklich sind. Für die Gräfin und Frau Edit Vámhegyi ist das auch ein Problem, und so gehen sie beide unabhängig voneinander zur örtlichen Mission, wo sie auf Aufklärung durch den derzeitigen Pfarrer warten. Der Pfarrer sagt ihnen, dass sie auf dem richtigen Weg sind, dass sie weitermachen sollen, dass die Selbsterkenntnis nahe sind und dass das Beste für die geistigen Probleme ist, die Wurzeln zu finden, sie aufzudecken und sie irgendwie herauszureißen und für immer zu beseitigen. Die Diagnose ist eindeutig: Es handelt sich um eine psychische Wunde, deren Behandlung viel Zeit in Anspruch nehmen wird. Hier ist es wichtig, wachsam zu sein, „Nutze den Tag" und „nicht in der Vergangenheit zu wühlen, weil man sie nicht ändern kann". Sobald diese akzeptiert sind, werden die Vorteile der neueren Klammern, die höheren spirituellen Gedanken, für die Herzchakra in den Vordergrund treten. Das positive, rationale, logische und differenzierende Denken des analytischen Verstandes tritt ebenfalls in den Vordergrund.

Deshalb kam die Gräfin und schloss sich dem sozialen Catfight an, denn nach der ThetaHealing-Sitzung am Dienstag, die mit Yoga endete, schlug der Sitzungsleiter ihr vor, dass es zur Befreiung der nächsten spirituellen Ebene notwendig ist, anderen Gutes zu tun, aber nicht auf irgendeine Weise, sondern nur, indem man einem anderen Menschen hilft, seinen spirituellen Zustand zu verbessern. Und natürlich muss gleichzeitig die Einnahmeseite der Organisation, die sie Kirche nennen, ein wenig gestärkt werden, denn nur dann wird der Zauber funktionieren. Zum Beispiel mit weiteren fünfzehntausend Forint, was natürlich nur ein symbolischer Betrag ist und wirklich nur dazu dient, dass die positiven Energien auf der Mautautobahn des Universums mangels dieses Geldes nicht in die falsche Richtung fliegen.

Das war die Rolle des Opferlammes, die Frau Vámhegyi bereitwillig und unbewusst spielte, da sie davon überzeugt war, dass sie
die Karten austeilte, aber nicht mit dem gezinkten Joker rechnete,
den die Gräfin in der Hand hatte, bevor das Kartenstapel ge-
mischt wurde. Die Gräfin ließ sie sich annähern, weil sie sie benutzen wollte, um in der Weltmeisterschaft der Pseudowissen-
schaften auf eine höhere intellektuelle Stufe zu gelangen. Frau
Vámhegyi war ebenfalls Mitglied, allerdings in einem anderen,
kleineren Alibi-Verband. Ein anderer Block, eine andere umgebaute
Wohnung, etwas andere Farben, ein etwas älterer Rabbiner. Es
waren vor allem Frauen in den Vierzigern und Fünfzigern, die
hier kamen, verzweifelt und vom Leben gelangweilt, von denen
viele bereits durch die Kosten der Séancen ernsthaft bedroht
waren. Sie begannen auch, sich durch ihren blinden Glauben
und ihr Beharren auf dem Kauf von Selbsterkenntnis finanziell
zu ruinieren. Aber was konnte die arme Frau Vámhegyi tun,
wenn es im Leben so wenig gab, was sie glücklich machte? Als
Mutter und Ehefrau, so dachte sie, hatte sie ihr Bestes getan,
und sie hatte viel im Geschäft geholfen – sie hatte das Gefühl,
ihr Leben für andere geopfert zu haben (wie so viele Menschen
fälschlicherweise von sich selbst denken). Die Wahrheit war
natürlich, dass das Leben einfach anfing, die Oberhand über sie
zu gewinnen. Das Leben, über das wir sprechen, wenn jemand
krank wird oder stirbt. Es ist das Leben, das uns alle eines Tages
besiegen wird, das uns jeden Tag auf die Probe stellt, das uns
manchmal zurückschlägt, uns das Gefühl des Sieges gibt und uns
schließlich in der letzten Schlacht unerbittlich besiegen wird.
Gerade begann es, auch Frau Vámhegyi zu besiegen. Sie wurde
geistig angegriffen. Das Leben versucht, jedem Menschen auf
unterschiedliche Weise das Leben schwer zu machen: Manche
Menschen werden ins Elend getrieben, manche werden in den
Himmel gehoben, manche werden krank, aber das Wichtigste
und das Ergebnis bleiben immer gleich. Die Ziegelsteine der Vernunft von Frau Vámhegyi werden, wie die eines großen Teils der
Menschheit, schleichend vom Leben aus dem Bewusstsein heraus
aufgebaut. Sie werden allein gelassen in der Behaglichkeit des

riesigen QLED-Fernsehers, einer Umgebung, die eindeutig schädlich für den menschlichen Körper und Geist ist. Sie glauben, dass
sie ihrem Körper und ihrer Seele etwas Gutes tun, wenn sie sich
nach Hudelei am ganzen Tag, oder – wie sie es nennen – nach
einem harten Tag auf die Couch legen und unbewusst ihre Ge-
hirnzellen durch zwanghaftes Essen zu verdummen. Sie starren
auf den Smart-TV, der ein paar Meter entfernt an der Wand
montiert ist, und attackieren gleichzeitig Körper und Geist. Der
Körper kämpft einen Windmühlenkampf mit dem Überessen,
während die Seele vor dem Fernseher kapituliert. Schachmatt.
Krankheit und Dummheit.

„Kázmér!", wandte sich Pölő an Vámhegyi. „Sage mir bitte,
wie kommt es vor, dass Denisz mir interessante Dinge erzählt
hat, als ich ihn neulich im Stadtzentrum getroffen habe?", fragte
er, ohne sich darum zu kümmern, dass Vámhegyi nun herausfinden könnte, dass Denisz in dem gleichen Ehrengrab wie er
Koks trank.

„Interessante Dinge?", fragte Vámhegyi zurück, als hätte
er keine Ahnung, worauf Pölő sich beziehen könnte. „Was für
interessante Dinge?"

„Er erzählte mir zum Beispiel, woher er weiß, was wir vorhaben und wie unsere Virenstrategie aussehen wird", kam Pölő
direkt zur Sache und fragte dadurch gleichzeitig, woher Vámhegyi
das wissen könne.

„Denisz?", war Vámhegyi verblüfft. „Woher würde dieser
Taugenichts von eurem Geschäft wissen?", fragte er sich weiter,
ohne die Tatsache zu leugnen, dass er es wusste, obwohl er es
nicht sollte, besonders nicht vor Pölő.

„Ich habe ihn neulich im Stadtzentrum getroffen, wo er ziemlich gut über etwas informiert zu sein schien, wovon du selber
keine Ahnung haben solltest", sagte Pölő, der zu Recht befürchtete,
dass er im Falle eines Regierungswechsels der Erste sein würde,
der gnadenlos mit dem schmutzigen Staub der Korruption be-
stäubt würde.

„Und wo hast du ihn getroffen, als er gut informiert war?",
fragte Vámhegyi zurück.

„Bei einer Kokain-Séance", warf Pölő Vámhegyi die ungeschminkte Wahrheit in die Augen.

„Bei einer was zum Teufel?", kriegte Vámhegyi die Motten und seine Traumwelt schien plötzlich zusammenzubrechen.

„Bei einer Kokain-Séance", wiederholte Pölő, der keine Lust hatte, Denisz irgendeine Art von Ganovenehre zu erweisen; er schiss darauf, was Vámhegyi von ihm oder seinem Sohn dachte, er hatte keinerlei Schwierigkeiten zuzugeben, dass er coke verzehrt, und es war ihm egal, was für ein Gespräch Vámhegyi und Denisz heute Abend führen würden.

„Bei einer Kokain-Séance? Und was zum Teufel hat Denisz auf einer Kokain-Séance gemacht? Meine Tüte, was bedeutet Kokain-Séance überhaupt?", fragte er sich weiter, zum Leidwesen von Vätern, die wissen, dass ihre Kinder etwas nehmen, es sich aber nicht eingestehen wollen, weil es das Leben leichter macht.

„Kokain-Séance bedeutet, dass die Leute in eine Privatwohnung gehen, wo alle Voraussetzungen und Diskretion gegeben sind, um coke zu nehmen", erklärte Pölő, als ob Vámhegyi nicht wüsste, was Kokain-Séance bedeutet, obwohl das Wort ein vollkommen umgangssprachlicher Ausdruck ist, der für jeden Laien das Gleiche bedeutet.

„Gecheckt, verdammt, ich verstehe, was es bedeutet, aber was zum Henker hatte Denisz dort zu suchen?", sagte Vámhegyi und erhob seine Stimme in letzter Verzweiflung.

„Er ist gekommen, um coke zu nehmen, wie alle anderen auch", fuhr Pölő fort, um Vámhegyi das Messer ins väterliche Herz zu stoßen. „Aber darum geht es nicht, es ist mir scheißegal, dass dein Kind Drogen nimmt! Auch die Kinder anderer Leute nehmen Drogen. Besonders unter Kindern wie euer ... Mich interessiert eher, woher zum Donnerwetter ein dummes Kind wie dein Sohn von Dingen weiß, von denen er nichts wissen sollte?"

„Was für Dinge?", versuchte Vámhegyi, seinen ersten Schock zu überwinden.

Du weißt ja ... die Dinge, von denen du auch angeblich nichts weißt", fuhr Pölő fort.

Vámhegyi schluckte schwer und dachte nach. Er wunderte sich, weil man ihm auf die Schliche gekommen war, dass er von all dem wusste. Er wunderte sich auch, dass er sich dafür nicht verantwortlich fühlte, weil er niemanden gebeten hatte, diese Geheimnisse mit ihm zu teilen. Vor allem aber wunderte er sich darüber, dass das Verhalten seines Sohnes nun so diagnostiziert wurde, wie er es insgeheim schon lange vermutet hatte. Denisz ist auf Drogen. Nicht Gras, sondern Kokain, womit besonders schwer ist, aufzuhören. Es juckte ihn nicht, was Pölő mit Felvidéki und Schwarzenberger schwarz handelte, jetzt ging es ihm nur noch um seinen Sohn, und dass der Besitz dieser Informationen, zusätzlich zu dem Drogenkonsum, eine ernste Sorge für ihn war. Er war sich bewusst, dass Pölő diejenigen, die sich ihm in den Weg stellten, nicht verschonen würde, und er war sich auch bewusst, dass dies eine gefährliche Situation war, die man nicht auf die leichte Schulter nehmen durfte, damit Denisz nicht eine als Unfall getarnte Tragödie oder etwas ähnlich Schreckliches zustoßen würde. Der Erfolg oder Misserfolg eines Multimilliarden-Unternehmens wird nicht durch die Unachtsamkeit eines kleinen Mama-Hotel-Jungen aufs Spiel gesetzt. Das ist es, was ihn am meisten verblüfft.

„Schau, László", Vámhegyi schaute Pölő tief in die Augen, „Denisz weiß nicht das Geringste. Er kann nichts wissen! Ich denke, es ist wahrscheinlich, dass Denisz, als ich das letzte Mal mit János an dieser Stelle sprach, als er die neuen Erfolgsgeschichten erwähnte, bestimmte Details von ihm hörte", er entschuldigte sich weiterhin. „Aber du kannst dich einer Sache sicher sein! Es wurde nichts über irgendetwas Wichtiges gesagt!"

„Aber trotzdem ... was waren diese bestimmten Dinge?", hielt Pölő ihn auch weiterhin in einer Falle.

„Nun ... hmm, ähm ... nichts Bedeutendes. Er konnte hören, wie János geheimnisvolle Andeutungen darüber machte, dass er einen guten Insidertipp bekommen hätte und dass auch die Österreicher damit zu tun haben", er versuchte, die Sache in einem diplomatischen Rahmen zu halten, denn er spürte, wie der Boden unter seinen eigenen Füßen heiß wurde. Er wusste weder genau, was Denisz gehört hätte, noch was er Pölő erzählt hätte.

„Ich verstehe", sagte Pölő und trat einen Schritt zurück, um so zu tun, als sei er beruhigt.

„Dann habe ich ja nichts zu befürchten, oder, Kázmér?"

„Nein! Ich versichere dir, dass es keine gibt", versuchte Vámhegyi das Gespräch zu beenden.

„Okay", nickte Pölő und zwang sich zu einem Lächeln, als beide Seiten mit dem Ergebnis der Verhandlungen zufrieden waren. Vámhegyi versuchte mit aller Kraft, sich zu versichern, dass es ihm gelungen war, Pölő davon zu überzeugen, dass Denisz keine Gefahr für sie darstellte. Insgeheim hatte er das Gefühl, dass dies zu einfach war, aber er versuchte, den Gedanken zu verdrängen, der ihm suggerierte, dass dies nur ein vorübergehender Aufschub war und dass Pölő Denisz in Angriff nehmen wird.

Und Pölő spürte, dass Vámhegyi sehr eingeschissen war; er wusste wesentlich mehr, als er sollte. Was ihn am meisten beunruhigte, war Denisz' Andeutung, dass sie ihm auf dem Leim gehen wollen, aber jetzt war nicht der richtige Zeitpunkt, um das herauszufinden – es wäre nicht gut, wenn er wegen einer Lösung zu Felvidéki rennen würde. Es wäre viel zweckmäßiger, die Familie Vámhegyi vorerst in Ruhe zu lassen – wegen Denisz wurden sie bereits in seine Tasche gesteckt. Er sollte das Spiel mit Felvidéki klarlegen, aber nur, damit Felvidéki nicht weiß, dass er schon etwas weiß. In seiner langen Karriere, in der er viel herumgetrampelt ist, war er es gewohnt, seinen unmittelbaren Vertrauten nicht zu vertrauen – Felvidéki und Schwarzenberger traute er bei weitem nicht. Wenn er dann herausfindet, was er mit ihnen machen soll, hat er genug Zeit, Vámhegyis für diesen kleinen Ausrutscher zu placken. Er hätte sie so betrachten können, dass sie ihm halfen, die Wahrheiten der Welt zu entdecken, aber er tat nicht so. Er betrachtete sie eher als Menschen, denen man eine Lektion für ihre Fehler erteilen und die man gelegentlich in den Dreck treten sollte. Dann wird er eine unerwartete Steuerprüfung in der Toilettenpapierfabrik von Vámhegyi veranlassen, eine anonyme Anzeige wegen Arbeitsschutzes und wer weiß wie viele andere Unannehmlichkeiten, aber dieses Mal muss er sich nicht auf sie konzentrieren, sondern auf Felvidéki. Auf Felvidéki und Schwarzenberger. Während sich die Gäste in gedämpftem Ton über belanglose Dinge unterhielt, dachte Vámhegyi darüber nach, dass jeder Tag seine eigenen Aufgaben hat (was das wahre Geheimnis des Lebens und des Erfolgs ist). Und das bedeutete, dass er sich mit den aktuellen Schwierigkeiten des Tages befassen musste. In diesem Fall geht es darum, wie man mit Denisz ein Gespräch über die Nachteile und späteren Schwierigkeiten des Drogenkonsums beginnen kann. Er hat seine eigenen Sorgen in den Hintergrund gedrängt, wie zum Beispiel die Tatsache, dass er vor kurzem von seinem Arzt erfahren hat, dass er Krebs hat, was er seiner Familie nicht zu sagen wagt, obwohl er muss, denn die Krankheit, die seine Bauchspeicheldrüse angreift, ist kein Spiel und seine Überlebenschancen sind gering. Und jetzt haben wir diese Kokain-Geschichte über das Kind ... als ob es nicht ihm, sondern jemand anderem passieren würde. Das unerbittliche Gewicht des Lebens ist in den letzten Monaten auf ihn gefallen wie eine Flut auf eine hohle, an das Land gewöhnte Ratte; die Ungewissheit einer Existenz, die bis dahin sicher und ohne das Gefühl der Sterblichkeit schien, hat ihn erfasst, die Ungewissheit, die Menschen erst erfahren, wenn es zu spät ist. Es ist zu spät, Ereignisse zu ändern, die Tage oder sogar Jahre zurückliegen. Es ist zu spät, die Frage „was wäre geschehen, wenn" zu stellen. Und es ist zu spät, um darüber zu lamentieren, ob man, wenn man die Reise noch einmal von vorne beginnen könnte, die gleichen Entscheidungen getroffen hätte, die man damals mit großer Zuversicht getroffen haben. Er fühlte sich ziellos und leer. Er sah eine Welt um sich herum, die er gestern noch nicht gesehen hatte, obwohl sie schon seit langem da war. Er war beunruhigt und verärgert über sein Schicksal, worauf er immer so stolz gewesen war. Ist das alles? Die Diagnose eines Arztes, ein Papier voller lateinischer Phrasen und Werte aus einer Blutuntersuchung? Würde dies sein Todesurteil sein? Er wusste es nicht. Er kämpfte in sich hinein, wie jeder, der die letzte Ölung erhält, wenn ihm gesagt wird, dass das Ende des Weges naht. Darüber hinaus sind der plötzliche Gewichtsverlust, die Gelbfärbung, die totale Auflösung der Familie, der Irrglaube an den alternativen Wissenschaften, die sinnlosen Heimbehandlungen der Krankheit und die totale Hoffnungslosigkeit weit entfernt von jeglicher Menschenwürde. Das ist es, was er erwarten kann. Aber er muss das alles zurückstellen, denn es gibt Denisz und sein Problem, das alles andere überlagert. Zumindest muss er einen Weg finden, das Problem zu lösen. Aber er darf diese Erde nicht mit einer zerstörten Familie und einem Sohn verlassen, der sich nicht selbst helfen kann.

Natürlich fühlte er sich verantwortlich, wenn er darüber nachdachte, denn er wusste, dass harte Zeiten harte Menschen machen (weshalb er zu dem wurde, was er ist). Harte Menschen schaffen leichte Zeiten, mit der weiteren Folge, dass leichte Zeiten schwache Menschen schaffen. Ein solch schwacher Mann war sein Sohn Denisz, von denen, wenn es viele gibt, es eine weitere Gewissheit ist, dass auf ihre Umgebung und sie selbst wegen ihrer Unfähigkeit harte Zeiten zukommen. Er beschwerte sich. Er versuchte, die Perspektiven des Lebens zu verstehen, die jenseits des menschlichen Verständnisses liegen. Er wunderte sich, dass er alles getan hatte, was er konnte, und dass dies das Ende sein würde. Er interessierte sich weder für Pölő (der damals auch an der ersten Stufe des unaufhaltsamen Bauchspeicheldrüsenkrebses litt), noch für Felvidéki noch für Schwarzenberger; er interessierte sich für sein Leben, das ihm nun in Trümmern zu liegen schien.

Die kleinen Lügen, die er seiner Frau erzählte, die Verdrängungen, sein Glaube an die Bedeutung des Geschäftslebens, die kurze Zeit, die er mit seinen Kindern verbrachte, die intimen Momente, die er nie mit seinen Eltern hatte, die Worte, die seine Großeltern zu ihm sagten, als er ein Kind war, wurden wichtig. Die kleinen, aber wichtigen ehrlichen Gespräche mit Freunden, der Duft von Kaffee am Morgen. Und so viele Momente, die er vorher nicht für wichtig gehalten hatte, die aber in diesem Zustand, nach langer Zeit, endlich einen Sinn ergaben. Er wurde von einer inneren Untersuchung geplagt, bei der er nach angemessenen Rechtfertigungen für seine Entscheidungen suchte, warum und wie er zu diesem Punkt gekommen war. Zuvor hatte er nicht an die Vorbestimmung seines Schicksals geglaubt, weil er überzeugt war, dass nicht Gott oder eine höhere Macht seinen Weg bestimmt hatte, sondern er selbst als Individuum. Diese Überzeugung ließ ihn jedoch mit der Verantwortung allein, mit dem Schmerz darüber, dass er aufgrund seines Lebensstils und seiner Entscheidungen so weit gekommen war, ohne Raum für weitere Schuldzuweisungen. Er dachte über die ewige Frage der Geschäftsleute am Ende ihrer Reise nach, ob es sich gelohnt hat und ob es auch anders hätte sein können.

Er erinnerte sich zum Beispiel daran, dass er vor einigen Jahren sein gesamtes Unternehmen für einen guten Preis hätte verkaufen können, für vier Milliarden Forint, um genau zu sein. Dann schlug er dem Vertreter des Käufers die Tür vor der Nase zu, weil dieser sich weigerte, weitere sechshundert Millionen dafür zu zahlen. Er dachte darüber. Warum war er so gierig, dass er nicht mit den vier Milliarden zufrieden war? Hätten diese zusätzlichen sechshundert Millionen wirklich einen Unterschied gemacht? Er begann nachzurechnen. Zunächst rechnete er aus, dass er beim Verkauf seines Unternehmens für den Rest seines Lebens von zwei Millionen Forint pro Monat leben und ausgeben könnte, was er wollte. Wenn er jetzt nicht an Krebs erkrankt wäre, könnte er schätzungsweise noch vierzig Jahre leben, also vierhundertachtzig Monate. Vierhundertachtzig multipliziert mit zwei Millionen ergibt neunhundertsechzig Millionen. Das ist in etwa die Summe, die er bräuchte, um hundert Jahre alt zu werden. Warum zum Teufel ist er dann nicht alle seine Probleme für vier Milliarden losgeworden? Das ist immer noch das Vierfache von dem, was er jemals brauchen wird. Pfhh …

Er litt furchtbare Qualen. Dabei ist die Gleichung so einfach. Warum hat er es dann nicht so gesehen? Warum überlegte er nicht, wie viel mehr Geld er brauchte, und wog es gegen den Reichtum ab, den er bereits erworben hatte? Er hätte sofort erkennen können, dass er seinen finanziellen Bedarf deutlich überschritten hatte – wenn man zwei Millionen im Monat in Ungarn als „Bedarf" bezeichnen kann. Die Antwort ahnte er natürlich, aber er wollte sich nicht damit identifizieren, dass er aus Geiz und Dummheit immer mehr brauchte. Die Menschheit hat immer wieder bewiesen, dass ihr der Hedonismus wichtiger ist als ein bewusstes Leben, und der arme Vámhegyi war nicht anders: Auch er folgte den Paradigmen der Völlerei und der Fresssucht, unfähig, sich zu sagen: „Genug! Ich habe genug, ich brauche nicht mehr." Das Leben hat ihn dafür schwer bestraft: Es hat ihm nicht erlaubt, weiter zu kämpfen, es hat ihn mit einem Tumor verflucht, den alles Geld der Welt nicht heilen kann, ein Tumor, der durch körperliche und geistige Vernachlässigung verursacht wurde. Körperlich, weil er nicht auf Fettleibigkeit geachtet hat. Er trieb nie Sport und erlag immer mehr der Versuchung der so genannten momentanen Vergnügungen. Und geistlich, weil er sich immer mehr in Paranoia und Verfolgungswahn hineinsteigern ließ. Seine Freundschaften waren durch die Beziehungen zu seinen Interessenfreunden völlig ausgehöhlt worden, und seine Familie war von seinem Familienvater lange vernachlässigt worden. In seinem Kopf tobte ein heimlicher Krieg: Er glaubte, alles unter Kontrolle zu haben, alles durchschauen und kontrollieren zu können, sogar Dinge, mit denen er nichts mehr zu tun hatte. Aber es stellte sich heraus, dass ihm das Leben aus den Händen glitt und er die Kontrolle verloren hatte, mit der er sich immer vor sich selbst gerechtfertigt hatte, dass er wichtig und unentbehrlich war. Und die unerwartete Belohnung für seinen hoffnungslosen Kampf wird statt eines sorglosen Ruhestands eine unumkehrbare Qual sein. Das Wissen, dass er nicht monatelang auf allen möglichen Ozeandampfern unterwegs sein wird. Er wird nicht beim Angeln sitzen und am Ufer eindösen. Er wird nicht auf der Hochzeit seiner Enkelkinder tanzen. Er wird nicht nur nicht tanzen, er kennt vielleicht nicht einmal seine Enkelkinder. Das sind traurige Dinge. Vámhegyi konnte nicht sagen, ob die Gedanken, die ihm soeben durch den Kopf gingen, in einem Sekundenbruchteil entstanden waren, oder ob er schon seit langen Minuten vor sich hinstarrte. Er verlor sein Zeitgefühl.

1990

BIATORBÁGY

„Komm schon, komm schon! Kommen Sie, legen Sie die Füße hoch, alter Mann!", lachte Walter über seinen langsamen, schwerfälligen Freund. Er war unfähig, CleverBoy wie einen Fünfundsiebzigjährigen zu behandeln.

„Es ist halt leicht zu sagen! Wenn du zwischen siebzig und dem Tod stehst, wirst du wissen, wovon ich spreche!", lachte der trottende CleverBoy. Sie sprachen nicht darüber, aber es war klar, dass sie beide die Jahre bedauerten, die sie gemeinsam verpasst hatten. Sie waren jung, sie waren beste Freunde, sie hatten ein gemeinsames Unternehmen gegründet, ihre Kinder hätten sicher zusammen gespielt, wenn Walter nicht in dem Äther verschwunden wäre. Wahre Freunde spüren die Abwesenheit des anderen. CleverBoy hatte Walter über vierzig Jahre lang vermisst, und er überlegte sich, wie er ihm nachgehen und in seiner letzten kurzen Zeit etwas Zeit mit ihm verbringen konnte. In den letzten Tagen war Walter in Budapest unterwegs und hat für CleverBoy eine Tour organisiert, um die Hauptstadt so zu sehen, wie er sie als Kind gesehen hat. Natürlich war der Kontrast für CleverBoy viel größer als für Walter: Man bringt eine ganz andere Erfahrung aus den zweitausendsechziger Jahren mit als aus zweitausendachtzehn: Budapest glich zu dieser Zeit eher dem undurchsichtigen New York des Films Das fünfte Element. Die vielen selbstfahrenden, selbstfliegenden Fahrzeuge, die mit Strom betrieben werden, die solarbetriebenen Gebäude, das seltsame roboterhafte Aussehen der Menschen, die große Kluft zwischen Armut und Reichtum. Darum ging es bei der Rundfahrt – sie stiegen in Busse und Züge, spazierten zu den Orten,

die für sie wichtig und weniger wichtig waren, sahen das Gebäude, das der Standort eines anderen sein wird, welches ihr
erstes gemeinsames Büro beherbergen wird, spazierten durch das
Népstadion, die Petőfi-Halle, saßen auf einer Bank im Városmajor-
Park, sahen das Gebäude ihres Gymnasiums. Walter erzählte,
dass er auf einem Nirvana-Konzert war und zur Beerdigung
von Imre Nagy gegangen war, wo er Viktor Orban getroffen und
sogar ein paar Worte mit ihm gewechselt hatte. Er erzählte von
den vergangenen Monaten, wie er sie verbrachte, wohin er ging,
was er tat, wen er traf, von Vizo und natürlich von Gertrúd, wie
schön sie an jenem Abend im Moulin Rouge war und wie erhebend
es war, sie strahlen zu sehen, als sie jung war. Er erzählte vom
Sonnenaufgang von der Burg Szigliget aus und auch von den Gefühlen, die er empfand, als er über den Moskauer Platz und den
Városmajor zum Markt auf dem Gelände der Budagyöngye ging.
   CleverBoy hörte sich die Geschichten schweigend an und
stellte gelegentlich Fragen, wobei er sich merkwürdigerweise
mehr mit Walters Stories beschäftigte als mit dem, was noch
kommen würde. Seien wir ehrlich, die beste Zeit für jeden ist
die, in der er jung war, diese Zeit – auch wenn sie dürftiger war –
lag irgendwo zwischen der Freiheit des Lebens und dem Versprechen, die Welt zu verändern. Walter wusste, dass er verpasst hatte, was CleverBoy in der Zukunft erlebt hatte, und er
wusste auch, dass er, wenn er wieder zweitausendachtzehn war,
weit über sechzig sein würde. Er musste sich mit dem Gedanken
abfinden, dass er nicht in die Zukunft zurückkehren konnte,
sondern nur auf die langsamere, alternde Art.
   „Na! Bist du schon da, du Opi?“, ging Walter zwei Schritte
vorwärts und rückwärts, während CleverBoy versuchte, auf der
Hauptstraße in Biatorbágy mit ihm Schritt zu halten.
   „So einfach ist das nicht!“, CleverBoy spürte, dass seine Knie
der Aufgabe, den ganzen Tag zu umher bummeln, nicht mehr
gewachsen waren, dass die Abnutzung seines Gelenkknorpels
seine Beine zermürbte und dass seine Kniesehnen- und Ober-
schenkelbeugemuskeln ihre besten Zeiten längst hinter sich
hatten. „Wann werden wir dort ankommen?“

„Wir sind schon da!", zeigte Walter auf die andere Seite der Hauptstraße, wo das Schild der kleinen Metzgerei auftauchte, das den Passanten ankündigte, dass hier der Metzger der Gegend sei, und dass der Metzger kein anderer sei als János Felvidéki.

„Da ist er", sagte CleverBoy und richtete sich auf. Sein Gesicht war düster, sein Blick misstrauisch. „Und glaubst du, dass János Felvidéki hier ist?"

„Wenn ich bisher hier war, war es immer hier. Wenn du Topfwurst oder Wurst essen willst, sage ich dir, bist du am richtigen Ort! Probiere auf jeden Fall", empfahl Walter.

„Na, dann lass uns mal sehen, lass uns reingehen!", griff CleverBoy nach der Türklinke, aber Walter kam ihm zuvor: Er öffnete ihm höflich die Tür, wie es junge Leute bei alten Leuten tun.

„Guten Tag, meine Herren!", hörten sie beim Eintreten den Gruß, der in der Tat von niemand anderem als dem jungen Felvidéki kam. „Was kann ich für Sie tun?"

„Das ist es also", sah CleverBoy sich in der Einraummetzgerei um, während seine Augen die Feinkosttheke studierten. „Hier hat der Bastard also angefangen", murmelte er unter seinem Schnurrbart, so dass weder Walter noch der Felvidéki es hören konnten. Er hatte Felvidéki noch nicht angeschaut – er hörte seine Stimme, spürte seine Anwesenheit, sah die Umrisse seiner Gestalt am Rande seiner Augen, aber er hatte ihn noch nicht angeschaut.

Walter konnte den plötzlichen Stimmungsumschwung seines Freundes nicht verstehen: CleverBoy, so fröhlich und gelassen, war düster und eiskalt geworden.

„Hallo, János, willkommen! Was gibt es heute Neues? Das leckere Schweinekotelett, mit dem du mich neulich gesalzen hast?", Walter interessierte sich für das Schweinespeck-Nebenprodukt, das er letztes Mal hier gekauft hatte.

„Ob ich habe?", lächelte Felvidéki, der in diesem Moment am ehesten wie der Regnum-Metzger aus der Fernsehwerbung der Spar-Ladenkette aus den Zweitausendzwanzigern aussah. Weißes Hemd, rote Schürze (ohne das Spar-Zeichen), rote Mütze, ungarischer Schnurrbart und das riesige Edelstahlbeil, mit dem er das riesige Fleisch in der Hand zerlegt. „Meine Herren, probieren Sie dies", und aus einem kleinen Schrank unter der Feinkosttheke holte er einen geheimen Behälter mit dem besten Schweinefett der Gegend hervor.

„Nur für diejenigen, die es wirklich verdient haben", sagte er und räumte ein, dass es spezieller ist als das Steak auf der Theke, das er nur seinen besten Kunden anbietet. Walter nutzte die Gelegenheit und wählte sorgfältig drei der besten Stücke aus, eines nach dem anderen, und CleverBoy lehnte es im Interesse des Anstands ab. Aber als er Walters zufriedenen Schluck sah, nahm seinen Teil aus. Der junge Felvidéki konnte (und wollte) nicht aufhören, zwischen den Mahlzeiten zu naschen, und so aßen alle drei einen Bissen Schweinekotelett.

„Und sagen Sie mir, junger Mann, wie geht es Ihrem roten Onkel?", kam CleverBoy Felvidéki, der mit der unerwarteten Unhöflichkeit nicht ganz zurechtkam, mit einer kalten und unverblümten Frage.

„Wer ist der Kommunist?", war Felvidéki verwirrt, um Zeit zu schinden.

„Ihr Kommunisten-Onkel, mit dem Sie, wie ich vermute, daran arbeiten, die staatlichen Fleischfabriken zu stehlen, die im Schweiße des Angesichts der kleinen Leute durch den Gulaschkommunismus aufgebaut wurden", hat CleverBoy Felvidéki wieder einmal die ungeschminkte Wahrheit ins Gesicht gesagt. Walter stand stumm und perplex da. Er vermutete, dass CleverBoy aus irgendeinem Grund wütend auf Felvidéki war, aber er wusste nicht, warum – er ahnte, dass in der Zukunft etwas geschehen würde, was er nicht gesehen hatte und nicht wissen konnte.

„Wer sind Sie denn?", fragte Felvidéki und versuchte, seinen überraschten Tonfall in einen selbstbewussten Gegenangriff zu verwandeln.

„Wer ich bin? Ich bin ein besorgter alter Mann, der wilde Kapitalisten hasst", antwortete CleverBoy, den Blick fest auf Felvidéki gerichtet.

„Starke Worte, alter Mann!", erhob er seine Stimme. „Einerseits bin ich kein wilder Kapitalist ... Ich gebe zu, ich weiß nicht einmal, was das bedeutet, und andererseits, wenn Sie meinen Onkel für etwas hassen, lassen Sie es nicht an mir aus, ich bin nur ein Dorfmetzger", fuhr er fort. Er vermutete, dass der alte Mann wahrscheinlich einen Groll gegen seinen kommunistischen Onkel hegte.

„Mit Ihrem Onkel? Ha ...", CleverBoy lachte, dann wurde er wieder ernst. „Ich habe absolut nichts gegen seinen Onkel, abgesehen davon, dass ich ihn für einen geldgierigen Gauner halte, und ich kenne ihn nicht einmal."

„Meine Herren! Lassen Sie mich hier eingreifen!", versuchte Walter, in das stürmische Gespräch einzugreifen, der sehr bedauerte, dass er nichts von den Absichten seines Freundes wusste, und naiv annahm, dass CleverBoy lediglich neugierig war, den zukünftigen Oligarchen zu treffen. Sicherlich will er beobachten, dachte er, es ist interessant für ihn, einer Person so nahe zu sein, die später fast unerreichbar sein wird, die kleine Metzgerei zu sehen, in der das ganze Imperium seinen Anfang nahm. Es war eine unbezahlbare Erfahrung, so wie der Besuch der ersten Apple- oder Ferrari-Workshops, um den jungen Jobs und Enzo bei ihrer Arbeit zuzusehen.

„Mische dich nicht ein!", richtete CleverBoy seinen donnernden Blick auf Walter, der mit seinem Gesicht und seiner Körperhaltung immer noch in der Offensive gegen Felvidéki war. Walter war stumm. Was hätte er denn sagen sollen? Er hatte keine Ahnung von Ursache und Zusammenhänge; CleverBoy erwähnte kein Problem, das er mit Felvidéki hatte.

„Na! Jetzt reicht es aber! Das ist das Ende, mein Herr, bitte verlassen Sie den Laden!", kam Felvidéki hinter dem Tresen hervor und versuchte, das unangenehme Gespräch zu beenden. Er hatte nicht vor, sich einem alten Dummkopf zu erklären, obwohl er es interessant fand, sich zu fragen, woher dieser Matoussalem von seinen supergeheimen Hinterzimmergeschäften mit seinem Onkel wusste. Er fasste CleverBoy sanft am Unterarm, als wolle er ihn anstupsen, um die Geschwindigkeit der alten Beine zu erhöhen, während er ihm mit kaum verständlicher Stimme harsche Marktbeschimpfungen unter die Nase rief.

Ein lauter Knall, die Schaufenster zerbrachen, Felvidéki stürzte ein. Er wurde aus nächster Nähe erschossen, direkt in den Bauch. CleverBoy erschoss den Metzger aus Biatorbágy vorsätzlich mit einem Revolver Kaliber 30, der sofort zu Boden fiel und ohne ärztliche Hilfe nur noch wenige Minuten zu leben hatte. Momente des Kampfes und des Überlebensinstinkts. Ein Wirrwarr von Momenten nach dem Schock brach aus Walter heraus, sein Verstand raste mit der Ersten Hilfe, die er gelernt hatte, der Lebenserwartung, dem Tod und dem Fehlen eines Motivs, warum es auf diese Weise geschehen musste. Als er hilflos auf dem kalten Boden der Metzgerei saß und versuchte, die Blutung mit seinen eigenen Kleidern zu stoppen, war alles, was er CleverBoy, der immer noch steif dastand, entlocken konnte, ein „Warum?". Seine tränengefüllten Augen suchten nach der Antwort auf dieselbe Frage, nach dem Grund, warum sein alter Freund in der Zeit zurückgereist war, um János Felvidéki, den zukünftigen Oligarchen, zu töten. Denn nun schien es klar, dass CleverBoy nicht wegen Walter zurückgekommen war, nicht etwa, weil er seinen wahren und einzigen Freund schon lange nicht mehr gesehen hatte, sondern um den Mörder eines Mannes zu spielen, der in jenen Tagen sicherlich niemandem etwas zuleide getan hatte. CleverBoy, von Gewissensbissen geplagt, versuchte sich selbst zu erklären, was geschehen war, und hasste sich dafür, einen Mord begangen zu haben. Alles, was er Walter sagen konnte, war kurz, dass er es verdient hatte. Natürlich fragte Walter immer wieder, warum, worauf CleverBoy verwirrt antwortete. Er versuchte, das Virus der Zweitausendzwanziger zu erklären, die Hilflosigkeit der Menschheit, wie die Menschen einer nach dem anderen sterben, etwas über die österreichische Fusion von Hungaro-Hús, und auch, wie die damaligen Oligarchen, angeführt von Felvidéki, mit der Erfindung von Impfstoffen, deren Wirkstoffe kurzfristig nicht heilen und langfristig den Wirt töten würden, riesige Profite machen würden und wiederholt den Begriff „Völkermord" verwendeten.

„Ahhhhhh ...", stöhnte der keuchende Felvidéki, der halb auf dem Boden, halb in Walters Schoß lag und Blut aus seinem

345

Mund hustete, während seine Augen die Sicherheit des Verstandes zu verlieren drohten. „Ww-aa ...ruum?", fragte er mit hicksender Stimme.

CleverBoy riss sich zusammen, ging in die Hocke, so gut er trotz seines Alters konnte, lächelte anzüglich, sah ihm tief in die Augen und sagte:

„Habgier und Machtgier sind die beiden schlimmsten Abscheulichkeiten des Lebens, wie ich es kenne."

DANKESREDE

Neben der permanenten Unterstützung durch meine Familie und Freunde danke ich Sándor Márai und Lew Tolstoi für die Vollkommenheit ihrer literarischen Ausdrucksformen, Tamás Frei für die Idee einer Geschichte, die an realen Schauplätzen spielt und sich über mehrere Handlungsstränge erstreckt, Yuval Noah Harari für seine Liebe zum Nachdenken darüber, wie sich die Welt entwickelt, András Dezső für seine Forschungen über die Entwicklung des ungarischen Unterweltlebens, von denen ich mich inspirieren lassen konnte, und ich danke János Háy dafür, dass er ein großartiger Schriftsteller ist, dessen Stil mich sehr inspiriert hat. Die Werke dieser Autoren haben mein Buch maßgeblich beeinflusst, und ich beanspruche jegliche Ähnlichkeit.

Der Autor

Márton Németh wurde am 2. April 1986 in
Budapest in einer wohlhabenden, intellektuellen
Familie geboren. Er ist verheiratet, Vater eines
Sohnes. Seine Lieblingsbeschäftigungen sind
Lesen, Buchschreiben, Sport und Gartenarbeit.
Sein erstes Buch, A multik kapujában / Vor den
Toren der MNUs, wurde 2016 veröffentlicht und
handelt vom Berufseinstieg. Er verbrachte seine
Jugendzeit – Gymnasium und Studium – im
zweiten Bezirk von Budapest, was seinen späteren
Werdegang stark beeinflusste. Von seiner Kindheit
an erhielt er Einblicke in den Alltag, die Probleme
und die verschiedenen Lebenslagen vermögender
Familien, was als Quelle für das erste Kapitel
der Romanserie Magyar Újgazdag / Ungarische
Neureiche diente.

Der Verlag

Wer aufhört
besser zu werden,
hat aufgehört
gut zu sein!

Basierend auf diesem Motto ist es dem novum Verlag
ein Anliegen, neue Manuskripte aufzuspüren, zu ver-
öffentlichen und deren Autoren langfristig zu fördern.
Mittlerweile gilt der 1997 gegründete und mehrfach
prämierte Verlag als Spezialist für Neuautoren in
Deutschland, Österreich und der Schweiz.

**Für jedes neue Manuskript wird innerhalb we-
niger Wochen eine kostenfreie, unverbindliche
Lektorats-Prüfung erstellt.**

Weitere Informationen zum Verlag und
seinen Büchern finden Sie im Internet unter:

w w w . n o v u m v e r l a g . c o m

.